有匪

유비

一

有匪

유비

Priest 장편소설 역자 | 호연

一

D&C BOOKS

1. 소년의 유랑

언젠가 너는,
이 고요하고 잠잠한 세묵강을 건너
산으로 둘러싸인 옛 도원을 떠나
한없이 자욱한 밤하늘 밑에 서게 될 거야.
오르지 못할 산들이 연달아 무너지고
건너지 못할 바다가 메말라 밭이 되는 광경을 보게 되겠지.
하지만 기억하렴.
네 운명은 칼끝에 달려 있단다.
칼끝은 항상 앞을 향해야 해.
차가운 칼날이 구부러지기 전에
네가 하늘의 빛을 보게 되면 좋겠구나.

목차

목차

제1부

비가 오려는지
누각에는 바람만 가득하네

제1장

사십팔채

사십팔채

후소, 건원 17년 봄.

버드나무가 솜털 같은 꽃씨를 날리고 해당화가 첫 꽃망울을 터뜨렸다.

촉산 사십팔채에서는 두 소년이 한창 무예를 겨루고 있었다. 둘 중 나이가 많아 보이는 소년은 키가 크고 체격이 건장해 마치 조그만 산 같은 느낌이었다. 조금의 빈틈도 허용하지 않겠다는 듯 장창을 손에 들고 호랑이 같은 두 눈을 부릅뜬 모습이 자못 결연해 보였다.

또 다른 소년은 열네다섯 살 정도로, 키가 크고 호리호리하며 용모가 제법 준수했다. 단검 한 자루를 손에 들고 편히 서 있는 모습에 어엿한 공자의 기품이 서려 있었다.

그들을 둘러싼 구경꾼들이 점점 늘어나며 저마다 수군거리기 시작했다. 갓 입문한 신참 제자 하나가 호기심 어린 눈으로 비무대

위의 준수한 소년을 바라보며 옆 사람에게 물었다.

"대사형과 겨루는 저분은 누구세요? 엄청 대단한 분이신가요?"

옆에 있던 선배 제자는 마침 가르치기를 좋아하는 사람이었다. 그는 후배의 질문에 고개를 절레절레 흔들며 짐짓 뜸을 들였다.

"저 사람이 누구인지 넌 상상도 못 할 거다. 아, 시작한다. 얼른 봐!"

신참 제자는 까치발을 들고 목을 쭉 빼서 비무대를 바라보았다. 산처럼 단단해 보이는 대사형이 가벼운 기합을 내지르며 장창을 앞으로 찔렀다. 장창은 마치 독사가 뱀 굴을 빠져나오듯 검을 든 소년의 얼굴을 향해 곧장 뻗어 나갔다. 단검을 든 소년은 전혀 당황하지 않고 살짝 옆으로 비켜서며 아슬아슬하게 피했다. 힘이 전혀 실려 있지 않은 나른한 동작이었다.

대사형이 손목을 털더니 앞으로 한 발 내디뎠다. 그와 동시에 온 상반신의 힘을 양손에 싣자 장창의 쇠막대가 '쉬익' 소리를 내며 가로로 휘둘렀다.

이 기술은 바로 사십팔채의 천종千鐘 일파에 전해지는 '당남산撞南山, 남산 치기'이었다. 강력하기 이를 데 없어 힘이 약한 사람에게 쓰면 한 방에 멀리 날려 버릴 수 있었다.

검을 든 소년은 물 흐르듯 자연스런 몸짓으로 침착하게 반보 비켜서서는 단검을 위쪽으로 그러쥐었다. '챙' 하는 맑은 소리와 함께 검신이 장창에 비스듬히 부딪쳤다. 단검은 장창에 부딪치자마자 물고기처럼 미끄러지며 비켜났다. 검을 든 소년이 미소를 지으며 나지막이 외쳤다.

"조심하십시오."

소년은 말을 마치기도 전에 미끄러지듯 두 자 정도 이동하면서 마치 손에서 자라난 듯한 단검을 뱀처럼 잽싸게 움직였다. 그는 큰 동작 없이 가볍게 '주렴 걷기'를 써서 상대방의 장창을 눈 깜짝할 사이에 떨어뜨렸다.

신참 제자는 그들의 대결을 숨죽이고 바라보았다. 옆에 있던 제자가 그의 귓가에 속삭였다.

"저분이 이 공자님이셔. 우리 사십팔채 두령님의 친조카 되시지. 두령님이 친히 무공을 가르치셔서 실력이 아주 뛰어나. 동년배 중에서는 이거라니까."

그는 눈이 휘둥그레진 사제를 향해 엄지손가락을 치켜들어 보였다. 새로운 세계에 제대로 눈을 뜬 신참 제자는 다시금 비무대로 눈길을 돌렸다.

이 공자는 겸손하고도 온화한 표정으로 자신이 빼앗은 상대의 장창을 두 손으로 받쳐 들어 돌려주었다.

"사형의 가르침에 감사드립니다."

이 공자가 점잖고 예의 바르게 나오니 진 사람도 딱히 어깃장을 놓을 수 없었다.

"천만에."

자신의 창을 받아 든 건장한 소년은 얼굴을 살짝 붉히며 고개를 끄덕이곤 비무대를 내려갔다. 그가 비무대를 내려가기가 무섭게 구경꾼들 가운데 누군가 다급하게 소리쳤다.

"이 사형, 저도 가르침을 청합니다!"

신참 제자 옆에서 이것저것 알려 주던 제자가 다시금 속삭였다.

"우리 이 사형은 실력도 좋고 성품도 어찌나 좋으신지. 무예 대결할 때도 부족한 부분을 딱 일깨워 주는 선에서 멈추고 말투도 아주 상냥하시다니까. 너도 모르는 게 있으면 가서 물어봐. 성심성의껏 알려 주실 거야."

그의 말이 채 끝나기도 전에 누군가 뒤에서 끼어들었다.

"잠깐 실례."

속닥거리던 두 사람은 고개를 돌렸다가 깜짝 놀랐다. 말소리의 주인공은 놀랍게도 소녀였다. 간편한 복장에 긴 머리를 사내처럼 높이 올려 묶었지만, 가녀린 어깨와 목선 덕에 한없이 여리게만 보였다. 희고 깨끗한 얼굴에는 냉랭한 아름다움이 감돌고 있었다.

천종 일파의 특징은 좋게 말하면 '패연정기沛然正氣, 바르고 거센 기운'였으나, 실제로는 '좌충우돌, 종횡무진'인지라 세간에서는 '들개파'라는 별명으로 불렸다.

천종 문하의 제자들은 죄다 머리를 빡빡 깎은 승려였기에 여자 제자는커녕, 새알을 가져와 부화시켜도 암컷은 구경도 할 수 없었다. 신참 제자는 갑작스런 소녀의 등장에, 그것도 굉장한 미인을 코앞에서 보고는 순간 정신 줄을 놓고 어쩔 줄을 몰랐다.

옆에 있던 사형이 얼른 신참 제자를 잡아끌고 비켜서며 공손하게 대답했다.

"주 사저, 죄송합니다."

소녀는 그를 흘끗 보고는 살짝 고개를 끄덕였다. 웅성거리던 주변 사람들도 그녀를 보고 약속이라도 한 듯 좌우로 비켜 길을 내주었다. 마침 상대방에게 한 수 가르치려던 이 공자가 고개를 들어 그녀를 발견하고 환하게 웃으며 소리쳤다.

"비야, 나랑 한번 겨뤄 볼래?"

소녀는 이 공자의 말을 못 들은 척 무시하고 고개도 돌리지 않은 채 총총 지나갔다.

"주…… 비? 주비?"

신참 제자의 시선이 무의식적으로 그녀의 뒷모습을 좇았다.

"저분이 바로……."

"그래."

옆에 있던 제자가 고개를 끄덕이며 갓 입문한 어린 제자에게 주의를 주었다.

"주 사저는 성격이 장난 아니야. 혹시라도 마주치게 되면 예의 바르게 굴어……. 뭐, 그렇지만 평소엔 우리랑 어울리지 않으니 만날 기회도 별로 없을 거야."

하지만 예쁜 소녀라면 성격이 나빠도 그리 큰 단점이 아니었다. 신참 제자는 듣는 둥 마는 둥 하며 궁금하다는 듯 되물었다.

"이 사형은 두령님의 조카고, 주 사저는 두령님의 금지옥엽이면 무공도 똑같이 전수받으셨겠네요? 방금 이 사형이 우리 연배 중에서는 으뜸이라고 하셨는데, 그럼 주 사저보다 훨씬 뛰어나실까요?"

"야, 두령님의 금지옥엽인데 우리가 떠받들면 떠받들었지, 누가 감히 겨뤄 보겠냐?"

그는 무심하게 대꾸하곤 곧장 비무대 쪽으로 시선을 돌리며 조바심을 냈다.

"이건 흔치 않은 기회야. 나도 이 사형께 한 수 가르쳐 달라고 청해야겠어."

그들이 말한 두령님의 '금지옥엽' 주비는 이제 막 홀로 초소 세 곳을 지나 사십팔채의 여두령, 이근용의 마당으로 들어선 참이었다. 문에 들어서자마자 보이는 건 이근용의 뒷모습이었다. 그녀는 뒷짐을 진 채 손에는 엄지손가락 굵기의 채찍을 쥐고 있었다.

주비가 채찍을 보고 잠시 머뭇거렸다. 입을 열어 '어머니' 하고 부르려는 찰나, 이근용의 불호령이 귓가에 울려 퍼졌다.

"꿇어라."

주비는 얼굴을 찌푸렸다. 목구멍까지 올라온 '어머니' 소리를 꿀꺽 삼키고는 잠자코 마당 한가운데로 걸어가 옷자락을 정리하며 단정히 무릎을 꿇었다. 하지만 그녀가 온전히 꿇어앉기도 전에, 이근용이 몸을 홱 돌려 그녀를 향해 다짜고짜 채찍을 휘둘렀다.

주비의 눈썹이 파르르 떨렸다. 갑작스러운 공격에 튀어나오려는 비명을 가까스로 참아 낸 그녀는 고개를 번쩍 들고 분노와 경악에 찬 눈빛으로 어머니를 노려보았다.

"고얀 것 같으니, 제대로 꿇어앉지 못할까!"

이근용이 호통을 쳤다.

"네 힘을 믿고 약한 사람을 괴롭히는 건 그렇다 쳐도, 그 수법이 어찌 그리 비열하단 말이냐! 그런 짓이나 하라고 네게 무공을 가르친 줄 아느냐?"

주비는 낯빛 하나 변하지 않았지만 지극히 공격적인 말투로 대꾸했다.

"제가 뭘요?"

이근용은 이 작은 망나니가 저지른 짓을 생각하니 양쪽 관자놀이가 지끈거렸다. 그녀는 주비를 향해 삿대질을 하며 소리쳤다.

"천지군친사天地君親師, 사람으로서 마땅히 공경해야 할 다섯 존재는 바로 하늘, 땅, 황제, 부모, 스승이라는 뜻라 했다. 내 널 위해 특별히 모셔 온 선생인데, 수업 첫날부터 감히 그런 무례한 짓을 하다니! 앞으로 머리가 더 굵어지면 부모도 모른 척하겠구나?"

주비도 지지 않고 맞받아쳤다.

"그 늙다리가 헛소리만 하면서 제자를 오도하잖아요! 뺨이라도 갈겨 줬어야 했는데!"

하지만 그 말이 채 끝나기도 전에 이근용이 먼저 주비의 따귀를 때렸다.

"누가 누굴 때려?"

과연 마음만큼 손도 모진 이근용이었다. 주비는 자신의 의지와는 상관없이 옆으로 나가떨어졌다. 얼굴 가죽이 한 꺼풀 벗겨진 것처럼 화끈거렸고 귀에서는 윙윙 소리가 났다. 맞는 순간 혀가 이에 베이면서 입 안 가득 피비린내가 느껴졌다.

"선생이 널 몇 마디 나무랐다고 그 자리에서 밀쳐 넘어뜨린 걸로 모자라, 한밤중에 찾아가 기절할 때까지 두들겨 패고, 재갈을 물리고 옷을 벗겨서 밤새 매달아 놔? 순찰대가 오늘 아침에 발견하지 않았다면 목숨을 잃었을 거다!"

주비가 해명하려고 입을 열었지만 화가 머리끝까지 난 이근용이 매섭게 채찍을 휘둘렀다. 채찍은 주비의 등을 파고들며 옷은 물론 살가죽까지 갈라놓고는 그만 끊어져 버렸다. 갈라진 상처에서 흘러나온 피가 주비의 등을 적셨다.

갑작스런 호된 매질에 주비도 안색이 바뀌었다. 그녀는 이근용을 노려보며 이를 악물고 한마디 내뱉었다.

"죽지 않았다니 거참 안타깝네요!"

그 말에 이근용은 하마터면 사레가 들려 고꾸라질 뻔했다. 이때,

어디선가 발소리가 들렸다. 은신을 쓰지 않고 힘이 실려 있지 않은 것이 무공을 하는 사람이 아닌 듯했다. 그들을 향해 다가오는 발소리에는 미약한 기침 소리도 섞여 있었다.

분노에 치를 떨던 사십팔채 두령 이근용은 익숙한 기침 소리를 듣자 순간 표정이 누그러졌다. 그녀는 숨을 깊이 들이마시고 얼굴에서 노기를 거둔 다음, 어쩔 수 없이 고개를 돌려 발소리의 주인을 향해 말했다.

"어떤 쥐새끼가 당신을 놀라게 했답니까?"

키가 훤칠한 남자가 느릿느릿 안뜰로 걸어왔다. 꽤 준수한 얼굴에는 병색이 드리워져 있었고 몸에 걸친 감청색 선비 도포가 두 뺨을 더욱 창백하게 보이게 했다. 나이가 꽤 들어 보였어도 일거수일투족에는 멋이 서려 있었다.

이 사람이 바로 주비의 아버지, 주이당이었다.

주이당은 아내가 또 딸아이를 때린다는 소식을 듣고 제 딴에는 부리나케 달려온 것이었다. 그는 주비의 퉁퉁 부은 작은 얼굴과 터져서 피범벅이 된 등을 보고는 마음이 아파 눈물이 터져 나올 뻔했다.

하지만 가뜩이나 제멋대로인 데다 통제 불능인 딸아이를 자신이 나서서 감쌌다가는 앞으로 더 안하무인으로 굴까 봐 걱정되기도 했다. 주이당은 하는 수 없이 이근용에게 완곡한 눈빛을 보내며 두 모녀를 서로 떨어뜨려 놓았다. 그가 착 가라앉은 목소리로 말했다.

"이게 다 무슨 일이오?"

주비의 고집은 가히 쇠심줄 같았다. 일단 고집을 부리면 맞아서 몸이 너덜너덜해질지라도 끝까지 말대꾸하며 대드는 편이었다. 주비는 아버지의 목소리를 듣고도 입을 꾹 다물고 굳은 얼굴로 고개를 숙였다. 그 모습을 본 이근용이 차갑게 웃었다.

"저 짐승보다 못한 년은 죽기 직전에야 눈물을 흘리려나 봅니다."

주이당은 손을 내저으며 고개를 숙이고 주비에게 물었다.

"네가 수업 첫날부터 손 선생과 다투었다는 얘기를 들었다. 이유가 무엇이냐? 손 선생이 대체 뭘 가르쳤기에 그래?"

주비는 무표정으로 꿇어앉은 채 여전히 아무 말도 하지 않았다. 주이당은 한숨을 내쉬고는 다시 부드럽게 말을 건넸다.

"자, 이 아비에게 말해 주지 않겠니?"

강하게 나오면 반발하고, 부드럽게 나오면 마음이 누그러지는 주비였다. 주이당의 그 한마디에 딱딱하게 굳어 있던 주비의 표정이 살짝 꿈틀하더니 한참 후에야 겨우 입술을 달싹였다.

"〈여사서女四書, 여자들의 행동규범에 관한 교훈서〉요."

이근용은 순간 경악했다. 주이당이 손사래를 치며 다시 물었다.

"여사서라……. 여사서의 어느 부분을 가르쳤더냐?"

주비가 퉁명스럽게 대꾸했다.

"〈여계女誡, 여자의 예의범절에 관한 계율〉요."

주이당이 다시금 이근용을 흘끗 바라보았다. 이근용은 자신이 그런 엉터리 선생을 데려왔다는 것에 할 말이 없어져 난처한 듯 코만 만지작거렸다.

〈여계〉를 가르친다는 것 자체는 경악할 만한 일이 아니었다. 대갓집 규수라면 누구나 한 번쯤 보게 되는 책이니 말이다. 하지만 문제는, 주비가 대갓집 규수가 아니라는 거였다.

촉산 사십팔채는 산속에 본거지를 두고 폭행과 살인과 약탈을 일삼는, 북도北都의 황제가 친히 이름을 내리기까지 한 대규모 비적

집단이었다. 비적 소굴에서 비적 꿈나무에게 〈여계〉를 가르친다? 손 선생도 참으로 생각 없는 사람이었다.

"잠깐 아비랑 얘기 좀 하자꾸나."

주이당은 고개를 돌려 흠흠 헛기침을 했다.

"자리 좀 비켜 주구려."

이근용은 하는 수 없이 조그만 소리로 권했다.

"안으로 들어가세요. 아직 병이 낫지도 않았는데 찬바람을 쐬면 안 좋습니다."

주이당이 이근용의 손을 살짝 쥐며 눈짓하자 이근용은 내키지 않는 표정으로 고개를 끄덕였다.

"그래요, 그럼 부녀끼리 얘기하시죠. 난 가서 손 선생을 만나 볼 테니까."

주비는 힘겹게 자리에서 일어났다. 통증이 엄습하며 이마에 식은땀이 솟았다. 주비는 눈과 코가 퉁퉁 부은 채 이근용을 흘겨보며 다 죽어 가는 목소리로 말했다.

"두령님, 안녕히 가세요."

이근용은 이제 좀 화가 누그러졌다 싶었는데, 이놈의 쥐새끼가 천지 분간도 못 하고 계속 도발하니 다시금 눈을 치켜뜨며 폭발하려고 했다. 두 모녀 사이에 또다시 싸움이 벌어지려 하자 주이당은 얼른 길고도 긴 기침을 해 댔다. 이근용은 억지로 분노를 삭이며 칼처럼 날카로운 눈빛으로 주비를 쏘아보았다. 그러고는 냉소를 지으며 손가락으로 주비를 쿡쿡 찌른 후 아예 안 보는 게 속 편하겠다는 듯 몸을 홱 돌려 성큼성큼 걸어 나갔다.

이 두령이 떠나자 주이당은 딸아이에게 다정하게 말을 건넸다.

"많이 아프니?"

그 따스한 한마디에 주비는 자신의 억울함을 호소하고 싶었지만, 그래도 자존심은 있어서 손으로 얼굴을 쓱쓱 문지르고는 무뚝뚝하게 대꾸했다.

"뭐, 그래도 죽진 않았네요."

"고집 좀 그만 부려라. 어쩜 네 어미랑 그리 똑같니."

주이당은 한숨을 내쉬며 주비의 머리를 쓰다듬다가 문득 입을 열었다.

"이십 년 전, 간신 조중곤이 황위를 찬탈하려 역모를 일으켰지. 당시 문무관원 열두 명은 목숨을 걸고 어린 주군을 보호하며 남쪽으로 도망쳤다. 그리고 양자강의 천연 요새를 경계로 지금의 남조 후소를 세웠지. 그때부터 남조와 북조 사이에 전쟁이 끊이지 않았고 가렴주구가 횡행했다."

이야기의 본론으로 들어가기 전에 흥을 돋운답시고 주제와 상관없는 얘기를 주절주절 늘어놓는 건 주이당의 고질적인 습관이었다. 그가 밑도 끝도 없이 옛날이야기를 꺼내자 주비는 익숙하다는 듯 그저 굳은 얼굴로 듣고만 있었다.

"각지에서 불만을 가진 자들이 하나둘 봉기를 일으켰지만 모두 북도의 가짜 왕조를 당해 내지 못했다. 개중에는 목숨을 잃은 사람도, 촉산으로 피신해 네 외조부께 의탁한 사람도 있었어. 그러자 가짜 황제 조가 놈은 군대를 이끌고 촉산을 공격하면서 우리 사십팔채를 비적으로 몰았지. 네 외조부는 영웅호걸이셨다. 조가 놈이 우리가 비적이라는 성지를 내린다는 말을 듣곤 한바탕 웃으시더니 사람을 시켜 사십팔채의 큰 깃발을 높이 내걸고 스스로 '산채의 왕'

이 되어 진짜로 비적이 되셨지."

주이당이 잠깐 말을 멈추고 몸을 돌려 주비를 바라보았다. 그는 담담하게 말을 이었다.

"설령 비적이라는 꼬리표가 붙었다 해도 네 몸엔 영웅의 피가 흐르고 있다. 우린 노략질이나 일삼는 도적이 아냐. 자랑스러운 조상의 이름에 먹칠해서는 안 돼."

늘 병을 달고 사는 사람답게 주이당의 목소리에는 힘이 부족했다. 그러다 보니 어떻게 해도 엄한 느낌이 들지 않았다. 하지만 주비가 듣기에 주이당의 마지막 한마디는 이근용의 채찍보다 훨씬 매서웠다.

주이당이 잠시 숨을 고르더니 다시 물었다.

"손 선생이 무슨 얘기를 했지?"

손 선생은 고리타분한 선비로 입이 방정이었다. 그는 가짜 황제 조 씨의 글이 책으로 엮을 수준이라는 말을 듣고 욕을 퍼부었다가 관병에게 추격당하는 신세가 되었다. 다행히도 옛날에 강호의 몇몇 인사들과 연이 닿은 바 있어 사십팔채까지 무사히 도피할 수 있었다.

이근용은 궂은일 한번 안 해 본 그를 보고 산채의 글공부 선생으로 삼고자 했다. 장원급제 수준까지는 필요 없고, 그저 어린 제자들이 글자를 익혀서 나중에 서툴게나마 서신이라도 쓸 줄 알았으면 하는 바람에서였다.

주비는 어렸을 때부터 주이당에게 직접 글을 배웠다. 하지만 좋은 스승이 곁에 있었음에도 주비는 글공부에 그다지 흥미가 없었다. 그러다 작년 겨울, 주이당은 감기로 앓아누웠다가 봄이 될 때까지 낫지 않아 주비를 제대로 돌보지 못했다.

이근용은 혹시라도 딸이 밖에서 말썽을 부릴까 봐 선생에게 끌고 가 억지로 공부를 시켰던 것인데, 이런 사달이 날 줄은 꿈에도 몰랐다.

주비는 고개를 숙인 채 한참 있다가 마지못해 입을 열었다.

"그자가 '여자의 도리에는 세 가지가 있는데 그것을 예법으로 항상 지켜야 한다'라고 말하는 걸 듣고 그냥 나와 버렸어요."

주이당이 고개를 끄덕였다.

"뭐, 많은 걸 들은 것도 아니구나. 그럼 질문을 하겠다. '세 가지 도리'는 무엇이냐?"

주비가 투덜거렸다.

"그게 뭔지 알 게 뭐예요!"

"버릇없구나."

주이당이 눈을 부릅뜨고 주비를 노려보았다.

"자신의 비천함과 약함을 알고, 부지런히 일할 줄 알며, 안주인으로서 제사를 지내는 것이 바로 여자의 세 가지 도리이니라."

아버지가 그런 황당한 논리를 알고 있을 줄은 몰랐던 주비는 미간을 찌푸렸다.

"이리 떼가 권력을 잡고 날뛰는 요즘 세상에서는 사나운 매나 범이 되지 않고서야 고생길이 훤해요. 바람 앞의 등불처럼 목숨이 위태롭다고요!"

주비는 실제로 경험이라도 해 본 것처럼 아주 그럴듯하게 대꾸했다. 주이당은 순간 당황했지만, 곧바로 웃음을 터뜨렸다.

"아직 촉산도 넘어 보지 못한 꼬마 계집이 감히 세상을 논하는구나? 게다가 그렇게 정색하면서……. 대체 어디서 들은 소리냐?"

"아버지가 그러셨잖아요."

주비는 당당했다.

"아버지가 언젠가 술에 취하셨을 때 그렇게 말하셨어요. 한 글자도 안 틀리고 똑똑히 기억하고 있어요."

주이당은 그 말을 듣자마자 웃음을 거두었다. 짧은 순간 표정이 상당히 복잡해졌다. 두 눈은 사십팔채의 겹겹이 솟은 산을 지나 광활하게 펼쳐진 세상을 향한 듯했다. 그는 한참 후에야 비로소 입을 열었다.

"내가 말했다고 해서 다 맞는 건 아니야. 자식이라고는 너 하나밖에 없으니 네가 편히 사는 걸 바라는 게 당연하지 않겠니. 매나 늑대의 무리가 되는 것이 아무 때나 도살당하는 소나 양보다는 나을 테니까."

주비는 알 듯 모를 듯 눈썹을 치켜세웠다.

"네가 나쁜 사람이 되라는 뜻은 아니었다."

주이당은 자조하듯 웃었다.

"부모가 되면 자기 자식은 똑똑하고 남의 자식은 멍청하길 바라지. 자기 집은 대단하고 남의 집은 만만하게 여기고. 이게 바로 네 아비의 마음이야. 하지만 손 선생은 너랑 아무런 관계도 없는 사람이다. 일반적인 남자들은 세상 모든 여자들이 미모와 덕을 겸비하고 지아비와 시부모를 정성껏 섬기며, 매사에 온화하고 대가를 바라지 않길 바란다. 이게 바로 남자들의 사사로운 마음이야."

주비가 그 말을 알아듣고 대꾸했다.

"쳇! 좀 더 때려 줄 걸 그랬네요."

주이당이 온화한 표정으로 말했다.

"손 선생은 나이도 많고, 유배되는 도중 구사일생으로 목숨만 부지했지 않니. 집과 가족도 다 잃어 홀로 도적 패에 몸을 의탁하는 처지인데, 약자가 생존하기 어렵다는 이치를 모를 수 있겠느냐? 다만 너처럼 어린 아이를 보니 그도 잠시 현실을 잊고 싶었던 모양이구나. 구닥다리가 된 삼강오륜을 꺼내 먼지를 털고 백일몽을 꾸고 싶었던 것이지……. 상처 입은 늙은 서생이 옛 시절을 회고하며 자기연민에 빠진 것일 따름이니 고리타분하게 느껴지는 것도 당연해. 그렇지만 다른 사람의 이야기를 들을 땐 그 말이 아무리 황당무계한 궤변이라 해도 자리를 박차고 나가서는 안 돼. 이치에 맞는 것만 이치인 것은 아니란다."

주비는 무슨 뜻인지 갈피를 잡을 수 없었다. 인정하기는 싫었지만 딱히 반박할 말도 떠오르지 않았다.

"그리고 손 선생은 나이가 많아서 고지식한 편이다. 네가 손 선생과 논쟁을 벌이는 것 자체가 잘못된 거야."

주이당은 목소리를 바꾸어 다시 말했다.

"게다가 넌 무력을 써서 사람을 다치게 했고, 나무에 매달아 놓기까지 했으니……."

주비가 즉시 대꾸했다.

"전 그저 딱 한 번 밀쳤을 뿐이에요. 한밤중에 일어나 사람 옷을 벗기는 비열한 짓은 이성 그 개자식이 한 짓이 분명해요! 어머니는 대체 무슨 근거로 제가 그랬다고 단정 짓는 거죠? 비열한 수단을 쓴 사람은 바로 그 조카인걸요!"

뜻밖의 대답에 주이당은 의아했다.

"그럼 아까 왜 말하지 않았느냐?"

주비는 말없이 그저 '흥' 하고 콧방귀만 뀌었다. 이근용이 때릴수록 주비는 오히려 더 반항하고 싶었다. 변명도 하기 싫었다.

이성은 주비의 외삼촌의 아들이었다. 주비보다 며칠 먼저 태어났는데 어려서 아버지를 여의었고, 친누이인 이연과 함께 이근용의 밑에서 자랐다.

이씨 가문의 어린 세대는 대부분 자질이 평범했으나 주비와 이성은 그나마 눈에 띄는 편이었다. 그래서 두 사람은 어렸을 때부터 팽팽하게 경쟁해 왔다. 적어도 다른 사람이 볼 땐 그랬다.

하지만 주비 생각에 자신은 이성을 경쟁자로 대하기는커녕, 오히려 양보하는 편이었다. 주비는 아주 어렸을 적 일도 기억하고 있었다. 어른들이 그녀가 못 알아들을 거라고 생각할 정도로 어렸을 때 있었던 몇 가지 사건들이 아직 희미하게 기억에 남아 있었다.

그중 하나는 어렸을 때 어머니가 서툰 손길로 주비를 목욕시키다가 관절 하나를 잘못 잡아당겨 빠진 일이었다. 별로 아프지 않았는데, 어머니가 너무 놀라 울면서 뼈를 맞춰 주던 모습이 기억에 남았다.

그리고 비가 연일 추적추적 내리던 겨울날, 아버지가 큰 병에 걸려 사경을 헤매고 있을 때 당시 아직 흰 수염도 나지 않은 의원이 무표정한 얼굴로 어머니에게 말했었다.

"아이를 데려가서 보여 주시죠. 오늘 밤을 넘기지 못하더라도 마지막 인사는 나눠야 안심하실 테니까요."

그리고 사십팔채 중에서 삼채 채주의 반란…….

그날, 온 산이 서로 죽고 죽이는 소리로 가득했다. 주변의 혈기가 공중에 응결되어 있었다. 주비는 자신이 어떤 사람의 품에 꼭 안겨 있던 것을 기억했다. 그 사람의 품은 넓고 탄탄했지만, 냄새가 좋지 않았다. 땀 냄새가 심하게 났던 걸 보니 그다지 청결한 사람은 아니었던 것 같다.

그는 주비를 주이당에게 데려다주었다. 아버지의 차가운 손을 잡았을 때 주비는 등 뒤에서 큰 소리가 울리는 것을 들었다. 주비가 놀라 고개를 돌리니, 방금 자신을 보호하며 데려온 사람의 등에 쇠칼이 꽂혀 있는 것이 보였다. 한 줄기 흘러내린 피는 이미 굳어 있었다.

주이당은 주비의 눈을 가리지 않고 있는 그대로 보도록 놔두었다. 십여 년이 지난 지금, 주비는 그 사람의 얼굴은 생각나지 않았지만 피가 흐르던 그의 등은 아직도 기억했다.

그 사람이 바로 그녀의 외삼촌, 즉 이성의 아버지였다.

그 일로 이근용은 이성과 이연 오누이를 편애해 왔다. 주비는 먹는 것, 입는 것 같은 소소한 것들을 이연에게 양보해야 했다. 그런 건 별거 아니었다. 이연은 아직 어린 여동생이니 양보하는 것이 당연했다.

어릴 때 그들 셋이 같이 말썽을 피우면, 대부분 이성이 앞장서서 그들을 이끌었는데도 나중에 책임지고 혼나는 건 두령님의 금지옥엽인 주비였다. 뭐, 그것도 괜찮았다. 어쨌든 주비도 한패였으니까.

문제는 좀 더 자란 후부터였다. 그들은 이근용 밑에서 함께 무술을 배웠다. 주비는 이근용에게서 '그런대로 괜찮구나'라는 말도 들어 본 적 없었다. 그런데 이성은 가끔 그가 주비를 이기기라도 하면 이근용에게서 온갖 칭찬을 받았다.

이런 일이 한두 번이 아니었다. 누가 보면 이성과 이연이 이근용의 친자식이고 주비는 주워 온 자식이라 알 것이다.

주비도 가끔 너무나 억울했지만 어머니가 편애하는 이유를 잘 알기에, 외삼촌을 생각하며 그냥 속으로 삼켰다. 좀 더 큰 후에는 억울함을 푸는 방법도 찾았다. 주비는 혼자 열심히 노력할지언정, 겉으로는 더 이상 이성과 실력을 다투지 않았다. 대련이든 시합이든, 주비는 아무도 모르게 몇 수 져 주면서 두 사람의 수준이 비슷한 것처럼 꾸몄다.

무슨 대의명분을 위해서가 아니라 그저 십 대 소녀의 우월감을 충족하기 위해서였다. '난 내가 너보다 강한 걸 알지만, 일부러 져 주는 거야.' 매번 이렇게 멍청이를 보듯 사촌 오라비를 보면서 얻는 그 약간의 만족감은 평소의 억울함을 해소하기에 충분했다. 물론, 그것 말고도 일부러 이근용에게 엇나가려는 의도도 있었다. 두령님에게서 좋다는 칭찬을 기대하지 못할 바엔 차라리 자포자기하는 게 나았다.

주비는 성격이 좋은 편이 아님에도 최대한의 성의를 발휘해 이성에게 자상하게 대해 주었다. 그런데 그 망할 자식이 이번에는 너무 심했다!

사십팔채 같은 곳에서는 무술 실력이 뛰어나고 수단이 악랄할수록 높은 평가를 받았다. 이곳 사람들은 대개 민초 출신이었다. 글자를 아는 사람이 드물었고 예법도 그다지 따지지 않았다. 하지만 열서너 살 아가씨는 어린애가 아니었다. 남녀유별 의식이 있는 주비인데, 노인의 옷을 벗긴 일을 주비에게 뒤집어씌운 건 생각할수록 부끄럽고 화가 났다.

주비는 자신의 처소로 돌아와 일단 깨끗이 씻고 새 옷으로 갈아입었다. 어깨를 움직여 보니 그다지 문제가 없는 것 같았다. 주비는 입구에 세워 둔 칼등이 좁은 착배도를 집어 들고 살기등등하게 문을 나섰다. 이성을 찾아가 결판을 낼 생각이었다.

주비가 다짜고짜 문을 걷어찼다. 굉음과 함께 먼지가 흩날렸다. 문설주와 경첩이 한꺼번에 아작 났다.

마당에서 검술을 연마하던 이성이 그 소리에 고개를 돌렸다가 포악한 빚쟁이처럼 달려드는 주비를 보았다. 그는 느긋하게 검집에 검을 꽂은 다음, 시침을 뚝 떼고 물었다.

"비야, 지금 이게 무슨 짓이야?"

천하의 위선자가 어떻게 생겼는지는 모르겠지만, 주비의 한정된 상상력으로 머릿속에 떠오르는 건 이성의 얼굴뿐이었다. 그 얼굴은 보기만 해도 속에서 분노의 불꽃이 타올랐다. 주비는 언변이 좋은 편이었지만 일단 무력을 쓸 때는 쓸데없는 말을 하지 않았다. 주비는 인사도 생략한 채 착배도를 손에 꽉 쥐고 곧장 이성의 머리를 향해 내리쳤다.

이성은 주비가 덤벼들 것을 미리 예상한 듯 가로로 검을 들어 일격을 막아 냈다. 손목이 후들후들 떨렸다. 방심할 수 없었던 그는 온 정신을 끌어모아 반격에 나섰다. 두 사람의 도검은 아직 칼집에 들어 있는 채였다.

눈 깜짝할 사이에 일고여덟 합이 지나갔다. 주비는 느닷없이 앞으로 한 발 내디디며 이성의 허리를 향해 착배도를 휘둘렀다. 이성의 동공이 순간 수축하였다. 장창 대신 착배도로 당남산을 펼칠 줄이야!

'천종에 메아리치고 만산에 굉음을 울린다'라고 알려진 이 기술은 본디 종사들만 구사하는 강력한 일격이었다. 다만 저번 비무대에서는 천종 문하에서 수련을 끝내지도 않은 제자가 시전하다 보니 동작이 굼뜰 수밖에 없었고, 그래서 이성은 그 공격을 가볍게 피할 수 있었다.

그런데 주비가 언제 그 기술을 몰래 개량했는지, 아니면 장창 대신 자기 체구에 맞는 칼을 써서인지, 이번에 주비가 선보인 당남산은 저번에 봤던 것보다 잔혹하고 냉혹한 기운이 감돌았다.

칼집에 꽂힌 착배도가 바람을 가르며 돌진해 왔다. 이성은 순간 두려움이 엄습해 그 자리에 얼어붙고 말았다. 어쩔 수 없이 그냥 몸으로 막아 내려고 정신을 가다듬는 순간, 문가에서 날카로운 외침이 들렸다.

"그만해!"

말이 끝나기 무섭게 어떤 물체가 날아와 공중에서 착배도를 쳐냈다.

주비가 칼끝으로 그것을 찍어 들어 올렸다. 여자아이들이 쓰는 쌈지였다. 비단 표면에 귀여운 물새 몇 마리가 수놓여 있었다. 방금 전 충격이 컸는지 안에 들어 있던 계화 사탕 몇 개가 땅에 흩뿌려져 있었다.

이성은 그제야 정신이 들었다. 두려움이 가시지 않아 가슴이 쿵쿵 뛰었다. 말로 표현할 수 없는 난감함이 얼굴에까지 드러나 있었다. 이성은 손을 뻗어 주비의 칼끝에 걸린 쌈지를 낚아챘다. 그리고 이제 막 문 안으로 들어선 사람의 품에 쌈지를 던지며 퉁명스럽게 말했다.

"왜 또 방해해?"

분홍색 옷을 입은 여자아이가 후다닥 달려오더니 그들 사이에 서서 두 손을 쫙 폈다.

"둘 다 싸우지 마!"

이 여자아이가 바로 이연, 이성의 친동생이었다. 조그마한 계란형 얼굴에 큰 눈을 가진 예쁜 아이였다. 다만 예쁜 외모에 비해 내면이 엉망이라는 게 흠이랄까, 이연은 생각 없는 꼬맹이였다.

이연은 열한 살이었지만 뇌는 누에콩 크기밖에 안 되는 것이 분명했다. 그 조그만 뇌에는 딱 두 가지 생각만 들어 있었다. 주비의 말은 모두 맞다, 주비가 좋아하는 건 나도 좋아한다…… 무술 수련 빼고.

주비와 이성은 이연에게 뭐라 할 말도 없었던 데다 상대하기도 귀찮았다. 이 이가네 둘째 아가씨는 원래부터 정이 많았다. 사촌누이를 숭배하면서도 친오라비를 걱정하는 마음에, 자신은 어느 쪽을 따라야 하는지 깊은 내적 갈등에 빠져 시간을 허비하곤 했다.

주비가 착 가라앉은 얼굴로 이연에게 말했다.

"저쪽에 가 있어."

이연은 울 것 같은 얼굴로 주비를 막아서며 가냘프게 말했다.

"언니, 내 얼굴을 봐서라도 오빠랑 안 싸우면 안 돼?"

주비가 화가 나 소리쳤다.

"네 얼굴이 얼마짜리길래? 비켜!"

이성은 음울한 눈빛으로 한 글자 한 글자 또박또박 말했다.

"연아, 너랑 상관없는 일이야."

이연은 주비의 소매를 잡고 끝까지 매달렸다.

"언니……."

이렇게 끈덕지게 달라붙는 건 주비가 가장 질색하는 행동이었다.

"이거 놔!"

주비가 짜증을 내며 소리쳤다.

그러면서 손을 뿌리쳤는데 자신도 모르게 힘이 들어가 버렸다. 한창 자랄 나이여서 그런지, 주비는 이연과 몇 살 차이도 안 나면서 키는 머리 절반 정도 더 컸다. 평소 무공 수련을 게을리한 이연은 그대로 나가떨어져 엉덩방아를 찧었다.

이연은 믿을 수 없다는 듯 잠시 주저앉아 있더니, "우앙!" 하고 크게 울음을 터뜨렸다.

그 울음소리는 일촉즉발 할 것 같던 분위기를 단숨에 누그러뜨렸다. 이성은 천천히 손에 든 검을 거두고 눈살을 찌푸렸고, 주비는 당황한 채 그저 곁에 서 있었다. 그들은 잠깐 시선을 마주쳤다가 찬바람과 함께 쌩 돌며 동시에 시선을 피했다.

주비는 한숨을 내쉬며 몸을 굽혀 이연에게 손을 내밀었다.

"일부러 밀친 건 아냐."

그리고 잠시 머뭇거리다가 풀이 죽은 목소리로 덧붙였다.

"그러니까…… 언니가 잘못했어. 됐지? 자, 일어나."

이연은 손으로 눈물을 훔치고는 콧물과 눈물을 닦느라 찐득해진 손으로 주비의 손을 덥석 잡았다. 콧물과 눈물은 주비의 손에 그대로 묻었다. 주비는 순간, 이마 핏대가 불끈 솟아 하마터면 다시 손을 뿌리칠 뻔했지만, 이연의 훌쩍이는 말이 들렸다.

"고모가 언니 때릴까 봐 일부러 고모부까지 불러왔는데…… 이렇게 날 밀치는 게 어디 있어! 언닌 내 마음 몰라!"

주비는 이연의 '비밀 무기'에 마음이 누그러져서 이성을 고기 꼬치로 만들어 버리겠다는 생각을 콧물에 묻었다. 그러고는 아예 이연 곁에 쭈그리고 앉아 이연이 앵앵거리며 자기를 혼내는 말에 따분하게 귀 기울여 주었다.

그와 동시에 이연도 쓸모가 있다는 생각이 들었다. 이근용, 그 어미 호랑이도 이연 앞에서는 보살처럼 자애롭게 변하니 말이다. 이연 같은 사람은 많을 필요도 없었다. 한 백 명 정도 있으면 충분했다. 어디서 싸움이 나면 '사촌 여동생 군단'을 두 진영으로 나눠 보내면 천하태평도 금방일 것이다.

아주 작은 생각이 스멀스멀 올라왔다. 나도 재를 좀 본받을 순 없을까?

주비는 퀭한 두 눈으로 이연을 한참 바라보았다. 자신이 땅에 주저앉아 쌈지를 붙들고 엉엉 우는 모습을 상상하자 절로 소름이 돋았다. 이근용이 자신을 정신 차리게 해 준다며 낭아봉을 들고 쫓아올 것만 같았다.

이성은 이연의 울음소리 속에서 방금 일격을 막느라 얼얼해진 손목을 살살 움직여 보았다. 알 수 없는 표정이었다. 작년 겨울, 검술을 연마하던 이성은 연습이 잘 풀리지 않아 기분 전환이라도 하려고 이리저리 산책을 하고 있었다. 뒷산에 다다른 그의 눈에 마침 요양 중이던 주이당과 산책하러 나온 이근용의 뒷모습이 보였다. 이성은 얼른 쫓아가 인사를 하려고 했는데, 바람에 실려 온 그들의 대화를 듣고 말았다.

이근용은 근심스럽다는 듯 주이당에게 말했다.

"그 애는 소질이 그다지 뛰어나진 않습니다. 그건 별문제가 아니지요. 천천히 수련해 나가면 될 테니까. 하지만 생각과 잡념이 너무 많은 것이 오히려 애를 그르칠까 봐 걱정입니다. 이걸 어떻게 얘기해야 할지……."

주이당이 뭐라고 대답했지만 이성은 듣지 않았다. 바람결에 실려 온 고모의 그 말은 마치 쇠못처럼 그의 마음에 인정사정없이 박혀 버렸다.

이근용이 딱히 이름을 말한 것은 아니었지만 이성은 그녀의 말이 자신을 향한 것이라고 확신했다. 이근용 밑에서 자란 아이는 딱 세 명밖에 없었다.

만약 주비가 수련할 때 딴생각을 했다면 그 자리에서 매를 맞았을 거고, 고모가 이렇게 뒤에서 수심에 잠겨 있지도 않을 테니까. 이연은 아직 어리고 아무것도 모르는 멍청이였으니 '생각이 많다'라는 말은 전혀 어울리지 않았다.

이성이 가장 충격받은 대목은 '소질이 그다지 뛰어나지 않다'였다. 그는 어릴 때부터 자칭 '하늘의 총아'라고 자부하면서 뭐든 잘하고 이기려고 애를 써 왔다. 그래서 누구나 그를 칭찬하고 아무도 그에게서 잘못된 점을 지적하지 못하는데, '소질이 그다지 뛰어나지 않다'는 평가를 어찌 받아들일 수 있겠는가?

이성은 자신이 그날 어떻게 도망쳤는지 기억나지 않았다. 다행히 그날 뒷산에 바람이 크게 불어 초소마다 사람이 없었고, 이근용은 그의 존재를 눈치채지 못했다.

그 이후로 '소질이 그다지 뛰어나지 않다'는 말은 그에게 악몽이 되었다. 잊을 만하면 자꾸 머릿속에 떠올라 그를 비웃었다. 원래부터 강렬했던 승부욕이 폭발할 지경이었다.

이성은 생각했다. 내가 소질이 뛰어나지 않다면, 그럼 주비는 뛰어나다는 건가?

전에는 느껴 보지 못한 분노가 치밀어 올랐다. 어떻게든 주비를 이기고 말겠어. 그런데 그가 아무리 도발하고 궁지에 몰아넣어도 주비가 그를 상대해 주지 않으니 충돌이 벌어질 리 없었다.

평소 대련할 때도 주비는 딱 적정선에서 멈출 뿐, 그가 일부러 세게 나가도 고분고분 옆으로 비켜설 뿐이었다. 완전히 그를 무시하는 태도였다. 그렇게 오랜 시간이 흘렀다. 주비가 자꾸 피하니 이성은 점점 승부를 겨루는 일에 집착하게 되었다. 이번 일을 벌인 것도 일부러 주비를 도발하기 위해서였다.

그는 손을 내밀어 이연을 잡아 일으키곤 대수롭지 않다는 듯 몸에 묻은 흙을 털어 주었다. 그리고 다시 거짓 군자의 얼굴을 쓰고 평소처럼 웃는 듯 마는 듯한 표정으로 주비에게 말했다.

"너 혹시 내가 고모부를 불러오지 않았다고 지금 화내는 거야? 비야, 이 오라버니가 네 편을 들어 주고 싶지 않은 게 아니라, 너도 장난이 너무 심했어. 손 선생은 다 너 잘되라고 가르친 거야. 그리고 그 어르신 말이 틀린 것도 없잖아? 여자애라면 얌전하게 본분을 지켜야지, 종일 싸우고 죽여서야 나중에 뭐가 되겠어? 넌 사십팔채 출신이야. 나중에 시집을 가더라도 내가 있는데 누가 감히 널 괴롭히겠니."

주비는 벌떡 일어나 눈썹을 치켜세웠다. 그녀의 눈썹은 태어날 때부터 세심하게 다듬은 것처럼 반듯하고 가지런했고 귀 쪽으로 똑바로 뻗어 있었다. 주비가 차갑게 비웃었다.

"그 말을 두령님 앞에서나 해 보지 그래? 얌전하게 방에 앉아서 수나 놓고 지내시라고 해 봐. 난 아주 찬성이니까.”

이성은 침착하게 대꾸했다.

“사십팔채의 우두머리는 우리 이씨채李氏寨야. 두령 자리를 이어받을 사람이 없는 위기 상황에 이씨인 큰고모가 운명을 받아들인 거지……. 그런 일은 주씨 아가씨에겐 결코 없을 거야.”

주비가 바로 맞받아쳤다.

“생각해 줘서 고마워. 쓸모없는 누구한테도 그런 일은 결코 없겠지.”

말다툼 중에 무의식적으로 내뱉은 단어가 이성의 열등감에 적중했다. 이성은 아직 속이 깊게 여물지 않은 소년이었다. 그의 표정이 순간 어두워졌다.

“주비, 너 방금 누굴 말한 거야?”

주비는 아무래도 오늘 싸우기엔 그른 것 같아 착배도를 등에 메고는 ‘에라 모르겠다’ 하고 다다다 쏘아붙였다.

“난 돼지나 개나 쥐를 말한 거야. 왜, 갑자기 동물들 편을 들고 싶어졌어?”

이성은 검을 쥔 손을 풀었다. 한참 후 그는 억지로 미소를 지어 보였다.

“네가 그렇게 실력이 높다고 자부한다면 나랑 한번 겨뤄 볼래?”

주비가 그를 조롱하듯 바라보았다.

“지금은 감히 그러질 못하겠네. 오빠 동생이 가서 이르면, 두령님이 내 살가죽을 벗길걸.”

“아니.”

이연이 항의도 하기 전에 이성이 큰소리쳤다.

“난 세묵강을 건널 거야. 너도 갈래?”

'세묵강을 건넌다'라는 말은 사십팔채의 어린 제자들 사이에 널리 퍼진 입버릇 같은 거였다. '죽여 버린다'나 '다음에 밥 살게'처럼 그냥 하는 말이었지, 실질적으로는 아무 뜻도 없었다.

그러나 그 말이 생긴 유래를 이야기하자면 길었다. 삼채주가 일으킨 반란을 진압하면서 이가의 둘째 도련님이 전사하고 사십팔채의 힘이 크게 약화되었던 그해, 바깥에서는 남북이 대치하며 세력 간의 투쟁이 더욱 빈번해졌다.

황제가 직접 체포 명령을 내린 조정의 죄인들이 하나둘 사십팔채에 몸을 은닉했다. 그 수가 얼마나 되는지 알 수 없어 경계 관리를 더욱 강화할 수밖에 없었다.

촉 땅에는 산이 많았다. 산길에는 수많은 비밀 통로와 초소가 암암리에 서로 연결되어 있어서 한쪽에 이상한 움직임이 포착되면 즉시 사십팔채 전체에 소식이 퍼졌다.

내부 사람들끼리도 평소 드나들 때 정보를 남겨 두어야 했다. 누구인지, 무슨 일 때문인지, 언제 지나갔는지 등, 전후 맥락을 완전하게 남겨 두어서 언제고 찾아볼 수 있도록 했다. 그리고 각자는 자기 이름이 쓰인 영패를 소지하고 다녔다. 타인의 영패를 훔쳐서는 안 되었다.

아직 수련 중인 제자들은 마음대로 산을 내려갈 수 없었다. 언제 수련을 마치고 하산할 수 있는지는 각 사부의 판단에 달려 있었다. 사부가 허락하지 않으면 하늘을 날고 기는 능력이 있어도 안 되었다. 하지만 딱 한 가지 상황에서는 예외였는데, 바로 혼자 힘으로 세묵강을 건너는 것이었다.

세묵강은 사십팔채 중에서 유일하게 초소 경비가 없는 곳이었다.

동남쪽 끝, 드넓은 세묵강을 사이에 두고 양쪽에 고산 절벽이 우뚝 솟아 경계를 나누고 있었다. 가히 천연 요새라 할 만했다.

세묵강과 관련해 전해지는 민간 전설도 무수히 많았다. 강물 색은 칠흑같이 검었다. 위에서 내려다보면 거대한 검정 마노가 땅에 깔려 있는 것처럼 보였다. 선대 채주는 생전에 무수한 물자와 인력을 투입해 양쪽 절벽에서 자라는 나무와 튀어나온 바위를 깨끗하게 정리했다. 거대한 거울처럼 매끄러워진 양쪽 절벽은 강물에 비쳐 시커멓게 보였다. 절벽에 오르는 것이 힘들어졌지만 주변을 한눈에 살펴볼 수도 있었다.

경공이 아주 뛰어나서 강 중앙까지 무사히 내려간다 한들, 세묵강 한가운데에는 강을 지키는 어르신이 있었다. 그 어르신이 몇 살인지, 어디서 왔는지는 알려지지 않았다. 주비가 태어나기 전부터 그곳에 있었던 것 같다. 혹자는 그를 '어노인魚老人'이라고 부르기도 했다. 그는 액을 막을 수 있는 신선이었으며 무수한 기관과 함정을 조종할 수 있었다.

주비는 어렸을 적 있었던 사건을 기억하고 있었다. 그러니까 사십팔채의 출입이 아직 그리 엄격하지 않았을 때, 운 나쁜 사형 몇 명이 뭘 잘못 먹었는지 멀쩡한 길을 놔두고 굳이 세묵강의 깊이를 알아보겠다며 경공으로 절벽에서 뛰어내렸는데, 이튿날 누구 하나 빠짐없이 밧줄에 묶여 절벽에 매달려 있었다. 어노인은 어찌나 질서 정연함을 추구하시는지, 그들을 그냥 묶어 매달아 놓은 것이 아니라 발 높이를 나란히 맞춰서, 키 순서대로 줄을 세워 놓았다. 그래서 멀리서 보면 가지런한 것이 보기에 좋았다.

당시 이근용은 하늘 높은 줄 모르고 날뛰다 된통 당한 제자들을 풀어 주라고 명하면서 한편으로는 앞으로 세묵강을 건너는 사람은 하산해도 좋다고 농담처럼 얘기했다.

그 말이 퍼지자 해마다 강을 건너겠다며 눈에 불을 켜고 도전하는 제자들이 등장하곤 했다. 하지만 모두 실패로 끝났고 아직까지 성공한 사람이 없었다.

주비는 이성의 그 무모한 도전을 듣고 자신도 모르게 미간을 찌푸렸다. 왜 괜히 문제를 일으키려는 거지? 이성은 주비를 똑바로 쳐다보며 악의적인 미소를 지어 보였다. 그리고 느릿느릿 속삭였다.

"무서워? 그럼 안 해도 돼. 넌 일러바칠 사람이 아니니까. 오늘 일은 내가 말한 적도 없는 거고, 너도 듣지 못한 거야."

이런 식의 자극법은 때론 아주 효과적이다.

'난 네가 도발해도 걸려들지 않을 거야'라고 아무리 중얼거려 봐도, 속에서는 열불이 나고 있을 테니 말이다. 게다가 '난 걸려들지 않을 거야'라고 외치는 사람일수록 더욱 화를 내는 법이었다.

주비는 한밤중에 어노인을 도발하는 것에는 흥미가 없었다. 머릿속으로는 이성이 미쳤다고 생각하면서도, 감정적으로는 '무서워?'라는 말이 너무도 거슬렸다.

때마침 전문 훼방꾼 이연이 당당하게 끼어들었다.

"언니, 우리 가자. 오빠 말은 무시해. 한밤중에 세묵강을 건넌 사람은 아무도 없다고. 오빠 정말 미쳤구나? 사십팔채가 그렇게 답답해?"

이성은 거만하게 웃으며 말했다.

"천하는 얼마나 크고, 바다는 또 얼마나 넓겠어? 절대고수는 셀 수 없이 많아. 사십팔채에서 이제까지 건넌 사람이 없다고 나도 못 건널 것 같아? 난 세묵강을 건넌 첫 번째 사람이 될 거야!"

소년이 이런 호언장담을 늘어놓을 때는 진심이 녹아 있기 마련이었다. 다만 자신이 아직 꼬꼬마 제자라는 것을 고려하지 못했을 뿐. 예를 들어 '셀 수 없이 많은 절대고수'는 자신과 손톱만 한 관계도 없었다.

어쨌든 실력으로 초월할 수 없다면 최소한 목표라도 높이 두어야 했다. 그래야 다른 사람에게 자신이 '우물 안에 속하지 않는 범상치 않은 존재'라는 착각을 심어 줄 수 있었다.

주비는 그런 그가 우스우면서도 한편으로는 '천하는 얼마나 클까'라는 대사에 저도 모르게 꽂혀 버렸다. 주비가 이성을 흘겨보았다.

"내가 언제 건지러 가면 돼?"

이성은 주비의 말에 담긴 도발을 무시한 채 태연히 대답했다.

"모레 밤, 술시 삼각."

"오, 보름날이네."

주비는 알 수 없는 웃음을 지었다.

"좋은 날이야. 달이 밝잖아. 무슨 사고라도 생기면 목청껏 소리 질러 봐. 어노인은 네가 누군지 똑똑히 볼 수 있겠지."

주비는 간다고, 안 간다고도 하지 않은 채 이연의 어깨를 토닥이면서 그 애가 묻혀 놓은 눈물 콧물을 교묘하게 닦아 냈다. 그러고는 자신의 착배도를 메고 훌쩍 자리를 떠났다.

그러나 이성의 계획에 아랑곳없이 하늘은 심술을 부렸다. 보름달이 뜨는 날, 날씨가 흐려진 것이다.

그날은 마침 달이 어둡고 바람이 많이 불었다. 사윤은 조용히 나무 꼭대기에 엎드려 호흡을 가다듬고 있었다. 마치 나무와 혼연일체가 된 것 같았다. 그에게서 두 주먹 정도 떨어진 거리에 새 둥지가 있었다. 큰 새는 아기 새들을 보호하며 둥지에서 한참 단잠에 빠져 있었다. 옆에 있는 사람의 움직임을 전혀 느끼지 못한 모양새였다.

갑자기 바람이 휙 하고 불자 큰 새는 문득 정신을 차리고 경계하듯 눈을 떴다. 사십팔채의 두 당직 보초가 수풀 속을 빠른 걸음으로 지나쳐 갔다.

사십팔채에는 가족 아니면 적뿐이었다. 그 두 사람은 어찌나 서로 장단이 잘 맞는지, 여덟 장 정도 서로 떨어진 채 손짓을 주고받지도 않고 오로지 눈빛만 교환하며 나아갔다. 그러다 전음이라도 통했는지 순식간에 두 방향으로 갈라져 한 사람은 큰길을 수색하고, 다른 한 사람은 오솔길을 수색하며 눈 깜짝할 사이에 흔적 없이 사라졌다.

두 사람이 멀리 지나가자 큰 새는 비로소 고개를 돌리고 갸우뚱하며 사윤을 응시했다. 사윤은 눈꺼풀도 한 번 움직이지 않고 죽은 듯이 가만히 있었다. 큰 새는 눈을 부릅뜨고 그를 잠시 바라보았다. 나무줄기에 붙은 이 '혹 덩어리'는 모양이 이상하긴 해도 별다른 이상이 없다는 판단이 들었는지, 큰 새는 안심하고 머리를 날개 밑에 묻고는 다시금 잠에 빠져들었다.

숲은 매우 고요했다. 어디선가 들리는 개구리 울음소리에 음흉한 박자가 실려 있었다. 크고 작은 벌레들이 찌륵찌륵 쉴 새 없이 울어 댔다. 향 한 대 태울 시간이 지나자, 아까 지나갔던 두 보초가 어디선가 갑자기 튀어나오더니 원래 자리에서 만났다. 두 사람은 방금 전 쫓는 시늉만 했던 것이다.

두 사람은 부근을 수색했지만 귀신 그림자 하나도 찾지 못했다.

둘 중 어린 사내가 말했다.

"넷째 형님, 저희가 잘못 봤나 봅니다."

나이 많은 사내가 조심스럽게 대꾸했다.

"하루라면 잘못 봤을 수도 있지. 그런데 우리 두 사람이 눈 네 개로 매일 잘못 볼 리 없잖아. 분명 경공이 아주 뛰어난 사람일 거야. 요 며칠 그놈은 줄곧 우리 방책울타리 주변을 돌아보고 있었어. 무슨 꿍꿍이인지……. 어찌 됐든 일단 돌아가서 소식을 전하자. 사형 사제들에게 오늘 밤에도 경계를 강화하라고 해야겠어. 만약 정말로 무슨 일이 생기면 말이야, 우리가 그놈을 잡지 못해도 앞에 함정 백팔 개가 설치되어 있어. 그놈 혼자 뛰어들었다간 제아무리 참새라도 도망가지 못할 거라고."

두 사람이 떠나고 또다시 반 시진1시진=2시간 정도 지났을까, 구름에 가려졌던 달이 얼굴을 드러냈다. 사윤의 눈빛이 그제야 살짝 움직였다. 순식간에 활기를 찾은 그는 깃털처럼 사뿐하게 땅으로 내려왔다.

사윤은 나이가 약관 정도 되어 보이는 젊은이였다. 잔잔한 호수 같은 눈동자는 주변의 미미한 달빛을 모아 오롯이 반사하고 있었다. 눈동자에 뜬 달빛은 지극히 밝고 지극히 고요했다.

그는 나무줄기에 기대어 잠시 생각하다가 품에 손을 넣어 손바닥만 한 크기의 영패를 꺼냈다. 선대 왕조의 요원이 그 자리에 있었다면 대경실색할 물건이었다. 영패에는 대전체주나라 서체로 '천자신보, 국운창륭天子信寶, 國運昌隆'이라는 여덟 글자가 새겨져 있었다. 옥새의 전각과 똑같았다.

사윤은 이 수상하고도 분에 넘쳐 보이는 영패를 손에 들고 몇 번 가볍게 던져 보다가 대수롭지 않다는 듯 다시 품에 넣었다. 함정이 백팔 개나 배치되어 있다는 말을 들었음에도 전혀 당황하는 기색이 아니었다.

그는 손바닥만 한 나뭇잎을 따서 반으로 접은 다음, 맺힌 이슬을 모아 입을 적셨다. 그리고 몸을 돌려 앞으로 미끄러져 나갔다. 그는 마치 중량이 전혀 나가지 않는 사람처럼 발끝으로 나뭇가지 끝을 밟으며 가볍게 나무 사이를 헤쳐 나갔다. 그가 지나간 곳은 나뭇가지가 살짝 흔들릴 뿐, 잎사귀에 맺힌 이슬방울 하나도 떨어지지 않았다.

'풍과무흔風過無痕, 바람처럼 지나간 곳에 흔적이 없다'이라 불리는 이 기술은 경공 중에서도 최고 수준으로, '천화요수穿花繞樹, 꽃을 꿰뚫고 나무를 휘감는다'나 '답설무흔踏雪無痕, 눈 위를 밟아도 흔적이 없다'에 견줄 정도였다. 이 젊은 나이에 벌써 경공의 절정을 구사하는 고수였다니.

그는 큰길로도, 오솔길로도 가지 않고 사십팔채 주변을 빙 돌았다.

사윤이 사십팔채에 온 것은 누군가를 만나 무엇인가를 전하기 위함이었다. 그는 사십팔채에 들어가는 것이 쉽지 않다는 것을 잘 알고 있었다. 자신의 문파를 대며 만나기를 청했다가는 만나야 할 사람을 만나기도 전에 그 흉악한 이근용에게 잡혀 난도질당한 후 고깃국으로 끓여질지도 모른다. 게다가 무작정 뛰어들거나 몰래 잠입하는 건 더더욱 피해야 했다. 간신 조중곤도 성공하지 못한 방법인데, 사윤은 자신이 그 정도 역적은 아닌 것 같았다.

그는 사십팔채 밖에서 거의 반년을 참을성 있게 잠복해 있었다. 처음 한 달은 행상인으로 위장했었다. 사십팔채는 세상과 완전히 격리된 곳은 아니었다. 내부에서 모든 것을 자급자족할 수 없었기에 필요한 물품이 있으면 시장에 사람을 보내기도 했다. 사윤은 주변 지형을 익히는 한편 사십팔채의 소식에 귀를 기울였다. '이 두령은 무청으로 속을 넣은 교자를 좋아한다' 같은 시시콜콜한 소식까지 실감 나게 전해 들을 수 있었다.

한 달 후, 그는 물품을 배달하는 무리에 끼어들었지만 그래도 산채에 들어갈 수 없었다. 물품 배달은 산채 외곽까지만 가능했다. 산채에서 사람이 나와 물품을 받아 가는 방식이어서 외부인의 산채 출입은 불가능했다. 사윤은 산채 입구를 눈여겨보았다. 그리고 그날 밤, 자신의 뛰어난 경공을 이용해 정탐을 시도했다. 그러나 사십팔채의 삼엄한 경비를 과소평가했는지 살짝 맛만 보고 나올 수밖에 없었다. 얼굴을 드러내기도 전에 잡혀 죽을 뻔한 고비를 넘기고 겨우 빠져나왔다.

그 후로 그는 마음을 가라앉히고 사십팔채 주변을 삼 개월 넘게 반복해서 조심스럽게 살펴보면서 산에 토끼굴이 몇 개가 있는지까지 모조리 파악했다. 과연 노력은 사람을 배신하지 않았다. 그는 초소와 보초가 많지 않은 유일한 길, 바로 세묵강의 천연 요새를 발견해 냈다.

길가에 자두가 열렸는데도 아무도 따 가지 않는다면 분명 그 자두는 쓰디쓸 터. 사윤은 자신의 경공이 '천하무쌍' 수준에 도달했는지는 모르겠지만, 겉으로만 봤을 때 이 강을 건널 수 있는 사람은 강호에 여럿 있을 것 같았다. 그런데도 이근용이 이렇게 경계를 풀어 두었다는 것은 분명 강에 뭔가가 있다는 뜻이었다.

사윤은 매일 강변을 한 바퀴 돌면서도 서둘러 내려가지 않고 날마다 절벽 가장자리에서 관찰을 계속했다.

강 한가운데에는 작은 정자가 있었다. 밤마다 등불이 떠오르는 걸 보면 그곳을 지키는 사람이 있는 것 같았다. 그러나 보름날 밤, 사윤이 다시금 강가에 도착했을 때, 뜻밖에도 그 불빛이 보이지 않았다. 그는 그 자리에서 결단했다. 따로 날짜를 잡느니 차라리 지금 바로 돌파하자. 절벽에서 뛰어내리는 거야.

야행복 차림의 사윤은 검은 물결이 굽이치는 세묵강을 빤히 바라보다가 품속에서 동전 하나를 꺼냈다.

"점을 쳐 볼까."

고심 끝에 내린 결론이었다.

"앞면이 나오면 만사대길할 거고, 뒷면이 나오면 어떻게든 극복할 수 있겠지."

하늘도 이렇게 뻔뻔한 점괘를 묻는 사람에게 본때를 보여 주고 싶었는지 사윤이 동전을 하늘로 던지자마자 멀지 않은 곳에서 갑자기 인기척이 들렸다. 뭔가 묵직한 것이 골짜기에 떨어진 것처럼 조용한 산골짜기에 바스락거리는 소리가 울려 퍼졌다.

절벽 양쪽을 순찰하던 제자들이 즉시 등불을 켰다. 사윤은 순간 저도 모르게 시선이 분산되었다. 그런데 웬걸, 때마침 불어온 바람이 사윤이 던진 동전을 밀어내 버려 사윤은 동전을 잡지 못했다.

동전은 그의 눈앞에서 땅으로 떨어졌다. 앞면도 뒷면도 아닌, 두 바위 사이에 끼인 채 요염하게 옆으로 누운 자세였다.

주비와 이성은 한 걸음 떨어진 채 나란히 세묵강으로 걸어갔다.

어렸을 때부터 사십팔채에서 자라며 갖은 말썽을 부려 왔기에 각자 순찰을 피하는 방법을 알고 있었다. 주비는 때로 자신이 집단에 잘 어울리지 못하는 성격인지, 아니면 조상 대대로 내려오는 미운털 박히는 유전자를 이근용에게서 물려받았는지 분간할 수 없었다.

주비와 이성은 나이가 비슷한 데다 어렸을 때부터 이근용 밑에서 함께 무술을 연마하면서 자라 왔기에 허물없이 지내는 건 아니더라도 소꿉친구는 소꿉친구였다.

하지만 이성은 대인관계가 원만해 사십팔채 각 산의 제자들을 구슬려 자기편으로 만들면서도, 유독 주비와는 상극인 것처럼 볼 때마다 으르렁거렸다. 속에 가시를 숨긴 채 겉치레 인사를 하거나 무기를 들고 팽팽하게 맞설 때가 아니면 두 사람은 별다른 말을 나누지 않았다. 명색이 동문이면서도 어려운 동작을 배웠을 때 서로 토론하는 일도 없었다. 둘의 대련은 항상 이근용이 있을 때에만 이루어졌고, 각자 알아서 배운 것을 복습할 뿐 서로 교류하지 않았다.

주비가 딴생각에 빠져 있는 동안 어느새 세묵강에 다다랐다. 음침한 밤하늘에 바람이 열어 놓은 조그마한 틈새로 달빛이 살짝 새어 나왔다. 세묵강 위로 쏟아진 달빛은 한 줌 모래알처럼 순식간에 물에 휩쓸려 사라졌다. 절벽 위에서 내려다보자니 약간 현기증이 났다.

주비는 바스락거리는 소리가 나는 쪽으로 고개를 돌렸다. 이성이 허리에 묶은 행낭을 풀고 있었다. 그는 행낭 속에서 밧줄 한 다발과 절벽을 오를 때 쓰는 쇠발톱을 꺼냈다. 과연 준비가 철저했다. 주비는 무의식중에 행낭으로 시선을 던졌다가 깜짝 놀라 물었다.

"갈아입을 옷은 왜 챙겨 온 거야?"

이성은 순간 멈칫했지만 고개도 들지 않고 다시 행낭을 꾸려 짊어졌다. 그 크지도 않은 행낭에는 평소 갈아입을 옷이며 나침반, 치료 약, 그리고 몇 장 찢겨 나간 여행기 한 권이 들어 있었다.

주비는 눈치가 없지 않아서 보자마자 대번에 알아챘다. 이성이 야밤에 세묵강을 건너겠다고 큰소리친 건 괜히 해 본 소리가 아니었다. 그는 정말로 사십팔채를 떠날 생각이었다. 게다가 오래전부터 준비한 듯했다.

주비는 자기도 모르게 똑바로 서서 물었다.

"여길 떠나려고?"

이제껏 사십팔채의 실질적인 '금지옥엽'은 이가의 큰 도련님, 이성이라고 생각했다. 가짜 왕조의 흉계로 선대 채주가 세상을 떠난 후, 지금의 두령 이근용은 열일곱 살에 홀로 사십팔채의 대들보를 짊어져야 했다.

당시 밖으로는 호랑이와 늑대가 득시글거렸고 안으로는 각자의 주판알을 굴리는 늙은 채주들이 있었다. 이근용은 홀로 가마솥의 뚜껑이 되어 끊임없이 끓어오르는 사십팔채를 덮었다.

그렇게 오랜 세월을 견디다 보니 인정사정없이 밀고 나가는 방식이 몸에 배어 버렸고, 원래부터 거친 성격 탓에 우호적인 인간관계를 유지하기가 갈수록 어려워졌다. 산채의 노인들은 이근용 앞에만 서면 벌벌 떨기 일쑤였다. 이근용을 비틀어 짜면 상냥함이 두 방울 정도 나오려나. 한 방울은 주이당의 것이고 나머지 한 방울은 이가의 오누이의 것일 터였다.

사십팔채에서 이성의 지위는 아주 높았다. 게다가 사람들과도 잘 어울려서 어딜 가든 환영받고 대접받았다. 아마 이성이 커다란 지

네로 변해서 백팔십 개의 흉측한 다리를 달고 다녀도, 아부꾼들은 앞다투어 다리를 들어 줄 것이다. 그런데 이 도련님은 대체 뭐가 마음에 안 들어서 가출을 하려는 걸까?

이성은 잠시 침묵하다가 "응." 하고 대답했다.

"이상하네. 무덤가에서 주워다 기른 나도 가출할 생각은 해 본 적 없는데, 네가 먼저 준비를 해 놓을 줄이야."

주비의 말에 비아냥거림이 묻어 있었다.

"오늘만 기다린 거야?"

"난 너랑 달라."

이성은 주비와 여러 말 섞고 싶지 않았다. 그는 아랑곳하지 않고 은폐된 곳을 찾아 밧줄을 단단히 묶은 후 절벽 아래로 늘어뜨렸다. 밧줄 끝은 세묵강의 어둠 속으로 사라져 보이지 않았다.

이성이 보기에 주비는 이근용의 친자식이었기에, 그만큼 혼나고 맞는 것이었다. 이근용은 마치 엄격한 손질이 필요한 어린나무를 대하듯 주비를 대했다. 조금이라도 비뚤게 자라면 베어 버리는 것도 마다하지 않을 정도로. 그건 주비를 좋은 재목으로 만들기 위해서였다. 그런데 자신은 어떤가?

이성은 사방이 산으로 둘러싸인 이 조그만 세상에 갇혀 있었다. 누구나 그를 보면 '이 공자님'이라고 불렀고, 어른들은 그에게 '아버지의 모습이 남아 있다'며 한마디씩 하곤 했다. 그의 온몸에는 한창 나이에 세상을 떠난 이씨 가문 둘째 도련님의 낙인이 찍혀 있었다. 마치 유품처럼 세상에 남겨져 남의 집에 의탁하는 신세…… 그것도 소질이 뛰어나지 않은 계륵 같은 유품이었다.

– 소질이 그다지 뛰어나진 않습니다. 그건 별문제가 아니지요. 천천히 수련해 나가면 될 테니까.

너그럽고 다정하기까지 한 말이었지만, 자세히 생각해 보면 이 두령은 누구에게도 너그럽지 않았다. 그런 말을 했다는 건, 그에게 별다른 기대가 없다는 것이 분명했다. 생각이 거기까지 미치자 이성은 쇠발톱을 손목에 장착한 다음, 이를 악물고 뒤도 돌아보지 않고 절벽을 뛰어내렸다.

"야……!"

주비의 목소리가 사그라지기도 전에 이성은 이미 허공에 매달려 있었다.

막상 뛰어내린 후에야 이성은 자신이 세묵강 양쪽의 절벽을 만만하게 봤다는 사실을 깨달았다. 특히 방금 그 구간은 어찌나 반질반질하게 갈아 놓았는지, 마치 얼음이 한 겹 덧입혀진 것처럼 미끄러워 힘을 빌릴 만한 곳이 거의 없었다.

이성의 발이 미끄러지며 절벽에 온몸이 부딪쳤다. 허리에 찬 단검이 떨어지며 쨍강거리는 소리가 연이어 울려 퍼졌다. 뜻밖의 상황에 두 사람 모두 깜짝 놀랐다. 절벽 위의 주비와 공중에 매달린 이성은 거의 동시에 죽기 살기로 밧줄을 꽉 잡았다.

산속을 순찰하던 횃불이 순식간에 밝아졌다. 밧줄이 견고하게 묶여 있는 것을 확인한 주비는 손을 풀고 큰 바위 뒤로 몸을 숨겼다. 주비는 골격이 가늘어 개구멍에 드나들 수 있을 만큼 몸을 조그맣게 웅크릴 수 있었다.

둘 다 운이 아주 좋았다. 위치 선정이 탁월했는지, 순찰하던 사람들은 부근을 한 바퀴 돌았는데도 이상한 점을 발견하지 못했다.

한참이 지난 후, 주비가 바위 뒤에서 걸어 나왔다. 절벽 아래를 내려다보니 이성은 밧줄을 타고 수십 장 정도 내려가 있었다. 강바람에 흔들거리는 모습이 마치 산천에 흩날리는 낙엽처럼 보였다.

주비는 홀로 절벽 위에서 참을성 있게 기다리다가, 문득 처음으로 밖에 나가고 싶다는 생각이 들었다.

사십팔채에는 화를 피하고 몸을 의탁하기 위해 찾아오는 사람들이 종종 있었다. 그들이 알려 주는 바깥세상은 공포스럽기도, 잔인하기도, 애절하기도, 비통하기도 했다. 바깥세상은 어떤 모습일까?

이런 잡초 같은 생각은 아예 없으면 괜찮은데, 일단 생겨나면 삽시간에 뿌리를 뻗어 쑥쑥 자라났다. 주비는 몸을 일으켜 이성이 늘어뜨려 놓은 밧줄을 살짝 건드려 보았다. 밧줄 아래에는 아무것도 매달려 있지 않은 것 같았다. 주비는 헝겊 띠를 꺼내 긴 머리를 하나로 묶고, 한 손으로 밧줄을 잡은 채 민첩하게 몸을 날렸다.

앞서 이성의 실패를 교훈 삼아 주비는 그 매끄러운 절벽을 건드리지도 않았다. 그녀는 이성보다 가벼운 몸을 이용해 밧줄을 따라 아주 가뿐하게 미끄러져 내려갔다. 흡사 바람 따라 맴도는 버들개지 같았다. 절반 정도 내려오니 강물 소리가 귓가에 울렸다. 이성은 절벽에 한 사람이 겨우 설 정도로 튀어나온 바위 위에 서서 미간을 찌푸린 채 세차게 흐르는 강물을 가늠하고 있었다.

주비는 단숨에 밧줄 끝까지 내려가 손목에 밧줄을 감았다. 발을 디딜 만한 곳이 없었기 때문에 밧줄에 의지해 강 위에 매달려 있을 수밖에 없었다.

'설마 여길 헤엄쳐서 건너가야 하는 거야?'

두 말썽꾸러기가 한창 가출 방법을 모색하고 있을 때, 이근용은 사당으로 성큼성큼 들어서고 있었다.

사당 안에서는 머리와 수염이 새하얀 노인이 '현고이공휘패림顯考李公諱佩林'이라고 쓰인 위패 앞에서 두 손 모아 분향하고 있었다. 이근용은 그 모습을 보고 묵묵히 한쪽에 섰다가 분향이 끝나자 다가가 예를 올렸다.

"사숙님."

노인은 예의 차릴 것 없다는 손짓을 하고 사방을 둘러보았다. 마치 어금니 사이에 나물이 끼었는데 아무리 파내도 나오지 않아 찜찜할 때의 표정 같았다. 그는 낑낑대며 사당에 삐뚤빼뚤하게 놓인 방석과 물품을 가지런히 정리한 다음, 소매를 걷고 탁자에 쌓인 재를 치우기 시작했다.

이근용이 눈가를 씰룩이며 얼른 나섰다.

"제가 하겠습니다."

"비켜라, 비켜."

노인은 이근용을 밀어냈다.

"너희들은 어지럽히는 데 선수잖아. 방해나 하지 말거라."

이근용은 하는 수 없이 한쪽으로 비켜섰다. 노인은 향안香案, 향을 올려 두는 탁자을 놓고 위패 사이의 거리를 조절하는 등 분주하게 움직였다. 이근용이 물었다.

"사숙님, 다친 곳은 나으셨는지요?"

"괜찮다. 뭍에 잠깐 올라오는 걸로는 안 죽어."
노인이 말을 이었다.
"오늘이 3월 15일이지 않니? 내 네 아비를 보러 왔다."
그가 바로 세묵강을 지키는 불가사의한 어노인이었다.
어노인이 무심하게 말했다.
"산채 사람들이 질서 있게 오가고, 모두들 각자 맡은 일을 열심히 하는 것을 보니 네가 두령으로서 아주 잘하고 있는 것 같구나."
"아직까진 통제가 되는 것 같습니다."
이근용의 얼굴에 기쁜 기색이라고는 없었다.
"바깥에 떠도는 소문을 들으셨는지요?"
어노인은 사당의 모든 물품을 가지런하게 배치한 후에야 비로소 한숨을 돌렸다. 그는 두 손을 소매 안에 넣고 고개를 돌려 이근용을 향해 웃어 보였다.
"소문일 뿐인데 들어서 뭐 하겠느냐?"
이근용의 목소리가 낮아졌다.
"다들 조중곤의 병세가 위급해서 얼마 버티지 못할 것이라 수군거립니다."
"조중곤이 죽는다니, 좋은 일 아니냐?"
어노인이 말을 이었다.
"네가 젊었을 적 사람들을 이끌고 기세등등하게 북도에 쳐들어간 일이 생각나는구나. 삼천 금군이 너희를 막지 못했지. 너희에게 하마터면 목이 잘릴 뻔한 조가 놈은 놀라서 오줌을 지릴 뻔했고. 그놈의 일곱 개새끼가 아니었다면 조가 놈은 벌써 저승에 갔을 거다. 그런데 넌 그놈이 곧 죽는다는 소문에 어찌 이리 동요하는 게냐?"

이근용이 씁쓸하게 웃었다.

"지금은 옛날과 상황이 많이 다릅니다. 고작 소문일 뿐인데도 산채의 민심이 술렁이고 있습니다. 그 소문이 사실일 것 같지는 않습니다만, 걱정되는 건……."

어노인이 눈을 치켜떴다.

"귀찮은 일이 생길까 봐 그러냐?"

이근용은 잠시 멈칫했다. 그녀는 인정하지도 부인하지도 않은 채 웃으며 말했다.

"아마 저도 늙었나 봅니다."

'늙었다'는 말을 듣기 싫어하는 어노인이었다. 그는 불만스럽게 '흥' 하고 콧방귀를 뀌었다. 노여움에 수염도 치켜 올라갔다. 그런데 그가 채 뭐라고 말하기도 전에 산을 순찰하던 제자의 다급한 외침이 들려왔다.

"두령님!"

이근용이 고개를 돌렸다. 뭔가가 대포알처럼 그녀의 품으로 돌진해 왔다.

"연아?"

이근용은 깜짝 놀랐다.

"이게 다 무슨 일이냐?"

처음에 이연은 '밤에 세묵강을 건너겠다'는 이성의 말을 그저 도발일 뿐이라고만 생각했다. 주비도 별 반응을 보이지 않아서 아무 일도 없을 줄 알았다.

그런데 보름날 밤, 늘 서로 으르렁대던 오빠와 사촌 언니가 이상하게도 손발이 척척 맞았다. 이연은 이성이 행낭을 꾸리는 것을 보고 오빠가 세묵강에 정말로 간다는 것과, 그 참에 사십팔채를 떠나려고 한다는 것을 깨달았다!

고집 세고 막무가내인 고자질 대장 이연을 막기 위해 이성은 떠나기 전 동생을 방에 묶어 놓았다. 날이 밝았는데도 이연이 보이지 않으면 어차피 누군가 찾으러 올 것이니 괜찮을 거라 생각했다.

그러나 친오빠는 친오빠였는지, 그는 동생이 밧줄을 풀려고 버둥대다가 살갗이라도 벗겨질까 봐 노끈을 두 개만 사용했다. 가늘고 부드러운 끈으로 팔을 뒤로 돌려 묶은 다음, 약간 굵은 끈을 다시 그 위에 감아 침상 기둥에 매어 놓았다.

하지만 그는 고자질을 향한 이연의 열정과 여자아이의 유연성을 간과하고 말았다.

밉살스러운 오빠가 떠나자 이연은 이리저리 몸을 비틀며 꿈틀대다가 가장 바깥쪽 노끈에서 빠져나왔다. 몸에 감긴 노끈과 입에 물린 재갈은 빼지 못했지만 이연은 번데기처럼 묶인 상태 그대로 밖으로 깡충깡충 뛰어나갔다. 뛰다가 힘들면 아예 땅에 누워 굴러갔다.

순찰을 돌던 제자는 앞에서 돌진해 오는 것이 멧돼지인 줄 알고 검을 뽑아 내려치려는 순간, 자신의 발밑에 멈춘 '멧돼지'의 다홍색 옷자락을 보고 깜짝 놀랐다. 그는 얼른 이연의 몸에 묶인 노끈을 풀어 주었다.

흙투성이가 된 이연은 드디어 가족인 이근용을 만났다는 안도감에 숨을 크게 들이마신 후, 밤새 누구에게도 얘기하지 못한 그 일을 또랑또랑하게 고해바쳤다.

"이성 그 망나니 같은 자식이 주비 언니를 꼬드겨서 세묵강으로 갔어요! 오빠는 가출할 거래요. 내가 큰고모한테 이르겠다니까 날

묶어 버렸어요!"

이근용은 어리둥절했다.

"뭐?"

이연은 눈물을 훔쳤다.

"고모, 언니 오빠가 그러는데 강에 사는 어노인이 사실은 천 년 묵은 메기 요괴래요. 혹시 메기 요괴한테 잡아먹힌 건 아니겠죠?"

어노인은 팔짱을 끼고 옆에서 헛기침을 했다.

이연은 그제야 옆에 사람이 있다는 걸 깨닫고 고개를 들어 왜소한 체구의 노인을 보았다. 그리고 부끄러운 듯 이근용의 품에서 빠져나와 예의 바르게 인사했다.

"할아버지, 안녕하세요. 그런데 누구시죠?"

노인은 만면에 웃음을 띠고 대답했다.

"메기 요괴지."

"……."

이근용은 말썽쟁이 두 아이 때문에 화가 나서 가슴까지 욱신거렸다. 어노인이 옆에서 정색하며 말했다.

"근용아, 화는 나중에 내고, 일단 얼른 사람들을 보내 애들을 찾거라. 오늘은 내가 산에 오르느라 세묵강을 지키는 사람이 없어. 강 한가운데의 견기牽機가 작동 중이라고."

이근용은 순간 안색이 변해 곧장 밖으로 나갔다.

세상에는 이런 경공이 있다고 한다. 산들바람처럼 도약하고 흐르는 물처럼 잠행하며, 아무런 형태도 흔적도 없이 어디든 갈 수 있는. 하지만 안타깝게도 그 절정의 무공을 보유한 사람이 도둑질을 하고 있었으니, 아무리 눈부신 실력이라도 감상해 줄 사람 없는 무용지물일 뿐이었다.

사윤은 밧줄도, 쇠발톱도 사용하지 않고 마치 온몸이 얇은 종잇장이라도 된 것처럼 절벽을 따라 빠르지도 느리지도 않게 아래로 미끄러졌다. 그가 입은 검정색에 가까운 짙은 회색 야행복은 마침 절벽의 색조와 일치했다. 칠흑 같은 절벽에 빈틈없이 붙은 그는 마치 평범한 바위처럼 보였다. 미끄러운 암석 위의 지극히 미세한 돌기라도 그가 잠시 멈추어 자세를 가다듬기에 충분했다. 그는 계속해서 미끄러져 내려갔다.

사윤은 자신에 대한 평가가 매우 겸손했다. 그가 보기에 자신의 경공은 뛰어나긴 해도 아직 구름과 안개를 타고 하늘을 누비는 입신의 경지에는 이르지 못했다. 수면에 거의 다다랐을 때 하마터면 발을 잘못 디딜 뻔한 것도 그 때문이었다. 얼음처럼 차가운 강바람이 불고 지나가자 다리에 쥐가 났던 것이다. 출발 전, 똑바로 세워진 동전은 역시 불길한 징조였다.

다행히도 수면 가까운 곳은 위쪽처럼 그리 미끄럽지 않았다. 때마침 암석을 붙잡은 사윤은 손발을 모두 동원해 겨우 몸을 끌어 올렸다. 어쨌든 강물에 그대로 미끄러져 들어가 물고기 밥 신세가 되는 건 면할 수 있었다.

그가 안착한 바위는 가로세로 약 한 자약 30.3cm 정도 되는 정사각형 모양이었다. 녹초가 된 사윤은 그 위에 누워 고통으로 얼굴을 찡그리면서도 터질 것처럼 팽팽해진 근육을 풀었다. 별안간, '챙'

하는 소리가 수면 위 멀리까지 울려 퍼졌다. 사윤은 얼른 고개를 들었다. 잔잔한 바람이 수면 위 안개를 흩어 내자 세묵강 건너편에 두 사람의 그림자가 보였다!

그는 가슴이 철렁했다. 강을 지키는 사람이 돌아왔나?

소리를 낸 건 주비였다. 밧줄에 몸을 매달고 있던 주비는 문득 뭔가를 느끼곤 품에서 철련자를 꺼내 강으로 던졌다. 약간의 힘이 실린 철련자는 물속에 들어갔다가 챙 하는 소리와 함께 다시 튕겨 올라왔다. 주비가 눈을 번뜩였다. 물결 형태가 아주 수상쩍다 싶더니 역시 물속에 뭐가 있는 거였어!

이성은 인상을 찌푸린 채 우물쭈물 망설이고 있었다. 원래부터 보수적이고 조심스러운 성격이었다. 그에게 먼저 가라고 한다면 아마 내년까지 기다려야 할 판이었다. 주비는 그런 그를 흘겨보고는 밧줄에서 훌쩍 뛰어 방금 철련자가 떨어진 지점으로 몸을 날렸다. 이성이 깜짝 놀란 것도 잠시, 주비는 수면 위에 안정적으로 우뚝 섰다.

주비는 도발하듯 이성을 바라보고는 잠자리가 수면을 스치듯 수면 위를 폴짝폴짝 뛰었다. 어느새 그녀는 강 한가운데에 도착해 있었다.

맞은편 바위에서 눈을 가늘게 뜨고 그 모습을 바라보던 사윤은 그제야 그림자의 주인이 소녀라는 걸 확인하고 속으로 쳇, 하고 혀를 찼다. 아마도 산채의 꼬마 제자들이겠지. 한밤중에 잠 안 자고 나와서 말썽 부리는.

사윤은 산채의 개미 한 마리도 놀라게 하고 싶지 않았다. 그는 아주 조심스럽게 바위 위에 바로 앉아 두 장난꾸러기가 얼른 사라지기를 바랐다.

소녀의 몸놀림은 그다지 화려하진 않았지만 의외로 민첩하고 과감했다. 소녀는 착배도를 느슨하게 손에 쥐고 있었다. 멀리서 보면 사람과 칼이 가늘고 긴 십자 형태처럼 보였다. 소녀의 등 뒤로 길게 땋아 내린 머리카락이 물기를 머금은 강바람에 살랑살랑 흔들렸다.

밤이라 얼굴은 잘 보이지 않았다. 그의 뛰어난 시력으로도 소녀의 가냘픈 목과 자그마한 턱의 윤곽만 보였다. 마치 물속에서 튀어나온 요괴처럼…….

사윤은 잠시 궁리하다가 결론을 내렸다. 그래, 수초 정괴일 거야.

이때, 강 한가운데에 있는 주비도 드디어 강물 밑의 거대한 물체를 똑똑히 볼 수 있었다. 그것은 커다란 석진石陣이었다. 칠흑 같은 물속에 고요히 매복해 있는 그것은 금방이라도 물 밖으로 튀어 오를 것 같은 요괴처럼 보였다. 강 한가운데의 작은 정자는 수시로 일어나는 물안개에 모습을 숨긴 채 '거대한 강물 요괴'의 머리에 엎드려 있었다.

가만히 밑을 내려다보면 강물이 졸졸 흐르면서 물 밑의 요괴도 움직이는 것처럼 보였다.

주비는 석진을 한참 뚫어져라 바라보았다. 왠지 모르게 갑자기 오싹해졌다. 주비는 자세히 생각할 겨를도 없이 곧장 몸을 돌려 자신을 쫓아온 이성에게 소리쳤다.

"뭔가 이상해! 물러나!"

절벽을 내려와 전설 속 어노인을 만나긴커녕, 물속에서 뭔가 이상한 것이 발견되자 이성은 속으로 겁에 질렸다. 그래서 언제든 도망칠 수 있도록 준비했는데 주비가 '호의'로 그런 말을 던질 줄이야……. 언제나 그랬듯, 그는 호의를 악의로 받아들였다.

주비의 물러나라는 말에 이성은 본능적으로 물러나긴커녕 앞으로 나아갔다. 바로 그때, 등 뒤에서 삐이 하는 소리가 들렸다. 이성은 온몸의 털이 곤두섰다. 그의 단검은 원래 한 쌍이었는데 강으로 내려오면서 하나를 떨어뜨려 하나만 남아 있었다. 그는 가까스로 허리를 굽혀 하나 남은 단검을 등 뒤로 찔렀다.

등을 스쳐 지나가던 그것은 '챙강' 하고 단검과 부딪쳤고, 이성은 그 엄청난 힘에 밀려 물속으로 빠지려고 했다. 그는 어쩔 수 없이 손을 풀어 단검을 그대로 날려 보냈다. 등 뒤에서 찢기는 소리가 나면서 행낭이 정확히 반으로 갈라졌다. 행낭에 들어 있던 것들이 잇달아 물속으로 떨어졌다. 걸치고 있던 두루마기도 예리한 것에 길게 베여 있었다. 다행히 살갗까지 베이지는 않았다.

사윤은 마음 편히 그들의 소란을 구경이나 하려다가 퍼뜩 자세를 고쳐 앉았다. 아무래도 시기를 잘못 선택한 것 같았다. 강을 지키는 사람이 없을 때가 세묵강이 가장 위험할 때일 줄이야. 사람이 없으니 물속에 사는 흉악한 짐승이 나오는구나!

이성이 몸서리쳤다.

"저건 뭐지?"

상황이 이 지경에 이르자 주비는 어노인에게 들키는 말든 화절자火折子를 꺼내 불을 붙였다. 불빛이 주변을 밝힌 순간, 그녀는 사색이 되어 재빨리 장도長刀를 뽑아 앞쪽으로 휘둘렀다. 점차 밝아지는 불빛 속에서 지극히 가느다란 줄이 보였다. 그 가느다란 줄은 그녀와 고작 반 자 정도 되는 거리에서 착배도에 가로막혀 있었다. 줄의 양 끝은 물안개에 가려져 보이지 않았다. 얼마나 긴지, 어디에 연결되어 있는지도 알 수 없었다. 하지만 그 줄이 그대로 전진했다면 그녀의 다리는 진작에 몸과 분리되었을 것이었다.

그 가느다란 줄에서 전해지는 힘은 가히 상상 초월이었다. 칼을 쥔 주비의 손등에 핏대가 돋았다. 잠깐 버텼을 뿐인데도 곧 그 힘에 밀려 쓰러질 것만 같았다. 주비는 장도를 받침점으로 삼아 하늘로 몸을 솟구쳐 제자리에서 공중제비를 돌았다. 그와 동시에 재빨리 손의 힘을 풀자 음험한 줄은 주비의 어깨를 스치며 귀신처럼 안개 속으로 사라졌다.

상황을 지켜보던 사윤이 어두워진 얼굴로 중얼거렸다.

"견기가 있었군."

강물 요괴는 사윤에게 자신의 모습을 살펴볼 기회를 주지 않았다. 곧, 공중에서 삐이 소리가 연달아 들려왔다. 강 중앙의 두 아이는 곡예하듯 이리 뛰고 저리 뛰며 줄의 공격을 피해야만 했다. 이제는 돌아가고 싶어도 늦었다. 발밑의 바위가 움직이기 시작한 것이다!

하늘 높은 줄 모르고 까불던 불청객에 의해 깨어난 강물 요괴는 무수히 많은 줄로 연결된 거대한 꼭두각시 같았다. 칼날 같은 줄이 물속에서, 물 위에서 그들을 향해 날아오며 그들이 딛고 선 바위를 아래위로 사정없이 흔들었다. 주비가 들고 있던 화절자의 불빛은 꺼지기 직전 그들이 왔던 길을 비추었다. 빽빽하게 엉킨 줄이 그 빛을 반사하며 반짝였다. 공포가 엄습했다. 돌아가는 길이 막혔다. 그들은 거미줄에 걸린 벌레 신세가 되고 말았다.

이성이 소리쳤다.

"물속으로 들어가!"

사십팔채 곳곳에는 계곡이 있다. 그곳에서 자란 사람이라면 물에 익숙했고 강에 빠져도 헤엄쳐 나올 수 있다. 무기를 모두 잃은 이성은 낭패스럽기 짝이 없었다. 체면이고 청결이고 모두 버린 지금, 남은 방법은 물속으로 들어가는 것뿐이었다. 그러나 그가 행동하기도 전에, 절벽에서 갑자기 낯선 남자의 목소리가 들려왔다.

"물에 들어가면 안 돼!"

강 위에 있던 두 사람은 깜짝 놀랐다. 주비는 허둥지둥 몸을 구부려 자신의 허리를 자르려고 다가오는 줄을 피했으나 머리카락이 살짝 잘리고 말았다. 주비가 소리쳤다.

"누구야!"

사윤은 자신이 바위인 척 모른 체하고 싶었다. 갖은 위기를 넘기며 가까스로 여기까지 오지 않았는가. 하지만 두 아이가 여기서 죽는 걸 차마 두고 볼 수 없었다. 그는 마음을 굳게 다잡았다. 내가 시기를 잘못 선택한 게 맞아. 뭘 해도 이렇게 꼬이는 걸 보니. 됐어, 잡히면 잡히지 뭐.

사윤은 소매 속에서 뇌화탄 하나를 꺼내 하늘 위로 높이 던졌다. 뇌화탄은 공중에서 터지며 무수한 불꽃을 발산했다. 눈부시게 밝은 빛은 아니어도 수 리 밖까지 퍼질 수 있어 산채 사람들을 놀라게 하기 충분했다.

이때, 주비와 이성은 뇌화탄의 불빛을 통해 물속 상황을 똑똑히 볼 수 있었다. 커다란 바위 가운데에 가느다란 줄이 천 갈래 만 갈래 이어져 있었다. 이 덫줄牽機線은 물속에 고요하고도 음험한 그물을 펼쳐 놓아, 일단 사람이 물에 들어가면 그 즉시 거대한 그물에 잘게 다져질 것만 같았다.

이성은 손발이 시렸다. 뜨겁게 끓어올랐던 피도 딱딱하게 얼어붙었다. 멍하니 있는 그에게 또다시 그 낯선 목소리가 들렸다.

"아우님, 거긴 진안陣眼, 진법의 운행을 위한 힘을 공급하는 핵심 위치이야. 얼른 거길 벗어나!"

그 말이 끝나기도 전에 이성은 발밑의 바위가 흔들리더니 물속으로 가라앉는 것을 느꼈다. 깜짝 놀란 그가 생각할 틈도 없이 주비 쪽으로 훌쩍 뛰려는데 낯선 목소리가 들렸다.

"위험해!"

물속에서 가느다란 줄이 튀어나와 그의 얼굴을 향해 날아들었다. 공중에는 잡을 만한 것도 없고 손에는 무기도 없으니, 이제 몸이 두 동강 나는 일만 남았다. 이성의 동공이 쪼그라들었다. 바로 그때, 가느다란 줄이 갑자기 멈춰 섰다. 이성은 가까스로 줄을 스치며 다른 바위로 착지했다.

그의 멈췄던 심장이 다시금 미친 듯이 뛰기 시작했다. 고개를 돌려 보니, 주비가 낑낑거리며 가느다란 줄을 착배도로 막고 있었다.

사윤은 강 한가운데 있는 거대한 견기牽機를 눈으로 훑으며 절벽에서 훌쩍 몸을 날렸다. 그는 산들바람처럼 가볍게 견기진에 착지했다.

"물…… 휴, 거기 꼬마 아가씨, 얼른 손을 떼. 그건 사람 힘으로 막을 수 없어!"

그가 말하지 않아도 주비는 더 이상 버틸 수가 없었다. 잠깐 버티고 있었을 뿐인데도 양쪽 손아귀가 찢겨 나갈 것만 같았다. 주비는 반걸음 뒤로 물러나 손의 힘을 빼는 동시에 허리를 뒤로 최대한 굽혔다.

끊어질 듯 팽팽하게 당겨지던 줄은 마치 악기 줄이 튕겨지듯 수면에 닿았다 바로 튕겨 올랐다. '위잉' 하는 소리와 함께 물결이 일었고, 줄은 아래에서 위로 그녀를 스쳐 지나갔다. 갑자기 검은 옷을 입은 사람이 공중에서 내려오더니 그녀로부터 몇 장丈, 약 3m 떨어진 곳에 섰다. 어찌나 몸놀림이 재빠른지 어디서 왔는지도 짐작할 수 없었다.

그가 한 손을 들었다. 손에 쥔 야명주가 빛을 발하며 주변에 얽히고설킨 덫줄을 모조리 비췄다.

"줄은 건드리지 마."

그가 낮은 목소리로 말했다.

"날 따라와."

제 2 장

사윤

사윤

갑자기 등장한 불청객의 엄청난 경공은 주비 평생에 처음 보는 것이었다. 주비의 짧은 평생에 만나 본 사람도 얼마 되지 않았지만.

그가 발을 딛는 곳에는 물 한 방울도 튀지 않아서 마치 물 위를 유유히 떠다니는 유령 같아 보였다. 게다가 착지점도 굉장히 정확했다. 점점 더 많은 덫줄이 물속에서 솟아 나오는 와중에, 딱히 피하는 것 같지도 않은데 옷자락 하나도 줄에 스치지 않았다.

주비는 감탄을 멈출 수 없었다. 도대체 사람이야 귀신이야?

하지만 주변의 덫줄은 갈수록 늘어나고 있었다. 귀신에게 홀리는 것이 온몸이 토막 나는 것보다야 낫지. 주비는 최대한 손실이 적은 쪽을 선택하기로 마음먹고 그 신비로운 검은 옷의 남자를 힘써 쫓아갔다.

이성은 주비보다 상황이 훨씬 안 좋았다. 그의 옷은 이미 줄의 공격에 여기저기 찢겨 있었다. 이성이 물었다.

"선배님은 어느 문파의 분이십니까?"

"난 사謝씨야."

검은 옷의 사람은 가볍게 몸을 돌려 상중하 세 부분에서 덮쳐 오는 덫줄을 피했다. 분명 단순한 동작인데도 그가 하니 옷자락을 펄럭이며 나는 듯한 느낌이 들었다. 실제로는 야행복이라 몸에 딱 맞고 펄럭이는 부분이라고는 한 곳도 없었지만 말이다.

사 공자는 고수의 풍모를 물씬 풍기며 이성을 향해 여유롭게 웃어 보였다.

"선배님이라고 부르지 마. 갑자기 십 년은 늙은 것 같은 느낌이니까."

이성은 그제야 미약한 불빛에 비친 모습으로 그가 그들보다 고작 몇 살 정도 많은 젊은이라는 것을 알 수 있었다. 갑자기 기가 죽었다. 참으로 기복이 심한 하룻밤이었다. 초반에는 자신이 어디든 갈 수 있으리라 큰소리 뻥뻥 쳤는데, 지금은 자신이 아무짝에도 쓸모없는, 하늘 높은 줄 모르고 까부는 우물 안 개구리처럼 느껴졌다. 등장하는 사람마다 모두 그보다 강했으니.

주비는 이근용에게 각양각색의 방법으로 맞는 것이 습관이 되어서 맷집이 다른 사람보다 세 배는 강했다. 덫줄 공격에 잠시 놀라긴 했지만 속으로는 그다지 동요하진 않았다. 그녀는 사 공자를 따라가며 그의 보법을 눈여겨보았다. 사 공자는 마치 요괴를 속속들이 알고 있는 것처럼 전진과 후진을 반복할 뿐이었다. 주비가 물었다.

"이건 대체 무슨 장치죠?"

"견기. 나도 책에서만 보았는데 오늘 너희 둘 덕에 이렇게 직접 눈으로 보게 되는구나."

사 공자는 빠르지도 느리지도 않게 말을 이었다.

"그런데 옛사람들이 사용하던 독약도 이것과 같은 이름이었어. 옛날에……."

주비는 귀를 쫑긋했다. 이 사람의 말하는 방식이 왠지 친근하고 익숙하게 느껴졌다. 이 말 했다 저 말 했다, 요점 없이 뒤죽박죽 얘기하는 방식은 그녀의 병약한 아버지와 일맥상통했다.

"견기를 일단 건드리게 되면 무수히 많은 덫줄이 수면 위로 떠오르지. 하지만 가장 무서운 건 이게 아냐. 어쨌거나 기계로 작동하는 것이고 어느 정도 파악은 되었으니, 아직 완전히 작동하기 전에 최대한 빨리 여길 벗어나야 해. 강 한가운데에 있는 작은 정자 봤지? 거기에는 사람이 살고 있으니 분명 통로가 있을 거야."

사 공자는 쓸데없는 말을 많이 하긴 해도 그의 발걸음은 착실했다. 그는 얘기를 하는 동안 주비와 이성을 데리고 겹겹이 얽힌 덫줄 사이를 빠져나와 정자 근처까지 다다랐다.

주비는 이미 막혀 버린 길을 돌아보며 물었다.

"견기가 완전히 작동하면 어떻게 되죠?"

말이 채 끝나기도 전에, 정자 근처에 있던 바위들이 갑자기 예고도 없이 전부 가라앉기 시작했다. 후퇴하기에는 이미 늦은 상황이었다. 앞장서서 가던 사 공자는 재빨리 하늘로 몸을 솟구쳤다. 그는 공중에 뜬 채로 손에 든 야명주를 던진 다음, 다시 그것을 발끝으로 살짝 찍어 얻은 깃털만 한 추진력으로 공중제비를 돌아 가까스로 뒤쪽 바위에 착지했다. 그는 주비를 데려가기 위해 그녀의 어깨를 잡고 자기 몸 뒤쪽으로 힘껏 당겼으나, 꿈쩍도 하지 않았다.

주비는 젓가락질을 시작할 때부터 이근용에게 얻어맞고 혼나면서 무술을 배워 기본기가 상당히 탄탄했다. 게다가 지금은 잔뜩 긴장한 상태라, 그냥 서서 멍하니 있더라도 다른 사람이 살짝 당겼을 때 끌려갈 수준은 아니었다. 사 공자가 갑자기 어깨를 당기자 주비도 깜짝 놀랐다. 고수의 손이 생각보다 너무나 부드러웠기 때문이었다.

어떤 무공을 배웠는지, 힘을 쓰는 것인지 민첩함을 쓰는 것인지, 공력이 얼마나 깊은지는 그 사람의 손에서 어느 정도 유추할 수 있었다. 특히 다급한 순간에 당기거나 뿌리치는 행동에서 말이다. 그런데 사 공자의 손은 평범하고 문약한 서생의 손 같았다.

머릿속에 의심이 스쳤지만 깊이 생각해 볼 겨를이 없었다. 세묵강 전체가 요동치기 시작했기 때문이었다. 수면에 거대한 소용돌이가 일었고 덫줄이 악기 줄처럼 튕기며 '챙챙' 울리는 소리가 온 하늘에 울려 퍼졌다. 사 공자는 걸음을 멈추고 고개를 저으며 탄식했다.

"나무아미타불, 낭자의 고귀한 입이 나쁜 일을 현실로 만들어 버렸군."

이성이 떨리는 목소리로 말했다.

"저게 다 뭐죠?"

무시무시한 상황이 눈앞에 펼쳐졌다. 주비가 얼른 고개를 들어 보니, 세묵강 물 밑에 잠겨 있던 바위들이 밀물과 썰물처럼 오르락내리락하면서 촘촘하게 엮인 덫줄이 서서히 공중으로 올라가 거대한 그물을 만들었다. 하늘을 가득 메운 그물은 금방이라도 그들을 향해 덮쳐 올 것만 같았다. 그들 셋은 요동치는 강 속에 그대로 서 있었다. 마치 하늘이 무너지고 땅이 갈라지는 것을 망연자실하게 바라보는 개미들 같았다.

앞쪽 길은 가라앉았고 뒤쪽 길은 막혔다. 더 이상 도망칠 곳도 없었다. 이성은 창백한 얼굴로 떨리는 목소리로 말했다.

"장치라고 하셨으니, 작동을 멈출 수 있는 방법도 있는 거죠, 그렇죠?"

사 공자는 태연하게 멈춰 서서 나지막이 읊조렸다.

"음, 생각 좀 해 볼까……."

이성은 당장에 미쳐 버리는 줄 알았다. 지금 때가 어느 때인데 생각을 해! 사 공자는 머리가 어떻게 된 거 아닐까?

주비는 그대로 죽고 싶지 않아 착배도를 뽑아 들고 무작정 덩굴을 내리쳤다. 이성이 놀라 소리쳤다.

"비야, 뭐 하려는 거야?"

날카로운 칼날이 덩굴에 부딪치며 불꽃이 일었다. 거대한 덩굴은 미동조차 하지 않은 반면, 주비의 칼은 엄청난 충격으로 덜덜 떨렸고 칼날에는 금이 한 줄 더 늘었다. 이와 함께 주변의 덩굴들이 일제히 흔들리며 귀가 찢어질 것 같은 날카로운 울음을 뱉었다. 마치 강 전체가 혼자서 거대한 요괴를 뒤흔들고자 한 무지한 소녀를 놀리는 것 같았다.

머리 위를 뒤덮은 거대한 덩굴 그물은 그들이 서 있는 바위를 움직이기 시작했다. 한쪽은 이미 물속으로 가라앉았다. 칠흑 같은 강물은 깊이를 알 수 없는 살기로 넘실거렸다. 이성의 무릎 아래는 이미 물속에 잠겨 있었다. 얼음처럼 차가운 강물은 뼛속까지 시린 한기가 되어 그의 등을 타고 서서히 위로 올라왔다. 이성의 머릿속이 새하얘졌다. 위기일발의 순간, 그의 마음속에는 한 가지 생각뿐이었다. 여기 오지 말았어야 했어. 주비한테 같이 오자고 하지 말았어야 했어.

사윤은 정신을 집중하고 귀를 기울였다. 높낮이가 서로 다른 울림 소리가 그의 귀로 흘러들어 왔다. 그는 퍼뜩 고개를 들고 주비가 두 번째로 칼을 내려치기 전에 손가락으로 방향을 가리켰다.

"저 줄을 쳐!"

주비는 덫줄이 다가오는 것을 느낄 수 있었다. 만약 온몸에 털이나 있었다면 지금쯤 온몸의 털을 곤두세워 공처럼 부풀렸을 것이다. 신경이 극도로 긴장되었고 혈맥 깊은 곳의 사나운 본성이 금방이라도 폭발할 것 같았다. 그녀는 무의식적으로 사윤의 지시를 따라 재빨리 공중에서 손목을 돌려 양손으로 칼 손잡이를 꽉 쥐었다. 그리고 번개 같은 속도로 다시금 덫줄을 향해 칼을 휘둘렀다. 전에 이성을 조롱할 때 사용한 당남산 기술이었다.

하지만 이번 공격은 이성과 싸울 때와 전혀 달랐다. 당시에는 그저 좀 화가 났을 뿐이라 칼을 뻗었다가 다시 쉽게 거둘 수 있었고, 심지어 아주 민첩하게 이연이 던진 쌈지를 낚아채기까지 했다.

하지만 이번에 칼은 돌아오지 않았다. 후회 없는 일격을 위해 칼날은 흐릿하면서도 위엄 있게 포효하며 물안개를 가르고 나아갔다. 한 가닥을 건드리면 전체가 움직이는 그 가느다란 줄이 칼날과 한 점에서 만나는 순간, 주비가 십여 년간 메고 다니던 장도는 부러져 버렸다. 잘린 단면은 거미줄처럼 금이 갔고 부러진 칼날은 물속으로 떨어졌다.

그 덫줄은 주비의 일격에 흔들흔들 움직이더니 물속에서 사람 두 명 굵기의 거석을 수면 위로 끌어 올렸다. 세 사람을 덮쳐 오던 빽빽한 덩굴 그물은 마침 그들 옆에 우뚝 솟은 거석을 꽉 감쌌다. 이들은 서로 팽팽하게 대치하며 세 사람에게 일말의 생존 기회를 열어 주었다.

세 사람은 가쁜 숨을 가라앉히며 여섯 개의 눈동자로 눈앞의 그 미묘한 균형을 묵묵히 바라보고만 있었다. 사 공자가 가볍게 한숨을 쉬며 먼저 입을 열었다.

“어쨌거나 짐작이 들어맞았군.”

주비가 쥐고 있던 칼의 나머지 부분이 댕그랑 소리를 내며 바위와 부딪쳤다가 물속으로 미끄러져 들어갔다. 주비는 양손의 힘이 다 빠져서 칼이 떨어지는 것도 느끼지 못했다.

이성이 깜짝 놀라 물었다.

“괜찮아?”

주비는 방금 자신이 영웅처럼 임무를 완수했다는 생각에 살짝 득의양양해서 실은 기진맥진하고 두렵다는 것을 드러내고 싶지 않았다. 다만 혀가 아직 덜 풀려서 말이 나오지 않자 무표정하게 눈꺼풀을 내리깔고 속세를 초월한 사람처럼 고개만 절레절레 흔들었다.

망연히 사방을 둘러보니 자신들이 있는 곳은 끝이 보이지 않는 세묵강 한가운데였다. 주변에 온통 견기의 날카로운 송곳니가 도사리는 와중에 그나마 목숨을 보전할 수 있는 곳은 이 한구석뿐이니, 심정이 말이 아니었다. 하지만 사 공자는 고개를 숙이고 옷매무새를 다듬으며 웃었다.

“괜찮아. 이렇게 큰 소란이 일었으니 산채 사람들이 곧 너흴 찾으러 올 거야. 착한 사람은 하늘이 돕는 법이니까.”

그는 마치 새해를 맞이하는 사람처럼 얼굴에 흡가분한 미소가 걸려 있었고 말투에도 기쁨이 가득했다. 방금 하마터면 온몸이 토막 날 뻔한 사람 같지 않았다. 그는 심지어 고개를 숙이고 앞에 있는 이 몸놀림이 남다른 꼬마 낭자의 안색을 살피는 여유까지 부렸다.

"정말 과감하고 단호한 일격이었어. '아홉 번 죽는데도 후회하지 않는다'는 천종의 풍모가 느껴지던데……."

사 공자는 먼저 예의 바르게 칭찬을 하다가, 문득 이 '수초 정괴'의 용모가 범상치 않음을 느꼈다. 그중에서도 눈이 아주 특별했다. 가늘지 않고 긴 눈, 보통 사람보다 길게 뻗은 눈꼬리가 우아한 곡선을 그리며 온화하게 살짝 아래로 처진 반면, 눈꺼풀은 위로 치켜 올라가 있었다. 그래서 눈을 크게 뜨고 사람을 쳐다볼 때면 맑은 눈빛이 천진난만하게 보였고, 눈을 내리깔 때면 다가가기 어려울 정도로 차갑고 도도해 보였다.

사 공자는 바로 화제를 바꿨다.

"이름이 '비야'라고 했나? 무슨 한자를 쓰지?"

주비가 뭐라고 대답하기도 전에, 이제야 좀 숨을 돌린 이성이 대화에 끼어들었다.

"그건 제 동생의 아명입니다. 그냥 집에서만 부르는 이름이라, 딱히 정해진 한자는 없습니다."

답변이 이렇다 보니 외부인으로서 더 이상 캐묻는 것은 실례였다. 사 공자는 눈치 빠르게 기품 있는 미소를 지어 보이며 더 이상 묻지 않았다. 이성은 넝마가 된 옷을 걷어 올리고 정중하게 포권을 취하며 사 공자에게 예를 표했다.

"사 형님, 도와주셔서 감사합니다. 오늘 이 위험에서 벗어난다면 평생 은혜를 잊지 않겠습니다. 앞으로 저희 도움이 필요하시다면 물불을 가리지 않고 도와드리겠습니다."

잡다한 지식이 많은 사 공자는 주비가 덫줄을 내리칠 때 사용한 기술이 천종 계열의 도법이라는 것을 한눈에 알아보고 그들이 사십팔채의 천종 쪽 사람이라고 생각했다. 그런데 소년이 말은 예의 바르게 했지만 경계심이 엿보여 아예 먼저 자기소개를 하고 나섰다.

"난 사윤이라고 한다. 전해야 할 서신이 있어 너희 산채까지 오게 되었는데, 초행이라 도무지 입구를 찾을 수 없어 이곳을 통해 들어가려 했던 것이었지. 다른 악의는 없었어."

이성이 말했다.

"사 형님, 산채의 어느 선배님께 드리는 서신입니까? 저희가 돌아가서 대신 전해 드리겠습니다."

사윤이 대답하기도 전에, 갑자기 끼기긱 하는 굉음이 울리더니 그들을 사방에서 공격해 오던 견기가 서서히 물속으로 가라앉았다. 이어 세묵강 양쪽에 등불이 환하게 밝아졌다. 어노인과 이 두령이 도착한 것이었다.

애간장을 태우며 달려온 이근용은 짙은 안개 속에 온통 엉망으로 뒤집어진 세묵강을 보자마자 하마터면 쓰러질 뻔했다. 그녀는 얼른 견기를 가라앉히라는 명령을 내렸다. 혹시나 하는 기대는 이미 사라져 버렸지만, 그녀는 아무 내색 하지 않고 그저 직접 절벽에서 내려가 찾아보겠다고 고집을 부렸다. 강 한가운데에서 사지 멀쩡한 녀석들을 발견했을 때, 이근용은 눈시울이 붉어져 순간 아무 말도 나오지 않았다.

철없는 이연은 세묵강에서 얼마나 무서운 일이 일어났는지 알지도 못한 채 그저 누구는 참 재수도 없다며 생각 없이 히죽거렸다.

그리고 이근용 뒤를 따라다니며 이성을 향해 우스꽝스러운 표정을 지어 보였다. 주변 석벽에는 덩굴에 날카롭게 긁힌 자국이 남아 있었다. 사방을 둘러본 어노인은 고개도 못 들고 선 주비와 이성을 바라보며 손으로 수염을 비볐다.

"장강의 뒷물결이 앞물결을 밀어내듯 대대로 더욱 강해지는구나. 저 두 꼬마 영웅은 참으로 대단해. 이 늙은이는 이제껏 살면서 이렇게까지 죽고 싶어 환장한 바보 녀석들은 처음 봤다. 이거 참 몰라봐서 미안하구나, 실례했어."

이성과 주비는 한 명은 '고모님', 한 명은 '어머니'라고 외치며 엎드렸다. 방금 죽다 살아나서 그런지 평소 제멋대로 굴던 말썽쟁이들이 이번에는 아주 고분고분하게 매를 기다렸다.

이근용은 심장이 쿵쿵 뛰고 속에서 열불이 났다. 다른 때 같았으면 그 두 녀석의 머리를 강물 속에 집어넣고 제대로 씻겨 주었을 것이다.

하지만 현장에 외부인이 있다는 것도 고려해야 했다. 이근용이 앞장서서 사윤을 훑어보았다. 사윤은 용모가 준수하고 뭐라 표현할 수 없는 침착함과 여유로움을 지니고 있었다. 이근용은 그에게 호감을 느끼며 포권을 취했다.

"공자의 도움에 감사를 드립니다. 이름이 어찌 되십니까?"

강호에서는 사윤 나이의 사람과 인사를 나누게 되면 '소협'이라 부르는 것이 일반적이었다. 그런데 이상하게도 이곳에서는 모두들 약속이라도 한 듯 그를 '공자'라고 불렀다.

사윤은 자신의 이름을 고하며 웃었다.

"선배님, 편하게 말씀하십시오. 저는 그저 지나던 길이었을 뿐입니다. 방금 강에서는 이 꼬마 낭자의 도법이 아주 맹렬한 덕분에 살아남을 수 있었습니다."

자기네 아이들 수준이 어느 정도인지 이근용은 당연히 잘 알고 있었다. 그런데 사윤이 자신의 공을 내세우며 보답을 요구하지도 않고 겸손하게 말하는 것을 보고는 눈길이 더욱 부드러워졌다. 하지만 그녀는 사십팔채의 두령인지라, 그에게 고맙긴 했어도 내색 없이 태연한 얼굴로 상대의 속내를 떠보았다.

"이곳은 죄다 산지입니다. 교화가 덜 되어 제자들도 대부분 거칠고 아둔하지요. 풍경이 아름다운 것도 아니고. 사 공자는 야심한 밤에 경치를 감상하러 세묵강에 온 건 아닐 것 같습니다만."

이성은 온몸의 식은땀이 서서히 가시면서 정신이 제대로 들었다. 음흉하고 교활한 심보도 다시금 제자리를 찾았다. 그는 이근용의 말을 듣고 그녀가 의심하고 있다는 걸 알았다. 자신도 방금 강 밑에서 사윤의 내력을 에둘러 물어보긴 했지만, 어쨌거나 목숨을 구해 준 은인이었으니 오해가 생길까 봐 얼른 끼어들었다.

"고모님, 사 형님은 아까 굳이 모습을 드러낼 필요가 없었는데 저희 둘이 물속 견기를 건드리는 걸 보고 주의를 주신 거예요. 게다가 직접 진법 안으로 들어와 길을 안내해 주셨고……."

이근용이 그를 차갑게 쏘아보았다. 이성은 목이 잠겨 더 이상 말하지 못하고, 어쩔 수 없다는 듯 주비를 바라보았다. 주비는 더더욱 아무 말도 할 수 없었다. 지금 자신이 나서서 이근용에게 뭐라고 한들 역효과만 날 것 같았다. 좋은 일도 주비의 입을 거치면 나쁜 일이 되었다.

"그래, 물론 우리 사십팔채는 그에 대해 후히 보답할 것이다."

이근용은 먼저 이성의 말에 대꾸한 후 사윤에게 말했다.

"사 공자, 도움이 필요한 일이 있다면 우리가 전심으로 도와드리겠습니다."

사윤은 원래 자신이 무슨 대대로 내려오는 저주라도 받은 줄 알았다. 고생고생해서 정한 잠입 시도일은 알고 보니 가장 위험한 날이었다. 게다가 사람을 구하기 위해 사십팔채에 모습을 드러내야 했다. 반년간 노심초사하며 잠복한 것이 모두 헛수고가 되어 버렸다. 하지만 눈앞의 부인이 하는 말은 그의 예상을 빗나가는 것이었다.

'내가 이제 운이 트이려는 건가?'

사윤은 이성과 주비를 천종의 문하라고만 생각했다. 게다가 그들이 눈앞의 부인을 '고모님'과 '어머니'라고 부르는 걸 보고, 이 온화하고 자애로운 선배님과 어린애 울음도 그치게 만든다는 전설의 이근용을 연결할 생각은 꿈에도 하지 못했다. 그는 잠시 망설이다가 이근용 본인만 아니라면 다른 사람에게 말해도 괜찮겠다는 생각에 솔직하게 털어놓았다.

"저는 서신을 전해 달라는 부탁을 받고 왔는데 사십팔채의 경계가 굉장히 삼엄했습니다. 초행길이라 들어가는 길도 몰라서 하는 수 없이 이런 실례를 저지르게 되었습니다. 선배님께서 너그럽게 이해해 주십시오."

믿을 만한 사람의 추천이 없다면 외부인은 산채 안으로 들어올 수 없었다. 이근용은 그의 솔직한 모습을 보고 고개를 끄덕였다.

"어렵지 않은 일이군요. 사 공자만 괜찮다면 저희가 안내해 드리지요. 빈한한 산채를 싫어하지는 말아 주십시오. 자, 이쪽으로……. 사 공자는 어느 분께 서신을 전하려는지요? 제가 모셔 오겠습니다.”

사윤이 말했다.

“감당 선생께서 귀 산채에 계십니까?”

어린 연배들은 들어 보지 못한 이름이라 제자들은 하나같이 어리둥절한 표정을 지었다. 그러나 주비는 마음이 쿵 내려앉았다. 불길한 예감이 들었다.

앞장서서 길을 안내하던 이근용이 갑자기 발길을 멈추었다. 뒤를 돌아보지 않아 다른 사람은 그녀의 표정을 볼 수 없었다. 한참 후, 이근용이 나지막이 물었다.

“누가 그 사람이 사십팔채에 있다고 알려 주었습니까?”

사윤이 대답했다.

“서신을 부탁한 사람입니다.”

이근용이 몸을 돌려 알 수 없는 눈길로 그를 바라보았다.

“만약 그 사람이 공자를 속인 거라면요?”

사윤은 사십팔채와 북도의 가짜 황제가 서로 철천지원수라는 것을 알고 있었다. 그에게 서신을 부탁한 사람은 남조의 큰 인물이었다. 그는 속으로 잠시 생각했으나, 어쨌든 모두 역적을 반대하는 입장은 비슷한 것 같아 솔직하게 대답했다.

“그분이 제게 부탁하신 물건은 아주 중요합니다. 일부러 절 골탕 먹이신다 해도 그 물건으로 장난치실 분은 아닙니다.”

이근용은 무표정하게 물었다.

“그 사람이 또 뭐라고 당부하던가요?”

사윤은 곰곰이 생각하고 대답했다.

“아, 옛날에 산채의 이 두령님과 살짝 오해가 있었다고 하셨습니다. 그다지 큰일은 아니지만, 두령님이 일 때문에 바쁘실 테니 최대한 방해하지 말라고 하셨지요."

"……."

"……."

사윤의 한마디에 주변 사람들의 안색이 싹 변했다. 얼굴에는 하나같이 '넌 끝났어'라고 쓰여 있었다. 사윤의 마음속에 오싹한 추측이 어렴풋이 떠올랐다. 그는 믿을 수 없다는 표정으로 눈앞의 온화하고 자상한 부인을 바라보았다.

이근용이 몸을 돌리며 아리송한 표정으로 물었다.

"양소가 나랑 무슨 오해가 있었는지는 말해 주지 않던가?"

"……."

이 자상한 부인이 바로 야차夜叉 이근용이었다!

운이 나쁜 정도에 따라 순위를 매긴다면 사윤은 자신이 가히 장원급제를 세 번 연속으로 할 만하지 않을까 싶었다.

"양소라는 이름 두 글자만으로도 지금 당장 널 죽이기 충분해."

이근용은 웃음기 가신 얼굴로 또박또박 말했다.

"하지만 네가 내 딸과 조카를 구해 주었으니, 그걸로 원한을 갚은 셈 쳐 주지. 그 노인네의 '안평령'을 내놓고 돌아가. 널 곤란하게 만들지는 않겠다."

사윤은 반보 정도 뒷걸음치며 주변에 이미 경계 태세에 들어간 사람들을 둘러보았다. 그는 낭패스러운 표정을 거두고 오히려 웃음을 지으며 침착하게 이근용에게 말했다.

"선배님께서 바로 북도를 뒤흔든 이 두령님이셨군요. 오늘 이렇게 만나 뵙게 되어 정말 영광입니다. 두령님께서 명령하시니 손아

랫사람인 제가 그대로 따라야 할 테지만, 혹시 제가 안평령을 드리면 그것을 어떻게 처리하실 생각이십니까?"

이근용은 마침 발끝으로 돌멩이를 밟고 있었는데, 사윤의 말을 듣자마자 아무 말 없이 다리를 들어 돌멩이를 깔아뭉갰다. 돌멩이는 푹 쪄서 흐물흐물해진 떡처럼 그대로 으깨져 가루가 되었다.

사윤이 고개를 끄덕였다.

"역시 시원시원하십니다. 말할 가치도 없으시다는 거군요. 다만 양 선생님께서는 이미 돌아가셨고, 임종하시기 전에 그 물건을 제게 맡기셨습니다. 그리고 저는 하늘에 두고 맹세했습니다. 이 안평령을 주 선생님 손에 전해 드리기 전까지 반드시 목숨 걸고 지키겠다고요. 제 몸이 가루가 될지언정, 절대로 다른 사람의 손에 들어가게 하지는 않을 겁니다."

'양 선생님께서는 이미 돌아가셨고'라는 말에 이근용은 순간 당황했다. 믿기지 않는 눈치였다. 바로 이 잠깐 사이에 사윤이 움직였다. 그는 마치 그림자라도 된 듯 바람처럼 쉭 하고 사라졌다. 느리지도 빠르지도 않게 말을 마쳤을 때쯤에는 이미 수 장 밖으로 달아나 있었다!

이근용이 분노하여 소리쳤다.

"잡아 와!"

그녀는 긴 소매를 살짝 흔들며 장력을 쓸 준비를 했다. 이제 막 방금 전의 충격에서 정신을 차린 주비는 이 상황이 혼란스러웠지만 사 공자가 어머니의 일격에 죽는 것을 차마 볼 수 없었다. 다급해진 주비는 일단 한 발짝 앞으로 내디디며 주제넘게 나서려고 했다.

눈치 빠른 이성이 재빨리 그녀의 머리채를 잡았다. 그런데 주비가 아프다고 소리치기도 전에 이성의 고통에 찬 신음 소리가 들렸다.

"고모님, 저……."

이성은 얼굴에 식은땀을 뻘뻘 흘리고 가슴을 부여잡은 채 그 자리에서 비틀거리다가 쿵 하고 무릎을 꿇었다.

주비는 이 공자의 아프다 하면 아프고 죽을 것 같다 하면 죽을 것 같게 되는 '변검 신공'에 어안이 벙벙해져 하마터면 따라서 무릎을 꿇을 뻔했다.

제 3 장

감당 선생

감당 선생

등잔불이 깜빡였다. 주비는 눈을 비비고 일어나 하늘이 뿌옇게 밝아진 것을 보고 불을 껐다. 벼루의 먹물은 이미 말라 있었다. 물을 새로 붓는 것도 귀찮아진 주비는 진흙처럼 꾸덕꾸덕해진 먹물을 억지로 붓에 발라 가훈의 마지막 글자를 대충 그렸다. 낡은 붓은 그녀의 유린을 견디지 못하고 털이 빠졌다.

간밤에 주비와 이성이 세묵강에서 이근용에게 잡혀 돌아온 이후, 주비는 자기가 맞아 죽진 않더라도 살가죽이 한 겹 정도 벗겨질 줄 알았다. 그런데 예상외로 이근용은 그들을 살살 내려놓고는 사람을 시켜 그들을 방에 가두라 명했다. 벌은 방 안에서 깊이 반성하며 한 사람당 가훈을 이백 번 베껴 쓰는 것으로 끝났다.

바람도 불어오지 않고, 햇빛도 쏟아지지 않고, 아프지도 가렵지도 않고, 눕고 싶으면 누울 수 있는, 이런 '행복한 벌'은 주비가 평소 누릴 수 없는 것이었다. 이연이 잘못했을 때나 이런 벌을 받을까.

주비는 괴발개발 흘려 쓴 초서체로 한밤중이 되기도 전에 가훈을 다 썼다. 그리고 술이 적어진 붓을 입에 물고 옆에 놓인 평상에 벌렁 드러누워 지난밤에 있었던 일을 곱씹어 보았다. 이성이 쓰러지며 시간을 끈 덕분에 이근용은 직접 추격에 나설 수 없었고, 사윤은 성공적으로 도망칠 수 있었다.

주비는 자신이 이렇게 편안하게 방에 누울 수 있는 건 팔 할 이상이 사 공자 덕분이라고 생각했다. 두령님이 그를 잡으려고 하면서도 대대적으로 나서지 않고, 자신과 이성에게 거한 벌을 내리지 않는 걸 보면 누군가를 놀라게 하고 싶지 않아서인 것이 분명했다. 앞뒤를 곰곰이 생각해 보니, 자신이 실컷 두들겨 맞았을 때 놀랄 만한 사람은 아버지뿐이었다. 사윤이 말한 그 '감당 선생'이라는 호칭은 생각할수록 아버지를 가리키는 것 같았다.

그런데 누가 아버지를 찾아온단 말인가?

주비가 기억하는 가장 오래된 기억 속 주이당은 줄곧 대문 안에 머물렀고 중문 밖에 나가지도 않았다. 외부인을 만나는 일도 거의 없고, 일 년 내내 아파서 누워 있거나 아니면 뜰 안에서 책을 읽었다. 때로 거문고를 연주하기도 했고, 한때 아이들을 가르치는 허황된 시도를 하기도 했다. 하지만 안타깝게도 이성을 포함한 세 아이의 사주에는 문학적인 요소가 하나도 없었는지, 거문고 소리를 들으며 옆에서 손가락을 꼼지락거리거나 하품만 할 뿐이었다.

주비가 매를 맞도록 만든 장본인인 손 선생은 고지식한 서생이었지만 주비의 아버지는 고지식하지 않았다. 뭐 그래 봤자 사리 밝고 눈치 있는 서생일 뿐, 몸이 병약한 것 빼고는 딱히 특이한 점도 없었다. 설마 대단한 내력이라도 있는 걸까? 주비는 세묵강에서 본 그 무시무시한 견기를 생각하다가, 사 공자의 신비로운 경공을 회상하다가, 한편으론 마음속 가득 의심을 품다가, 자연스레 강호에 전해지는 백팔 영웅 이야기에 아버지의 얼굴을 제멋대로 집어넣어 막장스러운 사랑과 복수 이야기를 상상해 보았다.

그러다 아무래도 가만히 누워 있기 힘들어진 주비는 몸을 일으켜 목을 쭉 빼고 창문 밖을 내다보았다. 몸이 가장 피곤한 이른 아침이었다. 그녀를 감시하는 제자 몇 명도 꾸벅꾸벅 졸고 있었다.

주비는 잠시 생각하다가 신발을 꺼내 한 짝은 탁자 밑에 던지고 한 짝은 침상 다리에 던져 놓았다. 침상 휘장을 내리고 이불을 사람 형태로 뭉친 다음, 지난밤에 쓴 가훈을 책상 위에 이리저리 흩어 놓았다. 이렇게 밤새도록 가훈을 쓰고 이불을 뒤집어쓰고 자는 것처럼 보이게 만든 다음, 대들보 위로 훌쩍 뛰어 올라가서는 익숙하게 기와 몇 장을 들추고 아무도 몰래 밖으로 나갔다.

주비가 막 담을 넘으려고 할 때 멀지 않은 곳에서 인기척이 들려왔다. 주비는 고개를 들었다. 오호라, 양상군자가 나 말고 또 있었구나.

주비와 뜰 하나를 사이에 두고 저쪽 지붕 위에 올라가 있던 이성은 서로를 물끄러미 바라보다가, 고개를 돌려 아무것도 못 본 것처럼 각자 다른 방향으로 달려갔다.

주비는 주이당의 처소로 갔다. 하지만 감히 들어가지는 못하고 멀리서 바라보기만 했다. 다년간 이근용과 신경전을 벌여 본 경험에 따르면 그녀의 어머니가 아무런 대비도 안 해 놨을 리가 없었다. 주비는 조심스럽게 사방을 살폈다. 과연, 뜰 뒤쪽의 대나무 숲과 뜰 앞 줄다리 밑에 매복병이 있었다.

주이당의 뜰 안은 조용했다. 아직 그가 일어나지 않을 시간이었다. 주비가 어떻게 하면 들어갈 수 있을까 망설이고 있을 때 별안간 새 울음소리가 들렸다. 사십팔채는 일 년 내내 꽃이 지지 않는 봄날씨였으니 새가 우는 건 전혀 신기한 일이 아니었다. 주비도 처음엔 유의하지 않았다. 그런데 그 새 소리가 점점 가까워지면서 멈출 기미를 보이지 않았다. 주비는 짜증이 나서 그 시끄러운 깃털 달린 짐승에게 돌멩이를 던져야겠다고 생각하던 차에 뒤를 돌아보니, 사윤이 큰 나무 위에 앉아 싱글거리며 그녀를 바라보고 있었다.

이근용이 온 산을 샅샅이 수색하는 통에 사윤은 힘든 하룻밤을 보낸 듯했다. 찢어진 겉옷과 댕강 짧아진 옷자락, 이슬과 낙엽이 붙어 있는 헝클어진 머리카락. 손과 목에도 상처가 늘어서 어젯밤 세묵강에서보다 훨씬 낭패스럽게 보였다. 하지만 그의 얼굴에는 홀가분하면서도 편안한 미소가 걸려 있었다. 이 정도 위기쯤이야 신경도 쓰지 않는 것 같았다. 그런 몰골이어도 이른 아침의 산속 경치와 꽃다운 나이의 소녀를 감상하는 데 전혀 지장이 없었다.

“사십팔채는 정말 복잡하게 얽혀 있더라. 젖 먹던 힘까지 써서 겨우 여기까지 왔지 뭐야.”

사윤이 주비를 향해 손을 흔들며 전부터 잘 아는 사이처럼 말을 건넸다.

“꼬마 아가씨가 바로 이 두령님과 주 선생님의 따님인가?”

주비는 잠시 멈칫했다. 이제껏 이근용 밑에서 자라 오며 ‘할 일 있으면 하고, 할 일 없으면 쓸데없는 말은 삼가야 한다’는 사고방식이 자리 잡힌 주비였다. 함께 놀 또래 친구도 적어서 혼자 돌아다니는 것이 습관이 된 터라, 사 공자가 적인지 친구인지, 어떻게 대답을 해야 할지 순간 아리송했다. 그녀는 간단히 고개를 끄덕이고는 한참 후 탐색하듯 물었다.

"우리 어머니와 무슨 원한 관계라도 있나요?"

"그럴 리가. 아가씨의 어머니가 사십팔채에 은거하기 시작했을 때 난 진흙 장난이나 하고 있었는걸."

사윤은 어디선가 대나무 줄기를 구해 와 작은 칼을 꺼내더니 나무 위에 앉아 천천히 깎기 시작했다.

"하지만 이 두령님과 나에게 서신을 부탁한 양 영감은 서로 원한이 있는 것 같아. 무슨 일인지는 모르겠지만…… 휴, 나한테 제대로 알려 주지도 않고 돌아가셨으니."

주비가 물었다.

"그럼 당신은 누구죠?"

"그냥 평범한 사람이야. 성은 사, 이름은 윤, 자는 매매霉霉, 운이 나쁘다는 뜻. 호는 상득개거사想得開居士, 생각이 열린 거사인, 할 일 없는 사람이지."

사윤이 진지한 얼굴로 말했다.

"그날 밖에서 낚시를 하고 있었는데, 그 영감님이 병에 걸려 골골대는 모습으로 걸어와서는 어떤 무덤 앞에서 제사를 지내더라고. 제사를 마치고는 일어나지도 못하고 그 자리에서 대성통곡을 하는데, 그 모습이 너무나 불쌍해서 내가 대신 서신을 전해 주겠다고 한 거였어."

"……."

주비는 사 공자의 머리가 좀 이상한 게 분명하다고 생각했다. 그녀는 믿을 수 없다는 듯 물었다.

“그러니까, 단지 할아버지가 울고 있었다는 이유로 죽음을 무릅쓰고 사십팔채에 뛰어들었다는 거예요?”

사윤이 정색했다.

“평범한 할아버지가 아니라 양소였으니까. 설마 양소가 누군지 모르는 거야? 아버지께서 얘기 안 해 주셨어?”

이름이 살짝 익숙한 걸 보니 아버지가 얘기해 준 것 같긴 했다. 하지만 주이당은 조곤조곤 말이 많은 데다 자꾸 딴 길로 새는 통에 주비는 늘 스님 염불 듣듯 한쪽 귀로 흘려들었다. 열 마디 중에 한 마디 알아들으면 그나마 양호한 수준이랄까, 어쨌거나 주이당도 그런 주비를 차마 혼내지 못했다.

사윤은 주비가 아무 말 하지 않자 설명하기 시작했다.

“조중곤이 황위를 찬탈할 때, 양소가 북으로 올라와 어린 황제를 도왔어. 당시 양회 일대에는 연환투가 설치되어 있었는데 ‘북두칠성’의 감시 속에서 어린 황제를 구출해 ‘탐랑’과 ‘무곡’에게 큰 부상을 입혔지. 그 와중에 외아들의 목숨도 희생되었고. 그 후 다시 생사를 무릅쓰고 한 손으로 강남의 절반을 일으켰으니, 말하자면…… 음, 영웅이야. 그런 영웅이 마지막에 산처럼 무너지고 말았으니, 어찌 가슴 아프지 않겠어? 난 발이 날랜 것 말고 다른 재주는 없었으니, 그분을 대신해 심부름하는 것쯤이야 상관없었어.”

주비는 설명을 들으면서도 알 듯 말 듯 했다. 그녀는 곰곰이 생각하다가 질문을 던졌다.

“그 칠성 어쩌고 하는 사람들이 아주 대단했나요?”

“북두는, 그러니까 조중곤이 황위를 찬탈하자 많은 사람들이 반발하고 나섰어. 그들을 하나씩 굴복시킬 만큼 한가하지 않던 조중곤은 아예 자신과 의견이 다른 사람들을 모조리 죽여 버리기로 했지."

주비는 그런 거친 결말에 자신도 모르게 눈을 동그랗게 떴다.

"네?"

"물론, 조중곤 혼자 그들을 다 제거하기란 불가능했어."

사윤이 말을 이었다.

"조중곤은 수하에 일곱 명의 고수를 거느리고 있었는데, 그들은 '북두'라는 이름을 받아 조중곤 대신 살인에 힘썼지. 얼마나 대단했냐면…… 이렇게 설명해 볼까? 네 어머니께서는 옛날 영웅호걸들을 이끌고 북도에 쳐들어가 조중곤을 암살하려고 했어. 금군 삼천 명도 그들의 기세를 막을 수 없었지. 당시 가짜 황제의 곁에는 북두의 '녹존'과 '문곡' 두 사람뿐이었는데, 그들은 기어이 조중곤을 보호하며 탈출에 성공했고. 만약 북두의 일곱 명이 모두 있었다면 북도에서 누가 참혹한 죽음을 맞이했을지 장담하기 어려웠을 거야. 이 정도면 아주 대단하지?"

주비에게는 매우 설득력 있는 설명이었다.

이근용은 마치 산과 같은 존재였다. 주비는 이 두령 때문에 화가 나거나 울컥할 때마다 이를 악물고 무공을 수련했다. 따져 보면 1년 365일 중에서 364일을 그렇게 악을 쓰면서 무공을 수련한 셈이었다. 날마다 꿈속에서 이 두령이 주비에게 채찍을 휘두를 때면 주비는 그 손에 들린 채찍을 척척 낚아채 이 두령의 발밑으로 던져 버리고 웃음을 지으며 유유히 자리를 떠났다. 물론, 아직까지도 꿈일 뿐이었지만.

주비는 가끔 자신이 영원히 어머니를 뛰어넘을 수 없을 것 같다는 착각에 빠지곤 했다. 이제 조금 따라잡았다고 생각할 때마다 고개를 들어 보면 어머니는 더 먼 곳에 서서 차갑게 자신을 바라보고 있었다.

사윤은 숨을 고르고 이야기를 마무리 지었다.

"이제 이해가 됐지? 그런 위대한 영웅 양소가 들에 엎드려 펑펑 울면서 일어나지도 못하고 있었다고. 마찬가지로 너처럼 예쁜 아가씨가 어느 날 늙어서 주름이 자글자글하고 백발이 성성한 모습으로 나타난다면 보는 사람들 모두 마음이 아플 거야. 만약 내가 그 모습을 보았다면 분명 뭐라도 도와줬을걸."

"……."

누구도 감히 이근용에게 '따님이 정말 예쁘게 생겼네요' 같은 흔한 인사치레를 건네지 않았다. 어른들의 주비에 대한 칭찬이라고 해 봐야 '영애님께 예전 두령님의 풍채가 있군요' 정도의 완곡하게 예의를 차리는 말뿐이었다. 한 달에 고작 몇 마디 나눌 뿐인 동년배들은 말할 것도 없었다. 그래서 이제껏 면전에서 예쁘다는 칭찬을 들어 본 적 없었던 주비는 순간 어쩔 줄 몰랐다.

사윤은 주비와 수다를 떠는 와중에 침착하고도 느긋하게 대나무 피리를 완성했다. 그는 부스러기를 후후 불어 날리고는 주비를 향해 장난스럽게 웃어 보였다.

"얼른 멀리 도망가도록 해. 어머니께 잡히면 맞을지도 모르니까."

주비가 다급하게 물었다.

"뭘 하려고요?"

사윤이 그녀를 향해 눈을 찡긋하더니, 피리를 입가에 가로로 갖다 대고 높낮이가 서로 다른 음정을 불기 시작했다. 맑은 피리 소리가 순식간에 숲속의 정적을 깨뜨렸다. 일찍 일어난 새들은 푸드덕거리며 하늘을 향해 날아올랐다. 나무 위에 앉아 있는 젊은이의 눈동자에 끝없이 펼쳐진 짙푸른 대나무 숲이 비쳤다. 매복해 있던 사람들이 튀어나와 그를 향해 다가갈 때, 피리 소리는 점차 곡조를 이루었다.

그것은 〈파진자破陣子, 적진을 격파하다〉라는 곡이었다.

주비는 막대기에 놀란 뱀처럼 깜짝 놀라 자신도 모르게 옆의 수풀 속으로 뛰어들었다. 하지만 도망치다가 생각해 보니, 아무래도 사윤을 그냥 두고 오기 찜찜해서 큰 나무 위로 올라가 주변을 내려다보았다.

도무지 이해가 되지 않았다. 사윤은 어째서 알지도 못하는 노인을 위해 목숨을 걸었던 걸까. 겨우 도망쳐 놓고는 어째서 다시 돌아와 스스로 화를 자초하는 걸까.

분명 말도 안 되는 설명이었는데 또 곰곰이 생각해 보면 너무 당연해서 반박할 수가 없었다.

주비가 도망친 직후 사윤은 완전 무장을 한 산채 제자들에게 포위당했다. 주비는 긴장한 채 손에 철련자를 들고 나뭇잎 사이로 살펴보았다. 개중에 실력이 아주 뛰어난 몇몇 사형들의 얼굴을 알아볼 수 있었다. 이근용은 사십팔채의 정예군을 미리 주이당의 처소 부근에 매복시켜 놓은 것이 분명했다.

이들은 이근용의 지시를 받았는지 두말하지 않고 곧장 공격을 개시했다. 서로 호흡이 척척 맞았다.

네다섯 명이 각각 사윤의 퇴로를 차단하고 검술에 뛰어난 세 사람이 사윤을 향해 달려들었다. 경공이 뛰어난 두 명은 양쪽의 커다란 나무 위로 뛰어올라 그가 나무 위로 도망가는 것을 막았다. 한쪽에는 궁노 열세 개가 사윤을 향해 팽팽하게 시위를 당긴 채였다. 사윤이 설령 새라고 해도 순식간에 고슴도치로 만들 수 있었다.

주비는 조심스럽게 고개를 좀 더 낮추었다. 속으로는 만약 자신이 저런 상황이라면 어떻게 할까 생각했다. 자신은 숨는 것을 싫어하니 아마 나무 밑으로 내려올 것이고, 나뭇가지와 나뭇잎이 화살의 공격을 어느 정도 막아 줄 것이니 빠른 속도로 맹렬하게 공격하면서 한 방향으로만 죽기 살기로 질주한다면, 칼을 몇 방 맞기는 해도 길을 뚫을 수 있을 것이다. 하지만 사윤은 그렇게 하지 않을 것 같았다. 그의 그 신기에 가까운 경공을 보면 다른 기술도 아주 대단하지 않을까.

주비는 걱정이 되기는커녕 오히려 호기심이 들었다.

그런데 누가 예상이나 했을까. 사윤은 누군가 칼을 들고 달려들자 '이크!' 하더니 본능적으로 뒷걸음치며 눈을 꽉 감고 대나무 피리로 앞을 막았다. 피리는 그 자리에서 두 동강이 났다. 그는 깜짝 놀란 것처럼 옷자락을 들고 나뭇가지 위를 두 발로 껑충껑충 뛰었다. 정신없이 이리 피하고 저리 숨다 보니 눈 깜짝할 사이에 옷이 너덜너덜해졌다. 그는 품위 있는 거지의 몰골을 하고 번뜩이는 칼날 사이로 머리를 감싼 채 쥐새끼처럼 도망만 치고 있었다.

주비는 그 모습에 어안이 벙벙해져 고개를 갸우뚱했다. 이게 바로 진정한 실력 감추기인가?

이때, 슉슉 하는 소리와 함께 공중에서 화살 몇 개가 사윤을 향해 날아갔다. 주비는 깜짝 놀라 손에 든 표창을 던질 뻔했다. 하지만 다행히도 사윤은 마치 바람 속에 흩날리는 것처럼 공중에서 다시 위로 세 자 정도 뛰어올랐다. 구름 사이를 노니는 신선처럼 아름다운 몸놀림이었다.

주비는 손가락을 오므려 철련자를 다시 손바닥 안으로 숨겼다. 역시나 실력이 대단한 사람이었군.

하지만 그 생각이 굳어지기도 전에 사윤은 다시 검객 세 명에게 쫓기기 시작했다. 그가 갑자기 손을 들어 올리자, 주비는 그가 어떤 기술을 보여 주려나 싶어 정신이 번쩍 들었다. 그런데 웬걸, 사윤이 손에 든 대나무 피리를 아래로 던지더니 소리치기 시작했다.

"아이고, 그만하세요. 그만 공격하시라고요. 전 여러분을 못 이긴다고요! 으악! 조심하세요, 이러다 죽겠어요!"

검 세 자루가 '구름 사이를 노니는 신선'의 목을 고정하고 그를 나무 위에서 끌고 내려왔다. 사윤은 다치는 것을 방지하기 위해 목을 최대한 길게 빼고 외쳤다.

"영웅님들, 살려 주십시오. 혹시 두령님께서 제게 전할 말이 있으실 수도 있지 않습니까. 목이 잘리면 저는 더 이상 말을 하지 못한단 말입니다."

이때, 무리가 순간 조용해지면서 제자들이 양쪽으로 물러나 길을 만들어 예를 표했다. 이근용이 온 것이다. 착각인지는 모르겠으나, 주비는 이근용이 자기 쪽을 바라본 것 같아 얼른 몸을 더욱 낮췄다.

"이 두령님."

사윤이 멀리서 그녀를 향해 웃으며 눈으로는 자신의 목을 고정한 검 세 자루를 훑어보았다.

이근용은 그가 자기 앞에서 무슨 수작을 부려도 두렵지 않았다. 그녀가 살짝 고개를 끄덕이자 사윤을 고정하고 있던 검 세 자루가 동시에 검집에 꽂혔다. 사윤은 그제야 겁에 질린 표정으로 자신의 목을 쓰다듬어 보았다. 그리고 소매 속에서 아주 오래되어 보이는 영패를 꺼내어 잠시 바라보고는 웃으며 말했다.

"이것이 바로 안평령입니다. '국운창룡'이라, 정말 운수대통이군요. 제가 자유롭게 다닐 수 있도록 지켜 주지도 못했고요."

이근용의 눈길이 그가 들고 있는 영패에 머물렀다. 그녀가 냉랭하게 말했다.

"옛날에 진시황이 '하늘의 명을 받아 영원히 창대하리라'라고 새긴 전국옥새를 만들었다. 참으로 허풍스럽고 영원할 것 같은 축복이었지. 하지만 결국 어떻게 되었나? 나라는 2대 만에 멸망했고 왕망이 반란을 일으켰고 어린 황제는 도망을 쳐야 했어. 결국엔 불에 타서 모조리 희생되었을 뿐이야."

주비는 어머니가 이렇게 길게 말하는 것을 들어 본 적이 없었다. 마치 주이당이 빙의한 것 같았다. 하지만 사윤은 고개를 저으며 손을 들어 그 '안평령'을 옆의 나뭇가지에 걸었다.

이근용이 눈을 반짝였다.

"목숨 걸고 그것을 지킨다고 하지 않았나?"

사윤이 웃었다.

"제가 천릿길을 달려온 것은 서신을 전하기 위해서였습니다. 안평령은 그저 소소한 증표일 뿐이지요. 서신은 이미 전했으니 저건 이제 고철과 다름없습니다. 그걸 위해 목숨을 거는 건 본말이 전도된 것 아니겠습니까?"

이근용의 안색이 갈수록 어두워졌다.

"서신을 이미 전했다고? 네놈이 어설프게 피리를 분 것 가지고 목숨을 부지할 수 있을 것 같더냐? 아직도 모르겠다면 내가 알려주지. 네가 찾고자 하는 사람은 애초부터 여기에 없었다."

나무 위에 있던 주비는 순간 흠칫했다. 맞아, 아버지를 놀라게 하지 않으려고 매를 때리는 것도 생략한 이 두령인데, 사 공자가 주이당의 뒤뜰 나무 위에서 당당하게 피리를 불도록 어찌 그냥 놔뒀겠어? 설마 진짜로 안에 아무도 없는 건가? 주비는 살짝 긴장했다. 어째서 긴장하는지는 알 수 없었다. 어머니는 절대로 아버지에게 나쁜 일을 할 사람이 아니었으니, 그 서신에 뭔가 분쟁이 될 소지가 있는 것이 분명했다. 하지만 그 서신이 정말로 전해지지 않은 거라면 사 공자는 이 두령의 손에 의해 잘게 다져져서 만두소가 되는 건 아닐까?

조마조마해하는 주비와는 달리, 사윤은 아무렇지도 않은 듯 태연하게 이근용에게 말했다.

"이 두령님, 모두 시기와 운과 운명에 달린 것이겠지요. 만약 서신이 전해지지 않았다면 그건 제 시운이 맞지 않아서일 겁니다. 이 두령님과 주 선생님의 시운은 저 같은 하찮은 사람에 의해 바뀌지 않을 것이고요. 벌어질 일은 언젠간 벌어집니다. 숨어 봤자 한순간 뿐이고, 평생 숨을 수도 없습니다. 두령님께서도 그 이치를 잘 알고 계시겠지요. 그렇지 않다면 어찌 그 짧은 곡조도 주 선생님께 들려주지 못하시는 겁니까?"

그 말은 이근용의 화를 제대로 돋우었다. 이근용은 이를 꽉 물고 한 글자 한 글자 내뱉었다.

"내가 네놈을 못 죽일 것 같으냐?"

그녀의 말이 떨어지기도 전에 멀지 않은 곳에서 대기 중이던 궁노가 다시금 고개를 들었다. 궁수들은 발사 장치에 손을 올려놓고 금방이라도 발사할 준비를 했다. 분위기가 순식간에 스산해졌다. 한 젊은 제자가 손이 미끄러졌는지 '피융' 하면서 쇠뇌를 발사했다. 그 가느다란 화살은 사윤의 등을 향해 곧장 날아갔다. 그런데 어디선가 날아온 철련자가 그 화살을 쳐서 떨어뜨렸다.

한참을 지켜보던 주비는 사 공자가 그저 허풍쟁이인 것만 같았다. 아마 이제는 더 이상 보여 줄 패도 없겠지. 주비는 나무에서 훌쩍 뛰어내리며 외쳤다.

"어머니!"

이근용은 고개도 들지 않고 대꾸했다.

"저리 가."

주비는 물러나기는커녕 오히려 표정 하나 변하지 않고 앞으로 나아가 사윤의 앞을 막고 섰다. 그러면서 곁눈질로 나뭇가지에 걸린 영패를 힐끔 보니, 영패는 색이 바래고 광택도 사라진 것이 아주 오래되어 보였다. 그야말로 전당포에 맡겨도 얼마 받을 수 없는 고물이었다.

"두령님."

주비는 이근용을 정식 호칭으로 부르며 같은 산채의 다른 제자들에게도 공손히 조카뻘의 예를 갖춰 올렸다.

"두령님께서 어젯밤 말씀하셨잖아요. 이 영패를 내놓으면 그냥 보내 주신다고요. 이렇게 영패를 내놓았는데 왜 말을 바꾸시는 거죠?"

"주비."

이근용이 힘을 실어 또박또박 말했다.

"내가 분명 방에서 얌전히 반성하라고 했을 텐데 마음대로 기어

나와? 오늘 내 기필코 네 다리를 부러뜨려야겠구나. 저쪽에 가 있어. 지금은 널 신경 쓸 겨를이 없으니까!"

사윤에게 검을 겨눴던 제자 중 하나가 얼른 말리고 나섰다.

"두령님, 화를 거두십시오. 비야, 말 들어. 어서 비켜."

주비가 평생에 배우지 못한 두 가지가 있는데 하나는 두려움이었고 다른 하나는 말을 듣는 거였다. 이상한 일이었다. 다른 집 아이들 같으면 어렸을 때부터 몽둥이로 훈육을 받으면 엄격한 어른들을 무서워하는데, 주비는 특이하게도 때릴수록 비뚤어졌고 때릴수록 두려워하지 않았다. 주비는 이근용의 눈빛을 피하지도 않고 정면으로 바라보았다.

"좋아요. 그럼 약속하죠. 두령님은 어제 말한 대로 사 공자를 사십팔채 밖으로 내보내시고, 전 여기 서서 다리가 부러지도록 맞겠습니다."

아까까지만 해도 세속을 초월한 것처럼 태연했던 사윤이 이번에는 크게 놀라 자기도 모르게 탄식했다.

"하아, 이 아가씨도 참……."

이근용이 분노하여 소리쳤다.

"끌고 와!"

옆에서 검을 들고 있던 제자가 조그맣게 속삭였다.

"비야……."

이근용이 호통을 쳤다.

"저 후레자식을 끌고 오지 못할까!"

제자들은 두령님의 명을 감히 거역할 수 없었지만, 주비가 아기 때부터 자라는 모습을 지켜봐 온지라 차마 무력을 쓰지 못하고 한참을 망설였다. 그러다가 마음을 굳게 먹은 한 사람이 드디어 검으로 초식을 펼치며 주비에게 공손히 잘못을 인정하라고 대놓고 눈치를 주었다. 그런데 웬걸, 이놈의 여자애는 눈치를 볼 줄을 몰랐다. 견기에 동강 나 버린 자기 칼 대신 어디서 검을 구해 왔는지 주비는 진지하게 대답했다.

"사형, 실례하겠습니다."

그 말과 동시에 손목을 한 번 튕기자 검집이 높이 튀어 오르면서 사형의 검을 인정사정없이 쳐서 떨어뜨렸다. 사형들은 머리가 지끈거렸다. 주비가 물러설 기색을 보이지 않는 데다 이근용 앞에서 일부러 져 줄 수도 없는 노릇이었다. 네 사람이 주비와 사윤을 에워싸기 시작했다. 그중 두 사람은 위아래로 사윤을 공격하고 나머지 둘은 검과 칼을 들고 주비를 향해 돌진했다.

주비가 평소 사용하던 무기는 지금 든 검보다 몇 배는 무거운 착배도였다. 하지만 그 사실을 모르는 제자들은 주비가 힘이 약할 것이라 예상하고 일 초면 주비를 다치지도 않게 제압할 수 있으리라 생각했다.

하지만 허구한 날 이성을 피하느라 실력을 숨기는 데 이골이 난 주비였다. 주비의 착배도는 날이 한쪽밖에 없었고 단단하기가 이를 데 없었다. 실력을 숨기는 것은 드러내는 것보다 훨씬 어려운 법, 주비의 실제 실력은 이제껏 선보인 것보다 훨씬 강했다. 주비는 재빨리 뒤로 한 보 물러나며 일사불란하게 초식을 펼쳤다. 한 손으로는 힘껏 사윤을 밀어냈다.

사윤도 눈치가 있어서 전혀 주저하지 않고 어린 소녀가 밀치는 대로 비명을 지르며 뒤로 나동그라졌다. 그 바람에 그를 공격하는 두 검을 피하면서 주비에게 공간을 열어 줄 수 있었다.

주비는 재빨리 가슴 앞에 가로로 검을 쥐고 왼발을 축으로 빙글빙글 돌았다. 귀가 마비될 것 같은 쨍한 금속 소리가 났다.

주비는 검을 도처럼 휘두르며 검 세 개를 쳐 낸 후, 마지막으로 탄력 있게 휘어지는 검신으로 눈앞까지 다가온 쇠칼을 휘감았다. 칼끝에서부터 올라오는 강력한 힘이 쇠칼을 쥔 손에 전해졌다. 쇠칼은 어느새 손아귀에서 벗어나 주비의 연검에 비틀려 두 동강 났다.

지켜보던 이근용도 살짝 놀랐다. 하지만 두령으로서 상황 판단을 하고 나니 순식간에 분노가 치밀어 올라 주비의 등을 향해 손을 뻗었다. 주비는 평소 어른에게 거침없이 말대꾸하고 종종 대역무도한 짓도 벌이긴 했지만 막상 진짜로 어머니에게 무력을 써야 할 상황이 되자 감히 그럴 수 없었다.

그녀는 곧장 날렵한 '연자점수燕子點水, 물 찬 제비' 기술을 써서 나무 위로 뛰어올라 검자루로 나무 꼭대기를 짚으며 몸을 한 바퀴 돌렸다. 고개도 돌리지 않고 이근용의 두 번째 공격까지 피한 그녀는 부러진 나뭇가지와 함께 아슬아슬하게 착지했다.

옆에서 보던 제자들은 간이 콩알만 해졌다. 주비가 이리저리 피하며 이근용의 화를 더욱 돋운다면 격노한 이근용이 이성을 잃고 폭발할 수도 있었다. 제자들은 얼른 둘 사이에 끼어들면서 한편으로는 주비의 퇴로를 차단했다.

이때, 누군가의 외침이 들렸다.

"멈추시오!"

사윤은 그제야 긴장이 확 풀렸다. 그 허세스러운 미소가 다시금 얼굴에 걸렸다. 그는 유유히 땅에서 일어나 몸에 묻은 먼지를 털고 옷자락을 정돈했다. 그리고 태연하게 걸어가 이제 막 도착한 사람에게 예를 표했다.

"후학이 주 선생님을 뵈옵니다."

"황송하군."

주이당은 천천히 다가왔다. 빠르지 않은 걸음걸이가 오히려 비현실적으로 보였다. 그는 먼저 주비의 이마를 손가락으로 쿡쿡 찌르며 꾸짖었다.

"버릇없구나."

그는 저쪽의 이근용을 흘끗 보고는 천천히 나뭇가지에 걸린 영패로 시선을 돌렸다.

"스승과 제자로서의 은혜는 내 이미 갚아 드렸다. 지금의 난 눈 멀고 귀 막힌 폐인일 뿐. 어째서 날 찾아온 건가?"

사윤이 웃으며 답했다.

"저는 그저 지나가던 심부름꾼일 뿐으로, 지나간 정이든 원한이든 알지 못합니다. 다만 주 선생님께서 절 만나고 싶지 않으셨다면 이 자리에 오시지 않아도 되었지 않습니까?"

주이당이 그를 바라보며 물었다.

"내가 아무것도 듣지 못했다면?"

"상관없습니다. 제 피리 소리를 듣지 못하는 사람은 제가 찾는 사람이 아닐 테니까요. 촉 땅은 천지의 정기가 서려 우수한 인재를 배출한다지요. 풍경도 일품이라 오면서 실컷 눈 호강을 했습니다. 그러니 지금 그냥 돌아가도 헛걸음은 아닙니다."

참으로 태평스러운 대답이었다. 사윤은 눈을 반짝이며 슬그머니 주이당에게 한마디를 던졌다.

"저 같은 하찮은 붕어는 얕은 물에 갇힌 대붕의 괴로움이나 뿔이 잘려 나간 창룡의 고통 같은 건 들어도 알지 못합니다. 그러니 선생님께서는 여름벌레에게 겨울을 말씀하실 필요 없으십니다."

하지만 주이당의 표정은 사윤과 사뭇 달랐다. 그의 미간에는 웃을 때에도 사라지지 않는 깊은 주름이 새겨져 있어 늘 근심거리가 있는 것처럼 보였다. 그는 사윤을 똑바로 바라보며 말했다.

"아우님이 말을 참 잘하는군."

"부끄럽습니다."

사윤은 안색 하나 변하지 않고 대답했다.

"하찮은 제가 그나마 내세울 수 있는 건 빠른 발과 긴 혀뿐이지요."

주이당의 시선이 이근용에게로 향했다. 고작 몇 발자국 거리를 사이에 두고 둘은 그저 말없이 서로 보고만 있었다. 주이당이 나지막이 말했다.

"비야, 저기 나무에 걸린 영패를 나한테 가져다주렴."

주비는 어리둥절하여 이근용 쪽으로 고개를 돌렸다. 주비는 이제껏 이근용이 그런 표정을 짓는 것을 처음 보았다. 슬픈 표정까진 아니었지만 방금 전 격노하며 그녀를 잡으려던 것에 비하면 차분하게 가라앉아 있었다. 다만 위압적인 기세가 거의 사라진 채 두 어깨를 앞으로 살짝 늘어뜨린 모습에서 평범한 인간 이근용이 보이는 듯했다.

이근용이 목멘 소리로 물었다.

"은혜를 이미 갚았다고 하지 않았습니까? 은혜도 원한도 이미 다 갚았는데……."

"근용."

주이당이 슬쩍 말을 끊었다.

"그분 생전에 우리는 은혜와 원한을 모두 청산했소. 나는 촉 땅으로 도망쳤고 그분과는 저승에서 만나기로 했지. 그런데 이제 그분이 돌아가셨소. 삶과 죽음이 우리를 갈라놓은 지금, 옛일은 그저 한 줄 기록으로 남을 뿐이지 않소?"

이근용은 순간 안색이 바뀌었다. 양소가 죽은 것을 주이당이 알고 있다니!

그렇다면…… 그녀가 이제까지 온갖 계책을 써서 막아 온 외부의 갖가지 소식들은? 혹시 다 알고 있으면서 그저 잠자코 있었던 것 아닐까?

이근용은 철없이 까부는 주비가 아니었기에 고작 몇 마디 말로도 방금 사윤과 주이당의 대화에 뼈가 있었음을 깨달았다.

– 제 피리 소리를 듣지 못하는 사람은 제가 찾는 사람이 아닙니다.

진작 눈치챘어야 했다. 주이당 같은 사람이 어떻게 십 년을 하루같이 처소에 틀어박혀 눈과 귀를 막고 지내겠는가?

이근용은 한참 생각하다가 다시금 고개를 들었다. 움츠린 어깨도 강철 견갑을 걸친 것처럼 쫙 폈다. 한참 후, 그녀는 가볍게 한숨을 내쉬며 주비를 향해 재빨리 눈짓을 했다.

"네 아버지께 갖다드려라."

그 낡은 영패는 표면이 거칠기 짝이 없었다. 손으로 쓸어 보니 여러 가지 무기가 남겨 놓은 흔적이 만져졌다. 덕분에 원래는 화려하고 고풍스러웠을 전각에는 엄숙하면서도 스산한 기운이 감돌았다.

"생전에 선친께서는 깃발을 꽂고 비적이 되어 이름을 더럽힐지언정, 천하의 실의에 빠진 사람들에게 사십팔채라는 몸을 의탁할 수 있는 장소를 제공하고자 했습니다."

이근용은 진지하게 말을 이었다.

"우리는 남쪽과 북쪽에 의지하지 않고 십만 산봉우리를 벽으로, 세묵강을 보루로 삼아 침입자가 있으면 모두 제거했지요. 선친의 유언을 차마 거역할 수 없었기에 우리는 사십팔채 바깥에서의 적도 친구도, 동맹도 당파도 끊었습니다. 그건 당신도 마찬가지였고요."

주이당은 표정 변화가 없었다.

"잘 알고 있소."

이근용은 두 손을 긴 소매 안에 넣어 모았다.

"당신이 가시겠다면, 앞으로 사십팔채와는 연을 끊어야 할 것입니다."

주비가 놀라 눈을 크게 뜨고 돌아보았다.

"호송은 하지 않겠습니다."

이근용이 무표정하게 말했다.

"금릉까지는 아주 먼 길인 데다 세상도 험악합니다. 일단 며칠 더 머물며 그들보고 와서 당신을 데려가라는 서신을 쓰시지요."

말을 마친 이근용은 방금까지 죽이려고 했던 사윤을 거들떠보지도, 놀라서 눈이 휘둥그레진 제자들도 상관하지 않고, 심지어 주비의 다리를 분지르겠다는 결심도 잊은 채, 그대로 몸을 돌려 자리를 떠났다.

주이당은 그런 이근용의 뒷모습이 멀리 사라질 때까지 한참을 바라본 후 손을 흔들며 나지막이 말했다.

"다들 돌아가자꾸나. 성아."

이성이 그의 뒤에서 조용히 걸어 나왔다.

"네, 고모부님."

자신이 주비보다 똑똑하다고 자부하는 이성이었다. 그는 주이당이 평소에 머물던 곳에 있지 않으리라 예상하고 자신의 방을 빠져나와 산으로 들로 주이당을 찾아 헤맸다. 주이당은 건강이 좋지 않았으니 춥고 덥고 습한 곳은 피할 것이 분명했다. 평소 주이당을 세심하게 챙기는 이근용이 주이당을 위해 마련한 곳이라면 그늘지거나 물가에 위치하거나 통풍이 안 되거나 길이 험할 리 없었다.

하지만 자신의 추측에 따라 사십팔채를 꼼꼼히 뒤졌는데도 주이당의 그림자조차 볼 수 없었다. 할 수 없이 포기하고 돌아가는 길에, 마침 늙은 나무에 기대어 어디선가 들려오는 피리 소리에 귀를 기울이고 있는 주이당과 딱 마주쳤다. 주이당의 처소에서 멀지 않은 곳이었다.

이성은 주이당과 함께 피리 소리가 나는 곳으로 향했다가 주비가 검 하나로 사형 넷을 막아 내는 광경을 보았다. 언짢아진 그는 주비에겐 눈길도 주지 않고 시선을 내리깐 채 주이당 앞으로 직행했다.

주이당이 말했다.

"가서 두령님께 영패를 하나 달라고 하거라. 내가 시켰다고 하면 된다. 이 아우는 내 손님이니, 나가는 걸 허가해 달라고 말이다."

이성은 감히 시간을 지체할 수 없어 곧바로 몸을 돌려 나갔다.

"주 선생님, 감사합니다."

사윤이 활짝 웃었다.

"담 넘고 구멍 뚫어 들어온 불청객이, 나갈 때는 사십팔채의 대문이 어디 달렸는지 볼 수 있겠군요."

"성이 사가라 했지."

주이당이 웃으며 물었다.

"혹시 사 재상과 관련이 있는가?"

"붓으로 쓸 수 있는 사가는 하나뿐이지요."

사윤이 진지한 얼굴로 대답했다.

"아마 팔백 년 전에는 한 가족이어서 조상님들 묘도 나란히 있었을 겁니다. 하지만 팔백 년이 지난 지금, 그분은 조정의 높은 곳에 계시고 저는 강호 멀리 나와 있지요. 저희 둘이 힘을 합친다면 능력을 보다 잘 발휘할 수 있을 겁니다. 마치 의형제처럼요."

주이당은 사윤이 입만 열면 허풍에 진지한 부분이라고는 하나 없자 아예 입을 다물었다. 그는 사윤을 향해 손을 모아 인사하고 주비를 불러 느릿느릿 걸어갔다.

그날 이후, 주비는 사 공자를 다시 만나지 못했다. 듣자 하니 이미 산을 내려갔다고, 주이당 대신 전할 서신을 가지고 갔다고 했다. 사윤이 떠나고 한 달여가 지났을까. 누군가 매우 정중하게 산문에 머리를 조아리며 사십팔채 두령 이근용을 뵙길 청했다. 이근용은 모습을 드러내지 않고 다만 제자에게 산문을 열어 주이당이 떠나도록 통과시키라고 명했다.

그날, 사십팔채는 온 산이 푸른 물이 뚝뚝 떨어질 정도로 푸르렀다. 푸른 산은 바람이 지나갈 때마다 쏴아아 쏴아아 하며 마치 파도처럼 출렁거렸다.

주이당은 혼자서 느릿느릿 산을 내려갔다. 산문 양쪽의 보초들은 미리 명령을 전달받아 좌우로 비켜서서 길을 열어 주었다. 산문 입구에 늘어선 흑갑 병사들은 바로 주이당을 금릉으로 호송하기 위해 남조에서 보낸 것이었다.

주이당은 고개를 돌려 지나온 길을 바라보았다. 하지만 보고 싶은 사람의 모습이 보이지 않자 입꼬리를 살짝 당겼다. 마치 자조하는 웃음 같았다.

바로 그때, 누군가 큰 소리로 외쳤다.

"잠깐만요!"

소리가 나는 쪽을 보니 주비가 사십팔채에서부터 그를 쫓아 부리나케 달려오고 있었다.

"아버지!"

이 두령은 주이당이 떠나는 걸 막지 않겠다고 했지, 영패도 없는 주비를 막지 않겠다고 하진 않았다. 산문의 보초들이 이구동성으로 소리쳤다.

"사매, 멈춰라."

고분고분 말을 들을 주비가 아니었다. 주비는 어디서 또 착배도를 구해 왔는지, 산문에서 수장 떨어진 거리에서 냅다 칼집을 던졌다. 칼집은 정확하게 철책 사이에 끼었다. 두 보초는 각각 칼과 창을 들고 동시에 주비를 막으려 나섰다. 주비는 허리를 숙이며 등 뒤로 장도를 치켜들어 두 사람의 무기를 튕겨 내고는 계속해서 앞으로 돌진했다. 그러나 곧 산문을 지키던 제자 일고여덟 명에 의해 포위되고 말았다.

주이당이 난감한 표정을 지었다.

"주비, 소란 피우지 말고 얼른 돌아가!"

주비는 자신의 머리를 누르고 있는 칼과 검이, 밀어낼 수도 떨쳐낼 수도 없는 오행산처럼 느껴졌다. 젖 먹던 힘까지 다해 밀어내도 꿈쩍하지 않았다. 장도를 쥔 양손의 관절이 새파랗게 질려 가는데도 주비는 이를 악물고 외쳤다.

"싫어요!"

"비야……."

주비는 거의 울먹이고 있었다.

"아버지를 호송하지 못하게 했지만 그래도 난 할 거예요. 정 안 된다면 저도 그냥 안 돌아오면 될 테니까!"

주이당은 잠시 멈추어 뒤쪽 병사들을 돌아보았다. 그를 호송하는 병사들의 대장은 서른대여섯 정도 되어 보이는 사내였다. 전신에 흑갑을 갖춰 입어 매끈하고 날렵하게 보였다. 자신을 바라보는 주이당의 눈길을 느낀 그가 얼른 앞으로 나왔다.

"소장 문욱이라 하옵니다. 선생님을 금릉으로 호송하라는 명을 받았습니다. 무슨 분부가 있으십니까?"

"오, 비경 장군이셨군요. 영광입니다."

주이당은 주비가 철책에 단단히 끼워 놓은 칼집을 가리키며 말했다.

"제가 오냐오냐 키워서 워낙 제멋대로인 아이입니다. 소란을 피워서 참으로 부끄럽군요. 제 두 손은 경맥이 끊겼으니, 장군께서 대신 도와주시겠습니까?"

문욱이 웃었다.

"별말씀을요. 당연히 도와드려야지요."

그는 철책으로 다가가기는커녕, 그 자리에서 멀찍이 손을 휘둘러 힘을 날려 보냈다. 그 힘은 약하지도, 과하지도 않게 주비의 칼집을 밀어냈다. 칼집이 땅에 떨어지는 것과 동시에, 사십팔채의 산문 앞에 설치된 여섯 장 높이의 철책문은 귀가 찢어질 것만 같은 날카로운 소리를 내면서 쾅 하고 닫혔다.

주비는 그 자리에서 수비군 일고여덟 명에게 단단히 붙들려 있었다. 주비는 고개를 들고 분노에 찬 눈길로 문욱을 노려보았다.

문욱이 난처한 듯 코를 만지작거렸다.

"영애께서 제게 앙심을 품으셨나 봅니다."

"아직 어려서 철이 없습니다."

주이당은 고개를 저으며 허리를 굽혀 땅에 떨어진 칼집을 주웠다. 철문에 끼었다가 문욱에게 튕겨 나오는 바람에 군데군데 흠집이 나 있었다.

주이당이 주비를 돌아보았다.

"이 칼은 정말 변변찮구나. 나중에 좋은 것으로 구해 주마."

주비는 입을 꾹 다물고 자신의 머리 위로 쏟아지는 검을 밀어내려 용을 썼다. 마지막 힘까지 짜내느라 가슴이 죄어 아파 왔지만 오기로 버티며 조금도 물러서지 않았다.

"네게 '두 마리 토끼는 다 잡을 수 없다'고 말해 준 것 같은데."

주이당이 주비를 바라보며 말했다.

주비는 '목숨을 버리고 의를 취해야 한다' 같은 쓸데없는 말을 듣기 싫어 듣는 둥 마는 둥 시선을 피했다. 머리 위를 막고 있던 장도가 후들거리며 끽끽 소리를 내더니, 아무런 예고도 없이 뚝 부러져 버렸다. 부러진 칼날은 땅에 박혔다. 수비군들은 동시에 기합을 넣으며 칼등으로 주비의 양쪽 어깨를 눌렀다.

"네게 '사생취의'를 말하려는 게 아니다."

주이당은 철문을 사이에 두고 조용히 말을 이었다.

"비야, 무엇을 버리고 무엇을 취할지는 네가 무엇을 소중히 여기느냐에 따라 결정해서는 안 된다. 왜냐하면 학문적인 성취든 무공의 경지든, '버리고 취하는 것'은 본디 강자의 이치이기 때문이다. 그게 아니라면 우리는 그저 개미처럼 하찮은 삶을 살게 될 뿐이지. 평생 수동적으로 휩쓸려 다니는 주제에 사생취의 운운한다면 웃음거리가 되지 않겠니? 넌 정 안 되면 산채를 나가 아예 안 돌아오겠다고 했지만, 사실 넌 이 문을 나올 수도 없다. 산채에 남든 날 따라오든, 네가 선택할 수 있는 것이 아니지."

문욱은 주이당이 여자아이에게 속삭이는 것을 보고 좋은 말로 달래려나 보다고 생각했는데, 그런 무정한 말에 여자아이는 물론, 문욱 자신도 얼굴이 화끈거렸다.

주비는 눈시울을 붉히며 멍하니 주이당을 바라보았다.

"잘 자라야 한다. 산과 물은 영원하고 언젠가는 서로 만나는 법, 네가 언제쯤 자유로워질 수 있을지 모르겠구나."

주이당이 마지막 인사를 했다.

"비야, 아비는 이만 갈 테니, 나중에 다시 만나자꾸나."

제 2 부

탁주 한 잔에
만 리 밖 고향을 그리워하네

제 4 장

출사

출사

산속에서는 세월 가는 줄 몰라 겨울이 지나도 해가 바뀐 줄 모른다는 말이 있다.

눈 깜짝할 사이에 해가 세 번 바뀌었다.

이연은 한 손에 커다란 광주리를 들고 다른 한 손에 대나무 막대를 쥔 채, 앞사람이 대나무 막대를 이끄는 대로 눈을 감고 따라가고 있었다. 그녀는 세묵강 강변을 향해 지벅지벅 걸어가는 동안 쉴 새 없이 재잘거렸다.

"아직도 멀었어? 물소리가 나는 것 같은데, 강가에 도착한 거야?"

앞에서 대나무 막대를 이끄는 사람은 산채 어느 문파의 제자인지 모를 어린 소년이었다. 이연과는 나이 차이가 얼마 되지 않아 보였는데, 이연과 말할 때마다 얼굴이 빨개지며 목소리도 모깃소리만 해졌다. 그가 입을 열어 앵앵거리기도 전에, 이연은 누군가 대나무 막대를 잡아당겨 내팽개치는 것을 느끼곤 꺄악 소리를 질렀다. 눈을 떠 보니 이성이 성가시다는 표정으로 코앞에 서 있었다.

이연이 꽥꽥 소리쳤다.

"무슨 짓이야! 깜짝 놀랐잖아!"

이성은 이연을 거들떠보지도 않고 당황하여 어쩔 줄 몰라 하는 소년에게 다가갔다. 그는 고개를 끄덕이며 부드럽게 말했다.

"나쁜 버릇이 많은 아이니까 해 달라는 대로 다 해 주면 안 돼. 너힐 계속 괴롭힐 테니까."

어린 제자는 얼굴이 더욱 빨개져서 한참을 우물쭈물하다가 잽싸게 이성에게 인사를 하곤 부리나케 도망쳤다. 이연도 도망치고 싶었지만 강가의 절벽 위에서는 감히 그럴 수도 없었다. 높은 곳을 무서워하는 이연은 절벽 위에서 아래를 내려다보기만 해도 갖가지 추락사 장면이 떠올랐다.

긴장해서 장딴지에 쥐가 나려는데, 이성이 그녀의 목덜미 옷깃을 움켜쥐더니 공중으로 훌쩍 몸을 솟구쳤다.

이연은 깜짝 놀라 자지러지게 비명을 질렀다.

"오빠! 큰오빠! 친오빠! 살려 줘! 나 죽겠다고!"

이성은 못 들은 척 곧장 이연을 절벽가로 데려갔다. 푸른 하늘의 햇살 아래 세묵강의 물안개는 모두 걷혀 있었다. 강물은 맹렬하기 그지없었다. 양쪽 기슭의 깎아지른 듯한 절벽 사이로 견기의 웅웅거리는 소리와 시끄러운 물소리가 거대한 포효를 이루며 기슭으로 덮쳐 왔다.

"……."

이성은 손을 풀어 이연을 옆에 내려놓고 퉁명스럽게 말했다.

"비명 지를 게 뭐 있어? 뭐가 무섭다고. 내가 널 떨어뜨린 것도 아닌데."

말이 끝나기도 전에 그의 여동생은 다리의 힘이 풀려 그대로 주저앉고 말았다. 이연은 광주리를 아무렇게나 옆에 던져 놓고 한 손으로는 땅에서 자라난 풀줄기를, 다른 한 손으로는 이성의 다리를 붙든 채 부들부들 떨며 숨을 들이마셨다. 이윽고 어느 정도 진정이 되자 대성통곡하기 시작했다.

이성은 자신이 잠시 지냈었던 어머니의 배 속이 엄청난 모욕을 당한 것 같은 기분이었다. 그는 당장이라도 이연을 발로 차서 떨어뜨리고 싶었다.

이때, 땅에서 미세한 진동이 전해지더니 세묵강에 설치된 견기가 이상한 움직임을 보이기 시작했다. 이연은 깜짝 놀라 필사적으로 이성의 다리에 매달리면서도 한편으론 궁금한지 조심스럽게 실눈을 뜨고 아래를 내려다보았다. 강 한가운데의 작은 정자 안에 머리와 수염이 새하얀 노인이 가부좌를 틀고 앉아 있었다. 노인은 손에 버들가지를 들고 소리쳤다.

"계집애야, 오늘은 견기가 전부 작동하고 있으니 조심하거라!"

노인의 버들가지가 가리키는 곳에 한 소녀가 서 있었다. 강물이 너무나 검어서 물 위에서는 물속의 돌기둥과 견기가 보이지 않았기에 소녀는 마치 수면 위에 둥둥 떠 있는 것처럼 보였다.

주비는 손에 버들가지를 들고 눈을 감은 채 그 자리에 꼼짝도 안 하고 서 있었다.

의아해진 이연이 물었다.

"언니는 지금 뭐 하는 거야?"

말이 끝나기도 전에 '피융' 하는 소리가 들리더니 주비가 재빨리 공중으로 뛰어올랐다. 하지만 물속에서 튀어나온 견기 그물이 그보다 더 빨랐다. 방금 전까지 주비가 밟고 서 있던 돌기둥은 이미 가라앉았고, 빽빽하게 짜인 거대한 그물이 햇살에 반짝이며 위를 향해 덮쳤다. 이연이 놀라 비명을 질렀다. 주비는 손목을 한 번 튕겼다. 부드러운 버들가지는 주비의 힘이 실리며 순간 팽팽해졌다. 견기에 걸렸는데도 마치 쇠줄이라도 된 것처럼 덫줄에 끊어지지 않았다!

주비는 몸을 한 바퀴 돌려 견기 그물의 갈라진 틈새로 정확하게 파고들었다. 그 치명적인 덫줄은 햇살과 수면에 반사된 빛을 받아 주비의 얼굴 앞에서 일렁거렸다. 하지만 주비는 하도 많이 봐서 익숙해진 듯 쳐다보지도 않았다.

버들가지가 반동으로 유연하게 튕기면서 이제 막 자라나기 시작한 어린잎이 절반 가까이 떨어져 나갔다. 주비는 또 다른 바위 위로 가볍게 착지했다. 그 바위는 기반을 잃은 채로 덫줄 두 개에 이끌려 둥둥 떠다니는 상태였다. 그 위에 선 주비도 물결에 따라 위아래로 흔들렸다. 물속에서 끌어 올려진 견기 그물은 하늘을 덮을 기세로 주비의 머리 위 사방에 걸쳐 있었다.

물방울 하나가 서서히 응결되어 커지더니 주비의 속눈썹 위로 툭 떨어졌다. 주비는 얼른 눈을 깜빡여 물방울을 털어 내고 고개를 숙여 허리에 찬 장도를 빼어 들었다. 콰쾅, 커다란 소리가 울리더니 발밑의 바위가 갑자기 가라앉기 시작했다. 강물에 사람 키만 한 물보라가 일었고 견기 그물 전체가 예고도 없이 수축하면서 주비를 중간에 매어 두려고 했다.

놀란 이연이 소리를 꽥 질렀다. 하마터면 붙잡고 있던 오빠의 바지를 잡아 내릴 뻔했지만 이성은 그런 이연을 혼낼 겨를도 없었다.

강에서 낮게 울리던 '웅웅' 소리가 갑자기 날카로워지자 주비가 돌연 장도를 내리쳤다. 이성은 자신도 모르게 뒷걸음을 쳤다. 넓은 강 하나를 사이에 두고도 그 일격의 대단함을 느낄 수 있었다. 주비의 칼날은 덫줄과 아주 미세한 각도를 이루며 번개처럼 덫줄을 훑다가 덫줄이 서로 교차하는 지점을 뚫고 들어갔다. 몇 년 전 '당남산'을 시전할 때의 좌충우돌하는 모습은 간데없이, 모든 동작이 숨소리도 나지 않게 조용히 이루어졌다.

주비는 세상에 둘도 없을 것 같은 그 얇은 칼날로 덫줄 두 개를 두부 썰듯 가볍게 풀어 헤친 후, 순간적으로 손목을 뻗으며 칼을 만월처럼 구부렸다. 한 가닥만 당겨도 전체가 움직이는 덫줄 그물은 그 일격으로 한 사람이 빠져나갈 구멍이 생겨났다.

그 모습을 지켜보던 이성은 주먹을 꽉 쥐었다. 주비가 칼을 한 번 휘둘렀을 뿐이었지만 이성은 알 수 있었다. 주비의 눈빛은 분명 아주 매서우리라. 수많은 덫줄 중에서 움직일 수 있는 덫줄을 찾아냈으니. 주비의 칼솜씨는 파리의 오른쪽 날개는 그대로 두고 왼쪽 날개만 갈라 낼 정도로 정확하리라. 그러니 꽉 물려 있는 덫줄을 분리할 수 있었겠지. 내식도 끊이지 않으리라. 물속 거대한 괴물의 촉수를 힘으로 밀어낼 정도이니.

삼 년 전 주비는 그저 눈 딱 감고 운명을 운에 맡겼었다. 당시에는 양손으로 칼을 쥐고 온몸의 힘을 다 쏟아 '당남산'을 여러 번 시도한 끝에 움직일 수 있었던 덫줄을, 이제는 아무런 내색 없이 침착하게 처리할 수 있었다.

주비는 덫줄을 헤치며 위로 뛰어올랐다. 그녀가 그물에서 벗어나자마자 빽빽한 견기 그물은 다시금 한 덩어리로 오그라들면서 방금 전까지 발을 디디고 있던 바위를 그대로 부서뜨렸다. 주비는 공중에서 민첩하게 '용파미龍擺尾, 용이 꼬리를 흔들다'를 시전하며 손에 든 버들가지로 덫줄을 휘감았다. 버들가지는 채찍처럼 덫줄을 단단히 감고 주비를 한 장 높이까지 띄워 올린 다음, 주비가 손을 놓자 순식간에 지탱할 힘을 잃고 세 동강 나고 말았다.

주비는 절벽 위에서부터 늘어뜨려진 밧줄을 붙잡고 그네 뛰듯 몸을 날려 강 한가운데에 있는 정자의 지붕에 안착했다. 지붕에서 한 바퀴 돌아 땅으로 내려온 주비는 장도를 거두고는 인사도 없이 다짜고짜 어노인 앞에 놓인 과일 쟁반으로 손을 뻗었다. 그중에서 못생긴 빨간 과일을 골라 손바닥으로 두어 번 문질러 닦고는 바로 한 입 베어 물었다. 그리고 몸을 돌려 어노인을 향해 말했다.

"음…… 정말 시큼하네요. 태사숙, 어때요? 상처 하나도 안 났어요."

"너, 너, 너……."

어노인은 과일 하나가 부족해진 쟁반을 뚫어져라 바라보았다. 빈자리를 보니 속이 뒤집어지는 것 같았다. 주비의 머리로 그 자리를 채울 수도 없는 노릇이라 화를 버럭 냈다.

"고얀 것!"

주비는 어리둥절했다.

"제가 왜 고얀 것이에요?"

어노인의 분노가 폭발했다.

"누가 너보고 가져가도 된다고 했냐?"

"에이, 아까우세요? 달지도 않은데."

주비는 방금 한 입 베어 먹은 과일을 맘에 들지 않는 듯 흘겨보았다.

"그럼 다시 갖다 놓죠, 뭐."

주비는 어노인이 뭐라 반응하기도 전에 한 입 베어 먹은 과일을 쟁반에 다시 올려놓았다. 이미 주비에 의해 겉모습이 망가져 버린 과일은 그 자리에 가만히 있지 않고 데굴데굴 굴러가더니, 베어 물린 흉한 자국을 만천하에 드러내며 멈췄다.

"……."

다음 순간, 주비는 제비처럼 훌쩍 뛰어올라 태사숙의 분노의 한 방을 아슬아슬하게 피한 후 절벽에 늘어뜨려진 밧줄을 붙잡고 순식간에 절벽 위로 올라갔다. 그리고 밑에서 화가 나서 펄펄 뛰는 어노인을 향해 망언을 날렸다.

"왜 이렇게 쪼잔해요? 할아버지랑 안 놀 거예요!"

어노인의 포효가 세묵강에 메아리쳤다.

"요 쥐방울만한 것아! 네 어미한테 맞아 죽을 줄 알아라!"

이성은 주비가 절벽 위로 올라오자 자신의 허벅지를 붙잡고 있는 이연의 손을 떨치며 홱 돌아섰다. 이연은 자기도 모르게 다시 세묵강을 봤다가 다리가 후들거려 도저히 일어날 수가 없었다. 할 수 없이 애벌레처럼 기어서 꼼지락거리며 앞으로 나아갔다.

"오빠, 언니가 올라오자마자 그냥 가는 거야? 갈 땐 가더라도 날 데려가야지!"

이성은 고개도 돌리지 않고 경공을 써서 재빨리 자리를 벗어났다. 이성은 그때 세묵강에서 죽다 살아온 이후로 삼 개월 넘게 악몽을 꿨고 '세묵강' 세 글자만 들어도 부르르 떨었다. 이연에게서 주비가 매일 할 일 없으면 세묵강에 간다는 말을 처음 들었을 때 이성은 주비가 미쳤다고 생각했다.

삼 년 전, 주비가 어노인을 찾아와 견기를 넘고 싶다고 했을 때 어노인은 어디선가 철가면을 꺼내 와 주비에게 던져 주며 말했다.

"소질도 별로고 무공도 엉망진창인 데다 경공은 무게추처럼 묵직하구나. 그러면서 스스로 죽음을 자초하는 능력은 또 아주 뛰어나단 말이야. 그나마 내세울 건 얼굴이 봐줄 만하다는 것뿐이니, 이 유일한 장점을 잃어서야 안 되겠지. 잘 보호하거라. 절대로 상처가 나서는 안 돼!"

주비는 성격이 구제 불능일 만큼 괴팍했다. 이성은 주비가 그 자리에서 화를 버럭 내리라 예상했지만 주비는 의외로 순순히 가면을 받아 얼굴에 썼다. 게다가 그 이후로 삼 년을 하루처럼 명절에도 쉬지 않고 매일같이 세묵강으로 나왔다.

처음에는 어노인의 보호하에 견기의 극히 일부만 가동했는데도 주비는 매일 핏자국을 묻힌 채 혼비백산하여 돌아가야 했다. 그러다 어느 정도 적응하자 어노인은 견기의 덫줄을 늘리기 시작했다. 이성은 지고는 못 사는 성격이었다. 주비도 하는데 자신이 못할 것 뭐 있으랴? 그는 심지어 주비를 따라 세묵강으로 두 번 내려가 보기도 했다. 하지만 결론만 말하자면, 자신은 할 수 없었다. 물속에 빽빽하게 깔린 덫줄이 물 밖으로 튀어나올 때면 겨우 잊고 지내던 악몽이 생생하게 되살아났다.

처음 세묵강에 들어간 날, 그는 허둥지둥하다가 목이 잘릴 뻔했고 보다 못한 주비가 그를 끌고 나왔었다. 두 번째 갔을 때는 용기백배하여 바보처럼 가만히 서 있지 않겠다고 맹세했지만, 결국엔 또 쩔쩔매다가 물속에 빠지고 말았다. 어노인이 그 즉시 물속의 견기를 멈추지 않았다면 그는 아마 잘게 다진 고기가 되었을 터였다.

이성은 차디찬 물속에서 덫줄이 살기등등하게 그를 스쳐 지나가던 느낌을 영원히 잊을 수 없었다. 그 후로 다시는 세묵강에 내려가지 않았다.

이성은 주비를 보고 싶지 않아 묵묵히 발걸음을 재촉했다. 지름길을 거쳐 대나무 숲 쪽으로 방향을 돌린 그는 순간 발걸음을 멈췄다.

"고모님?"

이근용은 뒷짐을 지고 숲속에 서 있었다. 어깨에 나뭇잎이 떨어져 있는 것으로 보아 한참을 기다리고 있었던 것 같았다. 이근용이 고개를 끄덕이며 분부를 내렸다.

"가서 비야를 불러와라. 그리고 둘이 같이 날 찾아오도록 해."

"네."

이성은 일단 대답했다.

"어디로 찾아뵈면 될까요?"

"수산당."

이근용은 그 말을 마치고 가 버렸다.

이성은 그 자리에 멀뚱히 서 있다가 하마터면 껑충 뛰어오를 뻔했다. 수산당은 사십팔채의 제자들이 영패를 수령하는 곳이었다. 보통 사부가 제자를 데리고 가서 시험을 치르게 하는데, 시험을 통과하면 바로 영패를 수령할 수 있었다. 산문을 드나들 수 있는 어른이 되는 것이었다!

수산당은 골짜기 한복판에 위치했다. 탁 트인 공간에 건물이 앞뒤로 두 채가 서 있어 위엄이 넘쳐흘렀다.

앞쪽 건물은 사람들로 시끌벅적했다. 산채 사람들이 산문을 드나들기 위해서는 모두 이곳에 와서 영패를 등록해야 했다. 한쪽에 모여 있던 한 무리의 젊은 제자들은 명을 받고 나가서 할 일이 있는지, 모처럼의 나들이에 신이 나서 들썩거렸다. 한창 흥겹게 서로 장난치던 그때, 그들은 성큼성큼 들어오는 이 두령과 정면으로 마주치고 말았다.

젊은 제자들은 깜짝 놀란 병아리 떼처럼 목을 움츠린 채 일렬로 늘어서서 전전긍긍하며 인사를 올렸다.

이근용은 발걸음도 멈추지 않고 곧장 주비와 이성을 데리고 후당으로 향했다. 후당의 총관은 동그란 얼굴의 중년 남자였다. 이름은 마길리, 길하고 이롭다는 이름의 뜻처럼 복스럽게 생겨서 덕담이라도 건네야 할 것 같았다.

마길리는 머리가 새하얗게 센 노부인을 데리고 일찍부터 마중을 나와 있었다. 그는 멀리서 이근용을 보자마자 공손하게 읍했다.

"두령님, 오셨습니까."

"마 형."

이근용이 고개를 끄덕이곤 마길리 뒤쪽의 노부인을 향해 인사를 건넸다.

"노부인을 오래 기다리시게 했습니다."

노부인은 강호 사람 같지 않고 그저 돈을 좀 모아 놓은 시골 할멈처럼 보였다. 그녀는 손에 나무 지팡이를 쥐고 멀리서 주비 일행을 향해 웃어 보였다. 아주 인자하고도 선한 모습이었다. 노부인은 성이 왕씨로, 사십팔채의 소상瀟湘 일파 장문인의 미망인이었다. 남편이 세상을 떠난 후 문파에 특별히 뛰어난 제자가 없자 그녀가 노구를 이끌고 임시로 채주를 맡고 있었다.

"천천히 와요. 나도 이제 막 왔으니까."

왕 부인이 웃으며 말했다. 그녀가 입을 여니 더더욱 시골 할멈스러웠다.

"이젠 늙어 가지고 다리가 말을 안 들어. 혹시라도 기다리게 할까 봐 이르게 나와서 세월아 네월아 걸어왔지요……. 아이고, 어디 보자. 성이가 네 고모보다 머리 하나는 더 크구나. 이젠 다 큰 청년이네! 그리고 꼬마 비야, 이리 와서 이 할미 좀 부축해 다오. 할머니 집에 놀러 온 지 오래됐지?"

주비가 얼떨떨해하는 사이에 왕 부인이 입에 사탕 몇 개를 넣어 주었다. 마침 배도 고파서 일단 사탕을 먹었지만, 노부인이 무슨 일로 수산당에 온 건지는 전혀 알지 못했다.

마길리는 그들을 후당의 중앙 뜰로 데려갔다. 거기에는 높은 무대가 있었고 그 위에 마흔여덟 개의 커다란 나무 기둥이 우뚝 서 있었으며, 기둥마다 아래쪽에 한 사람이 서 있었다.

마길리가 웃으며 설명했다.

"여기가 바로 제자들이 시험을 치르는 곳이다. 너희 사형 사저들은 이곳을 '꽃을 따는 무대'라는 의미에서 '적화대摘花臺'라고 불렀지. 여기 있는 마흔여덟 개의 기둥은 우리 사십팔채를 의미하고 각 문파 사람이 저마다 기둥을 지키고 있다. 너희는 향이 세 대 타들어갈 시간 안에 기둥 위에 놓인 종이꽃을 따야 해."

마길리가 손가락으로 가리키는 곳을 보니 그 커다란 나무 기둥의 꼭대기마다 작은 고리가 있고 거기에 손바닥만 한 크기의 종이꽃이 걸려 있었다. 빨간 종이를 잘라 만든 종이꽃은 어떤 것은 사람 모양, 어떤 것은 누각 모양으로 매우 정교하고 다채로웠다.

마길리가 말을 이었다.

"방법에는 제한이 없다. 십팔반무예를 모두 써도 되고, 세 치 혀를 놀려 사형에게 길을 열어 달라고 설득해도 상관없다. 향이 세 대 타들어 갈 시간 안에 종이꽃 두 개를 딴다면 시험에 통과한 것으로 바로 출사할 수 있다. 하지만 한 가지……."

마 총관은 만면에 웃음을 띠며 쑥스러운 듯 손을 비볐다.

"저 종이꽃은 내가 한가할 때마다 잘라서 만든 건데 솜씨가 좋지 않아 부끄럽구나. 종이가 아주 얇아서 잡아당기면 쉽게 찢어지니 종이꽃을 딸 때는 아주 조심해야 한다. 찢어진 종이꽃은 무효야."

주비는 그 생동감 넘치는 종이꽃들을 보면서 마 총관은 뭘 하든 완벽하게 처리하는 사람이라고 생각했다.

"어떻게 해야 꽃을 딴 것으로 인정되나요? 손에 쥔 것으로 끝인지, 아니면 적화대에서 완전히 내려와야 하는지요?"

마길리는 주비의 질문을 듣고 먼저 칭찬을 늘어놓았다.

"비야는 생각하는 것이 참 치밀하구나."

주비는 헛웃음이 나왔다. 이건 다 어노인에게 시달리면서 만들어진 습관일 뿐이다. 어노인은 말에 항상 신용이 없었다. 예를 들어 바위 여섯 개에 견기를 작동시키기로 얘기를 끝냈으면서, 주비가 그 여섯 바위의 덫줄을 모두 벗어나자 숨 고를 틈도 주지 않고 순식간에 또 다른 여섯 바위를 움직이는 식이었다. 어노인은 그러면서 바위 여섯 개라고만 했지 바위가 바뀌지 않는다고는 말한 적 없다고 잡아뗐다.

할 말을 잃은 주비는 어쩔 수 없이 견기에 이리저리 쫓기는 식으로 오랫동안 억지로 단련될 수밖에 없었다.

마길리가 설명했다.

“손에 쥐는 것도, 적화대에서 내려오는 것도 아니다. 지면까지 내려와야 인정되지. 적화대 위에서는 기둥을 지키는 자들이 네게서 종이꽃을 빼앗으려 할 거다. 하지만 지면으로 내려오면 그들은 더 이상 손을 쓸 수 없어. 만약에 적화대에서 기둥을 지키던 사람들이 우르르 달려들면 어쩌겠느냐? 게다가 아직 어린 제자들에게 사형 사저를 이기라고 요구하는 것도 너무 가혹하지 않을까.”

적화대 위쪽을 자세히 살펴보던 이성이 물었다.

“마숙, 그럼 저 아무도 없는 빈 기둥은 저희 이씨채인가요?”

“그래.”

마길리가 대답했다.

“두령님께서는 요 몇 년간 산채의 일로 바쁘셔서 제자를 받지 않으셨어. 그래서 이씨채에는 기둥을 지키는 사람이 없어서 줄곧 저렇게 비어 있었지. 아, 얘야, 빈 기둥 위의 종이꽃은 무효란다.”

이때, 이근용이 돌연 입을 열었다.

“예전엔 비어 있었겠지만 오늘은 내가 왔으니, 마흔여덟 개 기둥 모두 꽉 찰 겁니다.”

깜짝 놀란 마 총관과 왕 부인을 뒤로한 채, 이근용은 옆에 있던 무기 선반에서 묵직한 검을 집어 들어 한 손으로 가늠해 보고는 느릿느릿 이씨채의 기둥 아래로 걸어갔다. 각각의 기둥 아래에 서 있던 마흔일곱 명의 제자는 갑작스런 강적이라도 만난 것처럼 그 자리에서 얼어붙어 일제히 주비와 이성을 바라보았다.

마 총관의 입술이 살짝 떨렸다. 그는 오늘 이 두 아이의 시험이 결코 순탄치 않겠구나 하는 생각에 얼른 아부를 떨어 댔다.

"두령님, 농담이시죠? 두령님이 여기에 서 있으면 적화대가 가지런하게 꽉 차 보이긴 하겠지만, 우리 산채의 꼬맹이들은 물론이고 설령 북두의 으뜸이라는 탐랑이 와도 감히 두령님의 기둥은 올라가지 못할 겁니다."

그는 자신의 말이 너무 완곡해서 혹시라도 못 알아들었을까 봐 주비와 이성을 향해 한마디 덧붙였다.

"마흔여덟 개 기둥 중에서 종이꽃 두 개만 따면 된다. 사십팔채는 각자 자기들만의 장점을 가지고 있지. 우리처럼 무예를 연마하는 사람은 모두 다 잘할 필요 없이 특별한 기술 하나로도 세상을 누빌 수 있다. 그러니 너희들이 자신 있는 기술을 쓰면 될 것이다. 자, 둘 중 누가 먼저 도전하겠느냐?"

주비는 잠자코 아무 말 하지 않았다. 이성은 그런 주비를 흘끔 보고 입을 열었다.

"제가 하겠습니다."

"그래, 장유유서니까."

마길리는 즐거운 듯 대꾸하더니 큰 소리로 외쳤다.

"사십팔채의 제자가 적화대에 올라간다. 향을 피워라!"

주비는 귀를 문질렀다. 아무래도 마숙은 속세에서 '대조大操, 민간에서 경조사 진행을 맡는 사람'로 일했던 게 아닌가 싶었다. 그 낭랑한 목소리를 듣자 하니 다음 대사로 '신부는 가마에서 내리시오'라든지 '상여꾼에게 동전 120조를 드리겠소' 같은 말이 튀어나올 것만 같았다.

하지만 마숙은 그런 경조사에 나올 법한 대사를 외치지 않았다. 그는 적화대에 오르는 이성을 바라보며 또박또박 계율을 낭독했다.

"제1조, 무고한 사람을 학살하지 않는다. 제2조, 간음과 약탈을 하지 않는다…….”

총 33조의 계율을 모두 읊은 후, 마길리는 잠시 멈추었다가 다시 또랑또랑한 목소리로 말을 이었다.

“우리는 아무런 구속도 받지 않고 자유롭게 행하며, 예의도 법도도 따지지 않는다. 대대로 칭송을 받든 세세에 악명을 떨치든 상관없으나, 다만 하늘과 땅과 자신에게 부끄럽지 않게 살기를 바랄 뿐이다!”

주비는 감탄하여 자기도 모르게 마길리를 돌아보았다. 그의 포동포동하고 둥근 얼굴에 긴장이 감돌고 있어 형용할 수 없는 장중함이 느껴졌다.

이성은 적화대 위의 마흔여덟 개 나무 기둥의 위치를 신중하게 살핀 후 눈 깜짝할 사이에 천종의 기둥을 향해 달려갔다. 이성은 머리가 영리하고 기민한 데다 화려하고 정교한 기술을 구사하는 편이었다. 뭐든 한 번만 봐도 거의 이해하는 그는 힘으로 기교를 제압하는 천종과는 상극이었다.

기둥을 지키던 제자는 장극長戟, 긴 창을 가로로 휘두르며 그의 접근을 막았다. 이성은 홀연히 석 자 높이로 뛰어올라 숲속을 산책하듯 기둥 주변을 선회하며 올라갔다.

기둥을 지키던 제자가 이성의 뒤를 쫓았다. 이성은 순식간에 몸을 돌려 허리춤에서 단검 두 개를 뽑아 들더니 위에서 아래로 덮치며 ‘태산경泰山傾’을 시전했다. 제자는 미처 대응하지 못해 장극으로 단검을 막아 내기에 급급했다.

이성은 두 다리에 기둥을 끼우고 여우처럼 재빨리 몸을 돌렸다. 검과 장극이 서로 맞부딪쳤다. 이성은 그 힘을 이용해 위쪽으로 몸을 솟구치며 기둥 꼭대기의 빨간 종이꽃을 떼어 냈다.

이성은 첫 번째 꽃을 손에 넣은 후에도 멈추거나 내려오지 않고, 종이꽃을 소매 안에 넣은 후 천종 기둥에서 훌쩍 뛰어올라 옆에 있는 두 번째 기둥에 올라섰다. 기둥을 지키던 제자는 그의 경공이 이렇게 뛰어날 줄은 꿈에도 몰랐다. 이제 와서 쫓아가 봐야 이미 늦은 것, 이성은 손쉽게 두 번째 종이꽃을 손에 넣었다.

마 총관은 감탄을 금치 못하며 옆에 있던 왕 부인에게 말했다.

"이렇게 날쌘 녀석은 오랜만이군요. 저 녀석이 종이꽃을 몇 개나 딸 수 있을 것 같으십니까?"

왕 부인이 웃으며 대답했다.

"옛날 이가의 둘째 도련님은 향이 세 대 타들어 갈 시간에 단숨에 종이꽃 열두 개를 따 냈지. 무공이 탄탄하고 기만술도 쓸 줄 아는 걸 보면, 제 아비보다 뛰어날 듯싶군."

마 총관은 옆에서 골똘히 생각에 잠긴 듯한 주비를 보고는 놀리고 싶어졌다.

"비야, 넌 몇 장이나 딸 것 같으냐?"

주비는 건성으로 대답했다.

"한 장이요."

"조카야, 그럼 넌 출사를 할 수 없어. 다시 돌아가서 몇 년을 더 수련해야 하는걸."

주비는 그를 멍청히 바라보며 눈을 깜빡이다가 그제야 정신을 차리고 말을 바꾸었다.

"아, 그럼 두 장이요."

마 총관은 여태껏 살면서 이렇게 추구하는 바가 뚜렷한 젊은이를 본 적이 없었다. 그는 억지로 입꼬리를 잡아당겨 하하 웃다가, 아무리 양심을 속여 봐도 주비의 포부에 대한 칭찬이 나오지 않아 억지로 한마디를 짜냈다.

"교만하거나 성급하지 않고, 겸손하며 신중한 태도가 좋구나."

뒤쪽에서 기둥을 지키고 있던 제자들은 시간이 지날수록 이성의 동작을 파악하기 시작했다. 맨 처음 이성에게 손쓸 새 없이 당했던 두 명을 빼고 종이꽃을 얻는 과정은 그리 호락호락하지 않았다. 하지만 이성은 나아갈 때와 후퇴할 때를 적절히 판단하고 조급함 없이 침착하게 한 발 한 발 내디뎠다. 또한 수시로 성동격서를 활용했다. 향이 거의 다 타들어 갈쯤 이성은 이미 종이꽃을 열다섯 개나 따 냈고, 마지막으로 소상파의 나무 기둥에서 발걸음을 멈췄다.

소상파도 검을 쓰는 일파로, 날렵하면서도 모호한 검법이 특징이었다. 기둥을 지키는 제자는 이성과 방법은 달라도 실력이 막상막하였다. 두 사람이 보기 좋게 뒤얽혀 한참을 싸우는 도중, 빨간 종이꽃 귀퉁이가 잘려 나갔다.

이때, 마 총관이 소리 높여 외쳤다.

"향이 모두 타들어 갔다!"

지면으로 내려온 이성은 그의 성과를 세어 보기 전에 먼저 기둥을 지키던 사람들을 향해 고개 숙여 인사했다.

"사형, 사저 여러분, 관대하게 봐주신 것에 감사드립니다."

그리고 몸을 돌려 약간 기대하듯 이근용을 바라보았다. 이근용이 있는 듯 없는 듯 한 웃음기를 띠고 그를 향해 고개를 끄덕이자 이성은 비로소 안도의 한숨을 내쉬며 이제껏 모은 종이꽃을 꺼내 마길리에게 건넸다.

“마숙, 세어 보십시오. 찢어진 것이 있을지 모르겠습니다.”

이성은 자기를 과시하는 데 일가견이 있었다. 방금 그 한마디로 이성은 자신이 모은 종이꽃에 조그만 상처도 없다는 것을 드러냈다. 마길리는 싱글벙글하며 이성을 머리끝에서부터 발끝까지 칭찬하곤 한마디 덧붙였다.

“일단 옆에 가서 잠시 기다리거라.”

이근용이 말했다.

“주비, 네 차례다. 오너라.”

마길리가 얼른 외쳤다.

“잠시만, 잠시만요. 일단 떼어지고 잘린 종이꽃을 새걸로 바꿔야지요.”

이근용이 대꾸했다.

“재는 그럴 필요 없으니 어서 향을 피우시죠.”

주비는 아무런 이의 없이 순순히 앞으로 나가며 자연스레 허리춤으로 손이 갔다. 그런데 거기에는 아무것도 없었다. 그제야 세묵강 옆 절벽에서 다리가 풀린 이연에게 자신의 칼을 지팡이로 빌려준 일이 떠올랐다. 어쩔 수 없이 이근용처럼 임시로 옆의 무기 선반에서 길이가 비슷한 것으로 골라잡았다.

상황을 지켜보던 마길리는 허둥지둥 당부의 말을 건넸다.

“뭐, 안 바꿔도 괜찮아. 네 오라비가 열다섯 개를 떼어 냈고 하나는 찢어졌으니 아직도 서른두 개가 남아 있다. 충분할 거야. 다만 첫 번째 공격은 신중해야 해. 선택을 잘해야…….”

그는 너무 놀라 말을 이을 수 없었다. 이 아이가 간이 배 밖으로 나왔는지, 곧장 이근용을 향해 돌진한 것이다!

이근용을 제외한 현장의 모든 사람이 주비의 돌발 행동에 경악했다. 이근용은 이런 상황을 예상이라도 한 듯 표정 하나 변하지 않고 살짝 손목을 튕겼다. 손에 쥔 낡고 묵직한 검이 탄식하듯 낮게 울렸다. 그녀가 검을 살짝 휘두르자 엄청난 굉음과 함께 적화대 위의 석판이 느닷없이 솟아올랐다. 그 기세는 금방이라도 주비를 석자 밖으로 날려 버릴 것 같았다.

주비는 숨지도 피하지도 않고 손에 쥔 칼을 뽑았다. 그러나 수산당의 낡은 칼은 오랫동안 아무도 쓰지 않아 녹이 잔뜩 슬었는지 칼집에서 뽑히지 않았다.

마 총관은 차마 지켜볼 수 없었다.

주비는 칫 하고 아예 칼 뽑기를 포기한 채 칼집째로 동작이 큰 '만산하挽山河'를 시전해 날아오는 석판 사이로 한 치의 오차도 없이 자신이 지나갈 만큼의 길을 열었다. 그동안 수없이 견기 그물을 돌파했던 경험이 효과가 있었다. 이근용은 속으로 감탄했지만 여전히 무표정한 얼굴로 몸을 솟구쳐 위에서 아래로 검을 내리꽂았다.

원래부터 내공이 깊은 데다 중검을 휘두르니 그야말로 호랑이에 날개를 단 격이었다. 그녀의 검은 어마어마한 힘을 싣고 곧장 주비를 향했다. 그 기세에 적화대 전체가 진동하기 시작했다. 주비는 공중에서 갑자기 태항산이 나타나 머리 위를 짓누르는 느낌이었다.

왕 부인이 아연실색하여 외쳤다.

"이 두령, 그만 봐주시죠!"

하지만 주비는 전혀 당황하지 않았다.

매일같이 강 위에 가득 깔린 견기 그물 사이를 누볐다. 쇠를 깎고 돌을 가르며 바위를 짓이기는 덫줄과 수없이 어깨를 스쳤다. 그런 상황이 습관이 되다 보니, 이 세상에 주비를 당황하게 할 만한 건 그다지 많지 않았다.

주비는 이근용의 검을 정면으로 받는 대신, 나무 기둥을 중심으로 몸을 옆으로 돌려 비스듬한 각도를 확보했다. 충격을 최대한 줄이기 위해서였다. 그녀는 낡고 녹슨 칼을 옆으로 들어 이근용의 중검을 비스듬히 막았다. 주비의 칼집은 부실하기 짝이 없었다. 손잡이만 철일 뿐이지 거의 모든 부분이 목재라서 중검과 맞부딪치자 기다란 나무 부스러기가 일었다. 두 사람의 힘이 팽팽하게 맞서자 부스러기는 끊어지지 않고 계속 이어졌다. 자세히 보면 그 부스러기가 끝에서 끝까지 일정한 너비라는 것을 알 수 있었다.

나무 부스러기가 갑자기 끊어졌다. 주비는 과감하게 공중에서 손목을 젖히며 장도로 이근용의 검을 지렛대 삼아 나무 기둥 높은 곳으로 뛰어올랐다.

왕 부인이 "어라?" 하며 눈을 가늘게 떴다. 손가락으로는 이따금씩 손에 쥔 나무 지팡이를 만지작거렸다.

사십팔채에서는 입문할 때 각 사부가 자신의 제자를 거느리게 되지만, 제자가 어느 정도 기초를 갖추고 정식으로 무공을 배우기 시작하면 문파 간에 따로 제한이 없었다. 따라서 제자들은 여력만 된다면 온 산채를 다니며 다른 문파의 무공을 배울 수 있었다. 어른들끼리도 서로 알고 지내는 사이다 보니 가르침을 청하면 선뜻 가르쳐 주었다. 그래서 주비는 이근용에 이끌려 입문하긴 했어도 이근용이 가르친 무공만 배운 것이 아니었다.

예를 들어 처음에 석판을 돌파했을 때 쓴 '만산하'는 사십팔채의 '창해滄海' 문파 초식이었고 나중에 쓴 교활한 회피법과 신출귀몰한 도법은 또 다른 기풍이었다.

마길리가 나지막이 속삭였다.

"어째 저 애의 몸놀림이 '명풍鳴風'의 것처럼 보입니다만."

'명풍'은 사십팔채 중에서도 특이하고 이상한 문파로 손꼽혔다. 이쪽 사람들은 항상 신출귀몰했다. 소문에는 사십팔채에 의탁하기 전에는 천하에 이름을 떨친 자객 집단이었다고 한다. 그들은 기관을 비롯한 갖가지 비술에 능통했고 세묵강의 견기도 명풍 일파의 솜씨였다. 자객의 무기는 대부분 작고 괴이한 것들이었고 일반적인 장도와 대검은 거의 쓰지 않았기에 명풍 일파에는 그럴듯한 검보와 도법이 없었다. 그런데 주비는 명풍의 기이한 정수를 깨우치고 그것을 자신의 도법에 적용해 이근용의 천의무봉에 도전하고 있었다.

왕 부인이 옅은 웃음기를 띤 얼굴로 고개를 끄덕였다.

"이 계집애는 참……."

아까의 걱정이 무색하게 주비가 놀라운 실력을 보여 주더니, 이번에는 칭찬이 끝나기도 전에 또다시 상황이 역전되었다. 이근용은 주비가 미끄러지듯 자신의 검을 피하자 쫓기는커녕 고개도 들지 않고 손으로 나무 기둥을 내리치며 호통을 쳤다.

"내려와!"

마길리는 마치 자신이 이 두령의 손에 명치를 가격당한 것처럼 혀를 끌끌 차며 혼자 중얼거렸다.

"그렇군, 두령님의 공력이라면 애송이들과 초식을 겨룰 필요도 없지. 장력 한 방이면 열 합에 맞먹을 테니."

예로부터 공간을 사이에 두고 장력으로 공격하는 '격공타우隔空打牛'

라는 장법이 전해지긴 했으나, 이근용은 양팔로도 껴안을 수 없을 정도로 두꺼운 나무 기둥에 직접 장력을 실었다. 그 힘은 나무 기둥을 타고 고스란히 주비에게로 전해졌다. 주비는 순간 숨이 턱 막히는 것을 느끼며 기둥에서 튕겨져 나갔다.

충격이 심했는지, 가슴에서는 기혈이 마구 용솟음쳤고 목구멍에서 약간 단맛이 났다. 주비는 땅에 앉아 연신 기침을 해 댔다. 숨이 가빴다. 이근용은 나무 기둥 주변을 떠나지 않고 중검을 거꾸로 든 채, 아무 말 없이 주비를 바라보았다.

옆에서 기둥을 지키던 사람이 도저히 두고 볼 수 없었던지 몸을 숙여 주비를 부축해 일으켜 주었다. 그가 조그맣게 속삭였다.

"남은 기둥이 서른두 개나 되는데 왜 굳이 두령님 쪽으로 간 거야? 우리 사형들이 우스워?"

그는 다시 방금 한쪽 모서리가 거의 잘려 나간 주비의 녹슨 칼을 보고 걱정을 쏟아 냈다.

"휴…… 이런 형편없는 물건이 다 있구나. 수산당에서 시험을 보는 건 평생 딱 한 번뿐인데 너무 태평한 것 아니냐? 얼른 마숙에게 가서 무기를 바꿔 와!"

주비가 곁눈질로 옆에 놓인 향안을 보았다. 첫 번째 향이 거의 다 타들어 간 상태였다. 그녀는 이씨채의 기둥 위에 걸린, 아까까지만 해도 이근용의 한 방에 사정없이 떨리던 빨간 종이꽃으로 눈길을 돌렸다가 다시 맘씨 좋고 수다스러운 사형을 향해 웃어 보였다. 그리고 여러 번 힘주어 칼집을 비틀자 녹이 어느 정도 벗겨졌는지 도신이 뽑혀 나왔다. 주비는 몸에 묻은 흙을 털고 일어나 그 기둥을 향해 걸어갔다.

이근용이 그녀를 향해 고개를 끄덕였다. 다음 순간, 주비는 별안간 몸을 솟구쳐 단숨에 나무 기둥 위로 올라갔다. 하지만 이근용의 검은 그녀의 몸놀림보다 빨랐다. 눈 깜짝할 사이에 두 사람은 그 좁은 공간에서 십여 합을 겨루었다. 도검이 서로 맞부딪칠 때마다 왕 부인 등 옆에서 지켜보는 사람들은 주비의 칼이 부러지겠구나 생각했지만, 그 삐걱거리는 녹슨 칼은 위태롭게 좌우로 흔들리면서도 이 자리에서 천수를 다하지 않겠다고 버텨 냈다.

이씨채의 나무 기둥은 두령의 검풍을 견디지 못하고 미세하게 흔들리고 있었다. 주비가 위쪽을 겨누며 이근용의 검을 정면으로 피하는 동시에 몸놀림을 바꾸었다. 그런데 이번에도 아까와 똑같이 명풍의 신법이었다. 무리를 해서라도 기둥에 오를 심산인 듯했다.

왕 부인은 한숨을 내쉬었다. 방금 이근용이 일격으로 주비를 날려 버린 건 아마 경고하기 위해서였으리라. 진정한 고수 앞에서는 그 어떤 기술도 무용지물이라는 것을. 그런데 이 아이는 어찌 이렇게 기억력이 나쁜지, 제 발로 고생길을 택했다.

역시나, 이근용은 미간을 살짝 찌푸리는 듯하더니 손에 든 중검의 검집을 위로 던졌다. 그 평범한 검집은 쉬익 날카로운 소리를 내며 날카로운 화살처럼 주비를 향해 날아갔다. 주비는 아까 호되게 당한 것을 떠올렸는지 순간 손을 놓고 기둥에서 벗어났다. 검집이 기둥에 세차게 부딪쳤다. 그 충격으로 기둥이 흔들리며 나무 부스러기가 날렸다.

꼭대기의 빨간 종이꽃도 함께 흔들리더니, 그 조그만 고리를 벗어나 하늘하늘 팔랑거리며 떨어지기 시작했다!

주비는 아직 공중에서 떨어지지 않은 이근용의 검집을 내리치며 그 힘으로 몸을 솟구쳐 종이꽃을 향해 손을 뻗었다.

이근용의 검이 주비를 바짝 좇아왔다. 주비는 공중에 뜬 채로 재빨리 몸을 구부려 기합을 모아 칼을 쥔 양손에 온몸의 힘을 실었다. 챙 하는 소리와 함께 낡은 칼은 양쪽에서 실리는 힘을 이기지 못하고 네다섯 조각으로 동강 났다. 조각난 도신은 적화대의 바닥에 꼿꼿이 박혔다. 이근용의 중검이 순간 기울어지자, 그 틈에 주비는 훌쩍 몸을 날려 한 손으로 잽싸게 종이꽃을 낚아챘으나 옆의 나무 기둥에 등을 세게 부딪치면서 입가에 피가 주르르 흘렀다.

하지만 아픈 것을 신경 쓸 겨를이 없었다. 주비는 얼굴을 스윽 닦고 손에 든 빨간 종이꽃을 펼쳐 땅에 내려놓았다. '복福' 자를 안고 있는 천진난만한 돼지가 그녀를 향해 웃고 있었다. 주비는 그것을 찬찬히 바라보았다. 몇 년간 속에 담고 있던 응어리가 사라진 것처럼 말할 수 없이 후련했다. 주비는 고개를 들고 몇 발자국 떨어진 곳에 있는 이근용을 향해 웃으며 말했다.

"한 장입니다."

이근용의 얼굴에 살짝 경악한 표정이 떠올랐다.

마길리는 벌어진 입을 다물지 못하고 한참을 멍하니 있다가 겨우 한 마디 내뱉었다.

"저것은……."

왕 부인이 나무 지팡이를 만지작거리며 말했다.

"'파설도破雪刀'로군."

진정한 이씨 가문의 도법은 대대로 잔본으로 전해져 왔다. 그러다 선대 채주가 이십 년에 거쳐 잔본을 완전하게 복원한 이후 세상에 이름을 떨쳤고, 이근용이 경계가 삼엄한 북도를 쳐들어가는 데 큰 역할을 하기도 했다. 파설도는 총 아홉 식으로 이루어져 있으며, 수련자의 자질과 이해력, 그리고 내공과 외공에 대한 요구 수준이 지극히 높았다.

이근용이 물었다.

"누가 가르쳐 줬지?"

그녀는 어린 제자들에게 파설도를 전수한 적이 없었다. 이성은 단검을 쓰는 데다 겁이 많고 결단력이 떨어지며 이해력도 부족했다. 주비는 주이당을 닮아 골격이 또래 여자아이들보다 가녀린 편이었으므로 경공을 익히기에 우월한 조건을 가지고 있었다. 그러나 파설도는 꽤나 포악하고 만 균1균=30근의 무게도 파할 만큼 날카로운 권법이라 주비에게는 어울리지 않았다. 억지로 어찌어찌 쓴다 해도 들인 공력에 비해 효과는 적을 것이었고, 자칫 잘못하다간 근골과 경맥을 다칠 수도 있었다.

"태사숙께서 두어 수 쓰시는 것을 보았습니다."

주비는 태연하게 껑충 뛰어오르며 이근용을 향해 손을 뻗었다.

"어머니, 검을 좀 빌려주세요."

이근용이 그녀를 응시하며 손에 든 중검을 던져 주었다. 주비는 검을 받자마자 몸을 돌려 가까운 곳에 있는 기둥을 향해 몸을 날렸다. 기둥을 지키는 사람은 방금 주비가 칼을 부러뜨리면서 펼친 '파설도'에서 미처 정신을 차리지 못하고 있다가 주비의 검이 눈앞에 다가오자 본능적으로 기둥 옆으로 피했다.

그런데 주비의 공격은 눈속임일 뿐이었다. 기둥을 지키던 제자를 따돌리자마자 몸을 솟구쳐 나무 기둥에 중검을 꽂고는, 공중제비를 돌아 검자루를 밟고 뛰어올라 기둥 꼭대기의 종이꽃을 잽싸게 따 냈다. 두 번째 종이꽃이었다. 동작이 어찌나 재빨랐는지 기둥을 지키는 제자는 미처 대응하지 못하고 그저 바라보기만 했다.

주비는 빨간 종이꽃 두 장을 마길리 앞에 제출했다. 마길리의 입꼬리가 실룩거렸다.

"두 번째 향도 아직 다 타지 않았는데 왜 벌써 내려왔느냐?"

주비가 의아하다는 듯 대답했다.

"마숙, 두 장이면 통과라고 하셨잖아요?"

마길리가 말했다.

"맞다. 그렇지만…… 그렇지만 이게, 산채의 제자들이 적화대에 오를 수 있는 기회는 딱 한 번뿐이다. 각자의 성적은 수산당에 기록되지. 알겠느냐?"

차후 후배들에게 '내가 옛날에 적화대에서 종이꽃을 열다섯 개나 따냈지.'라고 허풍을 떤다면 사람들은 그를 동년배 중에서도 뛰어났구나 하고 여길 것이었다.

그러나 '수산당에서의 시험에서 종이꽃 두 개를 따서 겨우 통과했어.'라고 한다면, 별말 아닌 것 같아도 자칫하다가는 기둥을 지키는 사형 사저에게 뇌물을 주고 겨우겨우 통과했다는 인상을 줄 수 있었다.

주비는 대충 고개를 끄덕였다.

"그럼 두 개라고만 기록하면 되죠."

대수롭지 않게 던지는 그 말이 매우 거만하게 들렸다. 마치 '이까짓 걸로 허풍 떨어 봤자 무슨 소용이에요?'라고 말하는 듯했다. 주비를 복잡한 표정으로 바라보던 이성은 그 말에 낯빛이 순간 파랗게 질렸다. 두령님이 아직 적화대에 서 있지 않았다면 그는 먼저 옷자락을 휘날리며 자리를 떴을 것이다.

이근용이 적화대에서 내려오며 마길리에게 말했다.

"명패는 마 형께 부탁드리겠습니다. 너희 둘은 나를 따라오너라. 왕 부인께서 심부름할 사람이 필요하다고 하시니."

"이 할망구의 못난 아들이 두령님께 폐를 끼치는군요."

왕 부인이 부들부들 떨며 탄식을 내뱉었다.

"작년 3월, 그 애는 산채에 있는 것이 답답하다면서 나가서 할 일을 찾아보겠다고 했어요. 마침 귀한 손님이 오시기로 해서 우리 측 땅에서 마중을 나가야 하자, 그 애는 자청해서 그 임무를 맡았지요. 6월에는 서신이 와서 손님을 맞이했다고 했고, 10월에는 또 서신이 와서 동정의 지계에까지 이르렀다면서 서두르면 설 전에 산채에 돌아올 수 있다고 했고요. 그런데 그 후로 아무 소식이 없었어요."

"폐를 끼친다는 말씀 마십시오. 신비는 우리 사십팔채를 대신해 심부름을 간 것이었으니까요."

이근용은 이성과 주비를 돌아보며 말했다.

"그 귀한 손님은 바로 충무 장군 오 대인의 가족들이다. 충무 장군이 북쪽 도적놈들에게 쓰러지자 그 부인은 아들 하나와 딸 하나를 데리고 종남으로 피신했지. 그런데 작년에 몸을 숨긴 곳이 누설되면서 어쩔 수 없이 내게 도움을 청해 왔어. 우린 그들을 데려오기 위해 산채의 열세 명을 보냈었다. 모두 실력 있는 자들이었지. 그런데 아직까지 돌아오지 않고 있다."

왕 부인이 조그맣게 말했다.

"부끄럽군요."

"동정 일대는 강도가 횡행해서 원래부터 험한 곳입니다. 거기다 오 장군의 가족까지 데려오자니 일정이 지체될 수도 있겠지요. 노부인께서는 너무 걱정하지 마십시오. 제 생각에 일행이 아마 거의 도착하지 않았을까 싶은데, 정 마음이 놓이지 않으신다면 사람들을 데리고 얼마간 마중을 나가 보시면 될 것 같습니다."

이근용이 손을 흔들며 주비와 이성에게 말했다.

"너희 둘이 따라가면 짐만 될 테지만, 내가 염치없이 노부인께 가시는 길에 너희 둘을 견문도 넓힐 겸 데려가 달라고 부탁드렸다. 밖에 나가거든 뭐든 멋대로 굴지 말고. 혹여 말썽을 일으키면 다리몽둥이가 부러질 줄 알아라. 잔소리는 더 이상 하지 않겠다. 노부인은 연세가 높으시니 가는 길에 눈치껏 행동하고 분부할 때까지 가만히 기다리지 않도록 해라. 너 말이다, 주비."

주비가 암암리에 눈을 흘기며 우물거렸다.

"네."

이성이 얼른 대답했다.

"고모님, 걱정 마세요."

이근용의 안색이 아까보다 부드러워졌다. 뭔가 더 당부하고 싶은 말이 있었지만 막상 머릿속으로 쭉 나열하고 보니 하나같이 사소한 것들이라 굳이 입 밖에 낼 필요는 없었다.

"성아, 나 대신 왕 부인을 잘 배웅해 드리거라. 비야는 여기 남고."

이성이 왕 부인을 부축해 나가자 이근용이 주비에게 말했다.

"이리 오너라."

주비는 살짝 불안해져 이성과 왕 부인의 뒷모습만 애타게 바라보았다. 이 두령이 자기만 혼자 남게 한 건 좋은 일이 아닐 게 분명했다. 이제까지의 경험에 따르면 그랬다.

그런데 이근용은 주비를 그들 오누이 셋이 함께 무공을 연마하던 작은 뜰로 데려가더니 무기 선반에서 장도 하나를 꺼내 눈으로 훑으며 말했다.

"명풍 일파는 깊은 곳에 틀어박혀 좀처럼 나오지 않는다. 사람과의 왕래도 극히 드물어서 일 년 내내 대문이 굳게 잠겨 있지. 내가 알기로 그쪽엔 다른 사람과 교류하기를 원하는 사람이 극히 드물어. 게다가 명풍에는 딱히 표준 도법이라고 할 만한 것도 없고. 그런데 넌 어디서 배운 것이지?"

주비는 순간 흠칫했으나 금방 상황이 이해되었다. 그랬다. 어노인도 말한 적 있었다. 하루 종일 견기 속에서 아등바등하다 보니 도법에 명풍의 사기가 배었는지 사람도 귀신도 아닌 것 같은 느낌이 든다고.

"명풍 그쪽에는 가 본 적도 없어요. 어차피 들어오지도 못하게 하잖아요?"

주비는 솔직하게 털어놓았다.

"이건 다 견기한테서 배운 거예요."

이근용은 속으로 조금 놀랐다. 주비는 한 번 본 것을 다 기억하는 아이가 절대로 아니었다. 예전에 주이당 밑에서 글공부를 하던 시절, 주비의 머릿속에 지식을 집어넣는 것은 그야말로 고역이었다. 방금까지 잘 배운 내용을 자고 일어나면 다 잊어버렸던 것이다.

그런데 무공을 배우는 것에 있어서는 천부적인 재능이 있었다. 한 번 본 초식을 완전히 기록해 놓지 않아도 가장 중요한 부분을 골라 핵심을 정확히 뽑은 다음, 자신이 추측하고 깨달은 것을 덧붙여 자기만의 방식으로 연결하여 사용할 수 있었다.

이런 능력은 정말 누구를 닮았는지. 이근용은 그런 생각을 하면서도 겉으로는 내색하지 않고 화제를 돌려 무미건조하게 말했다.

"파설도는 지극히 강력한 도법이다. 총 아홉 식이고, 네 외조부가 손수 보완하셨지. 너희 셋은 자질이 아직 부족해서 난 이제껏 그 도법을 전수해 주지 않았다. 어노인은 옛날 큰 부상을 입은 데다 연세도 있어서 기력이 살짝 떨어지시지. 그래서……."

이근용은 별안간 장도를 뽑아 양손으로 쥐더니 몸을 회전하며 장도에 힘을 불어넣었다. '휘익' 하는 소리와 함께 차디찬 칼바람이 매서운 북풍처럼 몰아쳤다. 주비가 방금 적화대에서 사용했던 그 기술이었다.

주비는 무의식적으로 반보 뒷걸음쳤다. 온몸의 피가 순간적으로 얼어붙는 느낌이었다.

이근용은 그제야 천천히 손을 거두고 말했다.

"진정한 파설도였다면 설령 네 손에 들린 것이 고작 쇳조각 하나였대도 멀쩡했을 거다. 파설은 아군과 적군 가리지 않고 죄다 파괴하는 기술이 아니니까."

주비가 물었다.

"그럼 뭐죠?"

이근용이 차분하게 대답했다.

"'무견불최無堅不摧, 아무리 단단해도 모조리 파괴하는'의 힘이다.

주비의 눈이 휘둥그레졌다.

"사람이 나이가 들면 뭘 하든 항상 여지를 남기고 싶어 하는 법. 그래서 사숙님의 도법에는 회전이 많아졌지. 형태만 갖추었을 뿐,

진정한 파설도는 아니야.”

이근용은 주비를 바라보며 말을 이었다.

“그런데 넌, 속으로 이 칼이 부러질 것을 뻔히 알고 있으면서도 믿는 구석이 있어서 두려워하지 않았지. 왜냐하면 내가 널 어찌하지 못할 것을 알고 있으니까. 잠깐만이라도 시간을 벌면 종이꽃을 손에 넣을 수 있었어. 넌 파설도를 쓴 것이 아니라 잔재주를 부린 거야.”

이근용의 말은 칭찬 같진 않았지만 웬일로 질책하는 어투도 아니었다. 잔재주도 재주라는 것이 그녀의 지론이었다. 어쨌거나 목적을 달성할 수 있으면 쓸모 있다는 거니까 말이다.

“하지만 실전이었다면, 초식을 쓰기도 전에 칼이 부러질 것을 예상하고 마음이 흔들렸을 거다. 부정할 것 없어. 사람은 누구나 죽는 걸 두려워하니까. 아주 미세한 흔들림도 흔들린 거야.”

주비는 이해할 수 없었다.

“하지만 제가 어떻게 생각하든 상관없이 칼은 분명 부러질 거잖아요.”

세묵강에서 삼 년을 더 뒹굴어도 이근용을 이기는 건 불가능했다. 개미가 세상에서 가장 뛰어난 무공을 배워도 코끼리를 이길 수 없는 것과 같은 이치였다. 믿든 믿지 않든, 어차피 그건 사실인데. 파설도는 주제넘게 행동하는 법을 가르쳐 주는 도법인가?

이근용의 눈썹 끝이 살짝 꿈틀거렸다. 주비의 마음속 의심을 눈치챘는지, 별안간 인색한 웃음을 터뜨렸다. 이근용은 장도의 칼끝으로 살짝 땅을 짚으며 말했다.

“이 세상에 고수가 얼마나 많을 것 같니?”

주비는 갑자기 이 질문을 왜 하는지 알지 못했지만 자연스레 머릿속에 산채 어른들이 말해 준 강호 이야기가 떠올랐다. '북두칠성', 각 대문파, 듣기만 해도 손에 땀을 쥐는 전투들…… 그리고 지금까지도 전설적인 존재인 이근용 두령.

"아주 많죠."

"그래, 아주 많다."

이근용이 대답했다.

"산 너머에는 또 높은 산이 있으니 누구도 감히 자신을 천하제일이라고 칭할 수 없지. 하지만 제아무리 고수라고 해도 모두 뼈와 살로 이루어져 있다. 모두 어머니 아버지에게서 태어났고 옹알이하던 시절을 거쳤어. 모두 기어 다니다가 일어서서 걷기 시작하는 것부터 시작한 거야. 너와 똑같이 말이다. 모래와 자갈이 높은 산들의 과거이듯, 너의 지금은 우리의 과거다. 비야, 귀신은 저세상에나 가야 있는 법, 이 세상에는 평범한 사람들뿐이다. 그런데 네 손에 들린 칼이 무견불최함을 어찌 믿지 못하느냐?"

주비는 또다시 어리둥절했다.

이근용이 말했다.

"잘 보거라. 네게 딱 한 번만 가르쳐 주겠다. 앞으로 다시 와서 묻는다 해도 네게 다시 가르쳐 줄 시간이 있을지 모르겠구나."

사흘 후, 주비와 이성은 간단히 짐을 꾸려 이연의 눈물바다가 된 긴긴 배웅 속에 왕 부인과 함께 산을 내려갔다. 출발 직전, 주비는 옛날 그녀를 산문 안에 가둬 두었던 철문을 바라보았다. 요 몇 년 주비가 키가 자라서인지, 철문은 그다지 높아 보이지 않았다.

이번 여정은 순조로울까? 두세 달이면 돌아올 수 있을까? 어떤 일을 맞닥뜨리게 될까? 아버지의 소식은 들을 수 있을까? 한 치 앞을 모를 앞날이었다.

주비와 이성은 성안에 생전 처음 와 본 시골뜨기였다. 이성은 곁눈질하지 않는 척했지만 다른 사람이 한눈을 팔 때면 사방을 흘끔거렸다. 그러면서 신기한 걸 처음 보는 어벙한 표정을 감추려고 연신 애를 썼다. 사십팔채 밖으로 이십 리 떨어진 이곳 소도시는 여전히 그들의 세력 범위이긴 했지만 사는 모습은 산채와 확연히 달랐다.

산채에도 사람들이 오가긴 했지만 다들 단정하고 엄숙했다. 일과 휴식 및 세 끼 식사 모두 정해진 시간과 장소에서 이루어졌다. 그런데 산 밑은 달랐다. 남녀노소 상관없이 복작복작 붐볐다. 그들이 성안에 들어왔을 때는 마침 장이 열리고 있어서 주변이 왁자지껄 소란스러웠다. 온갖 지역 사투리가 들렸고 장사치들은 큰 소리로 호객했다. 흙투성이 아이들은 어른들의 다리 사이를 거침없이 오가며 부딪쳐도 사과하지 않고 재잘재잘 떠들며 멀리 도망갔다. 흥정하는 사람, 말다툼하는 사람, 웃고 떠드는 사람, 호객하는 사람……. 여기저기 사람 소리로 가득했다.

주비는 두리번거리며 걷는 내내 '실례합니다'라는 말을 얼마나 많이 들었는지 모른다. 거리를 따라 쭉 늘어선 노점들은 마치 개구리 떼처럼 그녀를 향해 떠들썩하게 꽥꽥거렸다.

"아가씨, 우리 집 천 색깔이 다른 집보다 훨씬 산뜻하죠?"

"아가씨, 팔찌 한번 보고 가!"

"갓 구운 따끈따끈한 호떡입니다! 맛보고 가세요! 안 사도 됩니다, 한 입 드셔 보세요!"

"……."

노점상들이 무턱대고 외치는 소리인 줄 알 리 없는 주비는 자기한테 하는 말을 무시하고 지나치기 어려웠다. 하지만 고개를 들어 수십 개의 입이 열렸다 닫혔다 하는 것을 보면 뭐라고 대답할 수도 없어 쩔쩔맸다. 다행히 왕 부인이 사람을 시켜 얼른 주비를 끌고 갔다. 일행은 소도시에 딱 하나뿐인 전당포에서 잠시 쉬어 가기로 했다. 그곳은 평소 산채에 서신을 배달하는 비밀 기지였다.

사흘 후.

길은 여전히 험하고 길었다. 산 그림자가 멀리 어른거렸다.

방금 내린 비로 오랫동안 정비되지 않은 길 곳곳에 웅덩이가 파였다. 그 위를 덜컹덜컹 지나가는 마차는 바퀴에서 튀긴 진흙으로 차체가 엉망이 되었다. 커다란 말 몇 필이 마차 앞에서 길을 이끌고, 또 뒤를 따라가고 있었다. 모두 무술을 수련한 자들로, 한눈팔지 않고 열심히 길을 갔다.

마차 안에는 귀티 나는 노부인이 앉아 꾸벅꾸벅 졸고 있었다. 그 옆의 열예닐곱 정도 되어 보이는 소녀는 화장기 없는 얼굴에 머리를 양쪽으로 말아 묶고 담황색 치마를 입고 있었다. 갈라진 앞머리 사이로 새하얗고 조그만 얼굴이 드러났다. 얼핏 보면 노부인이 데리고 다니는 예쁘장한 시녀였다. 그러나 자세히 살펴보면 그 소녀의 앉은 자세가 지극히 단정하다는 것을 알 수 있었다. 소녀는 마차가 좌우로 흔들리는 와중에도 마치 묵직한 종처럼 꿈쩍하지 않았다. 살짝 눈을 감은 채 골똘히 생각에 빠진 소녀의 미간에는 금방이라도 터져 나올 것 같은 살기가 서려 있었다. 겉모습은 영락없이 시녀인데 전혀 시녀 같지 않았다.

이들은 바로 왕 부인과 주비, 이성을 비롯한 사십팔채 제자들이었다.

왕 부인의 실종된 아들이 보낸 마지막 서신에서는 그들이 동정 부근에 도착했다고 적혀 있었다. 그곳을 관할하는 무림세가는 '곽가보霍家堡'로, 본거지는 악양성에 있었다.

곽가의 우두머리 곽장풍은 강호의 덕망 높은 명숙이었다. 그의 퇴법腿法, 발차기은 가히 천하제일이었다. 사십팔채의 선대 채주는 생전에 곽장풍과 의형제를 맺었었다. 이근용이 주비와 이성을 일행에 딸려 보낸 것도 이 두 집안의 관계를 빌려 사람 찾는 일에 곽가보의 도움을 받기 위해서였다.

동정 부근에는 도적 떼가 많긴 했으나 워낙에 산간벽지라서 자기보다 약한 자들만 괴롭히는 부류가 대부분이었다. 쉬운 상대가 아니다 싶으면 무모하게 덤비지 않았다.

촉 땅의 지계를 벗어나자 주비는 점차 주변 경치에 대한 흥미가 사라졌다.

북쪽으로 갈수록 주변은 적막해져서 하루 종일 길을 가도 인가 하나 보이지 않을 때도 있었다. 길은 갈수록 덜컹거렸다. 역참은 대부분 귀신의 집을 방불케 했고, 가끔 큰 성의 요새를 지날 때에야 비로소 사람 그림자를 볼 수 있었다. 하지만 사람 그림자라 해도 좋은 그림자는 아니었다. 성문을 지키는 말단 관리는 돈을 뜯어내려고 혈안이 되어 있는 경우가 많았다. 그래서 성문을 출입할 때마다 뇌물을 주어야 했고, 성안에 들어가지 못한 백성들이 성문 앞에서 울고불고 따지는 소리가 마차 안에까지 들렸다.

심란해진 주비는 아예 밖을 보는 걸 포기하고 마차 안에서 눈을 감고 마음을 가다듬었다. 그녀는 머릿속으로 그날 이근용이 전수해 준 파설도 아홉 식을 반복해서 연습했다. 어노인이 가르쳐 준 수련 방식이었다. 불가에서 입을 닫고 묵언수행을 하는 것처럼, 어노인도 눈을 감고 하는 자신의 특이한 수련 방식을 '폐안수행'이라고 불렀다.

어노인은 시시콜콜 잔소리가 많았다. 주비가 시끄럽고, 둔하고, 청결하지 않고, 사용한 물건을 제자리에 두지 않는다고 나무랐다. 그러면서 강물 속에서는 절대로 칼과 창을 휘두르지 못하게 했다. 주비처럼 미련한 제자를 오래 보았다가는 정신이 사나워져 자기도 멍청해질까 봐 걱정된다는 이유였다.

매번 주비가 견기의 덫줄에 갇혀 옴짝달싹도 못 할 때마다 어노인은 그녀에게 한쪽에 앉아 눈을 감고 머릿속으로 초식의 동작 하나하나를 그려 보라고 했다.

그런 상황이 반복되자, 주비는 궁지에 몰려 대책이 없을 때마다 잡생각을 버리고 생각에 몰두하는 버릇이 생겼다.

그러다 서서히 깨달았다. 모든 근심 걱정을 버리고 정신을 집중하면 현묘한 경지에 들어가 생각과 행동의 진정한 합일을 이룰 수 있다는 것을 말이다.

주비는 입정入靜에 들어갈 때면 자신이 정말로 무공을 수련하고 있는 것인지 아니면 머릿속으로 생각만 하고 있는 것인지 분간할 수 없었다. 게다가 눈을 감고 명상하면서 익힌 초식은 실제로도 아주 자연스럽게 사용할 수 있어서 직접 몸으로 익히는 것에 전혀 뒤

떨어지지 않았다.

처음에는 세묵강 한가운데의 아무도 방해하지 않는 곳에서만 마음을 가라앉히고 입정에 들어갈 수 있었다. 그러다 서서히 습관이 들면서 이제는 아무 때나 눈을 감고 수련할 수 있게 되었다.

머릿속에서 한창 광풍과 폭설이 몰아치고 있는데, 별안간 밖에서 고막이 찢어질 듯한 개 짖는 소리가 들려왔다. 마부가 "워워!" 하고 외치며 얼른 마차를 멈추었다. 주비는 번쩍 눈을 떴다. 미간에 칼날 같은 도광이 번쩍였다 사라졌다. 그녀는 정신을 차리고 손으로 주렴을 살짝 걷어 바깥을 살펴보았다. 마차 앞에는 밧줄이 길을 막고 있었다.

일행의 길을 인도하던 사람은 소상파의 대사형 등견으로, 기마술이 매우 뛰어난 사람이었다. 등견이 고삐를 잡아당겨 말을 세웠다. 그런데 그가 말에서 내리기도 전에 길 양쪽에서 비쩍 말라 뼈가 드러난 늑대개 대여섯 마리가 튀어나오더니 그들을 노려보며 으르렁거렸다.

그와 동시에 뒤쪽에서 마을 사람들 몇 명이 모습을 드러냈다. 대부분 청장년 남자들이었고 건장한 부녀자 둘도 끼어 있었다. 손에는 식칼과 나무 몽둥이를 들었고, 어떤 사람은 기다란 나무 걸상을 들고 증오가 담긴 눈길로 그들을 노려보았다.

쌍방은 서로를 노려보았다. 말에서 내린 등견이 포권을 취하며 공손히 말했다.

"저희는 노부인을 모시고 고향으로 돌아가는 길이었습니다. 어쩔 수 없이 여러분의 땅을 지나게 되었는데, 혹시라도 저희가 잘못한 것이 있는지요?"

가장 앞에 선 사내가 등견의 허리에 찬 검을 흘끗 보고 쏘아붙였다.

"노부인? 노부인이 늙으면 얼마나 늙었다고? 어디 나와 보라 하쇼!"

등견이 얼굴을 찌푸렸다.

"정말 예의가 없군요!"

사내가 큰소리로 외쳤다.

"당신들이 민가를 약탈하는 강도떼인지 아닌지 우리가 어떻게 알아?"

소상파의 특징은 대나무와 미남자였다. 등견 일행은 나름 강호인이고 어쩔 수 없이 세속을 떠나 촉 땅에 들어갔어도 자신들의 고상한 멋은 잃지 않아서 어떻게 봐도 점잖은 공자들처럼 보였다. 그런데 오늘 이렇게 생판 모르는 사람들에게 강도떼로 오인을 받다니 등견은 뚜껑이 열릴 지경이었다. 저들이 전문 공갈단이 아닐까 하는 의심도 들었다.

주비는 왕 부인 쪽을 돌아보았다. 왕 부인이 지팡이를 만지작거리며 조용히 말했다.

"이곳은 악양과 고작 하루 거리야. 곽가보가 바로 부근에 있는데 어찌 강도떼가 횡행한다는 건지? 비야, 날 좀 부축해 주렴. 직접 봐야겠구나."

마을 사람들과 대치 중이던 일행이 갑자기 공손하게 양쪽으로 물러나더니 한 소녀가 할멈을 부축하며 천천히 걸어 나왔다. 그 소녀는 보는 사람마다 스스로 부끄러워할 만큼 눈송이처럼 맑고 청초했다. 소녀의 눈빛이 마을 사람들을 훑었다. 기다란 나무 걸상을 들고 있던 부인은 멋쩍어하며 그 한쪽 다리가 부러져 나간 걸상을 내려놓았다.

할멈은 여든 정도 되어 보였다. 누구라도 그 무릎에 얼굴을 묻고 펑펑 울고 싶어질 만큼 자애로운 얼굴이었다. 할멈이 마을 사람들 앞으로 다가가 가쁘게 숨을 내쉬며 물었다.

"여러분, 이 늙은이가 강도 짓이나 할 사람으로 보이오?"

반 시진 후, 왕 부인은 얼굴을 팔아 주비 일행을 데리고 평안하게 마을로 들어섰다.

늑대개들은 모두 목줄에 묶였다. 방금 그 우두머리 사내는 마을의 이장이었다. 여러 차례 동란을 거치며 이미 소속도 모호해져, 마을 사람들을 이끌고 근근이 입에 풀칠하며 살고 있었다.

이장이 쓴웃음을 지어 보였다.

"지금은 풀포기 하나도 모두 적으로 보이는 판입니다. 요 며칠 강도들이 어찌나 극성인지, 땅속까지 탈탈 털어 갔어요. 정말 방법이 없다니까요."

멀지 않은 곳에서 곡소리가 들려왔다. 주비가 소리 나는 쪽을 바라보니, 어느 집 문 앞에 낡고 너덜너덜한 거적때기로 덮인 한 청년의 시신이 있었다. 손과 발이 큰 청년이었다. 키도 건장해서 거적으로 완전히 덮이지 않을 정도였다. 머리와 발끝이 모두 거적 바깥으로 삐져나와 있었지만 얼굴은 알아볼 수 없을 정도로 둔기에 맞아 일그러져 있었다. 피가 말라붙어 있는 모습이 차마 눈 뜨고 볼 수 없을 만큼 참혹했다. 그 옆에서는 한 늙은 부인이 대성통곡하며 나무 대야의 물로 망자의 핏자국을 씻기고 있었다.

그 많은 나이에도 아들을 찾기 위해 기어이 산을 내려온 왕 부인이었다. 왕 부인은 눈앞에 펼쳐진 광경에 감정이 이입되었는지 한참을 발길을 떼지 못하고 눈물을 훔쳤다.

"물건만 빼앗아 가는 거면 괜찮게요. 사람도 가만두지 않더라니까요."

이장은 땅에 누인 시신을 보면서 부인을 몇 마디 위로하고 싶었지만, 더 이상 살고 싶은 희망을 잃은 것 같은 부인을 보자 어떤 위로도 쓸모없을 것이라 생각하고 그저 목 뒤로 삼켰다. 그는 옆에 있던 등견에게 말을 건넸다.

"저 청년의 혼사를 제가 주선했죠. 결혼한 지 반년도 안 되었는데 나쁜 놈한테 찍혀서는…… 에휴! 노마님, 가는 길을 지체하게 해 드려서 죄송합니다. 날도 이미 어두워져서 묵어가실 곳이 필요하실 텐데, 차라리 저희 마을에서 쉬시고 내일 길을 재촉하시면 저녁 무렵에는 악양에 도착하실 수 있을 겁니다."

왕 부인도 그렇게 하는 것이 나을 듯하여 제자들을 통해 이장에게 숙식비를 전달했다. 이장은 자신이 너무 많은 말을 한 것 같아 쑥스러웠지만 그래도 받은 돈을 차마 손에서 놓을 수는 없었다. 마을 사람들은 너무나 가난해서 죽은 사람을 위해 얇은 관 하나 살 수 없는 형편이었다. 이런 상황에서 무슨 힘이 있어 패기를 부리겠는가? 이장은 기골이 장대한 사내였다. 그런데 가난해서 패기조차 없어진 자신을 보니 더욱 부끄러워져서 슬픔이 밀려왔다. 그는 밀려오는 슬픔에 그 자리에서 눈물을 뚝뚝 흘렸다.

주비 일행은 그날 밤 마을에 여장을 풀었다. 저녁 식사를 대충 끝낸 제자들은 왕 부인의 방에 모였다. 대사형 등견이 입을 열었다.

"사모님, 오늘 일은 좀 이상합니다. 그 청년의 시신을 보셨지요? 사람 머리가 무슨 호박도 아니고, 뼈로 둘러싸여 있는데 어찌 그렇게 부서질 수 있단 말입니까? 평범한 사람의 힘이라면 그 정도까진 될 수 없을 겁니다. 분명 무공을 배운 자의 소행입니다. 그것도 솜씨가 뛰어난 자일 겁니다. 이렇게 무예가 뛰어난 놈들이 바로 코앞을 들쑤시고 다니는데, 곽가보는 어째서 손을 놓고 있는 걸까요?"

왕 부인은 주름진 손을 작은 화로 위에 올려놓고 손을 녹이며 가만히 고개를 끄덕이다가 이성이 뭔가 할 말을 삼키는 것을 보고 물었다.

"성아, 무슨 생각을 했느냐?"

이성이 대답했다.

"제 생각에는 저희가 오랫동안 길을 떠나 있느라 몰골이 말이 아니라 해도, 강도떼로 오인받을 정도는 아닌 것 같습니다. 그런데 저들은 어째서 처음부터 그렇게 경계를 한 걸까요?"

주비도 사실 그 점이 이상하다고 생각했다. 다만 다른 사람들 앞에 나서는 게 어색해서 다들 가만히 있기에 잠자코 있었는데, 이성이 꼭 집어 말하자 비로소 살짝 고개를 끄덕였다.

왕 부인이 부드러운 목소리로 대답했다.

"괜찮다. 계속 말해 보거라."

"마을 사람들은 발걸음이 묵직했고, 말투에 섞인 분노도 거짓 같지는 않았습니다."

이성은 잠시 생각한 후 말을 이었다.

"마을 사람들이 거짓말한 것이 아니라면, 그 강도떼들이 혹시…… 일반적인 강도가 아니라, 우리와 비슷한 부분이 있는 건 아닐까요?"

이성은 아주 완곡하게 돌려 말했지만 그의 말이 끝나자마자 제자들은 삽시간에 물 뿌린 듯이 조용해졌다. 일반적인 강도가 아니라 그들과 비슷하다면, 강호의 문파일 터였다. 이 일대 주변 백 리에서 가장 세력이 강한 문파는 곽가보였다.

그리고 곽가보는 이씨채의 선대 채주와 의형제를 맺은 사이였다. 사실 모두가 이성과 같은 의심을 조금씩은 품었지만 아무래도 이성과 주비 앞에서는 언급하기 쉽지 않았다. 그런데 이성이 주동적으로 나서서 운을 띄우니, 그제야 연신 맞장구를 쳤다.

왕 부인은 손가락을 오므리며 조용히 말했다.

"생각해 보마. 너희들도 연일 길을 재촉하느라 피곤할 테니 일찍 쉬거라. 다만 밤에도 경계를 풀어서는 안 된다."

제자들이 대답하고 돌아가려는데 밖에서 누군가 부르는 소리가 들렸다.

"주 낭자, 자나요?"

주비가 얼른 문을 열어 보니 이장의 부인이 서 있었다. 바로 첫 만남 때 기다란 나무 걸상을 짊어지고 있던 그 여걸이었다. 사실 그다지 험상궂은 인상은 아니었다. 그녀는 아직 어린 소녀인 주비가 할머니 뒤만 따라다니며 아무 말도 못 하는 것을 보고 퍽 가여운 생각이 들어 일부러 깨끗하고 두꺼운 이불을 가져온 참이었다.

주비는 이제까지 이런 특별한 보살핌을 받아 본 적이 없어서 몸 둘 바를 몰라 하며 감사 인사를 했다.

이 마을에서는 한창 피어날 아이들마저도 누렇고 삐쩍 마른 모습이었다. 이장 부인은 이렇게 반듯하고 예쁜 여자아이를 보는 것이 오랜만이라 속으로 무척 기분이 좋았다. 그녀는 손을 뻗어 주비의 얼굴을 어루만지며 미소를 지었다.

"착하기도 하지."

퇴락한 마을 위로 어둠이 깔렸다. 주비는 이장 부인이 준 이불을 덮고 이리 뒤척, 저리 뒤척였다. 산채 바깥은 하나도 좋지 않았다. 이 마을은 강도들이 수시로 털어 가고 형편도 찢어지게 가난한 것 같은데, 어째서 마을 사람들은 다른 곳으로 떠나지 않는 걸까? 이런저런 생각의 나래를 펼치고 있는데 창밖이 갑자기 개 짖는 소리와 사람 소리가 뒤섞이며 소란스러워졌다. 주비는 얼른 몸을 일으켜 속삭였다.

"왕 할머니?"

주비와 같은 방을 쓰는 왕 부인이 뭐라 대꾸하기도 전에 시끌벅적한 소리는 점점 가까워졌다. 이윽고 문이 벌컥 열리더니 이장 부인이 허둥대며 들어와 소리쳤다.

"강도들이 또 왔어요! 얼른 숨어요!"

그녀의 눈길이 주비를 향하더니, 어디선가 다 떨어진 남자 겉옷을 꺼내 주비를 머리부터 발끝까지 감쌌다.

"어린 아가씨들은 얼굴을 드러내면 안 돼. 그 짐승 같은 놈들이……."

말이 끝나기도 전에, 그녀의 뒤로 복면을 한 두 사람이 뛰어들어오며 소리쳤다.

"마차가 이곳에 멈췄다. 사람도 분명 여기 있을 거야!"

왕 부인 일행은 이제까지 오면서 아무런 위험도 겪지 않았다. 가끔 뒤를 미행하는 나쁜 놈들이 있었지만 그때그때 제자들이 손을 쓰면 그만이었다. 그런데 악양에 가까워질수록 강도들의 간덩이가 배 밖으로 나올 줄이야.

이장 부인은 털이 다 빠진 빗자루를 가로로 들어 몸 앞을 막았다. 일 년 내내 물을 긷고 장작을 패고 밭을 매고 가축을 치는 갖가지 노동은 그녀에게 튼실한 근육과 박력을 선사해 주었다. 복면강도들이 달려들려 하자 그녀는 피할 수 없다는 것을 알면서도 약해 보이지 않으려 버럭 호통을 쳤다.

"양털도 매일 깎지 않고 잡초도 매일 뽑지 않는 법이다! 네놈들은 사람도 죽이고 돈도 쓸어 갔잖아! 이 몸을 또 어찌하겠다는 거야!"

복면강도는 낮게 웃으며 목소리를 내리깔았다.

"깔끔하게 싹 베어 낸 줄 알았는데 새로 온 잡초가 있더군? 이봐요, 아줌마. 이 몸도 나름 보는 눈이 있다고. 뒤뜰에 묶인 말들이 하나같이 건장하고 살집이 올랐던데, 아줌마보다 훨씬 비싸게 먹힐걸! 오늘 밤은 진짜 운이 좋아. 이번에 한몫 단단히 잡으면 너희 마을의 공로를 기억해 두지. 앞으로 아무것도 모르는 길 잃은 양들을 더 많이 끌고 오도록 해. 우리 형제가 고기를 먹을 때 그 국물이라도 얻어먹게 해 줄 테니까!"

잠자코 듣고 있던 이장 부인은 마을 사람들을 강도떼와 한패로 몰아가자 순간 격노한 나머지 양손으로 허리를 딱 짚고 자신의 필살기를 되는대로 쏟아 냈다. 그것은 어디에서도 들어 본 적 없는, 머리가 어지러울 정도로 심한 욕설이었다. 이제 막 바깥세상에 발을 디딘 주비의 재량으로는 갖은 추측을 동원해도 겨우 절반 정도만 알아들을 수 있었다.

이렇게 막가파로 나오는 그녀를 복면강도들이 그냥 놔둘 리 없었다. 그중 한 사람이 칼을 들고 그녀에게 접근하려는 순간, 갑자기 커다란 누렁개가 담장 위에서 그의 목덜미를 향해 뛰어들었다. 언제부터 그곳에 잠복해 있었는지 모르겠으나, 훌쩍 뛰어올라 덮치는 동작이 어찌나 민첩한지 가히 개들의 왕이라고 할 만했다.

그러나 복면강도의 반응이 더 빨랐다. 그는 번개처럼 미끄러지며 어느새 두 자 밖으로 벗어났다. 누렁개는 허공으로 떨어지며 복면강도의 발길에 차여 날아갔다.

가난한 마을이라 개들도 하루 세 끼 나물죽만 겨우 먹을 뿐, 위풍당당한 풍채를 자랑하던 개들의 왕도 갈비뼈가 드러날 정도로 삐쩍 말라 있었다. 누렁개는 깨갱하며 나가떨어졌다. 또 다른 복면강도는 번쩍이는 검을 뽑아 들고 당장 개의 목을 잘라 버릴 기세로 달려들었다. 주비는 손에 잡히는 대로 방 안에 있는 낡은 그릇을 던졌다. 금이 간 그릇이 복면강도의 장검에 명중했다. 장검은 휘청하며 방향을 틀었고 그릇은 쨍강 하며 바닥에 떨어졌다. 놀랍게도, 그릇은 바닥에서 잠시 굴렀을 뿐 깨지지 않았다.

마침 베개 옆 짐 꾸러미에 숨겨 둔 장도가 손에 잡혔다. 주비는 한 걸음 앞으로 나아가 소리쳤다.

"한밤중에 강도질을 하는 데도 복면을 쓰는 걸 보니, 체면을 엄청 따지나 보죠? 방귀 뀔 때도 바지를 내리고 뀌려나?"

주비는 이장 부인이 아무렇게나 뒤집어씌워 준 낡은 옷을 걸치고 있었고 얼굴은 그림자에 가려 보이지 않았지만 발 쪽에 치마 한 자락이 삐져나와 있었다.

장검을 든 복면강도는 눈을 가늘게 떴다. 굳이 자세히 보지 않아도 알 수 있었다. 여자다. 그것도 나이 어린. 그는 약간의 비웃음을 띠며 주비의 손에 들린 칼을 훑어보았다. 특이한 것 없이 아주 평범한 칼이었고 칼날도 세우지 않은 것 같았다. 그는 주비를 경계 대상에서 지우고 낮게 웃으며 말했다.

"오? 너도 싸움을 할 줄 안다고?"

주비는 코웃음을 쳤다. '널 토막 내서 고깃국을 끓이겠다'라는 말을 입 밖으로 뱉으려는 순간, 갑자기 닭발 같은 손 하나가 그녀를 붙잡았다. 왕 부인이었다. 왕 부인은 문틀을 짚고 나와 지팡이로 땅을 쾅쾅 두들기고는 기침을 하며 말했다.

"얘야, 밖에 나와서 해야 할 가장 첫 번째 일은 사람들과 화목하게 지내는 법을 배우는 거야. 이치를 따져서 규범을 지켜야지, 욱해서 기분 내키는 대로 행동했다가는 사달이 나고 말아."

주비는 금방이라도 폭발할 것 같은 혈기를 억지로 누르느라 숨이 막힐 뻔했다. 왕 부인이 그런 주비를 지긋이 바라보았다. 주비는 그제야 길을 떠나기 전 이근용의 분부를 떠올리곤 내키지 않는 듯 대답했다.

"네."

왕 부인은 주비의 손을 잡고 지팡이로 더듬더듬 땅을 짚으며 문가로 나아갔다. 문턱을 넘는 데만도 한나절이 걸렸다. 그런데 어찌 된 일인지 복면강도들은 서로 눈짓하며 노부인을 경계하기 시작했다.

이때, 사방에서 무기가 부딪치는 소리와 고함 소리가 들려왔다. 아무래도 등견 무리가 야밤에 습격한 강도들에게 손을 쓰기 시작한 것 같았다. 왕 부인은 그 소리에 잠시 귀를 기울이곤 옷자락을 들어 올려 힘겹게 계단을 내려왔다. 그리고 아주 겸손하게 말을 건넸다.

"이보게, 협객들. 이 늙은이는 관직도 작위도 없고 집도 땅도 없네. 그저 조카들 몇 명 데리고 고향으로 돌아가 죽을 날을 기다리려는 것뿐이지, 부잣집 마나님이 아니라네. 부디 좋은 일 한번 한다 치고 우릴 그냥 보내 주시게."

복면강도가 아무 말 하지 않자 왕 부인은 또다시 제안했다.

"이러면 어떻겠나? 나에게 돈으로 바꿀 만한 금붙이가 좀 있다네. 나와 함께 땅속에 묻히는 것도 아까우니 협객들께서 가져가시게. 술값이라 생각해도 좋고."

"……."

주비는 순간 자신의 귀를 의심했다. 왕 부인이 부들부들 떨리는 손으로 머리에 꽂은 금비녀를 뽑아 주비에게 쥐여 주며 말했다.

"얘야, 이걸 저들에게 가져다주렴."

주비는 그 자리에 꼿꼿이 서서 한 발자국도 움직이지 않았다. 왕 부인은 주비가 움직이려 하지 않자 한숨을 내쉬었다. 그녀는 다시 몸을 돌려 이장 부인에게 비녀를 쥐여 주며 구시렁거렸다.

"응석받이라 버릇이 없다오. 여자애라 어찌나 엄살이 많은지, 내가 하도 싸고돌았더니 이젠 말도 잘 안 듣지."

왕 부인의 금비녀가 이장 부인의 손에서 반짝였다. 주비는 순간 미간을 찌푸렸다. 비녀에 새겨진 대나무가 눈에 들어오자 상황이 한 번에 이해되었다. 왕 부인은 이들 복면강도와 곽가보가 연결되어 있다고 의심하곤 이런 완곡한 방법으로 소속을 밝혀 강도들이 알아서 물러가게 할 속셈이었던 것이다. 이해는 되었지만 기분은 훨씬 나빠졌다. 사십팔채는 가짜 황제의 명에 의해 스스로 비적이 된 이후 한 번도 백성을 약탈해 본 적이 없는데, 무림 정통이라는 곽가보는 너무 염치도 없는 것 아닌가!

주비는 그 흔들거리는 대나무를 노려보며 마음을 굳혔다. 저들이 그냥 물러난다 해도 기필코 쫓아가서 한 수 가르쳐 줄 테다!

복면강도가 앞으로 한 걸음 다가와 이장 부인의 손에 들린 금비녀를 순식간에 낚아채 가져갔다. 비녀를 살펴보는 눈빛이 살짝 빛났다. 그는 자신의 패거리와 눈짓을 교환하곤 왕 부인에게 말했다.

"사람은 나이가 들면 귀찮은 싸움은 피하고 싶은 법이죠."

왕 부인이 그 말이 맞는다는 듯 연신 고개를 끄덕였다.

그런데 복면강도는 다음 순간 말투를 싹 바꿨다.

"이렇게까지 세상 물정을 잘 아는 노인네라면, 차라리 노잣돈이랑 마차도 우리한테 넘기지 그래? 죽으면 묻힐 곳이 널리고 널렸는데, 굳이 고향에 돌아갈 필요가 있나?"

말 같지도 않은 말이었다.

왕 부인은 눈을 감고 나지막이 말했다.

"늙은이가 천릿길을 마다 않고 달려온 것은 그저 고향에 있는 아들 얼굴 한번 보기 위해서였네. 나뭇잎도 떨어지면 뿌리로 돌아간다 하지 않는가. 내 소원은 그것뿐, 마차는 도저히 내줄 수 없으니 부디 불쌍히 여겨 주시게."

복면강도가 흉악하게 웃었다.

"그건 노인네 사정이고!"

말이 채 끝나기도 전에 그의 패거리가 날렵하게 몸을 솟구쳤다. 두 강도는 손발이 척척 맞아 한 명은 칼을, 한 명은 검을 쥐고 왕 부인을 향해 달려들었다.

이때, 누군가 바람을 가르며 일갈했다.

"무엄하다!"

이성이었다. 단검이 그의 손안에서 빙그르르 돌더니 검을 쥔 강도에게 날아갔다. 두 사람은 순식간에 일고여덟 합을 겨룬 후 동시에 한 발 물러났다. 둘 다 속으로 상대방의 실력에 깜짝 놀랐다.

주비는 싸움에 있어서만큼은 다른 사람의 말을 듣지 않았다. 그녀는 장도로 칼을 든 강도를 막아섰다. 두 사람의 칼은 위아래로 팽팽하게 대치했다. 복면강도는 어린 소녀가 무공을 배워 봤자 변변찮은 수준일 것이라 여겨 자신의 큰 키를 이용해 위에서 아래로 칼을 내리쳤다. 그는 음험하게 웃으며 주비의 칼을 누르는 팔에 힘을 실었다. 칼바람이 주비의 머리를 덮고 있던 낡은 헝겊을 날리면서 주비의 얼굴이 드러났다. 복면강도가 웃으며 한마디 했다.

"어이쿠, 여기에 이런……."

그런데 말이 끝나기도 전에 눈부시게 밝은 도광이 번쩍이며 시야를 강타했다. 복면강도는 저도 모르게 고개를 뒤로 젖혔다. 뭔가 차가운 기운이 코끝을 스치고 지나가는 것이 느껴졌다. 주비의 장도는 공중에서 기막히게 방향을 바꾸어 가로로 날아들며 강도의 칼과 정면으로 부딪쳤다. 복면강도는 황급히 뒷걸음질 쳤다. 그런데 제대로 균형을 잡기도 전에 발밑에서 세찬 바람이 엄습했다. 그는 재빨리 뛰어올랐다. 하지만 그가 채 반격하기도 전에 번개 같은 도광이 다시금 눈앞에서 번쩍거렸다.

짜증이 폭발한 복면강도는 기합을 외치며 온 힘을 다해 주비의 손에 들린 착배도를 막아 냈다. 그런데 착배도는 그의 방어에 잠깐 멈췄을 뿐, 기세는 전혀 떨어지지 않았다. 설명하기 어려운 힘이 고작 손가락 네 개 너비의 도신에서 뿜어져 나와 그의 가슴을 정통으로 짓눌렀다.

방금 강도의 발에 걷어차여 나가떨어진 누렁개도 겨우 정신을 차리고 일어나 으르렁거리며 반격을 준비했다. 이장 부인은 눈앞의 광경에 어안이 벙벙했다.

복면강도가 깜짝 놀라 더듬거렸다.

"파……."

왕 부인이 별안간 기침을 해 대며 복면강도가 주비의 도법을 까발리지 못하도록 중간에서 말을 끊었다. 그녀는 지팡이를 짚고 도검이 맞부딪치는 뜰을 바라보며 말했다.

"애야, 방금 이 할미가 강호를 누비려면 먼저 화목하게 지내는 법을 배우고 이치를 따져서 규범을 지키라고 했지. 하지만 이치와 규범을 무시하는 사람을 만난다면 어쩔 수 없단다."

이장 부인은 노부인이 그저 평범한 할머니이겠거니 했다. 그래서 웬만하면 싸움을 피하려 하는 것도 이해할 수 있었다. 그런데 이제 보니 노부인의 수하며 몸종 계집아이 모두 무공이 뛰어났다. 그런데도 여전히 이치며 규범 운운하며 동네북처럼 맞기만을 바라는 노부인을 보자니 순간 부아가 치밀었다.

"아니, 어째서……."

그런데 웬걸, 노부인의 뒷말이 걸작이었다. 노부인은 잠시 멈췄다가 숨이 넘어갈 것 같은 목소리로 말을 이었다.

"휴, 그냥 죽여 버릴 수밖에."

"……."

누렁개가 우우 짖으며 꼬리를 말아 넣고 똑바로 섰다.

주비와 이성은 명문가의 후손답게 무공이 뛰어났다. 그렇지 않았다면 이근용이 안심하고 그들을 산채 밖으로 내보내지도 않았을 터. 그러나 아무래도 처음 바깥세상에 나온 것이라 피를 본 경험이 없었다. 용맹하게 싸우는 건 할 수 있어도 막상 생사가 달린 순간에는 망설이고 말았다. 방금 주비의 일격이 만약 손가락 한 마디 정도로 더 위로 들어갔다면 복면강도는 진작 피를 흩뿌리며 쓰러져 다시는 날뛰지 못했을 것이었다.

과연, 노부인의 말이 끝나기가 무섭게 이성과 격추전을 벌이던 복면강도는 상황이 불리함을 깨달았는지 너 죽고 나 살자는 식으로 기합을 지르며 검을 찔러 넣었다. 이성은 본능적으로 뒤로 반보 물러섰다. 복면강도는 곧장 지붕 위로 몸을 솟구쳐 도망치려고 했다. 그러나 그는 앞발이 허공으로 도약하자마자 줄 끊어진 연처럼 가로로 튕겨 나가 초가집 지붕에 머리를 박고 천천히 미끄러져 떨어졌다. 이성은 숨을 헉 들이마셨다. 복면강도의 등에 손바닥 길이의 작은 검이 박혀 있었다. 바깥에 드러난 손잡이에는 작은 대나무가 새겨져 있었다.

그것은 이십 년 동안 강호에서 모습을 감추었던 소상파의 화살, '소상시'였다. 왕 부인은 묵묵히 손을 거두고 귀밑머리를 꼬며 조용히 입을 열었다.

"비야! 뭘 꾸물대느냐! 강도를 도망치게 두면 나중에 이 마을 사람들이 목숨이나 부지할 수 있겠느냐?"

주비는 왕 부인의 마지막 말에 안색이 확 변해서는 착배도를 다른 손으로 바꿔 쥐었다. 방금까지의 큼지막한 동작은 온데간데없이 제자리에서 잽싸게 반 바퀴를 돌아 양손으로 칼 손잡이를 잡았다. 그녀는 그 최적의 위치에서 머릿속으로 수없이 연습했던 파설도를 온 힘을 다해 시전했다.

깨진 기와가 퍽 소리와 함께 떨어졌다. 복면강도는 거꾸로 뒤집힌 채 떨어졌다. 복면도 한쪽으로 날아가면서 얼굴이 드러났다. 도저히 믿기 힘들다는 표정이 떠올라 있었다.

파설도가 다시금 강호에 모습을 드러낸 후 그 칼날에 쓰러진 첫 번째 사망자였다.

진정한 파설도를 시전한 것은 주비도 이번이 처음인지라, 도법에서 끊임없이 뿜어져 나오는 한기와 잔혹한 기운에 몸서리를 치며 한참을 멍하니 있었다.

'그냥 이렇게 죽어 버린 거야?'

뭐가 어떻게 된 건지 실감이 나지 않았다. 사십팔채에 있을 때 주비는 매일 무공 수련에만 전념했을 뿐, 닭 한 마리도 죽여 본 적이 없었다. 사람은 말할 것도 없었다. 문득 얼굴에 뭔가 묻은 것 같아 손으로 닦아 보니 피가 잔뜩 묻어 나왔다. 무섭다거나 죄책감이 든다기보다는 그저 얼른 얼굴을 씻고 싶었다.

왕 부인이 입을 열었다.

"성아, 저자들의 바짓단을 걷어서 다리를 살펴보거라."

이성은 연이은 충격에 기분이 말이 아니었다. 첫 번째는 잠깐의 두려움으로 하마터면 복면강도를 놓칠 뻔했다는 것이었고, 두 번째는 주비가 시전한 파설도가 그날 적화대에서 보여 준 것과 완전히 달라졌다는 것이었다. 두령님이 주비에게 파설도를 전수한 것이 분명했다.

파설도는 이씨 가문에 대대로 전해지는 비술이었다. 고모는 그것을 주비에게 전수해 주면서도 그에게는 아무 말도 하지 않았던 것이다.

그런 생각이 들자 심장에 가시가 박힌 것처럼 괴로웠다. 가시는 그의 목구멍까지 파고들어 가 토해 낼 수도 삼킬 수도 없었다. 이성은 그렇게 가시에 찔리는 고통을 삭이며 건성으로 대답하고는 단도로 강도 중 한 명의 바짓단을 들어 올려 살펴보았다. 딱히 이상한 점은 없었다. 그는 시큰둥하게 말했다.

"다리가 어때서요?"

왕 부인이 손가락을 뻗어 가리켰다.

"그럼 저자를 살펴봐."

이성이 고개를 숙이고 주비 앞으로 걸어갔다. 그는 주비에게는 눈길도 주지 않고 공포스러운 몰골로 죽은 시신을 노려보았다.

'돌아가지 않겠어. 앞으로 고모님이 인정할 만한 공로를 세우기 전엔 돌아가지 않을 거야.'

그는 지기 싫다는 포부를 새기며 시신의 바짓단을 들어 올렸다.

주비가 갑자기 소리쳤다.

"다리가 너무 굵은데요?"

이성은 그제야 갈팡질팡하는 눈빛을 거두고 고개를 숙여 시신의 다리를 바라보았다. 아주 기이한 형태였다. 종아리가 보통 사람보다 두 배 정도 두꺼웠고 바위 같은 광택을 띠고 있었다. 보기만 해도 저 다리가 얼마나 단단한지 알 수 있었다. 다행히 주비의 칼이 빨라서 그가 퇴공을 쓸 새도 없이 끝을 냈기에 망정이지, 안 그랬으면 주비의 '변변찮은' 내공으로는 쩔쩔맸으리라.

이때, 등견을 비롯한 제자들이 잇따라 도착했다.

왕 부인은 눈을 내리깔고 지팡이를 만지작거리며 생각에 잠겨 있다가 문득 질문을 던졌다.

"도망친 자가 있나?"

등견은 강호에서 오래 구른 사람답게 사태의 경중을 잘 알았다.

"없습니다. 망을 보던 몇 명이 도주하려 했지만 모두 잡아 왔습니다. 사람도 말도 남김없이 전부 잡아 와 머릿수까지 세었으니, 사모님께서는 마음 놓으시지요."

"그래, 깨끗하게 정리하거라."

왕 부인이 주비에게로 눈을 돌렸다.

"비야, 이 할미의 비녀를 갖다주렴. 우리도 서둘러 떠나야겠다."

왕 부인이 임시 채주를 맡은 지 오래되다 보니 제자들은 아주 익숙한 듯 그녀의 명령에 따라 각자 흩어졌다. 잠시 후, 그들은 평소 훈련을 잘 받은 것처럼 남아 있던 모든 증거를 없앴다. 마을의 시체와 핏자국, 흩어진 무기들은 물론, 그들 일행이 남긴 발자국 모두 순식간에 깨끗하게 사라졌다. 마을 사람들이 입을 열지 않는 이상, 누군가 와서 마을을 조사한다 해도 아무것도 찾아낼 수 없을 것이다.

주비는 눈을 휘둥그렇게 뜨고 그 모습을 지켜보았다. 소상파가 검법이 잔혹하고 암살 무기를 잘 다룬다는 건 알았지만 이런 '정리'에도 일가견이 있는 줄은 처음 알았다. 시신을 흔적도 없이 처리하는 것은 매우 정교한 작업이었다. 주비는 묵묵히 옆에서 여러 가지를 배웠다. 시신 처리가 거의 다 끝나서야 주비는 시냇가로 달려가 얼굴을 깨끗이 씻었다. 이장 부인이 걸쳐 준 외투에도 군데군데 핏자국이 묻어 있었다. 주비는 아예 외투를 벗어 대충 빨아야겠다고 생각했다.

마침 이장 부인이 돌아오면서 그 모습을 보고 주비의 손에서 옷을 빼앗았다.

"그건 내게 다오. 넌 이런 일을 하는 사람이 아니니까."

주비는 얌전히 옆으로 비켜섰다. 방금 구사일생으로 살아난 커다란 누렁개도 소리 없이 다가와 멀지도 가깝지도 않은 거리에서 그녀를 바라보고 있었다. 그녀와 친해지고 싶으면서도 한편으로는 두려워하는 것 같았다. 주비는 누렁개가 냄새를 맡아 볼 수 있도록 한 손을 쭉 뻗어 주었다. 누렁개는 조심스럽게 코를 킁킁대더니 그녀 곁으로 껑충껑충 달려와 곁에 누웠다. 눈망울도 촉촉해서 사납다기보다는 순하고 영리해 보였다.

이장 부인이 그 모습을 보고 말했다.

"좋은 개야. 아주 영물이지. 소란도 안 부리고. 맘에 들면 데리고 가렴."

"네?"

이장 마누라는 익숙하게 소매를 걷어붙이고 얼굴에 내려온 잔머리를 팔뚝을 써서 한쪽으로 넘겼다.

"우리랑 살아 봤자 쟤도 고생이거든. 일 년 내내 토끼 먹는 풀떼기만 먹고 말이야. 이제는 귀도 토끼처럼 길어진 것 같아."

누렁개는 여주인이 자신을 다른 사람에게 보내려는 걸 눈치챘는지, 곧장 몸을 일으켜서는 얌전히 이장 부인 곁으로 다가가 엎드렸다. 누렁개는 아래턱을 그녀의 무릎에 괴고 낑낑거렸다. 이장 부인은 뜨끔했는지 쓴웃음을 지었다.

"어리석은 놈아, 다른 집 가서 잘 먹고 잘 살라는 건데 왜 싫다는 거냐."

주비는 잠시 생각하더니 물었다.

"이곳은 관리하는 사람이 없나요?"

"원래는 관부가 있긴 했어."

이장 부인은 담담하게 말을 이었다.

"한동안 사흘을 멀다 하고 전투가 벌어졌었어. 누가 누구랑 싸웠는지도 몰라. 시체가 쌓여 바다를 이루었지. 시체 수습할 겨를도 없는 관부가 어떻게 마을의 소소한 일까지 신경 쓰겠어? 지금은 그나마 나아. 관부도 곧 무너질 것 같은 마당에 우리가 스스로 지부가 되었으니 이젠 아무도 상관 안 해."

주비가 얼굴을 찌푸렸다.

"이렇게나 어지럽고 위험한 곳인데, 어째서 다른 곳으로 이주하지 않는 거예요?"

"이주?"

이장 부인은 어안이 벙벙한 듯 주비를 쳐다보았다. 흉악한 꼬마 아가씨의 맑은 눈빛에는 설명하기 힘든 천진난만함이 깃들어 있었다. 이장 부인은 한숨을 내쉬었다.

"어디로 가란 말이니? 여긴 그나마 집도 있고 땅도 있지만 낯선 곳으로 이주하면 밥 동냥하면서 살아야 해. 우린 딱히 가진 기술도 없으니 죽기 전까진 감히 못 떠나. 게다가…… 어디든 어지럽긴 마찬가지 아니겠니?"

주비는 할 말을 잃었다.

"사매."

이때, 등견이 말을 끌고 오더니 주비에게 고개를 끄덕였다.

"이제 출발해야 한다."

일행은 밤새도록 이 유린당한 마을을 벗어나 길을 재촉했다.

사십팔채를 떠나고 나서야 하룻밤 편안하게 잘 수 있는 것이 얼마나 큰 사치인지 알 수 있었다.

주비의 한칼에 머리가 깨진 그 사람의 다리를 잘라 절여 놓으면 영락없는 커다란 고깃덩어리였을 것이다. 딱 봐도 곽가 출신이었다. 다른 문파가 아니었다. 왕 부인은 눈앞의 곽가보를 두고 걱정이 이만저만이 아니었다. 이제는 신뢰할 수가 없었다. 하지만 아들을 찾는 일이 시급했다. 따로 사람을 보내 곽가보를 조사해 볼 여력도 없어 아예 일행을 이끌고 악양성을 피해 곧장 동정으로 향했다.

실종된 제자들은 오 장군의 가족들까지 데리고 있었으니 아무리 은밀하게 움직였다 해도 흔적이 남았을 것이다. 길을 따라가면서 주변 객잔마다 들러 탐문하면 뭐라도 소식을 얻을 수 있겠다 싶었다. 갑작스럽게 길을 돌아가게 되면서 일행은 이틀 연속 노숙을 해야 했다. 제자들은 풍찬노숙에 이미 익숙해져 누구 하나 불평하지 않고 번갈아 가며 불침번을 섰다.

둘째 날 자정부터 날이 밝을 때까지는 마침 이성이 불침번을 설 차례였다.

이성은 그날 주비의 파설도를 목격한 이후로 어디에라도 홀린 것처럼 호시탐탐 도망칠 기회만 노리고 있었다. 특히 왕 부인이 곽가보를 피하기로 결정한 이후부터 말이다. 이성은 자신이 일행을 따라올 수 있었던 건 악양성에서 곽가보와 얘기하는 데 도움이 되지 않을까 해서였음을 잘 알았다. 그런데 이제 악양성에 가지 않게 되었으니, 자신이 남아 있을 필요는 더더욱 없다고 느꼈다.

이틀 내내 그런 생각에 시달리고 있을 때 드디어 그에게 최적의 때와 장소가 주어졌다. 이성은 서신을 써서 평소 몸에 지니고 다니던 책 사이에 끼워 놓았다. 그리고 동트기 전 모두가 잠에 빠져 있는 틈을 타서 행동을 개시했다. 그는 숨을 깊이 들이마시고 마차 방향을 돌아보며 속으로 중얼거렸다. 주비, 내가 너보다 못하리란 법은 없어.

그는 뒤도 돌아보지 않고 달려 나갔다.

주비는 그날 자정까지 불침번이었다. 사형 몇 명이 와서 대신 서겠다고 했지만 모두 거절했다. 왕 부인과 함께 마차 안에 앉아 바람도 햇볕도 맞지 않고 편안히 온 주제에 밤에도 보살핌을 받는 건 너무 염치없는 것 같았다. 다만 사형들이 자꾸 다가와서 말을 건네는 바람에 잠이 싹 달아나 버렸고, 자정이 되어 이성과 교대해 마차로 돌아왔는데도 여전히 잠이 오지 않았다.

이성이 더 넓은 세상으로 떠나고 싶어 하던 그 순간, 주비는 문득 집으로 돌아가고 싶었다. 멀어지면 향긋하고 가까워지면 악취가 난다는 말처럼, 집에 있을 때는 어머니가 불러서 몇 마디 할 때마다 머리가 지끈거렸고 어머니와 늘 으르렁거렸다. 주이당이 떠난 후에는 얼른 금릉으로 가서 아버지를 만나야겠다는 생각을 늘 품고 있었다.

그런데 진짜로 산을 내려오고 보니, 며칠 되지 않았는데도 갑자기 어머니가 살짝 그리워졌다. 주비는 오는 길 내내 펼쳐졌던 쇠락한 광경을 떠올리며 그 가난한 마을의 이장 부인이 했던 말을 곱씹어 보았다.

'우리 사십팔채에 그런 마을이 있었다면 분명 누군가 맡아서 보살폈을 거야.'

비록 이근용 두령님이 평소 짜증을 잘 내고 막무가내인 데다 걸

핏하면 몽둥이를 휘두르긴 해도, 동서남북 끝없이 펼쳐진 천지간에 유일하게 이씨 가문이 깃발을 꽂은 촉 땅의 산골에는 사람들의 왕래가 끊이지 않았다.

주비는 한참을 그렇게 뒤척거리다가 아무래도 왕 부인을 시끄럽게 하는 것 같아 혼자 살그머니 마차에서 내려 부근을 어슬렁거렸다. 그런데 주변 한 바퀴를 돌고 왔을 때 마침 누군가 행낭을 메고 말을 타고 가는 것이 보였다. 주비는 깜짝 놀라 자신도 모르게 그 뒤를 쫓았다.

그런데 한참 따라가다 보니 그 말없이 떠나는 사람은 자신이 아는 사람이었다. 바로 이성이었던 것이다. 주비는 황급히 외쳤다.

"이성, 어디 가는 거야?"

차라리 조용히 따라가는 것이 나을 뻔했다. 이성이 그 소리를 듣고 고개를 돌려 주비를 바라보았다. 복잡한 표정이었다. 그의 눈빛이 흐려지더니 말 옆구리를 호되게 걷어찼다. 좁은 보폭으로 천천히 나아가던 말은 순간 속도를 높여 바람처럼 달려 나갔다.

"……."

내가 이렇게까지 미움을 샀나?

주비는 경공 실력이 뛰어났으나 그저 뛰어날 뿐, 두 다리는 결국 말의 네 다리를 이기지 못했다. 게다가 말의 다리는 주비보다 길기까지 했다. 주비는 겨우겨우 뒤쫓아 갔지만 점차 뒤처지자 어떻게 해야 할지 갈피가 서지 않았다. 계속 쫓아가야 할까, 아니면 돌아가서 왕 부인에게 보고해야 할까.

어찌할 바 모르고 있을 때 멀리서 날카로운 말 울음소리가 들려오더니, 이어 도검이 맞부딪치는 소리가 들렸다. 깜짝 놀란 주비는 얼른 소리가 나는 쪽으로 달려갔다.

이성이 "누구냐!" 하고 소리치는 소리가 어렴풋이 들리는가 싶더니 이윽고 조용해졌다. 주비가 현장에 도착했을 때 이성이 타고 갔던 말은 그 자리를 하염없이 맴돌고 있었다. 이성의 쌍단검 중 하나는 땅에 놓여 있었는데 사람은 보이지 않았다. 나무 위와 지면에 남은 격투 흔적은 많지 않았다. 상대방의 무공이 지극히 뛰어나지 않은 이상, 무방비 상태에서 갑작스럽게 습격한 것이 분명했다.

주비가 서 있는 곳에 마침 바람이 불어오고 있었다. 문득, 바람 속에 미세한 인기척이 느껴졌다. 또렷하게 들은 것은 아니었지만 그래도 직감에 따라 몸을 돌려 옆의 숲속으로 들어갔다.

잠시 후, 복면을 한 두 사람이 가볍게 몸을 날려 도착했다. 그중 한 사람이 연신 욕을 하며 투덜거렸다.

"젠장, 내가 말 잡으랬지 사람 잡아 오랬냐? 그 조그만 새끼가 뭐 얼마나 한다고. 저게 아직 안 도망갔기에 망정이지, 안 그랬으면……."

다른 한 사람은 그저 "네네" 하며 꼼짝도 못 했다. 주비는 숨을 죽였다. 심장이 쿵쾅거렸다. 그날 밤 마을을 습격한 강도도 입을 열자마자 욕이었는데.

두 사람은 말을 끌고 곧장 어디론가로 향했다. 주비는 고심했다. 돌아가서 왕 부인에게 고하자니 시간이 많이 지체될 것 같았다. 마차에 다녀오는 동안 자칫 이들의 행방이 묘연해질 수도 있었다. 주비는 이제 막 파설도의 위력을 체험했는데 하산 이후 줄곧 이렇다 할 적수를 만나지 못해 자신감이 넘치는 상태였다. 이에 주저 없이 결단을 내리고 혼자 그들을 쫓아갔다.

하룻강아지 범 무서운 줄 모르고 날뛴다는 말이 있다. 하룻강아지가 무슨 생각을 하고 그러는지는 알 수 없지만, 어쨌거나 주비는 두려움이라는 세포가 남들보다 적었다.

주변은 칠흑같이 어두웠다. 강호의 기본적인 시체 처리 기술인 '훼시멸적毁屍滅迹'도 배우지 못하고 하산한 터에, 그보다 수준 높은 추적 기술인 '천리심종千里尋踪'을 알 리가 없었다.

주비는 들키고 넘어질 뻔한 위기를 몇 번이나 넘기며 헉헉거리면서 그들을 쫓았다. 낯선 곳인 데다 방향감각도 뛰어난 편이 아니라 한참 달리다 보니 어디가 어딘지 분간도 되지 않았다. 그렇지만 일단 잡는 것이 급선무였으므로 돌아가는 일은 나중에 생각하기로 했다.

다행히 그 두 복면인은 자기네 지역이라고 안심했는지 이동 속도가 빠르지 않았다. 숲길로 가는 데다 바람도 역방향으로 불어 그야말로 하늘이 준 기회였다. 힘들긴 했지만 어쨌거나 따라잡을 수 있었다.

두 복면인은 산속 오솔길로 들어가 이리저리 방향을 틀었다. 가뜩이나 길을 잃어 정신없는 주비는 머리가 어질어질할 정도였다. 미로 같은 오솔길을 더듬으며 얼마나 걸었을까. 주비는 갑자기 들려오는 사람 소리에 고개를 들었다가 깜짝 놀라고 말았다.

황량한 산골짜기에 마을이 있었다. 보초 여럿이 오가며 등불을 점점이 밝히고 있었다.

양쪽 산 사이에 끼어 있는 그곳은 지세가 좁고 길었다. 산길이 구불구불하게 뻗어 있어 앞에 뭐가 있는지 한눈에 파악하기 어려웠다. 높은 곳에 걸려 있는 줄다리가 희미하게 보였다.

횃불 아래에 그림자들이 어른거렸다. 깃발은 없었고 사방의 경계가 삼엄했다. 흐느끼는 듯한 바람 소리가 산속에서 전해져 왔다. 주비의 청력으로 그 속에 섞인 욕설도 들을 수 있었다.

주비의 눈이 휘둥그레졌다. 원래는 복면강도가 그저 산속에 꽁꽁 숨어 사는 말 도둑이겠거니 생각했다. 밧줄이나 마취약으로 무방비 상태인 이성을 쓰러뜨렸을 테니 별 볼 일 없는 무리일 것이 분명했다. 진짜로 대단한 사람이라면 길을 막고 말을 강탈하는 일 따위 할 리가 없지 않은가. 이성 같은 쓸모없는 놈과 그의 비루한 말이 마음에 들었을 리도 없고.

그제야 자신이 어쩌면 '대단한'이라는 말의 의미를 잘못 이해하고 있다는 것을 깨달았다.

이성은 쓸모없긴 해도 입이 아주 얌전했다. 아무리 화가 나도 저속한 말을 입에 담지 않았고 욕도 하지 않았다. 그렇다면 이곳에는 이성 말고도 다른 사람들도 갇혀 있다는 뜻이 아닌가. 복면강도는 사람도 잡아가고 말도 잡아가고 산속에 어마어마한 규모의 검은 감옥을 지었다. 대체 무슨 목적일까?

생각할수록 괴이하고 오싹했다. 주비는 조심스럽게 몸을 일으켰다. 일단 주변을 둘러보고 지형에 익숙해진 다음 뭐라도 해야 하지 않을까 싶었다.

그런데 바보에게는 바보의 복이 따로 있는지, 이제까지 주비가 바보같이 대담하게 굴 때는 아슬아슬하긴 해도 뭐든 술술 풀렸는데 이제 냉정하게 머리를 굴리기 시작하자 냉혹한 현실이 들이닥쳤다.

'……망했어, 내가 천벌을 받나 봐.'

주비가 아직 갈팡질팡하고 있을 때, 바람의 방향이 언제부터인지 서서히 바뀌더니 양쪽 바위에 윙윙하고 부딪쳤다. 초소 앞에서 교대하던 복면인 중 한 명이 갑자기 손이 미끄러졌는지, 끌고 오던 말이 고개를 젖히고 크게 울부짖더니 고삐가 풀린 채 내달리기 시작했다.

주변에 있던 몇 명이 소리를 지르며 잡으려고 쫓아갔다. 놀란 말은 큰 소리로 울부짖으며 제멋대로 날뛰다가 공교롭게도 주비가 몸을 숨긴 곳으로 뛰어들었다!

"……."

주비에게는 남모르는 취미가 있었다. 바로 동물들에게 먹이를 주는 것이다. 산에서 사는 예쁜 새, 다른 산채의 사형들이 기르는 고양이와 강아지, 그리고 줄곧 그들과 함께했던 말 등. 할 일 없으면 먹이를 주곤 했고 지금도 동물들에게 먹일 콩 한 주머니를 지니고 있었다. 이성의 이 멍청한 말도 바람을 타고 실려 온 주비의 냄새를 맡았으리라. 말은 본능적으로 익숙한 사람에게 도움을 청하러 달려갔고, 그 익숙한 사람을 제대로 곤경에 빠뜨렸다.

이제 더 이상 숨어 있을 수 없었다. 주비는 이를 악물었다.

'차라리 먼저 공격해서 기선을 제압해야겠어.'

주비는 허리에 찬 착배도를 뽑아 들고 냅다 위로 뛰어올라 말을 뛰어넘으면서 반짝이는 장도를 세 번 휘둘렀다. 첫 공격 대상은 가장 먼저 말을 쫓아 달려온 사람이었다. 그는 갑작스러운 공격에 우왕좌왕하다가 장도에 베이고 말았다. 고통스러운 비명과 함께 가슴팍에서 피가 솟았다. 살았는지 죽었는지는 알 수 없었다.

뒤에 있던 사람이 깜짝 놀라 소리쳤다.

"누구냐!"

주비는 대답하지 않았다. 가슴이 미친 듯이 쿵쾅거렸다. 온몸의 피가 장도를 쥔 두 손에 몰렸다. 긴장이 극치에 달하자 오히려 될 대로 되라지 하고 마음이 가벼워졌다. 두 번째 사람이 주비를 향해 돌진하며 무기 대신 곧장 발을 휘둘렀다. 마치 사람 다리가 아니라 단단한 쇠몽둥이를 휘두르는 것처럼 우웅 하는 소리가 났다. 주비는 훌쩍 뛰어 몸을 피했다. 쇠몽둥이 발이 내리친 곳에는 손바닥 깊이의 구멍이 파였다.

그러는 동안 대여섯 명이 몰려와 공격하기 시작했다. 하나같이 꽤 무술을 하는 자들이었다. 주비는 그들을 하나하나 상대하느라 손목이 후덜덜 했다. 이렇게 계속 싸우다가는 칼이 부러지거나 손목이 부러지거나 둘 중 하나일 것 같았다. 없는 능력까지 끌어다 써야 할 상황이 되자 주비는 다급한 마음에 파설도의 제3식, '풍'을 사용했다.

제3식 '풍'은 '불주풍不周風'이라고도 불렸다. 눈보라를 일으키는 소슬함과 대지를 제멋대로 쓸어버리는 발칙함과 바람이 지나간 후의 무상함을 합친 의미로, 한 사람이 여러 명을 상대하기에 알맞은 매우 정교한 도법이었다. 주비의 힘으로는 원래의 십분의 일이나 이 정도만 펼칠 수 있었다. 하지만 고작 그 정도만으로도 아연실색한 포위 무리를 뚫고 돌파구를 마련하기 충분했다.

주비는 도망치려는 순간 무의식적으로 고개를 들었다가 높은 곳에 있는 초소에 대궁이 일렬로 늘어선 것을 보고 말았다. 모두 그녀를 향해 시위를 겨누고 있었다. 포위 밖으로 한 발자국이라도 나가면 즉시 온몸이 고슴도치가 될 것이다. 머릿속에 순간 여러 가지 생각이 스쳐 지나갔다.

그러다 갑자기 길게 휘파람을 불었다. 방금 숲속에서 제멋대로 날뛰던 말이 그 소리를 듣고 다시 주비를 향해 달려왔다. 말은 사정없이 발길질을 하며 포위를 뚫었고, 주비는 그 난리를 틈타 두 사람 사이를 비집고 나가면서 콩 주머니에서 콩을 한 줌 집었다.

"받아라!"

칠흑 같은 어둠 속에서 사람들은 그녀가 무슨 암살 무기라도 던지는 줄 알고 뿔뿔이 흩어졌다. 주비는 말 등 위로 몸을 날려 고삐를 단단히 잡았다. 그리고 신나서 콩을 주워 먹으려는 멍청한 말의 옆구리를 세게 걷어차며 곧장 안쪽으로 돌진했다.

산골에 숨어 사는 이들은 도둑이 제 발 저린 듯, 주비가 난입하자 삽시간에 난장판이 되어 사방이 아우성으로 가득했다. 미친 듯이 돌진하는 말을 타고 어느 그늘진 곳을 지날 때, 절벽 사이의 가느다란 틈새가 눈에 들어왔다. 그 어느 때보다도 냉정해진 주비는 망설임 없이 말 등에서 뛰어내리며 말 엉덩이를 찰싹 때렸다. 말은 길게 울음소리를 내며 화살처럼 쌩하니 앞으로 달려 나갔다.

뒤따라오던 추적자들은 그 소리를 따라 말을 쫓아갔다. 주비는 몸을 곧게 세우고 절벽 사이의 그 좁은 틈새로 들어갔다.

그 틈새는 지극히 좁고 깊었다. 아이들이나 아주 가녀린 소녀들만 지나갈 수 있을 것 같았다. 주비는 절벽에 몸을 기댔다. 방금 전 위험천만했던 상황이 그제야 실감 나며 긴 한숨을 토해 냈다. 어떻게 여기까지 도망쳐 왔는지도 생각나지 않았다.

주비는 미약한 바람이 스치고 지나가는 것을 느꼈다. 그렇다면 이 틈새의 끝은 막다른 길이 아니라 다른 길과 연결되어 있다는 뜻!

주비는 사람들 소리가 점점 멀어지자 좀 더 안쪽으로 걸어 들어

갔다. 안쪽으로 들어갈수록 통로는 더욱 좁아져 주비도 숨을 얕게 쉬어야 겨우 통과할 정도였다. 어디로 가서 이성을 찾아야 하나 한참 생각하며 발길을 옮기는 도중, 갑자기 발밑이 허전해졌다.

놀라 소리칠 시간도 없이 주비는 똑바로 선 채로 푹 꺼진 땅속으로 빠져 들었다.

'이 산은 어쩜 이래! 어떻게 땅속이 텅 비어 있을 수가 있어!'

와르르 무너지는 모래흙과 진흙 속에서 주비는 온통 흙먼지투성이가 되었다. 다행히 착지하면서 재빨리 장도로 바닥을 짚어 바닥에 오체투지를 하는 것은 막을 수 있었다. 그 좁은 틈새 밑에는 놀랍게도 석굴이 있었다. 자연적으로 만들어진 것인지, 인공적으로 파낸 것인지는 알 수 없었다. 위쪽을 덮고 있던 모래흙은 오랜 세월에 걸쳐 쌓인 먼지로, 사람의 무게를 감당하기엔 당연히 무리였다.

주비는 충격으로 띵한 머리를 진정하느라 그 자리에 한참을 가만히 있었다. 오기가 생겼다. 대체 자신이 어느 신의 심기를 건드렸는지는 모르겠지만, 뭔가 기지를 발휘했다 싶으면 곧바로 그에 대한 대가를 치러야 했다. 아무래도 오늘 일진은 머리를 쓰면 좋지 않은 것 같았다.

떨어지면서 손으로 머리를 감싸느라 손등이 바위에 긁혀 따끔따끔했다. 주비는 쓰읍 하고 상처를 핥으며 한편으로는 어두컴컴한 동굴을 조심스럽게 더듬거리며 길을 찾았다. 동굴은 크지 않았다. 주비는 더듬거리며 한 바퀴를 돌았다. 아무것도 만져지지 않아서 오히려 안심했다. 누군가 파 놓은 밀실이 아닌 것 같으니 아마 당분간은 안전할 것이다.

벌써 바깥 하늘이 밝아 오고 있었다. 동이 트자 어둡고 희미한

빛이 조금씩 새어 들어왔다. 백주대낮에 적의 근거지를 마구 들쑤시고 다니기는 적당하지 않았다. 주비는 기다리는 것 외에 다른 방법이 떠오르지 않아 구석에 자리를 잡고 앉아 눈을 감고 기를 모았다. 간밤의 두려움에서부터 막 마음의 안정을 되찾았을 무렵, 갑자기 귓가에 조그만 돌멩이가 땅에 떨어지는 소리가 나더니 이어 휘파람 소리도 났다.

아무리 간을 밖에 내놓고 다닌다는 주비라도 이번에는 깜짝 놀라 쓰러질 뻔했다.

주비가 민첩하게 뛰어올라 문득 뒤를 돌아보니 하늘은 벌써 환히 밝아져 있었다. 동굴 안은 아직 어두웠지만 사물을 식별하기에는 충분했다. 옆의 절벽에 손바닥만 한 구멍이 보였다. 거기에는 행색이 말이 아닌 남자가 그 구멍을 통해 이쪽을 보고 있었다.

"……."

이런 이상한 곳에도 '이웃사촌'이 있었다니!

다음 순간, 주비는 그 사람이 조그맣게 속삭이는 말을 들을 수 있었다.

"이런 곳에도 이웃사촌이 있었다니, 오늘은 운수가 좋으려는지 좋은 일이 있을 것 같네요. 예쁜 아가씨, 안녕하세요!"

첫인사부터 유들유들한 말투가 호색가스러웠다. 주비는 착배도를 꽉 쥔 채 만약 이 동굴에서 맞은편 사람을 한칼에 찔러 죽이면 이곳의 복면인들을 자극하게 되지 않을까 따져 보았다.

"예쁜 아가씨가 간도 참 크시네."

그 사람이 눈짓을 해 보였다.

"저기 봐요, 저기. 아가씨 발밑에 뭐가 있는지?"

주비가 고개를 숙이고 살펴봤더니, 옆에는 놀랍게도 백골이 한 구 있었다. 아까까지는 어두컴컴해서 제대로 보지 못했는데, 자신은 백골과 함께 날이 밝을 때까지 앉아 있었던 것이었다.

구멍 저쪽의 사람이 또 말했다.

"사실 저 형님과 마주 보고 지낸 지도 벌써 두 달이 넘었어요. 형님은 아마 생전에도 노인이었을 거예요. 지금쯤 몸은 다 삭아 없어졌을지도요. 자, 그건 그만 보고 저 좀 봐 주실래요?"

주비는 그의 헛소리를 무시하고 곧장 본론으로 들어갔다.

"두 달이 넘었다고요? 그러니까, 여기 갇힌 지 두 달이 넘은 거예요?"

"그럼요."

경쾌한 말투였다. 마치 여기 갇혀 있는 것이 아주 영광인 듯했다.

"저 말고도 많이 갇혀 있는데, 들어오면서 못 봤어요? 양쪽 절벽이 모두 서로 분리된 감옥이잖아요. 거기 갇힌 영웅들이 매일 목청 높여 욕을 퍼붓는데, 아주 야성적이죠. 안타깝게도 제가 갇힌 곳은 땅 밑이라, 고요하긴 해도 욕설 무리에 동참하긴 어렵더라고요."

주비가 이 동굴에 들어오게 된 것은 그야말로 우연이었다. 더군다나 떨어질 당시에는 너무 긴장해서 아무것도 제대로 보지 못했다.

이렇게 쾌활한 죄수는 처음 보았다. 뭔가 익숙하고 친밀한 느낌이 들어 이제는 그를 찔러 죽이고 싶다는 생각도 사라졌다.

"여기 주인은 누구죠? 당신들을 왜 가둔 거예요? 뭣 때문에요?"

그 죄수는 쭉 기지개를 펴더니 무심하게 대답했다.

"밤에 듣자 하니 사람들이 시끌벅적하게 소리를 지르던데, 아가씨를 잡으려는 거였겠죠? 그 사람들이랑 한판 붙었을 텐데, 설마 어느 계통인지 모르겠다는 거예요?"

주비는 그 쇠몽둥이 같은 다리가 날아왔던 것을 떠올렸다.

"설마 진짜로 곽가보인가요?"

죄수는 대답 대신 신이 나서 떠들었다.

"고개 들어 봐요. 왼쪽에 빛이 들어오고 있는데 그쪽으로 가 주실래요? 하루 종일 저 백골이랑 눈 마주치고 있자니 너무 답답했거든요. 오랜만에 예쁜 아가씨가 왔는데, 눈을 좀 정화하고 싶어요."

'예쁜 아가씨'라는 말에 주비의 표정이 움찔했다. 문득 그 익숙한 호칭을 어디서 들었는지 머릿속에 떠올랐다. 그녀는 동굴에 새어 들어오는 미약한 빛에 의지해 손바닥만 한 구멍 저편의 죄수를 훑어보며 믿을 수 없다는 듯 물었다.

"당신 혹시…… 성이 사가 아니에요? 이름은……."

그 서신 전해 주러 왔었던 공자의 이름이 뭐였더라?

삼 년이 지난 터라 기억이 흐릿했다. 주비의 혀끝이 갈피를 못 잡고 한참 헤맸다.

"……'매매'였던가?"

혼자서도 유쾌하게 떠들던 죄수는 그 말에 얼떨떨한 눈으로 주비를 한참 살펴보더니, 별안간 앗 하고 소리쳤다.

"설마 사십팔채의 그 아가씨는 아니겠지? 이름이 주……."

"주비요."

서로 자기소개를 하고 나니 방금 전까지 실없는 소리를 늘어놓던 건너편이 조용해졌다. 아는 사람에게 농을 던지는 건 아무래도 쑥스러웠나 보다.

두 사람은 이 이상한 환경에서 잠시 잠자코 있었다. 주비의 그

'이웃사촌'은 한 발짝 물러나 목을 가다듬고 살짝 정색하며 말했다.

"매매는 예전에 장난식으로 말한 거고, 내 이름은 사윤이야. 그런데 어쩌다 여기까지 왔어?"

말하자면 얘기가 길어지니, 주비는 간결하게 딱 잘라 말했다.

"산 밑에 볼일이 있어 내려왔는데, 이 사람들이 오라버니를 붙잡아 갔어요."

사윤이 놀라 물었다.

"아니, 어째서 나랑 만날 때마다 아가씨와 그 운 나쁜 오라비는 귀찮은 사건에 휘말려 있는 거지?"

주비는 그 결론을 듣고 순간 욱할 뻔했다. 이게 다 이성 그 개자식이 괜히 말썽을 부려서 그런 거잖아!

하지만 집안의 부끄러운 꼴을 밖으로 드러낼 수는 없었다. 마음속으로는 이성의 가죽을 벗겨 힘줄을 다 뽑아 버리고 싶었지만 그저 굳은 얼굴로 입을 꼭 다물고 있었다.

사윤이 말했다.

"걱정할 것 없어. 나도 여기서 두 달 정도 갇혀 있었는데, 먹을 것도 있고 마실 것도 있고 아주 좋아. 아마 아가씨 오라버니도 당분간 괜찮을 거야."

주비가 뭐라고 대꾸하려는데 갑자기 인기척이 들리며 벽 귀퉁이에 무슨 그림자가 휙 스쳤다. 그와 동시에 사윤이 손을 뻗어 구멍을 돌멩이로 막았다. 시야는 가려졌지만 소리는 여전히 들려왔다. 뭔가 쇠로 된 물건으로 바위를 치는 소리가 났다. 잠시 후, 사윤이 돌멩이를 다시 치우고 주비를 향해 손짓을 했다.

"괜찮아. 식사가 온 거니까. 배고파?"

주비는 밤새 이리 뛰고 저리 뛰느라 뱃가죽이 등에 붙을 지경이었다. 하지만 당당하게 먹을 것을 나눠 달라고 요구하기 민망해서 잠시 뜸을 들였다가 완곡하게 돌려 말했다.

"아직은요."

음식 향기가 불순한 의도라도 있는 것처럼 작은 동굴 안으로 흘러 들어왔다. 주비는 하산 이후 객잔에 머물 때가 아니면 풍찬노숙을 하면서 제대로 된 밥도 몇 번 먹지 못했다. 그런데 따끈따끈한 음식 냄새를 맡자, 저도 모르게 군침이 돌면서 침을 꿀꺽 삼켰다.

그런데 벽 너머 그 괴짜의 대답이 가관이었다.

"그럼 나 먼저 먹을게. 만약 배가 고프다면…… 일단 나부터 배를 채운 다음 나눠 줄게."

주비는 칼 손잡이를 천천히 문지르며 이를 악물고 대답했다.

"네, 편할 대로 하세요."

사윤은 정말로 편할 대로 했다. 그는 만두를 한 입 베어 물고 두어 번 씹더니, 돌멩이를 들어 벽에 난 구멍을 막아 버렸다.

"좀 민망하니까 일단 가려야겠군. 나중에 기회 되면 금릉에서 가장 맛있는 식당에서 한턱 쏠게. 천하에 맛있는 음식 중 절반을 금릉에서 맛볼 수 있거든."

주비는 진심으로 그를 상대하기 싫어졌다.

"그런데 오늘 식사는 권하고 싶지 않구나. 그들이 음식에 뭔가를 넣었거든."

주비가 깜짝 놀랐다.

"뭐를요?"

사윤이 태연하게 대답했다.

"'온유산'이라고, 혹시 들어봤나? 아마 모를 거야. 사파들이 쓰는 졸렬한 수단이거든. 몽환약의 일종으로 말에게 쓰는 건데, 영웅호걸들은 평범한 몽환약으로는 쓰러뜨릴 수 없으니 말에게 쓰는 약을 쓰는 거야. 밥에 섞어 먹으면 반나절은 못 일어나. 내공과 외공은 말할 것도 없고."

"그런데 왜 먹고 있어요?"

"왜냐하면 난 바보가 아니니까."

사윤이 희미하게 탄식했다.

"한 그릇 먹으면 반나절 일어나지 못하지만, 안 먹으면 영원히 일어나지 못해."

주비는 칼 손잡이를 쥐고 두 동굴 사이를 가로막은 돌멩이를 쿵쿵 찍으며 몽환약을 우적우적 먹고 있는 사윤을 향해 말했다.

"저기, 사 공자님……."

사윤이 손을 내저었다.

"우리가 우연히 만나긴 했지만 만날 때마다 위험한 상황이 벌어지니, 나름 생사를 같이한 사이지? 그냥 오라버니라고 불러."

평소 말주변이 좋고 입만 살아 떠드는 사윤이었다. 만약 벽 너머에 다른 아가씨가 있었더라면 다시금 실없는 소리를 늘어놓았을 것이다. 하지만 삼 년 전 주비가 부러진 칼을 들고 그의 앞을 막아서던 모습이 너무나도 인상 깊었는지, 사윤에게 주비는 여전히 삼 년 전의 그 어린 소녀처럼 느껴졌다. 다 큰 아가씨에게 헛소리를 늘어놓는 것은 일종의 작업이라 쳐도, 어린 소녀 앞에서는 살짝 점잔을 뺄 수밖에 없었다. 아주 살짝이었지만, 그나마 사람다워 보였다.

"방금 이곳의 주인이 누구냐고 물었을 때 대답을 피하시던데, 말하기 곤란한 건가요?"

사윤은 그릇을 들고 국물을 천천히 한 모금 마신 후 잠시 생각에 잠겼다.

산속 동굴에 두 달 넘게 갇혀 있으면 제아무리 신선이라도 몰골이 말이 아닐 것이다. 주비는 사윤이 말은 가볍게 했으면서도 실제로는 만두 반 개만, 반찬도 이것저것 골라내고 몇 입만 먹은 것을 발견했다. 성인 남자의 식사량이 절대 아니었다. 아마도 겨우 생명을 유지할 정도만 먹은 것 같았다. 양 뺨은 살이 빠져 움푹 들어갔고 입술은 잔뜩 갈라졌으며, 수염은 덥수룩하게 자라 있었다.

"딱히 그렇진 않아."

사윤이 낮은 목소리로 말했다.

"아까는 네가 누군 줄 몰라서 그랬지. 여긴 아무래도 듣는 귀가 있어서 불편하니까. 듣자 하니 선대 채주께서 곽장풍 어르신과 의형제를 맺은 사이라던데, 악양 부근까지 온 김에 혹시 인사하러 들렀어?"

주비가 고개를 저었다.

"음."

사윤이 살짝 고개를 끄덕였다.

"두어 달 전에 있었던 일부터 얘기해야겠군. 곽 어르신이 올해 일흔 살을 맞이해 고희연을 열고 친지들과 친구들을 초대했어. 어르신은 일찍이 곽가 퇴법으로 세상을 주름잡았었지. 충성심과 의리가 넘치고 좋은 일도 많이 하신 분이라 두루 교분을 맺어 왔고 곤경에 처했을 때 그분께 도움을 받은 사람도 아주 많았어. 그래서 초대장을 받은 사람들은 모두 와서 축하해 주었어. 아마 넌 모르는 얘기일 거야.”

주비는 확실히 들어 본 적 없었다.

사윤이 말을 이었다.

“아마 사십팔채에는 감히 초대장을 보내지 못했을 거야. 만약 진짜로 이 두령이 행차했다간 수습하기 힘들었을 테니까. 난 내 고용주를 따라 연회에 참석했는데 사십팔채 사람들은 그림자도 보이지 않고, 축하 선물을 보내는 사람도 없어서 이상하다고 생각했어. 휴, 그런데 이놈의 돈만 많은 멍청이 고용주가 내 말을 듣지 않는 거 있지. 그 사람들 놔두고 나만 먼저 갈 수도 없어서 이렇게 감옥에 갇히고 말았고.”

“그럼 보주님은 만나 봤어요?”

“봤지.”

사윤은 잠시 말을 멈췄다가 덧붙였다.

“그런데 이미 바보가 되어 버렸더라고.”

“네?”

“사람을 못 알아보더라니까. 자기 이름도 헷갈려 하더라고. ‘장풍’이랬다가 ‘비풍’이랬다가.”

사윤이 탄식했다.

“몇 년 전에 큰 병에 걸린 후로 하루하루 상태가 나빠졌대. 지금은 누군가 항상 옆에서 보살펴 줘야 하고, 말도 어눌해져서 아기랑 똑같아졌어. 시대를 풍미하던 위인이 그렇게 된 걸 보니까 마음이 아팠어. 곽 어르신이 정신을 놓은 이후로 곽가보는 그의 동생 곽연도의 말이 법이 되었지. 후, 나중에 혹시라도 곽연도를 만나거든 멀리 숨도록 해. 여간 고약하게 생긴 게 아냐. 심보도 고약할 거라고.”

"……."

주비는 사윤의 평가 기준에 문제가 있다고 생각했다.

"곽연도는 야심만만한 사람이야. 형의 명의로 사람들을 불러 모았지. 바보가 된 형의 생일을 축하해 주기 위해서가 아니라, 사람들을 모아 맹약을 체결하고 세력을 구축한 다음, 자신이 왕이 되려는 거였어."

사윤이 설명을 덧붙였다.

"대외적으로는 또 다른 '사십팔채'를 만들겠다고 한 거였고."

주비가 눈을 끔뻑거렸다.

"그런 다음 동의하지 않으면 다 잡아넣었고요?"

그 곽연도는 머리에 문제가 있는 것 아닐까?

사윤은 고개를 저었다.

"그렇게 된 것 같은데 네가 생각한 것과는 좀 달라. 이 얘기는 또 삼 년 전 감당 선생의 하산에서부터 시작되는데……."

주비는 아버지의 소식을 듣자마자 벌떡 일어났다.

"양소가 평생 힘겹게 일구어 놓은 세력을 이어받은 감당 선생은 남조에서 난동을 부리려는 멍청한 무리들을 자신의 힘으로 제압하며 조용히 때를 기다렸어. 그런데 가짜 황제가 병이 위중하다는 소식이 남조와 북조 안팎을 뜨겁게 달궜지. 그땐 지금보다 상황이 훨씬 어지러웠어. 산봉우리에 커다란 깃발을 꽂고 오줌을 갈기는 것으로 자신이 그 산을 점령했다고 외치는 사람도 있었지. 그렇게 개나 소나 날뛰던 사람들은 가짜 황제에게 걸려들어 하마터면 일망타진될 뻔했고. 다행히 네 아버지는 뒤에서 관망하다가 상황을 역이용했어. 종남산에서 가짜 황제의 대장군을 포위하고 북두 '염정'

의 목을 베었어. 그리고 그 수급을 사흘간 성벽에 매달아 두어 북조에 큰 타격을 입혔지."

주비는 감히 숨을 크게 쉴 수도 없었다.

"그 전투로 가짜 황제는 세력이 크게 약해졌어. 혼란에 휘말린 각 문파도 무사할 순 없었지. '협객은 무력으로 금령을 범한다'는 말이 있잖아. 아마 네 아버지도 일부러 그 점을 노리기도 했을 거야."

사윤이 말을 이었다.

"그 후로 무림의 일부 문파와 세가들이 흩어진 모래알 신세가 되면서 세상이 전보다는 평안해졌어. 그렇지만 흩어지면 다시 모이게 되는 것이 세상 이치였지. 동정 일대는 곽가보를 중심으로 사람들이 모여든 지 오래되었어. 곽가가 초청한 사람들은 대부분 그들과 뜻을 같이했고. 다만 일부 소수는 세상 물정 모르고 거절하거나 체면상 대강 얼버무리고 넘어가려 했지."

"모두 여기 잡혀 온 거예요?"

사윤이 고개를 끄덕였다.

"응. 그런데 이런 저급한 일은 곽가 사람들 짓이 아닐 수도 있어. 그게 아니라면 왜 복면을 쓰고 곽가 퇴법을 쓰겠어? 완전 눈 가리고 아웅이지. 동정 일대의 강호 사람들은 대부분 곽가보에 붙었어. 좋은 사람도 나쁜 사람도 함께 뒤섞여 있지. 그중에는……."

사윤은 잠시 말을 멈추었다. 주비의 머릿속에 아까 배운 단어가 떠올랐다.

"사파도 있다는 거군요."

"그다지 떳떳하지 못한 강호의 친구들이었지."

사윤은 아주 예의 바르게 호칭을 수정했다.

"당시 곽가보는 계속해서 우리를 설득하려고 했었어. 도리를 얘기하고 정으로 호소하면서 말이야. 하지만 좋은 말로 해서 들을 우리가 아니었지. 결국 억지로 강요하지 못하고 그냥 좋은 말로 우리를 보내 주었는데, 곽가보를 벗어나자마자 누군가 우리를 습격해서 이곳에 잡아넣었어. 동정 동맹에 수결하기만 하면 풀어 주겠다고 말이야."

주비는 가난한 마을에서 보았던 복면강도를 떠올렸다. 문득 의심이 스쳤다. 퇴법을 가장할 수 있을까? 그렇게 굵고 거대한 장딴지를 하루아침에 만들어 낼 수 있나?

이어 그 거대한 장딴지의 주인이 왕 부인 앞에서는 퇴공을 시전하지 않았다는 것이 떠올랐다. 생각할수록 머리가 복잡했다. 변화무쌍한 강호의 지극히 작은 일부분만 들었을 뿐인데도 더 이상 감당하기가 힘들었다. 주비는 되는 대로 말했다.

"그럼 수결하지 그랬어요. 일단 나가고 봐야죠."

사윤이 껄껄 웃었다.

"나가서 딴말하면 개자식이게? 그건 아니지. 말 한마디가 천금은 아니더라도 입 싹 닦고 모른 척할 수는 없어. 이랬다저랬다 한다는 소문이 강호에 퍼지면 앞으로 어떻게 고개를 들고 다니려고? 게다가 이유 없이 끌려와서 갇혀 있는데 그렇게 쉽게 굴복해 버리면 체면은 또 어쩌라고?"

영웅호걸에게는 체면이 하늘보다 크다는 말을 주비의 나이로는 아직 이해할 수 없었다. 하지만 주비에게는 공통점은 취하고 차이점은 존중하는 넓은 마음이 있었기에 이해가 되지 않아도 억지로 애쓰지 않았다. 주비는 잠시 생각해 보더니 말했다.

"그럼 여러분을 이곳에서 꺼낼 방법을 생각해 볼게요."

사윤이 그런 주비를 보며 말했다.

"누이, 내 말대로 해. 돌아가서 어른들한테 이 명찰을 들고 곽가보로 가라고 해. 가서 사람을 잃어버렸다고, 곽가보에서 찾는 걸 도와 달라고 말하면 될 거야."

주비가 미간을 찌푸렸다.

"이 동굴 감옥으로 끌려온 게 곽가보가 시킨 일일 수도 있다면서요?"

"물이 너무 맑으면 고기가 살지 못하지."

사윤은 동굴 절벽에 기대어 심드렁하게 말했다.

"세상 이치도 모르는 꼬맹이가 뭘 자꾸 사실을 밝히래?"

주비는 어느새 '예쁜 아가씨'에서 '꼬맹이'로 신분이 강등되어 있었다. 비록 난생처음 산채 밖에 나와 세상 물정을 모르긴 해도 하나를 알려 주면 열을 아는 주비였다. 그녀는 사윤의 말에 담긴 속뜻을 바로 알아챘다.

곽가보가 사파를 눈감아 주고 있고, 어쩌면 곽가 일족도 이번 일에 연루되어 있을 수 있다. 하지만 사파는 사파 나름의 용도가 있었다. 만약 무슨 문제가 생기면 곽가보는 이들 '떳떳하지 못한 친구들'에게 모든 책임을 떠넘기면 되니 말이다!

이게 무슨 개같은 이치인지!

사윤은 주비가 하나를 알려 주면 열을 아는 것을 보고 웃음을 터뜨렸다.

"훌륭해. 역시 감당 선생의 딸이군. 내가 어릴 때 똑똑했던 것의 절반 정도는 되겠어."

주비는 그 뻔뻔스러운 자기 자랑을 듣고 속으로 툴툴거렸다.

'정말 똑똑하시네. 그래서 이 땅속에 두 달 넘게 갇혀 있었던 거였어? 곧 싹이라도 나겠구만.'

주비는 난장판 속에서 겨우 빠져나오느라 온몸이 먼지투성이였다. 흙먼지가 묻어 얼룩덜룩한 얼굴에 커다란 두 눈만 동그랗게 반짝이고 있어 마치 얼룩 고양이 같았다. 그 모습을 본 사윤은 저도 모르게 주비를 이 분쟁의 소굴에서 빼내어 멀리 도망치게 해 주고 싶어졌다. 자신의 안위는 그다지 중요하지 않았다.

사윤은 주비를 향해 손을 흔들며 조용히 말했다.

"잘 들어. 일단 여기서 하루를 버티도록 해. 술시 일각이 되면 저들이 교대를 할 거야. 그때 되면 날도 어두울 거고. 그 틈을 타서 도망가. 감옥 이쪽에 딱 붙어서 난 길을 가르쳐 줄게. 절벽에는 바위가 많아서 몸을 숨기기 좋을 거야. 붙잡혀 있는 사람들은 널 봐도 떠벌리진 않을 거고."

사윤은 하루 종일 주비에게 부근의 지형을 자세히 설명한 다음, 구멍 맞은편의 석벽에 그려 보게 하면서 주비가 잘못 알고 있는 부분이 있으면 바로 고쳐 주었다. 수업은 중간에 식사가 배달되느라 몇 번 중단되었다. 바깥에서는 각양각색의 사투리로 욕을 퍼붓는 소리가 수시로 들려왔다. 한번은 사윤이 '온유산'의 힘을 이기지 못했는지 말하는 도중 갑자기 몸 뒤의 벽에 기대어 꼼짝도 하지 않았다. 정신을 잃은 것 같았다.

주비는 살짝 오싹함을 느꼈다. 동굴의 어두컴컴한 빛이 얼굴에 그림자를 드리우니 살았는지 죽었는지 분간이 가지 않았다. 다행히 사윤은 얼마 후 스스로 깨어났다. 안색이 아까보다 더 초췌해졌지만 여전히 부드러운 목소리로 벽 너머의 주비에게 말을 건넸다.

"난 아직 살아 있어. 그렇게 시체 보듯 보지 말라고……. 아까 어디까지 설명했지?"

사윤은 주변 지형은 물론, 어느 길로 가야 가장 안전한지 세세히 설명하고 사람들의 이목을 피할 수 있는 기술들을 주절주절 늘어놓았다. 흡사 좀도둑질 방면의 고수인 듯했다. 주비는 그것들을 하나하나 열심히 머릿속에 집어넣다가, 결국엔 참지 못하고 한마디 던졌다.

"계속 땅속에 갇혀 있었으면서, 이런 건 다 어떻게 안 거예요?"

"잡혀 들어오면서 눈여겨봤었어."

사윤이 말했다.

"내가 못 본 곳은 위쪽의 호걸들이 매일 욕하는 소리를 듣고 추측한 거야."

주비는 그제야 크게 깨달았다. 저들은 할 일 없이 욕이나 하며 시간을 때웠던 게 아니라, 이런 암묵적인 방식으로 서로 소식을 전하고 있었던 거였어!

사윤은 고개를 들어 조그마한 틈새로 새어 들어오는 빛으로 시간을 가늠해 보았다.

"시간이 거의 다 됐으니 준비하자. 막대기를 두들기는 게 교대 신호야. 그들을 피하는 건 어렵지 않을 거야. 조심하고."

주비는 서두르지 않고 먼저 자신이 벽에 그려 놓은 것을 다시 한 번 자세히 훑었다. 머릿속에 모두 담긴 것을 확인한 후 사윤에게 물었다.

"그리고 또 뭐 당부할 거 없어요?"

사윤이 진지한 표정으로 대꾸했다.

"한 가지 꼭 기억해야 할 것이 있어."

주비는 그가 이렇게 하루 종일 애써 자신에게 탈출로를 가르쳐 준 건 뭔가 부탁할 것이 있어서일 거라고 예상하고 있었다. 그녀는 시원스럽게 고개를 끄덕였다.

"뭐든 말해 보세요."

"위로 올라가면 절대로 시간 지체하지 말고 바로 도망쳐. 여기 갇힌 사람들은 여태껏 강호에서 산전수전 다 겪어 봤으니 알아서 빠져나갈 방법을 찾을 거야. 그러니까 절대로 상관하지 마. 돌아가서도 여러 말 하지 말고, 곧장 어른들한테 곽가보에 가서 사람을 찾아 달라고 하고. 걱정 마. 지금 상황에서 곽연도는 이 두령의 노여움을 사고 싶지 않을 테니까, 어떻게든 네 오라버니를 털끝 하나 다치지 않고 돌려보내 줄 거야."

주비는 당황했다. 잘못 들었나 싶어 다시 물었다.

"그런 다음엔요? 당신들은 어떡하고요?"

"어떡하긴. 알아서 하는 거지!"

사윤은 느긋하게 말을 이었다.

"별의 움직임을 보아 하니 조만간에 큰일이 벌어질 것 같아. 넌 모른 척하고 있다가 오라버니가 돌아오면 바로 동정을 떠나도록 해."

주비는 신기하다는 눈빛으로 사윤을 훑어보았다. 산을 내려온 지 몇 개월 되진 않았지만 그동안 북적이는 사람들과 끝없이 오가는 마차 행렬, 백성들의 힘겨운 생활을 보았다. 극악무도한 사람도, 음험하고 교활한 사람도, 후안무치한 사람도 있었다, 그런데 지금 이런 곳에서 부처의 후광을 가진 멍청이도 보게 될 줄이야!

"뭘 그렇게 쳐다봐?"

사윤은 흐느적거리며 구석에 앉아 힘없이 웃어 보였다.

"이래 봬도 난 원칙 있는 사람이라고. 미인에겐 위험한 일을 시키지 않는 게 내 원칙이야."

주비는 머뭇거렸다.

"하지만……."

사윤이 말을 끊었다.

"여긴 참 좋아. 우리 사형제가 하하호호 얘기도 나눌 수 있고. 두 달 더 갇혀 있어도 외롭진 않을 것 같아."

주비는 사방을 둘러보았다. 갑자기 웬 사형제? 어디 있다는 거야? 사윤의 손가락이 위쪽을 가리켰다가 맞은편을 가리켰다가 다시 자신의 어깨를 눌렀다.

"밝은 달, 백골, 깊은 밤, 그리고 나."

"……."

헐. 이 사람 상태가 심각하잖아. 불치병인가.

"얼른 가. 이 오라버니가 한 말 잊지 말고."

사윤이 한마디 덧붙였다.

"참, 나중에 내가 여길 탈출했을 때 네가 아직 산채로 돌아간 게 아니라면 널 다시 찾아갈게. 너에게 줄 아주 중요한 물건이 있거든."

"뭔데요?"

사윤이 부드러운 눈길로 주비를 바라보았다.

"전에 내가 무턱대고 산채에 쳐들어갔을 때, 비록 다른 사람의 부탁을 받은 거라 해도 그 일로 너희 부모님이 서로 갈라지게 되었잖아. 그 와중에 네 검도 부러졌고. 줄곧 미안하게 생각하고 있었어. 그날 세묵강에서 보니까 너한테는 착배도가 더 잘 맞는 것 같더라고. 그래서 하나 만들어 뒀는데 지금은 가지고 있지 않아. 돌아가서 가져다줄게."

주비의 마음속에 순간 뭐라 형용하기 힘든 감정이 솟구쳤다. 그녀는 자기 연민에 빠져 한탄만 하는 사람이 아니었다. 오히려 매일같이 주이당이 떠나기 전 했던 말을 되새기며 어떻게든 강해지려고 노력했다. 서러움을 느낀 적도 별로 없었다.

애기 때 넘어질 때마다 주변 어른들의 세심한 위로를 받은 사람은 그런 상황이 동정과 마음의 아픔을 유발한다는 것을 깨닫고 서러움이라는 감정을 배우게 된다. 반면 주변 어른들이 대수롭지 않게 대하는 것에 익숙한 사람은 넘어지는 것이 걷기 위한 과정일 뿐이라고 생각할 뿐이다. 비록 아프긴 하지만.

주비는 아무 대꾸 없이 장도를 집어 들고 곧장 자신이 떨어졌던 입구 밑으로 향했다. 그리고 몸을 훌쩍 위로 솟구쳐 손과 발로 절벽 양쪽을 밀며 지탱했다. 여리고 가벼운 몸은 그 좁디좁은 통로 사이를 민첩하게 빠져나갔다. 바깥의 서늘한 밤바람이 얼굴을 때렸다. 주비는 다시 정신을 가다듬었다.

'미안한데, 분부를 따르긴 어려울 것 같아요. 두령님은 나에게 도망치는 법을 가르쳐 주지 않았거든요. 게다가 도망친다 해도, 이 이상한 곳에서 어떻게 왔던 길을 찾아 돌아가는 건 불가능하다고요.'

주비는 낯선 곳에서는 방향도 분간 못 하는 소녀였다. 왔던 길이 어느 방향인지 잊어버린 지 오래였다. 왕 부인을 다시 찾아가는 것은 마치 주비 혼자서 돌아다니다가 우연히 금릉에 도착해, 주이당의 다리를 붙잡고 이근용이 자신을 괴롭힌다며 펑펑 우는 것과 비슷한 난이도였다.

주비는 석벽 사이의 좁은 틈새에서 꼼짝하지 않고 가만히 기다렸다. 석벽 감옥의 구조가 한눈에 들어왔다. 과연 그곳은 사윤이 말한 대로 산봉우리 사이에 놓인 기다란 협곡이었다. 절벽 양쪽의 바위에는 구멍이 잔뜩 파여 서로 마주 보고 있는 거대한 감옥을 이루고 있었다.

감옥에는 사람들이 갇혀 있었지만 족쇄나 수갑 소리는 들리지 않았다. 하루 세 끼 '온유산'을 먹어서 모두들 얌전해졌는지, 아예 탈옥할 기운조차 없는 것 같았다.

주비는 주변 지형을 대략적으로 관찰한 후 온 정신을 집중해 첫 번째 목표 대상을 주시했다. 그녀로부터 일고여덟 장 떨어진 곳에 있는, 초가지붕을 얹은 작은 정자가 바로 보초들의 교대소였다.

사윤의 말에 따르면, 원래 보초를 서던 사람은 정자를 지나서 나가고, 나중에 온 보초는 잠시 사방을 한 바퀴 둘러본다고 했다. 바로 그 짧은 시간에 정자는 등잔 밑이 어둡다는 말처럼 경계가 허술해져 잠시 발을 붙일 수 있었다.

단, 정자에는 기름불이 켜져 있어서 반드시 재빠르게 움직여야 했다. 운도 좋아야 했고 그림자를 들켜서도 안 되었다.

술시 일각, 과연 막대기 치는 소리가 들려왔다. 크지도 작지도 않은 그 맑은 소리는 산속에 멀리 울려 퍼졌다. 보초는 하품을 하며 교대를 하러 나갔다. 횃불 그림자가 마치 꿈틀거리는 용처럼 좁고 긴 산속을 미끄러지듯 움직였다. 주비는 바로 그 순간 훌쩍 몸을 날렸다.

자신의 경공 실력을 최대한 발휘한 주비는 밤에 부는 미풍처럼 스치듯 날아가, 마지막 한 사람이 정자를 떠난 그 찰나에 정자 안으로 들어섰다. 보초와는 한 사람 거리도 되지 않았다.

그러나 안타깝게도 주비의 경공은 그럭저럭 쓸 만했음에도 '풍과무흔' 수준은 아니었기에 착지하는 순간 한쪽에 걸려 있던 기름등의 불꽃이 공기의 흐름을 타고 흔들리며 깜빡거렸다. 주비는 발끝이 땅에 닿자마자 즉시 그 힘으로 몸을 솟구쳐 지면과 평행한 상태로 초가지붕 천장에 매달렸다. 팔다리로는 대들보를 단단히 지탱했다.

위기일발의 순간이었다. 주비가 천장에 올라가자마자 정자를 나갔던 보초가 뭔가 이상한 기척을 느낀 듯 다시 고개를 돌렸다. 그는 눈을 가느다랗게 뜨고 흔들리는 기름등의 불꽃을 바라보다가, 의심스러운 듯 몇 발짝 되돌아와 정자 주변을 한 바퀴 돌았다.

주비는 계속 숨을 참고 있느라 가슴이 터질 지경이었다. 이미 한계까지 다다른 상태였다. 가녀린 손등에는 푸른 핏대가 돋았고 등 뒤는 식은땀으로 축축해졌다.

주비는 눈을 감고 정신을 집중해 쫙 펼쳐진 견기의 덫줄 그물이 그녀를 향해 덮쳐 오는 장면을 떠올렸다. 칠흑 같은 강물 위로 섬뜩한 빛이 반짝이는 광경을 상상하니 마음속의 조마조마함이 착착 흥분의 전율로 바뀌었다. 이건 주비가 개발한 나름의 비법이었다. 매번 덫줄에 쫓겨 더 이상 도망칠 곳이 없을 때, 두려움이 마음을 잠식할 때마다 그녀는 커다란 산의 산꼭대기까지 이어진 긴 계단을 상상하며 스스로를 설득했다. 이 덫줄을 통과해야만 계단 하나를 더 올라갈 수 있다고 말이다.

눈을 다시 떴을 때 주비의 눈빛은 아까보다 차분해져 있었다. 보초는 정자로 돌아와 기름등의 심지를 돋우었다.

주비는 위에서 그의 두툼한 목을 내려다보며 어떻게 하면 최단 시간 내에 소리 없이 베어 버릴 수 있을까 따져 보고 있었다.

'실패하면 어쩌지?'

그녀는 속으로 침착하게 되뇌었다.

'발각되면 곧바로 죽여 버리자. 일단 쓰러뜨리고 나서 생각하자고.'

바로 그때, 저만치 먼저 가던 보초가 소리쳤다.

"갑육, 뭘 그렇게 꾸물거려?"

정자를 둘러보던 보초가 귀찮은 듯 대답했다.

"재촉하기는!"

그는 기름등을 놓고 다시 나갔다. 천장 쪽은 올려다보지도 않았다. 주비는 그제야 천천히 숨을 내쉬며 속으로 셋을 셌다. 방금 그 보초는 몇 발짝 걸어갔다가 본능적으로 다시 정자 쪽으로 고개를 돌렸다. 아무것도 없음을 확인한 그는 자기가 너무 예민한 거라고 생각하곤 고개를 저으며 갈 길을 갔다.

주비는 그가 완전히 떠난 후에야 정자 모서리를 타고 미끄러져 내려왔다. 정자 안을 둘러보니 기름등 아래 탁자에 찻주전자 하나와 흰 천으로 덮어 놓은 뽀얀 만두 한 광주리가 놓여 있었다. 돌아왔을 때 먹으려고 준비해 둔 것 같았다. 하루 종일 쫄쫄 굶은 주비는 이 망할 자식들이 잘 챙겨 먹는 것을 보고 순간 화가 치밀어 올라 과감하게 손바닥만 한 만두 두 개를 집어 들고 길을 나섰다.

사윤이 알려 준 대로 동굴 감옥 부근에 복잡하게 얽힌 좁은 통로를 따라갔다. 통로 곳곳의 바위와 엄폐물은 행적을 감추는 데 도움이 되었다. 간혹 감옥에 갇힌 영웅들과 눈이 마주치기도 했지만, 과연 사윤이 말한 대로 그들은 주비가 몰래 잠입한 사람이라는 것을 알면서도 소리쳐 알리기는커녕, 오히려 몰래 길을 가르쳐 주기도 했다.

사윤은 동굴 감옥을 지나면 산으로 올라가는 길이 나오는데 그 길을 따라 바로 밖으로 나갈 수 있다고 했다. 그러나 주비는 도망갈 생각이 전혀 없었다. 사윤이 알려 준 길을 따라 나오면서도 속으로는 또 다른 계획을 세우고 있었다. 그녀의 목표는 동굴 감옥 뒤쪽의 마구간이었다. 복면강도들은 행인들에게서 말과 재물을 빼앗은 다음, 미처 옮기지 못한 말들은 일단 뒷산 한쪽에 모아 기르고 있었다.

마구간은 건초가 많고 밤에 바람도 많이 불어서 불을 지르기 딱 좋은 곳이었다.

주비는 불을 질러 말들을 풀어 줄 작정이었다. 동굴 감옥을 엉망으로 휘저어 시선을 돌린 다음 복면인들의 주방을 찾기 위해서였다.

사윤은 주비를 끼어들게 하고 싶지 않아서 온유산의 해독제가 어떻게 생겼는지 알려 주지 않았다. 하지만 주비 생각에 음식에 넣는 약이라면 주방에서 일괄적으로 만들 것이고 주방에는 요리사, 잡역부, 식사 배달 담당, 보초 등 많은 사람들이 오갈 테니 누군가 약이 들어간 음식을 잘못 먹을 수도 있을 터였다. 그렇다면 주방에는 해독제가 구비되어 있을 가능성이 높았다. 요리사를 붙잡아 추궁하면 해독제를 손에 넣을 수 있을지도 모른다.

계획은 이미 명확했다. 주비는 가장 가장자리에 있는 감옥 앞에서서 멀지 않은 곳에 있는 마구간을 주시했다. 칼을 쥐고 숨을 깊이 들이마시며 행동을 개시하려는 순간, 쥐 죽은 듯 고요하던 등 뒤의 감옥에서 갑자기 손 하나가 뻗어 나오더니 주비의 어깨를 잡아 눌렀다.

깜짝 놀란 주비는 하마터면 칼을 뽑을 뻔했다.

그러나 다음 순간, 귀를 쫑긋해 보니 멀지 않은 곳에서 바스락바스락 옷깃 스치는 소리가 아주 미세하게 들렸다. 그 사람의 발걸음은 너무나 가벼웠다. 행적을 굳이 감추려 하지 않았기에 망정이지, 안 그랬으면 주비는 그의 존재를 알아채지도 못했을 것이었다.

산 곳곳에 서 있는 보초들은 실력이 자신과 별 차이 없을 것이라고만 생각했는데 이런 구석에 고수가 숨어 있을 줄은 정말 의외였다. 혹시라도 행적이 노출되었을까 걱정하던 차에, 등 뒤로 갑자기 금방이라도 숨이 끊어질 것 같은 기침 소리가 들려왔다. 그녀의 어깨를 짚은 손이 기침을 따라 계속해서 밑으로 힘이 실렸다. 아마 서 있는 것도 힘들어 그녀를 손잡이로 삼는 듯했다.

주비는 조심스럽게 고개를 돌렸다. 동굴 감옥 가장 안쪽에 갇혀 있는 사람은 뼈만 남은 중년 사내였다. 몸 전체가 그늘에 가려 있는 데다 아무런 기척도 없어서 주비는 감옥 안에 생명체가 있으리라고는 전혀 눈치채지 못했다. 그는 무명옷 차림에 양쪽 귀밑머리가 하얗게 세어 있었다. 어깨와 등은 굽지도 곧지도 않았고 얼굴에는 가난과 실의가 묻어 있었다. '가난'을 의인화하면 딱 이런 모습일 것 같았다.

그는 주비를 향해 살짝 고개를 저으며 뭐라고 말하기도 전에 다시금 굉장히 고통스러워 보이는 기침을 한바탕 쏟아 냈다. 그 모습을 지켜보는 주비도 따라서 숨이 헐떡거릴 지경이었다.

멀지 않은 곳에서 다가오던 사람은 발걸음을 멈춘 것 같았다. 아마도 이 폐병쟁이 곁에 가까이 오고 싶지 않았는지, 혐오스럽다는 듯 조그맣게 쳇 하더니 방향을 돌려 멀리 가 버렸다.

중년 사내는 그제야 주비를 풀어 주더니 벽에 기대어 자기 가슴께를 누르며 휴식을 취했다. 숨소리가 매우 미약했다.

주비는 망설이다가 바로 가지 않고 조그맣게 물었다.

"감사합니다……. 선배님, 괜찮으세요?"

중년 사내가 고개를 들어 그녀를 바라보았다. 주비는 그의 눈빛에 저도 모르게 흠칫했다. 혼탁하고 생기라곤 찾아볼 수 없는, 보는 사람도 괜스레 찔끔하게 만드는 눈빛이었다.

사내가 담담하게 입을 열었다.

"어디서 온 계집애지? 간도 참 크군."

사십팔채에는 세속을 떠나온 고수들이 부지기수였다. 왕 부인처럼 평범한 할아버지 할머니처럼 보여도 신묘막측한 무공의 보유자일 수도 있었다. 주비는 바깥세상의 생필품 물가는 몰라도 고수들은 수도 없이 많이 봐 왔다. 하지만 산채의 어른들은, 이 두령을 포함해 지금 눈앞에 있는 중년 사내처럼 형용할 수 없는 압박감을 주는 사람은 없었다. 겉으로는 주이당보다 훨씬 허약해 보였지만 말이다.

주비는 아주 조심스럽게 대답했다.

"저희 집 오라버니가 혼자 외출했다가 이곳 사람들에게 잡혀갔습니다. 그래서 찾으러 온 것인데 그만 선배님께 폐를 끼쳤네요."

중년 사내는 눈을 가느다랗게 뜨고 다시 물었다.

"음, 스승은 누구고?"

매우 무례한 말투였다. 명령을 내리는 데 익숙한 듯 아무렇지도 않게 상대방을 하대하는 태도를 보니, 마치 태어날 때부터 그러는

게 당연한 사람인 것 같았다.

주비는 잠시 망설였다. 혼자였다면 하늘 무서운 줄 모르고 오만하게 굴었겠지만 아무래도 집안이 연관되다 보니 몸속 깊이 잠들어 있던 신중한 세포들이 일제히 깨어났다. 눈앞의 사람이 어떤 내력을 가지고 있는지는 모르지만, 어쨌든 자신은 이렇다 할 경험도 없었다. 혹시라도 사십팔채에 문제를 초래할 수도 있다는 생각에 주비는 대충 얼버무렸다.

“집안 대대로 전해지는 무공을 부모님께서 전수해 주셨는데, 저 혼자 신체 단련 삼아 대충 연습한 정도입니다. 집안사람이 적어서 정식 문파라고는 할 수 없고요. 저희 집 세 식구에 친척 오라버니와 여동생 한 명이 전부입니다.”

중년 사내는 음, 하고 대꾸했을 뿐이었다. 믿는지 안 믿는지는 알 수 없었다. 어쨌거나 주비에 대한 흥미가 사라졌는지, 그는 이제 가도 좋다며 손을 내저었다.

주비는 낯선 사람과 말을 섞는 것을 그다지 좋아하지 않았다. 하지만 중년 사내의 초췌한 모습을 보니 왠지 모르게 주이당이 생각났다. 지하 동굴에서 사윤에게 들은 몇 마디 소식은 주비의 마음속을 태풍처럼 휩쓸고 지나갔다. 표정에 드러내지는 않았지만 속으로는 어찌나 조마조마했는지.

아버지가 보살펴 주는 사람 없이 이리저리 떠도는 것은 아닌지 걱정되면서도, 한편으로는 아버지가 그렇게 위풍당당하면 용한 의원과 시종들을 많이 거느리고 있을 것 같았다. 산채를 떠난 지 몇 년이 지났는데도 아무런 기별을 전해 오지 않는 것을 보면, 어쩌면 그들 모녀를 잊은 게 아닐까 싶었다.

여러 복잡한 걱정이 저도 모르게 눈앞의 중년 사내에게 이입되자 주비는 참지 못하고 물어보았다.

“선배님, 혹시 병에 걸리신 거예요?”

중년 사내는 주비가 주동적으로 말을 건넬 줄 몰랐는지 살짝 어리둥절해하다가 짧게 대답했다.

“묵은 상처다.”

주비는 네, 대답하고 잠시 생각하다가 만두를 하나 꺼내 감옥 틈새로 전해 주었다. 중년 사내는 만두를 보고 의아한 눈길로 주비를 훑어보았다.

“방금 보초들의 정자에서 가져온 거예요.”

주비가 설명했다.

“그들이 먹는 거니까 독은 없을 거예요. 제가 보니 그들이 주는 식사에는 사람을 해하는 약이 섞여 있던데, 선배님께서는 건강도 좋지 않으시니 최대한 적게 드세요.”

중년 사내는 손을 뻗어 아직 온기가 남아 있는 만두를 받아 들고 평생 처음 만두를 본 것처럼 이리저리 살펴보았다. 그리고 고맙다는 말 대신 쌀쌀맞게 질문을 던졌다.

“방금 말한 네 오라버니가 어디에 갇혀 있지?”

주비는 망연히 고개를 저었다. 중년 사내는 그녀를 빤히 쳐다보았다.

“그런데도 무작정 뛰어들어? 이 땅의 주인이 누군지는 알지?”

사윤은 ‘그다지 떳떳하지 못한 강호의 친구들’이라고 했었다. 아마 말해도 모를 거라 생각하곤 생략했을 것이다.

중년 사내가 말했다.

"그럼 '활인사인산活人死人山'은 들어 봤겠지?"

그는 살짝 성가시다는 듯 대꾸했다. 그 정도 얘기했으면 알아듣겠지 싶었는데, 웬걸 주비의 표정은 더욱 오리무중이 되었다. 중년 사내는 미간을 찌푸리며 차갑게 말했다.

"머리에 피도 안 마른 꼬맹이까지 뛰쳐나와 사방을 헤집고 다니는 걸 보면, 확실히 집안에 사람이 없나 보군."

주비는 살짝 기분이 나빴지만 '집안사람이 적다'는 말은 자기가 한 말이라는 걸 떠올리곤 그저 화를 삭일 수밖에 없었다. 한편으로는 중년 사내에 대한 호기심이 일었다. 대체 어떤 신분이기에 저 나이에도 이렇게 막말을 내뱉는 걸까?

"활인사인산에는 사악한 놈들이 득시글거려. 그중에서도 네 명이 두목 노릇을 했는데 뻔뻔하기가 이를 데 없었지. '사상四象'이라고 불리는 이들은 천하의 유명한 말썽꾼이야. 수단이 악랄하고 변덕이 죽 끓듯 하며 한때 피바람을 몰고 온, 악명 높은 '흑도'였다. 훗날 이들 사형제는 서로 물고 뜯으며 내분을 일으켰어. 마침 남북이 대치할 때였는데 두 세력 다 이들을 소탕하고자 했고, 결국 이들은 사분오열하고 말았다. 그중 주작 무리는 악양 부근에 자리를 잡았지. 이들은 한때 무법천지로 다니던 시절 여러 곳에 원한을 산 터라 지금은 그곳에 틀어박혀 고개도 못 내밀고 있다. 모습을 드러내 봐야 좋을 것 없다는 걸 잘 알아서 서로 돕는 셈 치고 곽가에 의탁하게 된 거야."

주비는 그제야 깨달은 듯 "아." 하고 호응했다.

하지만 이들 복면인들이 어째서 이런 야비한 짓을 자유자재로 벌일 수 있었는지 대강 이해했을 뿐, 그다지 크게 와 닿지는 않았다.

이들 '사악한 무리'의 정체를 직접 본 적이 없었던 데다, 사십팔채처럼 황명에 따라 비적이 된 무리도 그다지 하얗다고는 볼 수 없으니, 흑도와 크게 다를 바 없었다.

중년 사내가 주비를 흘끗 보며 말을 이었다.

"주작주朱雀主의 이름은 목소교다. 옛날에 조그마한 의견 충돌 때문에 혈혈단신으로 태산에 올라가 고작 향 한 대 타들어 갈 시간 동안 태산파의 3대 장로를 해치우고 장문인의 갈비뼈 세 대를 부러뜨렸지. 그리고 모두가 지켜보는 앞에서 장문인 외아들의 펄떡거리는 심장을 끄집어내 땅에 던지고는 유유히 빠져나갔어."

주비는 눈을 휘둥그렇게 떴다. 태산파는 주비도 아는 문파였다. 사십팔채의 천종이 바로 그쪽에서 건너온 무리였고, 천종의 장문인은 태산파의 십팔로 사직장법을 지극히 추앙했다. 천종의 개산조사는 한때 태산의 제자였는데 장법을 장극에 적용하면서 스스로 천종을 창시한 것이었다. 중년 사내는 이 아무것도 모르는 계집애에게 겁주는 데 성공했다 생각했는지 독살스럽게 웃어 보였다.

"어쨌거나 네가 아는 문파가 나왔군. 이들이 무시무시하다는 걸 알았으면 됐다. 넌 운이 좋았어. 지금이라도 알았으면 얼른 꺼지도록 해."

하지만 누가 알았으랴. 겁을 먹었다는 주비는 도망칠 생각이 전혀 없었다.

'그렇게 대단하다면 소란을 일으키겠다는 계획은 안 통하겠네. 조심하는 게 좋겠어. 먼저 몰래 잠입해서 해독제를 찾아낸 다음 도와줄 만한 사람들을 되도록 많이 풀어 줘야겠군.'

주비가 중년 사내에게 말했다.

"알려 주셔서 감사합니다, 선배님."

말을 마치고 동굴 감옥 입구에서 가볍게 몸을 날리더니 두세 번 도움닫기를 하며 마구간 뒤쪽에 일렬로 늘어선 건물로 향했다. 중년 사내는 문득 눈을 떴다가 주비가 자기의 충고를 무시하고 기어이 죽음을 자초하러 가는 것을 보고 어두운 얼굴로 주비가 사라진 방향을 응시했다.

"하늘 높은 줄 모르고 날뛰는군."

이때, 그림자 하나가 방금 전까지 주비가 서 있던 곳으로 스르륵 미끄러져 내려왔다. 동굴 감옥 입구에 선 그림자는 놀랍게도 사람이었다. 온몸을 검은 옷으로 감싼 채 절벽 바위에 붙어 있는 모습은 진짜 그림자와 조금도 차이가 없었다. 흑의인은 공손하게 한쪽 무릎을 꿇고 동굴 속 중년 사내의 분부를 기다렸다.

"괜찮다."

중년 사내가 담담하게 말했다.

"사소한 변수일 뿐이니 아무 지장 없을 거다. 다만 내가 알고 싶은 건, 주작이 오늘 밤 이 산에 있는 게 확실한가?"

흑의인이 입을 벌려 뭐라고 대답했다. 아무 소리도 나지 않았는데도 동굴 속 중년 사내는 알아들었는지 낮게 웃으며 말했다.

"아주 좋아. 오랫동안 기다린 보람이 있군. 가서 원래 계획대로 해. 목소교를 죽이면 곽연도는 아무것도 아니지."

흑의인은 고개를 숙여 "네." 하고 대답하는가 싶더니, 눈 깜짝할 사이에 다시 그림자로 변해 도마뱀처럼 벽을 타고 수 척 높이까지 올라갔다.

그때, 동굴 감옥 안의 중년 사내가 갑자기 그를 불러 세웠다.

"잠깐."

흑의인이 고분고분하게 감옥 입구로 미끄러져 내려와 분부를 기다렸다. 그 폐병쟁이 중년 사내는 만두 한 조각을 떼어 의심스럽다는 듯 코끝에 대고 냄새를 맡더니 다시 부스러기를 떼어 입에 넣고 오물거렸다. 그렇게 독이 없다는 것을 반복해서 확인한 다음에야 한 입 베어 물었다. 먹는 모습도 지극히 엄숙했다. 미간을 살짝 찌푸린 표정이 뭔가 어려운 결정을 하는 것처럼 보였다.

겨우겨우 만두 한 조각을 넘긴 그가 나지막하게 말했다.

"방금 그 계집애를 보면 목숨을 한 번 살려 주어라. 안 보이면 그냥 둬. 다 그 계집의 운에 달린 거니까."

주비는 고요한 산골에 무슨 일이 벌어지고 있는지 전혀 알지 못한 채, 끈기를 발휘해 약 반 시진 동안 주변을 조심스레 살폈다. 마침내 잡역부 몇 명의 뒤를 밟아 주방의 위치를 파악했다. 이곳이 매우 위험하다는 것을 알고 나니 평범해 보이는 잡역부에 대해서도 방심할 수 없었다. 주비는 온 신경을 집중해 땅딸막한 요리사의 뒤를 쫓았다. 요리사는 밤에 출출했는지, 다른 사람 몰래 야식을 만들 심산으로 주변의 견습생과 다른 잡역부들을 모두 물러가게 한 후 혼자 주방으로 향했다.

주비는 눈길 한 번 돌리지 않고 그의 일거수일투족을 주시하며 무의식적으로 그의 걷는 박자까지 따라가다가, 뚱보 요리사가 주방의 문을 여는 순간 행동을 개시했다. 퍽 하는 소리와 함께 요리사는 비명도 지르지 못하고 그대로 고꾸라졌다. 그의 목에는 구멍이 하나 뚫려 있었다.

"……."

무시무시하고 사악한 놈들의 소굴이라면서?

방금 그 비실비실해 보이는 아저씨가 괜히 날 겁준 거 아냐?

제 5 장

주작주

주작주

실상은 주비가 이제 막 하산한 터라 자신의 수준을 잘 모르는 것이었다.

나이가 어렸기에 아무리 엄마 배 속에 있을 때부터 수련을 했다 한들 내공이 깊이 쌓였을 리 없었다. 따라서 오래 싸우면 불리해지는 것이 정상이었고, 상대방 머릿수가 많거나 수준이 비슷할 경우에는 끌려다닐 수밖에 없었다.

그런데 파설도는 이씨채의 선대 채주가 마흔 살 때 수정 보완한 것이다. 아직 노쇠하기 전, 경험과 내공이 지극히 풍부한 일생 최고조의 시기에 완성한 것이었기에 파설도는 지극히 강력하고 포학했다. 타고난 조건이 그리 좋지 않은 주비가 파설도 아홉 식의 절반 이상을 제대로 시전하지 못하는 것도 당연했다. 그러나 그렇다고 해서 주비가 수련을 게을리했다는 건 아니었다.

이성도 당시 마음이 불안정한 상태가 아니었다면 복면인 두 사람의 비열한 습격에 맥없이 끌려가지는 않았을 것이다.

무예를 익히는 것은 글공부와는 달랐다. 글공부를 하려면 먼저 선생에게 줄 사례비를 낼 수 있어야 했고 문방사우를 장만할 수 있어야 했다. 그런 것들이 없으면 최소한 어깨 동냥으로라도 글을 배울 수 있는 이웃이 있어야 했다. 비를 막을 수 있는 기와와 몸을 의탁할 자리도 필요했다. 지금 같은 세상에서는 그 정도만 할 수 있어도 이미 우월한 집안 출신이었다.

그런데 무예를 익히기 위해서는 좀 더 까다로운 조건이 필요했다. 입문할 수 있도록 인도해 주는 사부가 있어야 하기 때문이다. 가난한 집 자제들은 이해력이 뛰어나기만 하다면 문 앞에서 다른 사람의 글 읽는 소리만 듣고도 공부할 수 있었지만 무예를 배우는 사람은 '십팔반병기十八般兵器, 무술에서 사용되는 열여덟 가지 무기'를 다룰 줄 모른다 해도 최소한 알기는 해야 했다.

기문과 경락 같은 것은 반드시 입문할 때 손에서 손으로 가르쳐 주는 사람이 있어야 했다. 제대로 배우지 못했다가 하나라도 어긋나면 숨이 쉬어지지 않는 정도로 끝나지 않았다. 무공은 대개 스승이 말로 전수하고 몸으로 가르쳐 주는 식이라 한 글자도 종이에 남지 않았다. 백 가지 무술 중 어느 하나도 서책으로 남지 않았다.

그나마 문파의 일대종사 같은 인물이 책을 쓰기도 했지만, 이들은 어린 제자들의 수준을 고려하는 경우가 극히 드물어서 봐도 무슨 말인지 모르는 경우가 허다했다. 이삼 년 글공부를 해서 그나마 까막눈이 아니라고 자부하는 사람도 누군가 자세히 설명해 주지 않는다면 눈뜬장님이 되고 말았다.

세력이 큰 문파에서는 제자들을 아주 소중히 여겼다. 하지만 사실 대다수 문파에서 제자들은 입문 후 선배 제자들로부터 허술한 권법만 익힐 뿐, 평소에는 보통 잡역부와 별 차이 없었고 싸움을 할 때도 그저 뒷사람의 방패 노릇만 할 따름이었다.

상황이 이랬으니, 그 요리사가 주비의 심혈을 기울인 일격에 목이 뚫린 건 아주 정상이었다.

주비는 아무래도 자신이 괜한 사람을 죽인 것 같았지만 이렇게 된 이상 더는 시간을 지체할 수 없었다. 그녀는 일단 요리사의 시신을 주방으로 끌고 간 후, 등견 사형이 했던 방법을 따라 서툴지만 꼼꼼히 바닥에 남은 흔적을 없앴다. 그리고 몸을 돌려 주방의 빗장을 닫아걸었다. 물독의 물로 대충 손을 씻은 다음 남아 있는 만두 하나를 꺼내 우물거리며 주방을 바닥에서 천장까지 샅샅이 뒤졌다.

주비는 식사 배달을 위해 쌓여 있는 찬합을 발견했다. 그 옆에는 허리춤까지 오는 궤짝이 놓여 있었다.

찬합은 두 가지 색이 있었다. 하나는 붉은색으로 뚜껑에 '적赤'이라고 새겨져 있었고, 다른 하나는 검정색으로 뚜껑에 '현玄'이라고 새겨져 있었다. 간수용과 죄수용으로 구분해 놓은 것 같았다. 궤짝 안에는 용도를 알 수 없는 약병들이 수두룩하게 들어 있었다. 주비는 약병에 대해서는 하나도 모르는 데다 괜히 이것저것 냄새를 맡아 볼 수도 없어서 아예 식탁보를 쭉 찢어 그 안에 몽땅 쏟아 놓고 양쪽을 묶어 자루처럼 둘러멨다.

그런 다음 혹시 뭔가 놓친 것이 없는지 그 자리에 서서 잠시 생각에 잠겼다.

바로 그때, 바깥에서 시끌벅적한 소리가 들려왔다. 귀청이 찢어질 것만 같은 말 울음소리가 여기저기서 들려왔다. 주비는 깜짝 놀라 창문을 살짝 열고 밖을 살펴보았다. 멀지 않은 곳에 있는 마구간에서 불길이 솟고 있었다. 누가 불을 지르고 말을 풀어 놓았는지, 주비가 잠시 보류했던 계획이 완벽하게 실행되고 있었다.

이어 서로 치고받는 소리가 들려왔다. 수많은 검은 그림자가 사방에서 내려오더니 산골짜기 전체가 삽시간에 뒤집어졌다. 주비는 자신의 속마음을 알아준 그 이름 모를 '지기'가 대체 누구인지 궁금했지만, 사윤이 '조만간에 큰일이 벌어질 것 같다'고 했던 말과 얼른 이곳을 떠나라는 경고를 떠올리곤 직감적으로 그 '지기'가 사람을 구하러 온 것이 아니라는 생각이 들었다. 주비는 얼른 약병 보따리를 챙겨 장도를 뽑아 들고 사람들 반대 방향으로 뛰쳐나갔다.

바깥은 혼란스럽기 그지없었다. 흑의인들과 산골짜기 보초들이 한데 뒤엉켜 너 죽고 나 죽자 하며 싸우고 있었다. 주비가 막 달려가고 있는데 맞은편에서 보초 몇 명이 다가왔다. 순간 장도를 쥔 손에 힘이 들어가며 적을 상대하려던 찰나, 보초들은 갈팡질팡하다가 주비가 검은 옷차림이 아니란 걸 보고는 본체만체하며 그냥 스쳐 지나가 버렸다!

"……."

주비가 기쁨의 쾌재를 부르기도 전에, 맨 앞에서 보초들을 이끌던 대장이 그제야 뭔가 이상하다는 걸 느꼈는지 고개를 홱 돌려 주비를 쳐다보았다. "으아!" 그가 소리쳤다.

"넌 또 누구……."

말이 채 끝나기도 전에 주비가 선제공격을 퍼부었다. 방금 만두를 먹어서 배도 찼겠다, 손에 든 장도가 혀를 날름거리는 뱀처럼 날렵하게 움직였다. 순식간에 세 명이 비명과 함께 쓰러졌다.

주비의 장도가 대장을 향해 곧장 돌진했다. 대장은 포효하며 시퍼런 빛이 일렁이는 두 손바닥으로 장도를 직접 받아 냈다. 주비는 위쪽으로 몸을 솟구치면서 베는 시늉을 하더니, 대장의 머리 위를 뛰어넘어 커다란 나무 위로 올라갔다. 그리고 다시 살짝 도움닫기를 해 눈 깜짝할 사이에 두 장 밖으로 달아났다. 대장이 추격 명령을 내리려는데 등 뒤에서 갑자기 차갑게 칼날 부딪치는 소리가 들렸다. 흑의인 몇 명이 언제 따라왔는지 바로 뒤에 서 있었다.

일 년 내내 칠흑같이 어두운 세묵강에서 견기와 싸워 온 주비였다. 눈으로 주위를 살피고 팔방에 귀를 기울이는 능력이 이미 수준급에 달한지라 멀리서 흑의인들이 다가오는 것을 보고 즉시 그 자리를 벗어났던 것이다.

이때, 지하 동굴 감옥에 있는 사윤은 비몽사몽간에 심신을 회복하고 있었다. 그러다 바깥에서 치고받는 소리가 점점 거세지자 드디어 눈을 떴다. 바깥 상황이 어떤지 볼 수는 없었지만 소리만 듣고도 대강 짐작할 수 있었다. 그는 차가운 석벽을 붙잡고 몸을 일으켰다. 다리에 힘이 잘 들어가지 않았다. 그는 구멍 뚫린 벽 옆으로 천천히 걸어가 벽에 몸을 옆으로 기대고 맞은편 백골을 향해 나지막이 말했다.

"경국지색은 낡은 옷과 나뭇가지로 만든 비녀로도 숨겨지지 않고, 야심은 재계와 염불로도 감춰지지 않는 법이라죠. 그런데도 어째서 어떤 사람들은 자신이 세상을 속일 수 있다고 생각하는 걸까요? 곽연도는 정말 멍청이예요. 그렇죠?"

백골 형님은 묵묵부답이었다. 사윤은 고개를 절레절레 흔들며 웃다가 뭔가가 떠올랐는지 얼굴에 걱정스런 기색이 스쳤다.

"생각했던 것보다 훨씬 빨리 일이 벌어졌어요. 그 여자애도 날을 잘 잡았군요. 무사히 도망쳤겠죠?"

사윤이 감옥에 갇힌 몸으로 한가하게 다른 사람을 걱정하고 있을 때, 벽 너머 석실에서 갑자기 뭔가 후드득하는 소리가 들리더니 위에서 모래자갈이 떨어져 내렸다. 떨어진 돌멩이가 튀어 오르며 백골의 머리통을 쳤고, 이미 영혼의 고향으로 돌아간 백골 형님은 고개가 기울어진다 싶더니 두개골이 아예 바닥에 떨어지고 말았다.

"아이고!"

사윤은 데굴데굴 굴러간 두개골을 가슴 아프다는 듯 바라보았다.

"형님, 참으로 송구스럽습니다. 대체 누가 이렇게 거칠게 내려오는 걸까요?"

다음 순간, 사람 그림자 하나가 그 비좁은 틈새 속에서 튀어나왔다. 그는 온몸에서 탄 냄새를 풍기며 사윤 앞으로 다가오더니 속사포처럼 말을 내뱉었다.

"전 뭐가 뭔지 모르겠어요. 어떤 게 해독제인지 좀 봐 봐요!"

사윤은 갔다가 다시 돌아온 주비를 보고 안색이 싹 바뀌었다. 주비의 손에는 칼이 달랑 쥐어져 있었고 칼집은 어디로 갔는지 보이지 않았다. 분명 누군가와 한판 붙었을 거고, 어쩌면 오는 길 내내 사람들을 베면서 왔을지도 모른다. 사윤의 얼굴에 미소가 사라지더니 매서운 기색이 어렸다.

"내가 가라고 했잖아. 왜 또 돌아온 거야!"

어렸을 때부터 이근용의 사나운 모습을 보며 자란 주비가 그의 이런 부드럽게 '매서운' 기색을 신경 쓸 리 없었다.

"지금 밖이 완전 뒤죽박죽이라고요. 쓸데없는 소리 말고, 얼른 봐 봐요."

사윤은 주비의 호통에 말문이 막혔다. 하지만 상황이 이렇게 된 이상 여러 말 해 봐야 좋을 것도 없었다. 그는 주비가 작은 구멍으로 건네준 작은 병들을 하나하나 살펴보았다.

"피서단避暑丹, 열사병약, 천장穿腸散, 변비약, 금창약분金瘡藥紛, 상처약, 그리고 이건 뭐야, 학정홍鶴頂紅, 독약도 있네? 이건 뭐지? 춘…… 쯧, 대체 어딜 털어 왔길래 이딴 것까지 있어?"

주비가 영문을 몰라 반문했다.

"춘? 그게 뭔데요?"

"뭐긴 뭐야, 춘병 찍어 먹는 거지……. 모르면 가만히 있어."

사윤은 아무렇게나 둘러대며 골치 아프다는 듯 주비를 흘겨보았다. 다음 병을 받아 든 그는 먼저 냄새를 맡아 보더니 '음' 하며 살짝 찍어 맛을 보았다. 연한 약초 맛이 났다. 그런데 잠시 후, 약초 맛이 갑자기 혀끝에서 난동을 부리기 시작했다. 산을 무너뜨리고 바다를 뒤엎을 것 같은 엄청난 매운맛이 혀끝을 통해 순식간에 목구멍을 지나 온몸을 향해 뻗어 나갔다.

사윤은 방심했다가 눈물이 찔끔할 정도로 기침을 해 댔다. 매운맛은 마치 거대한 파도처럼 그의 뼈 마디마디를 휘감고 있던 온유산을 싹 휩쓸어 갔다. 파도의 날카로운 강타에 정신이 번쩍 들면서 오랫동안 사라졌던 힘이 서서히 몸 안에 돌기 시작했다. 사윤은 고통에 몸부림치면서도 손을 들어 쉰 소리로 말했다.

"이…… 이거야."

주비의 눈이 반짝였다.

"이게 해독제예요? 한 번에 몇 숟가락이나 먹어야 돼요?"

너무 매워서 죽다 살아난 사윤은 주비의 천진난만한 말에 하마터면 무릎을 꿇고 애원할 뻔했다.

"아니 아니, 코 밑이나 혀끝에 살짝만 바르면 돼. 숟가락으로 먹였다간 사람이 죽어 나갈 거라고. 밖은 대체 무슨 상황이야?"

주비는 갑자기 등장한 흑의인에 대해 간단히 설명했다. 사윤은 표정이 점점 심각해졌다.

"큰일이네. 넌 저쪽으로 올라가서 날 따라와."

그는 기합을 모아 식사가 배달될 때 내려왔던 밧줄을 타고 몸을 솟구쳤다. 몸의 혈맥이 아직 완전히 뚫리지는 않았지만 움직이지 못할 정도는 아니었다. 그는 머리카락을 고정하고 있던 비녀를 뽑았다.

그 비녀는 금도, 옥도, 나무도, 뼈도 아닌 현철玄鐵이었다. 끝이 아주 날카로운 것이 보통 남자들이 하는 것과는 크게 달랐다. 무슨 나쁜 짓을 할 때 쓰는 용도인지는 모르겠지만 틀어 올린 머리를 민첩하게 풀어 헤쳤다.

주비도 더 이상 지체할 수 없어 얼른 백골의 두개골을 원래 자리에 끼워 놓았다.

그 시각, 산골짜기는 이미 불바다로 변해 있었다.

사윤은 해독제가 들어 있는 약병을 깨뜨려 손에 고약을 묻힌 다음, 지나가는 동굴 감옥 입구마다 발랐다. 청결하고 아니고를 따질 상황이 아니었다.

주비가 얼른 그를 뒤따르며 감옥 문에 걸린 자물쇠를 쳐서 푸는 동시에, 각양각색의 자세로 감옥 문을 핥는 영웅호걸들로부터 최대한 시선을 멀리 두었다. 매운맛의 충격에 고통스럽게 비명을 지르며 뒹구는 등, 난리도 그런 난리가 없었다.

속을 알 수 없는 음험한 살인마들이 득시글거리는 산속에서 오직 그들 둘만이 사람들을 구조하고 있었다.

사윤은 누구에게서 경공을 배웠는지, 보면서도 믿기지 않는 수준이었다. 뼛속부터 공기를 채워 넣은 걸까, 전혀 힘들이지 않고 나는 듯이 공중을 달리는 그의 모습은 마치 바람에 날아가는 얇은 종이 같았다.

주비는 가뜩이나 쫓아가기도 힘든데 장도를 휘두르며 가다 보니 숨이 턱까지 차올랐다. 가장 죽을 맛인 건, 감옥을 한 바퀴 돌면서 자물쇠를 부쉈는데도 이성을 찾지 못했다는 것이다.

마음이 약간 다급해졌다. 어디선가 들었던, 사람 가죽을 벗기고 살을 파먹는 무리들에 관한 괴담이 떠올랐다. 피부가 부드럽고 곱상하게 생긴 이성을, 주작주가 맘에 든다고 납치해서 양탄자로 만들어 버리면 어떡하지?

언젠가 사십팔채에 사나운 곰이 들어온 적 있었다. 꿩을 잡겠다고 산에 올라간 어린 사형이 곰에게 다칠 뻔하자 산채 어른이 하루 밤낮을 쫓은 끝에 곰을 때려잡고는 가죽을 벗겨 양탄자로 만들겠다고 끌고 왔었다.

당시 주비는 아주 어렸다. 기억나는 거라고는 한쪽으로 축 늘어진 곰의 머리였다. 죽어서도 눈을 감지 못한, 음울한 기운이 감돌고 있었다. 다음 생에 다시 태어나면 반드시 복수하겠다고 이를 가는 것처럼 보였다. 야생 원숭이처럼 날뛰는 주비의 몇 안 되는 음울한 기억이었다.

머릿속에서 그때의 곰의 몸에 이성의 머리가 합쳐지면서 주비는 저도 모르게 몸서리를 쳤다.

밀려오는 압박감 때문에 한창 이상한 생각에 빠져 있을 즈음, 앞에 가던 사윤이 갑자기 발걸음을 멈췄다.

"아니 왜……."

사윤이 손가락을 입에 갖다 댔다.

"쉿-."

사윤의 표정이 너무나 엄숙했기에 주비는 저도 모르게 숨을 죽였다. 시끌벅적한 골짜기에서 비파 소리가 서서히 흘러나왔다. 그 소리는 처음에는 가냘프게 이어지다가 갈수록 또렷해지더니, 마치 귓가에 대고 연주하는 것처럼 모든 잡음과 아우성을 압도했다. 격정적이기는커녕, 처량하고 애절한 곡조였다. 은은하면서도 구성지게 끊어질 듯 말 듯 계속해서 이어졌다.

"곡장哭妝이군."

사윤이 조그맣게 속삭였다.

주비가 의아한 듯 반문했다.

"네?"

"노래 가사야. 어떤 미인이 나이도 들기 전에 총애를 잃었대. 홀로 촛불 아래에서 울며 박복한 신세를 한탄했지. 연지가 번져 화장이 엉망이 된 채로 세월을 애통해하면서……."

머릿속이 온통 사람 가죽 양탄자로 꽉 찬 주비의 귓가에 그런 사랑 타령이 들어올 리 없었다. 짜증이 난 주비가 버럭 소리를 질렀다.

"뭐예요? 완전 엉망진창이네!"

사윤이 손을 뻗어 그녀를 제지하며 엄숙하게 말했다.

"물러서. 누가 온다."

말이 끝나기도 전에 저 멀리 산꼭대기에 별안간 사람 그림자가 나타났다. 주비는 야간 시력이 굉장히 좋아서 그림자의 주인공이 어깨가 넓고 허리가 가느다란 남자라는 것을 알 수 있었다. 손에는 비파가 들려 있었고 머리는 산발로 풀어 헤쳐졌으며 옷자락이 나풀거렸다. 언제라도 밤바람을 타고 날아갈 것만 같았다. 흐느끼는 듯한 비파 소리가 갑자기 멈췄다. 그 사람은 비파를 들고 서서 산 밑을 힐끗 보고는, 길게 뻗은 산등성이를 따라 눈 깜짝할 사이에 미끄러지듯 내려왔다.

그 사람은 걸음걸이가 특이했다. 보폭이 아주 작고 상상을 초월할 정도로 가벼웠다. 게다가 속도도 어찌나 빠른지, 행운유수처럼 순식간에 산골짜기로 내려앉았다. 그의 등장에, 서로 도끼눈을 치켜뜨고 싸우던 두 무리가 겁에 질린 표정으로 물러났다.

그는 살짝 고개를 숙이고 옷섶을 여미며 여인처럼 인사했다. 그런 다음 가볍게 탄식을 했는데, 보통 사람이라면 탄식이 아무리 길어도 숨결이 허벅지까지 닿는 것이 고작일 것을 그는 마치 노래를 뽑아내듯 한참 동안 여운이 울려 퍼졌다. 주비도 엉겁결에 따라서 숨을 내쉬어 보았다. 그의 탄식 뒤에는 뭔가 기다란 곡조가 따라올 것 같았다.

하지만 그는 노래를 흥얼거리는 대신, 작은 소리로 말했다.

"가문에 닥친 불행으로 수하의 정예 군사가 모두 활인사인산에 쓰러져, 곁에 남은 건 이런 쓰레기들뿐이군요. 심 선생께서 친히 왕림하시는데 미리 말씀해 주지 않으셔서 마중을 못 나갔습니다."

주비는 눈을 비비고 다시 그를 바라보았다. 비파를 든 사람은 분명 훤칠한 남자였는데, 말하는 것을 들어 보니 또 영락없는 여자였다.

사윤이 미간을 찌푸렸다.

"심 선생?"

이때, 산허리에서 쿠르릉 하는 소리가 나더니 한 동굴 감옥의 문이 저절로 열렸다. 주비는 놀라서 눈을 휘둥그렇게 떴다. 가장 안쪽의 감옥에 갇힌 사람은 아까 그 겁주기 좋아하던 선배님인데!

병색이 완연한 모습의 중년 사내가 안에서 천천히 걸어 나왔다. 양손을 뒷짐 지고 약간 구부정하게 몸을 굽히니 아까보다 훨씬 기력이 없어 보였다. 그는 비파를 든 사람을 위에서 아래로 내려다보며 기침을 두어 번 했다.

"불청객이 폐를 끼치는군. 주작주, 그간 별고 없으셨나?"

주비는 저도 모르게 발돋움을 했다. 맨손으로 산 사람의 심장을 꺼냈다는 전설의 요괴가 대체 어떻게 생겨 먹었는지 보고 싶었다.

산골짜기에 등불이 환하게 켜졌다. 그 '전설의 요괴'는 푸른 얼굴에 송곳니가 길게 자란 무시무시한 모습이 아니라 오히려 약간 수척한 인상이었다. 불빛에 비친 옆모습은 매우 수려했고 피부가 눈처럼 희었다. 남자인지 여자인지 분간할 수 없는 외모에, 유독 얇은 입술은 연지를 몇 겹이나 발랐는지 검붉었다. 흡사 〈초사楚辭〉에 묘사된 대나무 숲 깊은 곳에 산다는 산귀신의 형상이었다.

주작주는 손으로 귀밑머리를 매만지며 가만가만 말했다.

"저는 보잘것없는 유파의 일개 하찮은 인물일 따름입니다. 태어날 때부터 팔자가 사나워 강호를 떠돌며 근근이 살고 있지요. 심 선생님과는 옛날이나 지금이나 아무런 원한도 없는데, 볼일이 있으시다면 분부만 내리시지, 어찌 이리 큰 소동을 벌이신 겁니까?"

심 선생이 그 말을 듣고 착 가라앉은 목소리로 말했다.

"확실히 부탁할 일이 하나 있네."

주작주가 손끝으로 비파 현을 살짝 튕겼다.

"공손히 듣겠습니다."

심 선생이 말했다.

"주작주께서 스스로 경맥을 끊고 왼손만 남겨 둘 수 있겠소?"

주비는 어이가 없었다.

저 비실거리는 아저씨가 맞고 싶어 환장했나?

사윤이 옆에서 속삭였다.

"활인사인산의 주작주, 이름은 목소교라고 해. 장법으로는 강호 최고지. 제자리에서 산 너머의 소를 격타할 수 있다는 '격산타우' 장법을 구사해. 비유가 아니라, 진짜로 산을 투과한다니까. 주작주는 왼손잡이야. 왼손으로 시전하는 '구혼조'는 가히 무견불최라서 바위도 두부 쥐듯 으스러뜨릴 수 있어. 손가락 끝에는 독이 발라져 있어서 공격을 받으면 단시간에 전신이 마비되고 피를 흘리며 죽게 되지. 아주 음험한 놈이야. 잘 봐 둬. 좀처럼 만나기 힘든 악명 높은 대마두大魔頭니까. 한 번 보면 삼 년 동안 운수대통할 거야. 단, 여기서 살아 나간다면 말이지."

동굴 감옥의 죄수들과 온 산을 뛰어다니던 보초들, 그리고 그 신비로운 심 선생이 데려온 흑의인 모두 쥐 죽은 듯 조용해졌다. 뛰어다니던 사람도, 서로 싸우던 사람도 모두 동작을 멈추고 목소교의 대답만 숨죽이고 기다렸다.

"심 선생님은 참으로 곤란한 일을 강요하시는군요."

목소교는 한참을 잠자코 있다가 화난 기색도 없이 예의 바르게 말했다.

"휴, 피할 수 없다고 하신다면 저도 한 수 가르침을 청할 수밖에요."

사윤이 다급하게 말했다.

"귀를 막아!"

사윤은 처음부터 신성한 후광을 가지고 태어난 사람인 것만 같았다. 주비는 오늘 하루 동안 사윤에게 무한한 신뢰감이 들었다. 주비는 재빨리 사윤의 지시대로 귀를 막았다. 하지만 사람의 손으로는 빈틈없이 막기란 불가능했다. 주비의 동작이 제아무리 빨라도 가느다란 비파 소리가 귓속으로 파고드는 것을 막을 수 없었다.

그 순간 주비는 어마어마하게 큰 바위가 가슴을 짓누르는 것 같은 통증을 느꼈다. 오장육부가 부르르 떨리며 어지럽고 구역질이 났다.

하지만 다른 사람들은 주비처럼 운이 좋지 못했다. 주작주의 비파 소리가 적군과 아군을 가리지 않고 덮치자, 그를 중심으로 몇 장 범위 안에 있던 사람들이 순식간에 우수수 쓰러졌다. 멀리 떨어진 사람들도 영향을 피할 수 없었다. 이제 막 온유산을 해독한 사람들은 손발이 아직 저릿저릿한 상태에서 날벼락을 맞는 바람에 내상을 입고 피를 토하기도 했다.

산허리에 서 있던 '심 선생'이라는 자는 아무렇지도 않게 몸을 훌쩍 날려 뛰어내렸다. 서 있을 때는 축 처져서 금방이라도 쓰러질 것 같았으나 뛰어내리는 모습은 흡사 토끼를 사냥하는 독수리처럼 기세가 대단했다. 그는 주작주의 정수리를 향해 태산이 짓누르듯 일격을 날렸다. 주작주는 입가에 미소를 띠며 다섯 손가락을 갈고리처럼 뻗어 단숨에 심 선생의 손목을 낚아챘다. 지면의 바위들은 두 고수의 충돌하는 힘을 이기지 못하고 삽시간에 산산이 부서졌다.

이것이 바로 '구혼조勾魂爪'였다. 그런데 주작주는 "으음?" 하며 안색이 살짝 변하는가 싶더니 몸을 돌려 수 장 밖으로 벗어났다. 그가 손에 쥔 것은…… 손목째로 빠져나온 심 선생의 손이었다!

그 손은 부자연스럽게 쫙 펴져 있었고 절단면에는 피가 한 방울도 묻어 있지 않았다. 폐병환자 같은 중년 사내는 차갑게 가라앉은 얼굴로 그 자리에 서 있었다. 바람이 불지도 않는데도 소매가 펄럭이며 왼손의 빈자리를 감쌌다.

주비는 자신이 이제껏 각 문파의 공법을 많이 봐 왔다고 생각했지만, 지금처럼 의수를 이용해 장법을 쓰는 광경은 처음이었다. 주비는 가슴의 통증도 잊고 눈앞에서 절정의 고수들이 맞붙는 광경을 뚫어져라 쳐다보았다.

두 사람은 순식간에 백여 합을 겨루었다. 주작주 목소교는 외모는 가냘파도 독사같이 매서운 공격을 퍼부었다. 심 선생은 상대적으로 기술이 화려하지 않았다. 얼핏 보면 고요함으로 움직임을 제압하고 힘으로 기교를 제압하는 것 같았지만, 보법에 별도의 현기가 실려 있었다. 봐도 뭔지 알 수가 없어 일단 머릿속에 기억해 두었다.

사윤이 갑자기 사색이 되어 외쳤다.

"기보…… 심천추?"

주비가 눈도 깜짝하지 않고 되물었다.

"그게 누군데요?"

"바보야, 지금은 구경할 때가 아냐!"

사윤은 손을 들어 주비의 뒤통수를 쳤다.

"북두의 심천추를 모른단 말야? '탐랑'이라고도 불리는 사람이야. 그가 직접 왔으니, 이 자리에 있는 모든 사람을 죽여서 입을 막으려고 할 게 분명해. 목소교에게 붙들려 있는 틈을 타서 어서 도망쳐야 한다고!"

주비는 정신이 번쩍 들었다. 그런데 입으로는 도망치라던 사윤이 자기는 아까 동굴 입구에 발랐던 고약을 들고 동굴 감옥으로 달려가는 것이 아닌가. 주비는 생각도 하지 않고 그 뒤를 따랐다.

"나도 갈래요."

"따라와서 뭐 하게? 고약이 내 손에 있으니 영 찜찜하잖아. 안 그랬으면 벌써 도망쳤을 거라고. 너 바보야?"

사윤은 발걸음을 멈추지도 않고 퉁명스럽게 말했다. 하지만 주비에게는 소귀에 경 읽기라는 것을 깨닫고는 아예 강경하게 나갔다.

"자꾸 따라올 거면 네가 고약을 가지고 가서 그 성가신 놈들을 해독시키도록 해. 난 이만 갈 테니까."

"네."

주비가 손을 내밀었다.

"저 주세요."

"……."

주비는 사십팔채에 있을 때부터 독자적으로 행동해 왔기 때문에 자기주장이 상당히 강했다.

"어쨌든 전 오라버니를 찾아야 해요. 오라버니 혼자 두고 저 혼자 도망쳤다가 나중에 어머니한테 뭐라고 보고하겠어요?"

사윤은 황당했다.

"친어머니 맞아? 네 목숨이 중요하지 보고가 더 중요해?"

주비는 망설임 없이 대답했다.

"보고가 중요하죠."

사윤은 신기하다는 눈빛으로 주비를 바라보았다. 주비는 그가 또 새로운 이유를 들어 자기를 만류하려나 싶었는데, 돌아오는 대답은 뜻밖이었다.

"맞아, 확실히 보고하는 게 중요하지. 하찮은 내 목숨이 다른 사람보다 귀한 건 아니니까. 기왕 이렇게 된 거, 가자. 저기 갇혀 있는 운 나쁜 사람들을 풀어 주자고. 사느냐 죽느냐는 하늘에 맡기고. 어쨌거나 이렇게 하면 양심의 가책은 없을 테니까."

사윤은 한번 말을 늘어놓기 시작하면 끝도 없이 주절거렸다. 그나마 이번에는 좀 맞는 말을 하는 것 같아 마음이 누그러지려는 찰나, 사윤이 태연하게 한마디 덧붙였다.

"칠 척 장신에 다리 길이만 오 척 반인 나 같은 절세미남도 절반의 지기를 만나다니, 참으로 기쁜 일이야!"

너무나도 독특한 자기소개였다. 그의 묘사만 듣자니 사마귀 같은 체형이 연상되었다.

"……."

주비는 잠시 뜸을 들이다 눈앞에서 뻔뻔스럽게 큰소리치는 '인간 사마귀'를 향해 말했다.

"그런데 왜 내가 절반의 지기예요?"

'인간 사마귀'는 한 동굴 감옥 문 앞에 해독제를 바르며 안에 갇힌 사람에게 얼른 도망가라고 당부하곤 고개를 돌려 주비의 머리를 가리키며 정색했다.

"넌 키가 오 척도 안 되는 것 같으니까."

말을 마치자마자 그는 발밑에 날개라도 달린 듯 훌쩍 뛰어오르며 주비가 휘두른 분노의 일격을 껄껄 웃으며 피했다.

오랫동안 알고 지내도 늘 낯선 사람이 있는가 하면, 이제 막 통성명을 나누었는데도 오래전부터 알고 지낸 것 같은 사람이 있다. 사윤이 너무 붙임성 좋게 다가와서 그런지, 원래 활발하거나 장난을 좋아하지 않는 주비도 어느새 사윤과 스스럼없이 친해졌다. 고작 두 번째 만남이었는데도 삼 년 내내 알고 지낸 사이 같았다.

사윤은 온유산이 말에게 쓰이는 약이라고 했으나 맘대로 꾸며 낸 얘기인지는 확실치 않았다. 어쨌거나 사람에게 미치는 효과는 그리 강하지 않았는지, 해독제를 먹은 사람들은 공력이 회복되진 않았어도 벌떡 일어날 수는 있었다.

강호 사람들은 우악스러운 편이라 일어설 수만 있으면 달리고 뛰는 데 문제가 없었다. 대부분은 일찌감치 위험을 감지했는지 감옥에서 나오자마자 주비와 사윤에게 감사 인사를 하고는 곧바로 튀어 버렸다. 다만 오래 갇혀 있었는데도 상황 파악이 안 되었거나, 친구가 다른 감옥에 갇혀 있는 소수의 사람들만이 돕겠다고 나서서 점차 무리가 이루어지기 시작했다.

산골짜기의 보초들도 정신을 차리고 제각각 눈에 불을 켜고 따라붙었다. 심천추가 데려온 흑의인들도 뒤를 바짝 따라오자 세 무리는 금세 뒤엉켜 아수라장이 되었다. 사윤은 뒤를 돌아봤다가 귀찮은 무리들이 따라붙은 것을 보고 어이가 없어 몇 마디 당부하려고 했다. 그때 산골짜기 보초 한 명이 쥐도 새도 모르게 그의 뒤에 불쑥 모습을 드러냈다. 옆의 감옥에 갇혀 있던 늙은 도사가 마침 그 모습을 보고 다급히 외쳤다.

"조심해!"

사윤이 채 반응하기도 전에 옆에서 모래 한 줌이 날아오더니 습격자의 눈동자에 정확히 명중했다. 그 틈에 사윤은 날아오는 검을 아슬아슬하게 피할 수 있었다.

"날 죽일 거면 습격까진 필요 없잖아? 이거 너무한 거 아냐?"

습격자는 얼굴을 한번 쓸고는 다시 사윤을 쫓으려 몸을 솟구쳤다가, 뒤따라온 주비가 겨눈 칼에 막히고 말았다. 가까스로 위기를 넘긴 사윤이 옆에서 까불었다.

"좋은 바람에, 좋은 모래에, 좋은 칼이군!"

주비는 어깨를 으쓱하곤 전광석화처럼 장도를 휘둘렀다. 그 보초는 활인사인산의 정식 제자로, 한칼에 목을 관통당한 뚱보 요리사와는 수준이 달랐다. 두 사람은 숨 몇 번 내쉴 동안 수 초를 겨루었다. 주비는 상대방이 진흙처럼 느껴졌다. 한 번 붙으면 떼어 내기가 쉽지 않고, 합을 겨룰 때마다 찐득찐득 달라붙었다. 장도는 무엇인가에 엉켜 있는 것처럼 유난히 힘이 들어가지 않았다.

이때, 방금 옆에서 경고해 주었던 늙은 도사가 다시 입을 열었다.

"꼬마 아가씨, 칼로 아무리 물을 베어도 물은 그냥 흐를 뿐이라오. 조급해하지 말게."

사윤이 옆에서 깨달음의 탄식을 내뱉었다.

"아, 저건 양쪽 손으로 번갈아 가면서 검을 잡는 '낙화유수검'이었군요?"

늙은 도사는 걸레처럼 지저분한 도포를 걸치고 닭털로 만든 먼지떨이처럼 생긴 불진을 들고 있었다. 초라한 몰골이 지금 그대로 개방 문하에 들어가도 손색없을 것처럼 보였다. 그는 방금 사윤의 혼비백산한 모습을 보지 못했는지 칭찬을 건넸다.

"그래, 이 공자님은 좀 아는 것 같군. 아가씨, 십팔반무예는 도안에서 하나가 된다오. 그것은 발산이 아니라 수렴이며, 추호의 오차도 없어야 적을 쓰러뜨릴 수 있지. 그렇지 않으면 아무리 힘과 지략으로 밀고 나가도 옆길로 빠지게 되고, 형식적으로만 보일 뿐이라네."

주비는 흠칫 놀랐다. 자신이 며칠 동안 고심했던 문제의 해답이 그 한마디에 들어 있었다. 어노인에게서 파설도의 초식 절반을 보고 그것을 다른 무공에 적용했고, 그것으로 비록 정통 파설도는 아니라도 이근용을 감동시켜 직접 파설도를 전수받았다. 그 후로 계속해서 머릿속으로 이근용의 파설도 아홉 식을 따라 했었다. 하지만 파설도의 가히 절정이라고 할 수 있는 매서운 기운에 기가 눌려 오히려 손과 발을 제약했고, 자꾸만 호랑이를 그리려는데 개가 그려지는 느낌이었다.

늙은 도사의 조언에 머릿속이 순간 맑아진 주비는 손에 쥔 장도로 초식을 변형했다. 칼날을 아주 낮게 누른 채 아래에서 위로 뛰어오르며 습격자의 양손 사이를 파고들었다. 습격자는 양손의 교체가 주특기였는데 주비가 이렇게 훼방을 놓자 순간 멈칫하며 뒤로 물러남과 동시에 가슴이 싸늘해지는 것을 느꼈다.

사윤이 머리를 흔들며 평가했다.

"도법은 아직 미숙해도 대범하고 시원시원한 것이 패기가 있네."

주비가 소매로 턱에 튄 핏자국을 닦았다. 하지만 고민이 해결되었다는 쾌감을 채 누리기도 전에 점점 더 많은 사람들이 그녀를 에워싸기 시작했다. 주비는 칼등으로 사윤을 쿡 찔렀다.

"도망치는 것밖에 할 줄 모르잖아요. 쓸데없는 말 말고 어서 피해요."

주비는 재빨리 사윤을 밀어내고 칼로 늙은 도사의 감옥 문 자물쇠를 쳐서 부러뜨렸다.

"도사님의 가르침에 감사드립니다."

늙은 도사가 수염을 쓰다듬으며 자상한 미소를 지었다. 주비는 그와 몇 마디 더 나누고 싶었지만 별안간 옆의 감옥에서 누군가의 놀란 외침이 들렸다.

"혹시 주비 아니니?"

주비가 깜짝 놀라 고개를 돌려 보니, 어떤 '야만인' 하나가 감옥 문에 매달려 자신을 부르고 있었다.

그 야만인은 덥수룩하게 자란 머리카락을 젖혀 친어머니도 못 알아볼 정도로 변한 얼굴을 드러내 보였다.

"아이고, 나야 나! 신비 사형도 못 알아보는 거야? 여긴 어쩐 일이야? 어떻게 혼자서 여기까지 왔어? 누구랑 온 거야? 네 어머니는 아셔?"

이 사람이 바로 장신비, 왕 부인의 실종된 아들이었다! 이성의 종적을 쫓아 여기까지 왔는데 이성은 그림자도 보이지 않고, 소식이 끊겼던 소상파 사형을 먼저 찾게 되다니.

장신비가 강호를 누빌 때 주비는 산채에서 이제 막 기마자세를 배우는 꼬맹이였기에 그는 주비를 여전히 아이처럼 대했다. 주비는 한꺼번에 쏟아지는 질문에 뭘 먼저 대답해야 할지 몰라 일단 궁금한 것을 먼저 물었다.

"어쩌다 이런 곳에 갇히신 거예요?"

"휴, 말도 마라."

장신비는 힘겹게 해독제를 핥은 후 고통에 잠시 말을 잇지 못하고 옆에 있는 동굴 감옥을 손가락으로 가리켰다. 주비는 감옥 자물쇠를 끊고 그가 가리키는 방향을 따라 내려갔다. 거기에는 사십팔채의 실종된 사람들이 모두 모여 있었다.

그들 일행은 동정을 지나는 길에 곽가보에서 연회가 열린다는 소식을 들었다. 원래는 인사를 하러 갈까도 했으나, 호송 임무 중에 사람 많은 곳에 갔다가 혹시라도 귀한 손님께 실례를 범할 수도 있겠다 싶었다. 매사에 꼼꼼한 장신비는 그래도 곽가보에 인사를 하기 위해 사람을 보냈다. 그런데 인사를 하러 간 사람은 곽가보에 도착하기도 전에 어디론가 붙잡혀 갔고, 그들 일행도 습격을 받아 동굴 감옥에 갇히고 말았다. 아직까지 이유도 모른 채 말이다!

안쪽 감옥에는 세 사람이 갇혀 있었다. 병색이 완연한 부인과 어린애 하나, 그리고 주비와 비슷한 또래의 여자아이였다. 장신비 일행이 천릿길을 마다 않고 종남산에서 모셔 온 오 장군의 가족임이 분명했다.

평소 대문은커녕 중문 밖도 나가지 않는 부인과 아가씨는 산골짜기에 울려 퍼지는 싸움 소리에 깜짝 놀라 이미 넋이 나간 상태였다. 그 와중에 갑자기 남루한 옷차림의 남자들이 감옥 안으로 뛰어들어오니 구하러 오는 사람인지 해코지하러 오는 사람인지 구분도 되지 않았다. 여자아이는 놀라서 꺄악 소리를 질렀고 초췌한 부인은 얼른 딸을 몸 뒤로 숨겼다.

사윤은 발걸음을 멈추었다. 그는 다른 감옥에 하듯 문에다 해독제를 바르는 대신, 애써 침착하려는 부인을 향해 아주 군자답게 정중히 인사하며 말했다.

"부인, 이곳은 위험하니 최대한 빨리 떠나십시오. 온유산의 해독제는 맛이 고약하니 잠시만 참아 주시기 바랍니다."

오 부인은 창백한 얼굴로 힘겹게 답례했다.

"황송합니다. 수고가 많으시네요."

사윤은 주비가 폭력적으로 자물쇠를 부수기 전에 재빨리 자물쇠를 비틀어 열며 주비에게 말했다.

"깨끗한 손수건 있어?"

주비는 몸을 뒤적이다가 손수건을 발견했다. 왕 부인의 시녀로 위장했을 때 무심코 챙겼던 것이다. 그 깨끗하고 가지런한 손수건은 귀퉁이에 영춘화가 수놓아져 있었고 은은한 향기까지 나는 듯했다. 사윤은 문득 여자아이에게 직접 손수건을 달라고 하는 건 무례하지 않나 싶었으나 다행히 낯가죽이 두꺼워서 얼굴이 빨개지진 않았다.

그는 얼른 헛기침을 하며 손에 든 해독 고약을 주비에게 건넸다.

"손수건에 조금 덜어서 네가 전해 드리는 게 좋을 것 같아."

주비는 소매까지 부들거리며 떨고 있는 여자아이와 감히 소리 내어 울지도 못하는 어린애를 보고는 장도를 등 뒤로 감추고 깨끗한 손수건에 고약을 덜어 건넸다.

바로 그때, 멀리서 길게 울부짖는 소리가 들렸다. 황야의 늑대가 울부짖는 것처럼 처량하기 그지없었고, 사람들의 귓속을 파고들며 소름 끼치게 만들었다. 높고 낮은 울부짖음이 세 번 이어지더니,

산골짜기 이쪽 끝에 한 사람의 그림자가 나타났다.

눈에 띌 수밖에 없는 붉은 옷차림의 그는 마치 어둠 속에서 이글이글 타오르는 불꽃 같아 보였다. 그가 눈 깜짝할 사이에 휙 하고 사람들 사이로 내려왔다.

"무곡이야."

사윤이 속삭였다.

"북두의 무곡, 동개양도 왔다고."

그의 말이 끝나기도 전에 주작주 목소교가 돌연 후퇴하기 시작했다. 마침 목소교의 퇴로에 서 있던 운 나쁜 두 사람은 목소교의 양손에 하나씩 심장이 뽑히고 말았다. 목소교는 어느새 수 장 멀리 떨어진 곳으로 미끄러지듯 날아갔다. 그가 방금 전까지 서 있던 곳은 무곡의 검에 이미 박살이 나 있었다. 산골짜기 전체가 그 중검의 날카로운 검명에 쉴 새 없이 떨렸다.

세상에 보기 드문 절정의 고수들은 예의 같은 건 따지지 않고 다짜고짜 목숨을 노렸고 어느 누구도 '다수가 소수를 괴롭히면 안 된다' 따위의 도리를 말하지 않았다. 현장은 순식간에 2 대 1의 싸움이 되었다. 무곡 동개양은 도착하자마자 인사도 없이 바로 싸우기 시작했다. 목소교는 악명 높은 대마두답게 몸놀림이 화려하고 민첩해 전혀 밀리지 않았다.

주작주는 악질 중의 악질, 골칫거리 중의 골칫거리가 분명했다. '북두칠성'에 대해서는 잘 모르지만, 사십팔채의 어른들이 북두에 대해 이를 가는 것을 보면 역시 좋은 놈들은 아닌 듯했다. 이 둘이 서로 죽기 살기로 싸우기 시작하자 주비는 누구 편을 들어야 할지 난감했다.

'나한테 능력만 있었어도 저 셋을 그대로 여기서 눌러 버리는 건데.'

한편으로는 이런 생각이 우습기도 했다. 만약 자신에게 저 세 사람 중 어느 한 사람과 싸울 만한 힘이 있다면 이렇게 허겁지겁 도망칠 필요도 없겠지?

주비는 무의식적으로 손에 든 착배도를 꽉 쥐었다. 마음속에 익숙하고도 낯선 망설임이 솟았다. 별안간 조그맣고 차가운 손이 주비의 팔목을 붙잡았다. 깜짝 놀라 바라보니, 오 장군의 딸이 날카로운 검명에 깜짝 놀라 자신도 모르게 주비의 팔을 잡은 것이었다. 보호를 갈구하는 자세였다. 주비와 눈을 마주친 오 낭자는 '앗' 하고는 얼른 손을 풀었다.

"미…… 미안합니다."

이근용은 일찍이 오 장군의 가족들은 사십팔채의 귀한 손님이라고 분명히 못 박았었다. 이들은 어리고 약해서 자신을 보호할 힘이라곤 전혀 없었다.

주비는 속으로 생각했다.

'나까지 두려워하면 저들은 어쩌지? 에잇, 일단 일어난 다음에 생각해 보자.'

"괜찮아요."

주비가 오 낭자에게 말했다.

"무서울 것 없어요."

오 장군이 간신의 모함을 받은 이후로 오씨 집안은 가세가 급격히 기울었다. 하지만 어찌 되었든 가문의 바탕은 아직 남아 있었기에 오 낭자는 명실상부한 규중처녀였다. 그러나 때를 잘못 타고난 오 낭자는 제아무리 규중처녀라도 삶이 순탄치 않았다.

오 장군이 죽은 후, 오 낭자는 어머니를 따라 도피 생활을 하며 도처를 떠돌았고 결국엔 이 거친 사람들과 함께 동굴 감옥에 갇히는 신세가 되었으니 말이다.

산골짜기의 보초들은 연일 일부러 그들이 갇힌 감옥 입구에 와서는 구경 삼아 들여다보곤 했다. 오 낭자는 무섭고 슬프고 수치스러웠다. 당장이라도 기둥을 들이받고 자결하고 싶었지만 어머니와 남동생의 심정은 자신보다 훨씬 괴로우리라는 것을 잘 알고 있었다. 세 사람은 매일 서로의 얼굴만 쳐다볼 뿐, 누구 하나도 먼저 약한 모습을 내보이지 않았다.

오 낭자는 주비의 손에 들린 칼을 멍하니 바라보다가 밑도 끝도 없이 물었다.

"정말 안 무섭나요?"

주비는 오 낭자가 겁이 나서 위안을 필요로 한다고 생각하곤 안심시키기 위해 일부러 아무렇지도 않은 척했다.

"무서울 게 뭐 있어요? 만약 저도 십 년만 더 수련한다면 이 산을 통째로 평정했을 거예요."

오 낭자는 마지못해 웃으며 자신의 손을 내려다보았다.

"전 아무것도 할 줄 모르니 거추장스러운 짐만 될 뿐이네요."

주비는 뭐라고 위안이라도 해 주고 싶었지만 딱히 할 말이 떠오르지 않았다. 오 낭자는 확실히 닭 한 마리 잡을 만한 힘도, 이렇다 할 기술도 없었다. 그 무시무시한 사람들은 오 낭자가 자수를 아름답게 놓는다고, 시를 읊을 줄 안다고 해서 잘 대해 줄 리 만무했다. 아주 당연한 이치였다.

산을 내려온 후로 오랜만에 보는 또래 여자아이였다. 주비는 대답할 말을 고르며 정신을 집중하다가 엉겁결에 대답했다.

"그렇지는 않아요. 저는 어렸을 때부터 아버지께 악한 놈들이 세상을 지배한다는 얘기를 많이 들어서 필사적으로 무술을 연마한 거였어요. 아가씨는…… 아가씨의 아버지께서는 미처 말해 주지 못하셨나 봐요."

그 평범한 한마디에 오 낭자는 이유 없이 슬픔이 북받쳐 하마터면 눈물을 쏟을 뻔했다. 입구 쪽에 서서 사람들을 지휘하던 사윤이 그 소리에 자신도 모르게 고개를 돌려 주비를 흘끗 바라보았다. 무슨 생각이 났는지 늘 웃음기가 서려 있던 눈꼬리가 살짝 내려앉아 있었다.

그 순간, 별안간 지면이 사정없이 떨리더니 멀지 않은 곳에서 여기저기 비명 소리가 들려왔다.

알고 보니 무곡 동개양은 혼자 온 것이 아니라, 발이 너무 빨라서 수하들을 제치고 먼저 도착한 것이었다. 마침 주비와 사윤에 의해 풀려나 사방으로 도망치던 사람들은 뒤늦게 기세등등하게 산골짜기로 들어오던 동개양의 살인귀 수하들과 정면으로 맞부딪치고 말았다.

그 운 나쁜 사람들은 몸에서 약 기운이 채 가시지 않아 이렇다 할 반격도 하지 못하고 순식간에 짓밟혀 버렸다. 방금 전까지만 해도 구사일생으로 살아났다고 기뻐하던 사람들은 어느새 머리와 몸이 분리되어 버렸고 좁고 긴 산골짜기에는 피비린내가 진동했다. 죽고 죽이는 살육이 계속되었다. 누가 먼저 화살을 쏘기 시작했는지 골짜기에는 칼에 찔려 죽은 사람, 화살에 맞아 죽은 사람, 난리 통에 날뛰는 말의 굽에 밟혀 죽은 사람들이 점점 쌓여 갔다.

주비는 반복되는 약탈에 시달리던 그 가난한 마을만 보고도 너무 처참하다고 생각했었는데, 그보다 더 처참한 광경이 눈앞에 펼쳐지니 손발이 얼어붙는 것 같았다. 모두가 일순 넋이 나가 버렸다. 오 부인은 다리의 힘이 풀려 넘어질 듯 비틀거리다가 어린 아들의 "어머니!" 하는 외침에 억지로 정신을 차리고 가까스로 버티고 서 있었다.

사윤은 오 부인의 어린 아들이 참혹한 광경을 보지 못하도록 몸을 숙여 아이를 품에 안고 외쳤다.

"모두들 한데 모이십시오! 흩어지지 말고 절 따라오세요!"

오는 길 내내 동굴 감옥에 있던 사람들을 풀어 준 사윤이 명령을 내리자 모두 무의식적으로 그를 따랐다. 사십팔채 사람들은 자발적으로 오 부인 모녀를 중심으로 모여들며 마치 큰 강을 헤엄치는 고기 떼처럼 점차 무리를 이루었다.

장신비는 주비가 머뭇거리며 주변을 둘러보는 것을 보고 얼른 재촉했다.

"비야, 서둘러. 저쪽엔 아무도 없어!"

주비가 몇 걸음 앞으로 발을 내디디며 물었다.

"신비 사형, 혹시 이성 못 보셨어요?"

장신비는 그 말에 경악하며 속으로 투덜거렸다.

'대체 어느 생각 없는 어르신이 애들을 둘이나 데리고 나온 거야? 데리고 나왔으면 잘 지켜야지, 한 놈은 제멋대로 쏘다니고 다른 한 놈은 어디 갔는지 보이지도 않잖아!'

장신비가 황망하게 외쳤다.

"뭐? 성이도 여기에 있다고? 난 못 봤는데! 확실한 거야?"

주비는 그 말에 순간 정신이 멍해졌다.

'……맞아. 그때 난 이성이 어디 있는지 보지도 못했어. 그저 복면인 둘이 이성의 말을 훔치는 것만 보고 여기까지 따라왔던 거야! 그 두 사람은 말을 끌고 이렇게 먼 곳까지 도망 왔는데, 대체 이성을 어디에 둔 걸까? 다른 일당이 먼저 이성을 끌고 가지 않은 이상, 다 큰 청년을 봇짐에 담아 들고 갔을 리도 없잖아? 일당이 있다는 것도 이상해……. 말 한 마리 훔치는데 굳이 두 길로 나눠서 갈 필요가 있을까?'

주비는 자기도 모르게 이마를 탁탁 쳤다. 진작 알아챘어야 하는 건데. 산골짜기에 들어가서는 엄청난 규모의 동굴 감옥에 깜짝 놀랐고, 그 충격에서 헤어나기도 전에 병든 늙은이에게 배신을 당했고, 그 후로는 계속 도망치면서 사람들을 구하느라 생각할 겨를도 없었다고!

장신비는 주비의 망연자실한 눈빛을 보고는 오랫동안 음식을 먹지 못해 텅 빈 위장이 순식간에 꽉 막힌 것 같았다.

"아이고…… 이 애야…… 내가 널 어쩌면 좋으냐!"

주비는 지난 일에 연연하지 않는 편이었다. 이번 일을 어리석게 처리했다면 다음번엔 그러지 않으면 될 뿐이었다. 혼란스러운 상황에서도 주비는 근심하지 않고 오히려 다행이라는 듯 말했다.

"그 성가신 자식은 여기 없는 게 나아요."

그러면서 장도를 들고 우뚝 서서 다른 사람들을 먼저 가게 한 다음, 자신은 맨 뒤를 따랐다.

장신비가 화가 나서 소리쳤다.

"넌 또 뭘 하려고?"

주비가 장신비를 향해 손을 내저었다.

"제가 뒤를 막을게요."

무리들 중에는 주비보다 무공이 뛰어난 자도 있었고 경험이 풍부한 자도 있었다. 하지만 하나같이 상태가 말이 아니라 그나마 도망칠 수 있다면 다행이었고, 대부분 무기도 들고 있지 않았다. 그래서 주비는 자신에게 후방을 엄호할 책임이 있다고 느꼈다. 방금 주비에게 가르침을 주었던 늙은 도사도 발걸음을 멈췄다.

"것도 좋지. 빈도도 힘을 보태겠네."

사윤이 멈춰 섰다. 그들은 마침 가장 높은 곳에 있는 동굴 감옥 근처에 있었다. 산허리에 가까운 곳이었다. 산골짜기를 내려다보니, 방금까지 그들 뒤를 쫓던 사람들은 더 이상 쫓아올 겨를이 없어 보였고, 이제는 북두의 흑의인 일고여덟 명이 동굴 감옥 길을 따라 그들을 쫓아오고 있었다.

"서둘러 도망칠 필요 없습니다."

사윤이 말했다.

"먼저 해독제를 복용해 공력이 회복되신 분들은 바깥쪽에 서시고, 나중에 복용하신 분들은 안쪽에 서십시오. 일단 저 횃불들을 끄자고요!"

사람들은 땅에 떨어진 돌멩이를 주워 각자 암살 무기를 던지던 실력을 발휘해 주변의 횃불들을 쳐서 끄기 시작했다. 사방이 순식간에 어두워졌다. 다들 바보가 아니었기에 사윤의 의도를 즉시 알아챘다.

그들은 사람 수가 많지 않은 데다 그다지 눈길을 끄는 편도 아니었으니, 그물을 빠져나간 물고기가 되기에 충분했던 것이다. 가장 앞에서 쫓아오는 사람만 없애면 두 갈래로 나뉘어 뒤따라오는 사람들은 서로 뒤엉켜 싸우느라 그들의 존재를 잠시나마 눈치채지 못할 것이다. 그러면 아무도 모르게 빠져나갈 수 있을지도 모른다!

다만 문제는, 그들 중 그나마 싸울 수 있는 사람은 일고여덟 명인데 주비 혼자만 쓸 만한 무기를 지니고 있다는 점이었다. 주비 혼자서 상대하기에는 분명 무리였다. 거의 이틀 밤낮을 뛰어다녔으니 지치기도 했거니와, 아무리 힘이 넘치는 상태라 해도 북두의 수하 일고여덟 명을 혼자서 막을 수는 없었다.

사윤은 미간을 찌푸렸다. 대책을 떠올리기도 전에, 주비는 다른 사람의 명령도 없이 장도를 들고 튀어 나갔다.

사윤은 깜짝 놀랐다.

"잠깐……."

그러나 적군과 아군의 '대장'은 인내심이 한계에 달했는지 아무도 그의 말을 듣지 않았다.

주비는 손을 올리자마자 밀려오는 힘을 느낄 수 있었다. 옆에서 주비를 도와주는 사람도 있긴 했지만 잘 훈련된 검은 옷의 사람은 한눈에 그녀가 무리 중에서 가장 골칫거리라는 것을 알아보고는 먼저 쓰러뜨릴 작정을 한 듯했다.

주비의 장도는 그 힘을 막아 내기엔 역부족이었다. 상황이 점차 위태로워지자 주비는 속으로 탄식했다. 옛날에 이성을 따라 세묵강에 간 그날부터 무슨 가난한 신이 씌기라도 했는지 어떤 무기든 주비의 손에 잡히면 한두 번 만에 못 쓰게 되었다. 계속 이런 식이라면 사십팔채는 주비의 무기 값을 대기 힘들어질 것이다. 요 몇 년간 산채 밖에서 지낸 주이당은 주비에게 무기를 마련해 줄 만한 돈을 충분히 모았을까.

이때, 늙은 도사가 별안간 입을 열었다.

"꼬마 아가씨, 감위坎位 뒤로 셋을 가서 현문玄門을 끊게."

"네?"

주비는 아버지가 떠난 후 딱히 공부를 강요하는 사람이 없었기 때문에 일찍이 배웠던 약간의 지식들은 까맣게 잊어버린 지 오래였고 그나마 흐릿한 인상만 남아 있을 뿐이었다. 주비는 늙은 도사의 알쏭달쏭한 한마디에 순간 정신이 멍해졌다.

사윤이 얼른 보충했다.

"저쪽에 있는 큰 바위 보여? 거기에 등을 기대!"

주비는 그제야 이해하고 즉시 옆에 있던 바위로 물러났다. 검은 옷의 사람이 달려들어 길을 막으려 하자, 늙은 도사가 다시금 소리쳤다.

"좌로 하나, 다리를 없애게!"

늙은 도사는 주비가 아는 것이 없다는 걸 고려해 알아들을 수 있도록 말투를 바꾸었다. 주비는 생각할 겨를도 없이 바로 칼을 휘둘렀다. 눈앞의 흑의인은 얼른 뛰어오르며 뒤쪽의 동료를 막아섰다. 주비는 한 발 앞으로 내디디며 살짝 기합을 넣고는 회전력을 이용해 칼등으로 흑의인을 제대로 쓸었다.

늙은 도사는 정체가 뭔지 진법에 정통했다. 말 한 마디 한 마디가 핵심을 찔렀고 상대의 힘을 이용해 상대방을 공격하는 방법을 일러 주었다. 주비는 장도를 휘둘렀을 뿐인데 순식간에 일고여덟 명의 조력자를 얻은 것처럼 홀로 도진을 이룰 수 있었다.

사윤의 잔뜩 긴장한 어깨가 탁 풀렸다. 그는 조용히 혼잣말했다.

"알고 보니 '제문齊門'의 선배님이셨군."

늙은 도사가 알려 준 진법은 '부유진'이었다. 엄격히 말하면 경공의 일종으로, 팔괘의 방위와 일치시켜서 한 사람으로도 진법을 구성할 수 있었다. 소수로 다수를 상대할 때 가장 적합해 옛날 '제문'의 창시자는 혼자서 만 명을 상대했다고 한다. 주비는 매일같이 세 묵강의 견기와 겨루어 온 터라 포위 공격에도 눈 하나 깜짝하지 않았다. 부유진법도 빠르게 터득해 바위 주변을 돌면서 삽시간에 수많은 적들을 견제했다.

사윤은 그 틈을 타 옆에서 소리쳤다.

"저기, 형님! 왼쪽에서 세 번째 사람을 막으세요! ……아이고, 의협심 같은 건 버려요! 뒤에서 그냥 갈겨 버리라고요!"

사윤에게 지명된 흑의인은 그 말에 자신도 모르게 뒤를 돌아보았으나 뒤에는 아무도 없었다. 그가 채 반응하기도 전에, 뒤쫓아 온 장신비가 그의 천령개를 거침없이 내리쳤다. 천령개는 정수리의 대혈이었다. 장신비의 힘이 아직 완전하게 회복되진 않았어도 그 한 방은 목숨을 잃게 하기에 충분했다.

사윤은 늙은 도사와 함께 손발을 맞춰 주비에게 훈수를 두기도 하고 터무니없는 말로 적을 교란하기도 했다. 나아가 주비의 손에 들린 장도를 빌려 흑의인들의 손발을 바위에 묶어 두면서 순식간에 일고여덟 명을 해치웠다.

그중 한 사람이 상황이 불리한 것을 보고 몸을 날려 도망치려 했다. 사윤이 외쳤다.

"막아!"

주비가 손에 든 장도를 날렸다. 장도는 그의 등을 꿰뚫고 가슴으로 나왔고…… 다시 뽑히지 않았다. 다급해진 주비가 손잡이에 잔뜩 힘을 주고 잡아당기자, 칼날이 그의 갈비뼈에 부딪치면서 그대로 두 동강 나고 말았다.

"……."

역시나 무기 값으로 집안을 몰락시킬 운명을 벗어날 수 없었다.

"돌아가면 물어 줄게요."

사윤이 재빨리 대답했다.

"얼른 가자!"

그는 사람들을 이끌고 어둠 속으로 돌진해 양쪽의 동굴 감옥을 지나 높은 쪽의 오솔길로 들어섰다. 처음에 주비에게 도망치라고 알려 줬던 길이었다. 마음속으로 이미 계획을 다 짜 놨는지, 그는 우회 한 번 하지 않고 아래에서 위로 순조롭게 나아갔다.

일행은 누구보다도 먼저 높은 곳을 선점했다. 비록 다들 초췌한 상태였지만 유리한 고지를 점한 셈이었다. 아래쪽에 있는 사람이 위로 돌진하면 힘은 힘대로 들면서 효과는 별로지만, 위쪽에 있는 사람이 아래쪽을 공격한다면 무기가 없어도 돌멩이라도 던질 수 있었다. 게다가 활인사인산의 사악한 놈들이 무슨 간교를 부리는지 걱정할 필요도 없었다.

바로 그때, 산골짜기에 갑작스런 변고가 발생했다.

목소교와 심천추는 막상막하로 겨루고 있었는데 무곡 동개양이 오자 금방 전세가 역전되었다. 목소교가 가슴 앞에서 휘두른 비파가 동개양의 중검과 부딪치자 산산조각 났고, 그 파편이 사방으로 튀었다. 주작주가 살짝 고개를 들어 양팔을 벌리자 넓은 소매가 나비 날개처럼 살랑거렸다. 그는 아무 힘도 들이지 않고 훌쩍 위로 날아오르며 목청을 가다듬고 외쳤다.

"가는 자여-."

그것은 여자 목소리였다. 깊은 산속 바위에 떨어지는 샘물 소리처럼 맑고 또렷했다. 그 소리는 서서히 울려 퍼지며 귀를 통해 폐부를 거쳐 뼛속으로 파고들며 전율을 불러일으켰다.

주비는 심하게 떨다가 고개를 들었다. 목소교의 얼굴이 보였다. 입가에 마치 피를 머금고 있는 것처럼 붉은빛이 감돌았고 차가운 눈을 내리깔고 있었다.

그때, 갑자기 뭔가가 주비의 옆에서 흔들거렸다. 순간 정신을 차리고 보니 자신과 함께 일행의 맨 뒤를 지키던 늙은 도인이 닭털로 만든 먼지떨이처럼 생긴 불진으로 어깨를 살짝 친 것이다.

주비의 심장이 미친 듯이 쿵쾅거렸다. 주변을 둘러보니 대마두의 목소리에 잠시 정신을 놓았던 건 자신뿐만이 아니었다. 심천추마저도 잠깐 몸이 경직된 것 같았다. 그 순간, 발밑의 산골짜기에 쿠르릉 하고 벼락 치는 소리가 울려 퍼졌다. 지하 땅속에서 뭔가가 올라오는 소리 같았다. 그와 동시에 말로 표현하기 힘든 냄새가 사방으로 퍼져 나갔다.

"저 미친 자가 땅속에 뭘 묻어 둔 거지?"

"헐, 땅속에 기름을 묻어 놨어요!"

두 목소리가 동시에 주비의 귓가를 파고들었다. 하나는 그 늙은 도사였고, 하나는 사윤이었다. 두 사람은 서로 텔레파시라도 통했는지 각자 주비의 한쪽 팔을 잡고 힘껏 뒤로 잡아당겼다.

주비는 뭐가 어떻게 된 건지도 모른 채 멍하니 이끌려 뛰어갔다. 그들 일행은 마치 고삐 풀린 야생마처럼 걸음아 날 살려라 하고 산

꼭대기 오솔길에서 산비탈을 향해 내달렸다.

목소교가 뒤에서 큰 소리로 웃어 댔다.

그러나 그의 웃음소리는 고막을 찢을 것 같은 폭발음에 묻히고 말았다. 땅이 움직이고 산이 흔들리더니 방금 그 산골짜기에서 불꽃이 하늘로 치솟았다.

주비는 엄청난 굉음에 깜짝 놀라 하마터면 내장까지 토할 뻔했다. 귓가가 웅웅 울려 일시적으로 아무 소리도 들리지 않았다. 몸이 약한 사람들은 아예 쓰러져 버렸다. 사윤이 뭐라고 소리쳤지만 자신이 뭐라고 말하는지도 들리지 않자 그저 고통을 꾹 참고 다급하게 손짓했다. 어떻게든 일어나거나 기어서라도 최대한 빨리 이 위험 지대를 벗어나라고 말이다.

구사일생으로 살아난 이들은 상대방이 강력하다는 것을 잘 알았다. 목소교에게 원한을 가진 자들은 천하에 널려 있었으니 목소교는 이미 만반의 준비를 갖췄을 것이고, 분명 또 다른 꿍꿍이가 있을 것이 분명했다. 심천추와 동개양은 '악인은 천년만년 장수한다'는 말처럼 그 옛날 양소의 공격에도 무사히 살아남았듯, 이번에도 불길 속 참새구이가 될 것 같지는 않아 보였다.

여기서 더 머물다간 이따가 또 무작정 죽이겠다고 달려드는 살인귀 수하들과 맞닥뜨릴 수도 있었다. 겨우겨우 산골짜기에서 도망쳤는데 어떻게 해서든지 살아 나가야 했다.

이제까지 사윤의 곁에 남아 있는 사람들은 그를 따라 다른 사람들을 구하던 사람들이라 이번에는 옆에서 지시하지 않아도 알아서 노약자를 둘러업고 부축하기 시작했다. 그들은 밤새 약 이십 리 길을 내달렸다. 사윤은 그제야 멈춰서 쉬자고 입을 열었다. 말이 떨어지자마자, 방방곡곡에서 모인 영웅호걸들은 누구 하나 체면 차리지 않고 기진맥진해서 그 자리에 벌러덩 드러누웠다. 뿌리가 내리고 싹이 나지 않은 게 신기할 정도로 오랫동안 그 자리에서 꼼짝하지 않았다.

밤하늘에는 아직 샛별이 뜨기 전이었고 하늘 가득 은하수가 화려하게 펼쳐져 있었다.

사람들은 서로를 멀뚱멀뚱 쳐다보았다. 그 산골짜기에는 호인도, 악인도, 영웅호걸도 있었지만 결국엔 그들 몇 명만이 시기와 인연이 딱 들어맞아 도망쳐 나올 수 있었다. 누가 먼저 웃기 시작했는지 모르겠지만 한 번 터진 웃음소리는 삽시간에 전염병처럼 퍼져 나갔다. 다들 미친 것 같았다. 박장대소를 하는 사람, 눈물을 흘리며 대굴대굴 구르는 사람, 그리고 여전히 멍하니 정신을 차리지 못하는 사람도 있었다.

주비는 커다란 나무에 기대어 앉았다. 머릿속은 여전히 혼란스러웠고 귓가에는 도검이 부딪치는 소리와 폭발 소리가 윙윙 울렸다. 눈앞에는 검은 옷을 입은 북두의 수하들이 나타났다가, 산골짜기를 뒤덮은 불길과 피가 나타났다가, 부유진법이 자동 재생되는 등 정신이 하나도 없었다. 가슴은 미친 듯이 쿵쿵 뛰었다. 산을 내려온 후 요 몇 개월 동안의 시간이 이제까지 살았던 나날보다 훨씬 길게 느껴졌다.

사윤은 다들 제정신이 아닌 것을 보고는 얼른 정신을 가다듬고 지휘하기 시작했다.

"저쪽에서 물소리가 들리는군요. 분명 물고기를 잡을 수 있을 겁니다. 여러분께서는 중독에서 벗어난 지 얼마 되지 않았고 육체적으로도 많이 지치셨을 테니, 여기서 하룻밤을 지내고 내일 다시 길을 떠나는 게 어떨까요? 화용까지는 하루 안에 도착할 수 있으니 거기서 가족과 친구들에게 연락을 하면 될 겁니다."

죽을 고비를 가까스로 넘느라 풀뿌리 나무껍질 씹을 힘도 없는 사람들이 당연히 반대할 리 없었다. 이제 한숨을 돌린 남자들은 자발적으로 일어나 물고기 사냥을 하러 갔다. 모닥불 몇 개가 금세 피어올랐다. 그동안 동굴 감옥에 오래 갇혀 있어서인지 야외 노숙이라도 자유롭다는 유쾌함이 있었다.

늙은 도사가 먼저 싱글벙글 웃으며 자기소개를 했다.

"빈도는 '제문' 출신으로, 도호는 '충소자'이외다. 오늘 이렇게 여러분과 함께 동생공사의 인연을 맺게 되어 기쁘기 그지없소이다."

한눈에 그의 내력을 간파한 사윤을 제외한 나머지 사람들은 그 말에 흠칫 놀랐다. 제문은 '전진全眞', '무당武當', '청운青雲'과 이름을 나란히 하며 '사대관四大觀'이라 불리는 문파였다.

제문 사람들은 근거지에 틀어박혀 좀처럼 나오지 않았다. 이들은 진법에 정통한 데다 늘 언제라도 은신하고 빠져나갈 방법을 마련해 두고 있어 강호에 모습을 드러내는 일이 드물었다.

장문인의 도호가 좀 유명한 것 외에 다른 사람들의 이름은 거의 전설로만 남아 있었다. 평생 살아 있는 제문 사람을 만나는 건 하늘의 별 따기와 마찬가지인데, 더욱이 도호의 '충' 자는 현재 제문의 장문인 세대가 쓰는 돌림자니 놀랄 만도 했다.

누군가 물었다.

"도장께서는 어쩌다 대마두에게 붙잡히셨습니까?"

충소자가 손을 내저었다.

"부끄럽소이다. 빈도의 실력이 변변치 않아 그자의 계략에 걸려들고 말았지요."

주작주는 활인사인산을 배신한 지 얼마 되지 않아 이 산골짜기에 자신만의 마굴을 새롭게 꾸몄다. 그곳에 끌려간 사람들은 한꺼번에 잡힌 것이 아니라 각자 말하자면 긴 사연이 있었다.

목소교는 포로들을 양육하는 취미가 있는 것 같았다. 말까지 빼앗아 가는 흉악무도한 행위를 보면 그렇게 많은 사람들을 거저로 묶어 둔 건 아닐 것이다. 협박해서 뭐라도 갈취할 속셈이었을지도 모른다. 이에 비하면 직접 밭을 갈며 가끔씩 산 밑의 백성들과 장사를 하는 사십팔채는 '흑도'라는 이름이 무색할 정도였다.

충소자가 탄식했다.

"주작주는 악명이 자자하고 도의나 규율 같은 건 전혀 통하지 않지요. 악인이긴 하나, 우리를 이렇게 오래 가둬 두기만 할 뿐 깔끔하게 죽여 없애지는 않았습니다. 오히려 북두의 그 두 대인이야말로 수법이 아주 잔인하지요."

출신이 깨끗하고 내공도 두터워 보이는 늙은 도사는 말투에도 품위가 흘렀다. 생사의 사투를 벌인 원수를 얘기하면서도 나쁜 말을 하지 않았다. 반면 옆에 있던 우악스런 사내는 씩씩거리며 소리쳤다.

"도장께서는 뭘 그렇게 예의를 차리십니까? '두 대인'이요? 그 망할 놈이 키워 낸 개새끼들 아닙니까!"

충소자는 그저 웃으며 대꾸하지 않고 사윤과 주비를 향해 포권하며 인사했다.

"이 두 젊은 친구들의 의리에 감사를 드려야겠군요. 두 분께서는 어느 스승께 배우셨는지요?"

사람들은 그 말에 맞장구를 치며 사윤과 주비에게로 모여들었다.

사흘 동안 제대로 눈을 붙이지 못한 주비는 마침 꾸벅꾸벅 졸고 있었는데, 갑자기 사람들이 왁자지껄 떠들며 자신을 향해 다가오자 정신이 번쩍 들었다. 손에는 어느새 누가 건네줬는지 잘 구워진 생선이 들려 있었다.

누군가 열심히 침을 튀기며 허풍을 떨었다.

"이 아가씨는 어린 나이에도 칼을 어찌나 잘 다루던지. 내가 똑똑히 봤어. 쇄쇄쇄쏵 하면서 칼을 몇 번 휘두르니까 그 북두의 개자식이 뒤로 밀리더라니깐!"

"……."

주비는 그 개자식의 털끝 하나도 건드리지 못했고 오히려 만두 하나를 먹여 주기까지 했었다.

신비 사형이 나서서 주비를 에워싼 사람들을 물리고 자기소개를 하며 한 손으로 주비의 머리를 지그시 눌렀다.

"이 아이는 저희 산채의 사매입니다. 말도 안 듣고 말썽만 부리던 애가 다행히 이번엔 제대로 된 일을 했군요."

'사십팔채'는 바깥세상에서 아주 유명했다. 신비 사형이 가만히 있었으면 좋았을 것을, 자기소개를 하고 나자 마치 냄비가 들끓는 것처럼 삽시간에 인사말과 갖은 칭찬이 쏟아졌다.

어떤 사람이 흥분해서 물었다.

"그럼 '파설도'는요?"

주비는 파설도를 살짝 써 본 적은 있었지만 자신의 무공이 제대로 된 것이 아님을 잘 알았다. 여기 모인 협객들이 소문을 만들어 내는 능력을 직접 목격한 바 있는 주비는 혹시라도 다음 날 '모월

모일, 파설도가 탐랑을 찌르고 무곡을 베었다' 같은 말도 안 되는 소문이 날까 봐 얼른 부인하고 나섰다.

"아닙니다, 아니에요. 저는 자질이 부족해서 두령님께서는 파설도를 전수해 주지 않으셨어요."

다행히 꼬마 아가씨의 말이라 그런지 협객들은 더 이상 물고 늘어지지 않았다. 주비는 한숨을 돌리며 잠자코 산채 사형들 사이로 파고들어 갔다. 그리고 자신이 어째서 왕 부인을 따라 산을 내려왔는지, 이성은 어쩌다 잡혀갔는지, 어떻게 산골짜기까지 쫓아갔는지 조용히 털어놓았다.

신비 사형을 찾았으니 이튿날 아침에 어디로 가야 할지, 누구에게 먼저 연락해야 하는지, 왕 부인 일행과 어떻게 합류하는지 등 잡다한 일은 사형에게 맡기고 그저 따라가기만 하면 되었다. 주비는 한결 편해진 마음으로 거기 모인 영웅호걸들이 늘어놓는 허풍을 듣는 둥 마는 둥 하고 있었다.

그러다가 잠시 딴생각에 빠졌다. 예전에는 마음속에 오로지 이근용을 이겨야겠다는 생각뿐이었는데, 이번에 문득 새로운 생각이 들었다. 이십 년 전에는 사십팔채라고 소개하면 다들 외할아버지의 이름을 언급했는데, 지금은 사십팔채라고 소개하니 다들 이 두령의 파설도를 언급했다. 그렇다면…… 언제쯤이면 사십팔채라고 했을 때 사람들이 '주비'를 떠올리게 될까?

잠시 스쳐 지나간 생각일 뿐이었다. 주비 스스로도 황당무계한 생각이었다. '주비'라는 두 글자를 세상 사람 모두 알게 하겠다니 살짝 부끄럽기도 해서 그냥 접어 버렸다.

오 낭자는 연못가에서 손과 얼굴을 꼼꼼하게 씻고 주비가 약을 건넬 때 사용했던 손수건도 빨아서 옆의 나뭇가지에 널어놓았다. 사방에 형용하기 힘든 냄새를 풍기는 아저씨들뿐이라, 오 낭자는 어쩔 수 없이 주비 곁에 앉아 있을 수밖에 없었다.

주비는 오 낭자를 흘끗 보고는 아직 베어 먹지 않은 생선토막 절반을 뜯어 건넸다.

"이름이 뭐예요?"

규중 아가씨의 이름은 보통 다른 사람들에게 알려 주는 것이 아니었으나, 어렸을 때부터 선생을 구타하던 거친 아이 주비는 아무 거리낌 없이 이름을 물었다. 다행히 같은 여자라서 망정이지, 안 그랬으면 호색가라고 손가락질 받을 행동이었다.

오 낭자의 눈빛이 주변의 낯선 남자들을 훑고 지나갔다. 사십팔채 사람들은 눈치 있게 얼굴을 돌려 못 들은 척했다. 오 낭자는 뺨을 붉히며 모기만 한 소리로 대답했다.

"초초라고 해요."

주비가 고개를 끄덕였다.

"제 어머니께서 아가씨의 아버지는 어마어마한 영웅이라고 하셨어요. 저희 집에 오시면 더 이상 나쁜 사람들을 두려워할 필요 없을 거예요."

주비는 머릿속에 떠오른 시끌벅적한 사십팔채의 모습을 열심히 오 낭자에게 설명해 주었다. 노랫소리가 십 리나 이어진다는 금릉의 풍경도, 북조 옛 도읍지의 웅장한 모습도 본 적 없는 완벽한 시골뜨기인 주비는 사십팔채가 세상에서 가장 번화하고 가장 살기 좋은 곳이라고 생각했다.

오초초는 주비를 비웃지도 않고 오히려 슬픈 얼굴로 이야기를 들었다. 세상이 아무리 변화하다 한들, 이제 그녀와는 아무런 상관도 없었다. 고향을 떠나 앞으로는 다른 사람의 비호하에 살아야 했다. 그녀는 집이 있고 추억할 수 있는 곳이 있는 사람들이 부러웠다. 오초초가 가느다란 목소리로 주비에게 물었다.

"사십팔채에 가면, 저…… 저도 무예를 배울 수 있을까요?"

주비는 순간 멈칫했다. 오초초의 표정이 또다시 어둡게 가라앉았다.

"안 되겠죠? 무예를 배우는 사람들은 모두 동자공童子功을 연마한다던데, 저는 아마……."

"안 될 게 뭐 있어요? 무예를 배우면 어렸을 때부터 배운 사람보다는 못해도 지금보다는 훨씬 대단해질 거예요. 산채에 도착하면……."

주비는 원래 '제 어머니를 찾아가세요'라고 말하려다가 평소 몹시 바쁜 두령님에게 그럴 만한 시간이 없겠다고 생각하곤 말을 돌렸다.

"왕 할머니를 찾아가세요. 아주 자상하고 좋으신 분이니 흔쾌히 무예를 가르쳐 주실 거예요."

신비 사형이 옆에서 웃었다.

"너도 참 대단하구나. 늙은 우리 어머니한테 일거리까지 마련해 드리고 말이야."

오초초는 한결 밝아진 얼굴로 뭐라 말을 하려다가, 갑자기 어색한 표정으로 조용히 뒤로 물러났다.

주비가 고개를 들어 보니 사윤이 언제 다른 사람들을 떨쳐 버렸는지 소리 없이 다가와 있었다. 다만 주비와 오 낭자가 대화를 하고 있어서 방해하지 않고, 두 손을 가슴 앞에 가지런히 모은 채 생글생글 웃으며 몇 발자국 밖에 서서 기다리고 있었다.

사윤이 장신비 곁에 앉아 주비를 향해 웃으며 말했다.

"내가 별을 보고 예상한 결과가 맞았어. 봐, 우리 아주 순조롭게 도망쳐 나왔잖아."

주비는 저도 모르게 빈정거렸다.

"그쪽의 그 '순조롭다'는 말은 아무래도 우리가 알고 있는 의미와는 다른 것 같네요."

"아이고, 요구 수준이 너무 높잖아."

사윤이 손가락으로 주비와 자신을 가리키며 유쾌하게 대꾸했다.

"봐, 살아 있잖아. 숨도 쉬고, 팔다리도 멀쩡하고. 먹고 마시고 앉아 있을 수 있으면 세상 어디든 갈 수 있어. 아주 좋지 않아?"

주비가 얼굴을 찌푸렸다.

"그건 그쪽 공로가 아니잖아요. 제가 당신의 그 어리석은 계획대로 먼저 도망갔다면요?"

"도망쳤다면 그것도 현명하지. 내가 말했잖아. 조만간에 무슨 큰일이 벌어질 거라고. 자, 정말로 큰일이 벌어졌지? 내 말대로 네가 먼저 도망쳤다면 심천추 무리들과는 마주치지도 않았을 거야."

사윤은 굳이 또 쓸데없는 말을 덧붙였다.

"혹시라도 내가 먼저 가서 조상님을 만난다 해도, 청풍명월을 곁에 남겨 두었으니 그만큼의 공로가 있다고 할 수 있겠지."

옆에 있던 신비 사형은 사윤이 유들유들한 말로 자신의 사매를 구슬리는 걸 보자 화가 벌컥 치밀었다.

'이 자식이 날 무슨 길가에 박힌 말뚝 취급하다니!'

그가 "흥!" 하고 콧방귀를 뀌며 뭐라고 끼어들려 하는 순간, 일 년 동안 못 봤던 사매가 대체 무슨 선단이라도 먹었는지 내공이 훌쩍 높아져 있다는 걸 알아챘다. 그러니까 몇 년 전, 사윤이 주비에게 예쁜 아가씨라고 부른 것만으로도 어쩔 줄 몰라 하던 주비는 이제 사윤의 말에 놀랍지도 않다는 듯 냉소하며 대꾸했다.

"그래요? 키가 오 척도 되지 않는데, 나무에 핀 꽃은 아니겠네요."

뒤끝이 오래가는 주비였다. 사윤이 코를 문지르더니 아무렇지도 않게 말을 돌리며 웃었다.

"그런데 지금은 말이야, 꽃은 없어지고 시커먼 얼굴의 어린 친구만 남았지 뭐야. 옛말에 '천금은 쉽게 얻어도 지기는 얻기 힘들다'는 말이 있잖아. 따져 보면 내가 더 이익인 게지."

주비가 손으로 얼굴을 슥 닦았더니 과연 까맣게 재가 묻어 나왔다. 굳이 거울을 보지 않아도 지금 자신의 몰골이 어떨지 알 수 있었다. 멀지 않은 곳에 개울이 있었다. 오초초처럼 얼굴을 씻어야 할까 생각했지만 일어나기가 귀찮았다. 주비는 잠시 망설였지만 미약하게나마 존재하던 꾸미고자 하는 마음이 '귀찮다'는 한마디에 뿔뿔이 흩어지고 말았다.

'까만 얼굴이면 까만 얼굴이지 뭐.'

그리하여 주비는 미모를 포기한 채 아무 생각 없이 먹는 데 열중했다.

사윤은 옆에 있는 장신비가 자신을 보며 이를 바득바득 가는 모습을 보고 혹시라도 한 대 얻어터질까 싶어 얼른 말을 걸었다. 사윤은 사람에게는 사람 말을 하고, 귀신에게는 귀신 말을 하는 능력이 있었다. 말하다가 자꾸 주제에서 벗어나긴 했어도 정신없이 늘어놓는 것이 아니라 나름 질서가 있었다. 그래서 그의 얘기를 싫어하는 사람이 적었고 그가 아주 친절하다고 느끼는 사람도 있었다.

장신비는 사윤과 몇 마디 나누고는 화가 풀려서 사윤이 사십팔채 사람들을 형, 동생이라 부르는 것을 그냥 내버려 두었다.

"감사합니다."

사윤은 잘 구워진 새를 받아 들고 냄새를 맡아 보며 감탄했다.

"배부르게 밥을 먹어 본 지도 참 오래간만이네요. 휴, 벌어먹고 살기 참 힘들어요. 제 고용주는 죽어 버렸으니 남은 돈은 받지 못하겠죠……. 그나마 남아 있던 검 한 자루는 누가 주워 갔을지 모르겠네요. 검을 볼 줄 아는 사람이어야 할 텐데, 그냥 버리기엔 너무 아까운 검이라서요."

장신비는 그의 말에 뼈가 있는 것을 느끼곤 흠칫하며 물었다.

"왜, 곽가보에 무슨 일이라도 있을 것 같습니까?"

옆에서 불을 쬐던 충소자도 눈을 반짝이며 고개를 들었다. 사윤은 음식에서 모락모락 나는 김에 눈을 찡그렸다가 느릿느릿 말했다.

"북두가 맹렬한 기세로 보는 사람마다 죽여 입을 막고 있습니다. 그들이 주작주를 죽이려는 건 대마두를 없애 도의를 세우려는 게 아니겠죠. 이곳에 탐랑이 직접 행차하게 만들 만한 세력은 곽가보뿐입니다."

옆에서 듣고 있던 사내가 말했다.

"곽가는 요 몇 년간 동정 일대에서 홀로 세력을 차지하고 있고, 독단적이고 포악한 것 또한 사실입니다. 하지만 의지할 곳 없는 곤궁한 사람들이 모여 보호받기를 원하는 것을 비난만 할 수는 없죠. 곽연도는 아직 아무런 행동도 취하지 않았는데도 북조의 가짜 황제가 몸이 달아 먼저 움직인 것이니, '순종하면 창성할 것이고 거역하면 멸망할 것이다'는 말을 실천하는 '하늘이 정한 황제'답지요. 나중에 관리들의 핍박을 못 이긴 백성들이 정말로 반란을 일으키면 어쩌려는지!"

사윤이 웃으며 말했다.

"형제님의 말에는 어폐가 있군요. 각 문파와 방랑하는 협객들은 이제껏 관부에 복종하지도, 납세도 하지 않으면서 걸핏하면 싸움을 일으키고 사람을 죽여 왔습니다. 이게 어디 '백성'이란 말입니까?"

주비는 잠자코 옆에서 듣고만 있었다. 그들이 나누는 말은 너무나도 복잡하게만 느껴졌다. 각자 자기만의 이치가 있었으나 분별은 없었고, 도의는 찾아볼 수도 없었다. 문제를 해결하는 방법은 네가 죽이면 나도 죽이겠다 식이었다. 북조는 자신들이 비적들을 소탕한다고 생각하고 남조는 자신들이 정통이라고 생각했다. 곽가보 등 한 무리의 사람들은 자신들이야말로 폭정에 반항하는 진정한 협객이라고 생각했다.

주비는 아무리 생각해 봐도 뭐가 옳고 뭐가 그른지 판단할 수 없었다. 다만 이제껏 보아 온 바로는 다들 좋은 놈 같지는 않았다.

그렇지만 '좋은 놈'이라면 뭘 어떻게 해야 할까?

주비는 생각할수록 머리가 복잡해져 생선도 목구멍으로 넘어가지 않았다.

일단 난국이 벌어지면 평정을 유지하기가 매우 어려웠으므로 어쩔 수 없이 힘이 동원되어야 했다. 지극히 강력하거나 지극히 악해야만 비로소 모든 것을 숙청하고 새로운 태평천하를 세워 질서를 수립할 수 있었다. 그 과정에서 얼마나 많은 사람을 죽여야 할까? 얼마나 많은 무고한 사람들이 목숨을 잃을까? 얼마나 많은 백성의 눈물과 영웅의 피가 필요할까?

계산하기 힘들 정도로 많을 것이다.

별안간 눈앞에 손 하나가 불쑥 나타나더니 주비의 손에 들려 있던 약간 탄 생선 꼬리를 아무렇지도 않게 떼어 갔다. 정신을 차려 보니 주비에게 밥을 사 주겠다고 약속했던 사윤이 주비의 생선 꼬리를 씹으면서 뭐가 잘났는지 평가까지 하는 게 아닌가.

"짠맛이 덜해서 맛이 없네."

주비가 눈을 깜빡이며 생각난 김에 물었다.

"정말로 검을 주조할 줄 알아요?"

"먹고살려고 하는 거야. 전업한 지 얼마 안 됐어."

사윤이 말했다.

주비는 그런 그가 신기했다.

"예전에는 무슨 일을 했는데요?"

"노래를 만들고 연극 대사를 썼어."

사윤이 진지한 얼굴로 대답했다.

"사실이야. 주작주가 비파를 연주하면서 불렀던 그 곡은 내가 만든 거라니까. 전체 노래 제목은 〈이한루離恨樓〉, 총 아홉 절로 이루어져 있는데 주작주가 연주한 '곡장'은 그중 한 절이야. 내가 심혈을 기울여 만든 그 노래는 큰 인기를 끌었지. 절세의 명배우에서부터 거리의 백성들까지, 한두 구절이라도 모르면 입도 뻥끗 못 할 정도였다고."

"……."

아하, 아주 대단하시군그래.

주비가 속으로 비난하고 있을 때, 옆에 있던 장신비가 눈을 동그랗게 떴다.

"뭐라고요? 그걸 당신이 썼다고요? 그렇다면 당신이 바로 천세우? 잠깐, 그런데 천세우는 아름다운 여인이라고 그러지 않았나?"

사윤이 겸손하게 대답했다.

"천만에요, 미모는 약간 있을지언정 '여인'이라는 말은 가당치 않군요."

장신비는 그 자리에서 손바닥으로 장단을 맞추며 노래하기 시작했다.

"은근한 소식에 빛바랜 서간지, 연지에 물든 비가 내리네. 쓸쓸히 흘러내린 두 줄기, 고향에는……."

사윤이 뒤를 이었다.

"고향에는 바람과 서리가 내렸다네."

"맞아요, 맞아! 바로 그거였어요!"

흥분한 장신비는 고개를 돌렸다가 주비가 두 눈을 동그랗게 뜨고 그를 뚫어져라 쳐다보는 것을 보고 갑자기 말문이 턱 막혔다.

"어……."

주비가 느릿느릿 물었다.

"사형은 어떻게 그렇게 잘 아세요? 어디서 들은 거예요?"

장신비는 주비의 얼굴에 '돌아가면 왕 부인께 이를 거예요'라고 쓰인 것을 보고 얼른 보충 설명을 했다.

"객잔에서 들었지. 그…… 흠흠, 그 노래하면서 구걸하는 늙은 맹인 악사였는데……."

"아."

주비는 어색하게 난화지중국 전통극에서 여배우가 주로 하는 엄지와 중지를 안으로 구부리고 나머지 손가락은 위로 치켜드는 손놀림를 해 보이며 장신비를 가리켰다.

"그 늙은 맹인 악사가 이렇게 하면서 '연지에 물든 비'를 노래한 거예요?"

장신비는 아주 바르게만 보이는 어린 사매의 속마음에 불량스러운 면이 도사린 것을 보고 화가 나서 외쳤다.

"주비! 지금 사형을 놀리는 게냐? 이 배은망덕한 자식아! 내가 어렸을 때 너랑 연이를 위해 나무에 올라가 새 둥지까지 털어 줬는데, 쓸데없는 짓이었구나!"

젊은 제자들은 웃겨서 데굴데굴 굴렀다.

사윤이 웃음 띤 얼굴로 그들을 바라보았다. 사십팔채는 이름 그대로 마흔여덟 개의 문파로 이루어져 있었다. 예부터 천하의 수없는 형제들, 동기들이 서로 문을 꼭 닫고 얼마나 아웅다웅했는가. 하지만 유독 촉산의 이 위태로운 섬 같은 사십팔채는 외부 사람들의 유입을 막으면서 자기네들끼리 똘똘 뭉쳤다. 주비처럼 과묵한 사람도 망망한 교외에서 사형을 만나니 전보다 훨씬 활발해졌다.

'정말 부럽네.'

사윤은 손을 뻗어 모닥불을 피우며 속으로 생각했다.

사람들은 하나둘 잠에 빠져들었다. 사윤은 살짝 멀리 떨어진 곳으로 가서 나뭇잎을 몇 장 뜯어 하나하나 시험해 본 후, 소리가 가장 예쁘게 나는 것을 골라 입술에 대고 풀피리를 불기 시작했다. 어느 산에 전해지는 민요인지 아주 흥겨운 곡조였다. 듣다 보면 들꽃이 가득 피어난 봄 언덕이 저절로 연상되었다.

주비는 나무 밑에 기대어 눈을 감고 잠을 청했다. 감히 깊이 잠들 수도 없어 희미하게 의식을 붙들고 가느다란 풀피리 소리를 듣고 있노라니, 문득 사윤의 '먹고 마시고 앉아 있을 수 있으면 세상 어디든 갈 수 있다'는 말이 아주 일리 있는 것 같았다. 괜스레 마음이 즐거워졌다.

이튿날 아침, 모두는 휴식을 마치고 화용으로 떠날 준비를 했다.

주비는 결국 얼룩 고양이 같은 얼굴을 깨끗이 씻었다. 짓궂은 신비 사형에게 놀림을 받고 채 반격하기도 전에, 충소자가 주비를 불렀다.

"주 낭자, 잠시 할 얘기가 있다네."

신선의 풍채와 도인의 골격을 유지하는 건 결코 쉽지 않았다. 일단 돈이 있어야 했고 여유 시간이 충분해야 했다. 거지꼴을 한 충소자는 전혀 도사처럼 보이지 않았지만, 일단 그와 말을 나누다 보면 겉모습이 전혀 중요하지 않다는 것을 알 수 있었다. 마음에서 우러나오는 존경심에 말투도 저절로 공손해졌다.

주비가 얼른 달려갔다.

"선배님, 무슨 분부가 있으십니까?"

충소자가 밑도 끝도 없이 물었다.

"낭자는 글공부를 한 적 있나?"

주비는 그날 밤 말을 알아듣지 못해 쪽팔렸던 일을 생각하니 난처하면서도 다행스러웠다. 여기 사람들은 자신의 아버지가 누군지 모를 테니 말이다. 주이당에게 이어받은 것은 아마도 생김새뿐인 것 같았다.

주비는 뻔뻔스럽게 대답했다.

"조금 했었습니다…… 어, 하지만 열심히 하지 않아서 많이 잊어버렸지요. 그래도 글자는 읽을 줄 압니다."

충소자는 자상하게 고개를 끄덕이더니 품에서 손으로 베껴 쓴 〈도덕경道德經〉 한 권을 꺼내 주비에게 건넸다.

"이 늙은이한테 변변한 건 없는데 다행히 이 책은 빼앗기지 않고 남았다네. 꼬마 아가씨가 깨우침이 빠른 것 같으니 작별 선물로 주겠네."

책장을 넘겨 보니 처음부터 끝까지 도道가 어쩌고저쩌고하는 말뿐이었다. 주비는 순간 눈앞이 뱅글뱅글 도는 것 같아 필사적으로 생각했다.

'내가 깨우침이 빠르다니? 말도 안 돼. 나보고 여자 도사가 되라는 건가?'

주비가 물었다.

"선배님, 저희와 함께 화용으로 가지 않으십니까?"

충소자가 긴 수염을 비비며 웃었다.

"처리해야 할 사적인 일이 있어서 여기서 인사를 해야 할 것 같네."

주비는 살짝 미심쩍었으나 당사자가 '사적인 일'이라고 언급한 데다 어르신인지라 꼬치꼬치 캐물어 볼 수도 없었다.

"가시는 길 평안하시길 빕니다……. 책도 감사드려요."

충소자는 모두에게 공수하며 인사했다. 하룻밤 휴식을 취하고 나니 온유산이 전부 해독되어 몸이 가뿐해졌다. 그는 바람에 흩날리는 풀잎처럼 휘리릭 몸을 날리더니 눈 깜짝할 사이에 흔적도 없이 사라졌다.

장신비는 겉보기엔 투박해도 실은 꼼꼼한 사람이었다. 그는 눈을 가늘게 뜨고 충소자의 뒷모습을 지켜보다 돌연 낮게 읊조렸다.

"저 선배님은 가모님보다 실력이 떨어지는 것 같지도 않은데, 어떻게 우리 같은 사람들처럼 손쉽게 그 대마두의 함정에 걸려들었을까?"

온유산은 말에게 쓰는 약이라 성분이 독하다고는 해도, 내공이 어느 정도 경지에 오른 사람이라면 잠시나마 억제할 수 있었다. 잠깐 시간을 끄는 정도라고 해도, 다른 것도 아닌 도망치는 일도 불가능했을까?

사윤의 눈빛이 반짝였다. 그는 방향감각이 아주 뛰어나서 어디에 있든 길을 안내하는 역할이었고, 이번에도 한눈에 충소자가 악양 방향으로 갔다는 것을 눈치챘다. 아마도 지난밤 자신과 장신비가 얘기하는 것을 듣고 곽가보에 위험이 닥쳤는가 싶어 건너간 듯했다.

그들과 함께 탈출한 사람들 중에는 곽가보 때문에 목소교에게 붙잡힌 사람들이 적지 않았다. 아무리 예전에 곽가보와 친분이 있었다 해도 이런 난리를 겪었으니 마음도 떠났을 터, 충소자는 다른 사람들의 마음을 불편하게 만들기 싫어 그저 '사적인 일'이라고만 말했을 것이다.

"잠시 가는 길이 같았을 뿐입니다. 갑시다. 우리도 더 이상 지체할 수 없으니까요."

사윤은 화제를 돌리며 주비를 흘끔 바라보았다. 주비는 찌푸린 얼굴로 손에 든 〈도덕경〉을 멀뚱멀뚱 보고 있었다. 사윤은 주비의 어깨를 토닥이며 당부했다.

"잘 넣어 둬."

주비는 여전히 얼떨떨한 표정으로 책을 집어넣었다. 선배님은 혹시라도 내가 배운 것도 없고 재주도 없는 것을 차마 눈 뜨고 볼 수 없어 책을 주신 걸까? 하지만 아무리 생각해 봐도 이해가 되지 않았다. 왜 하필이면 〈도덕경〉일까? 차라리 〈삼자경三字經〉이라면 또 몰라.

사람들은 하룻밤 휴식 후 체력이 어느 정도 회복되었는지 발걸음도 빨라져 해가 중천에 뜨기도 전에 화용에 도착했다. 화용은 그다지 번화한 도시는 아니었지만 사람들도 있고 객잔도 있었다. 동굴 감옥에서 빠져나온 이들에겐 그야말로 인간 세상의 안락한 보금자리였다. 마침 시내에는 사십팔채의 비밀 기지가 있어서 장신비 무리는 더 이상 주머니 사정을 걱정할 필요 없었고 소식도 편하게 전할 수 있었다.

주비는 한 왜소한 중년 남자가 그들이 묵는 객잔을 찾아와 공손하게 오 부인에게 인사하는 것을 보고 그가 사십팔채가 심어 놓은 염탐꾼이라는 걸 알았다. 그는 안색이 누렇고 수척했지만 눈동자가 또렷한 것이 영민해 보였다. 급하게 달려온 그는 말과 마차를 준비해야겠다며 또 서둘러 자리를 떠났다.

주비는 드디어 따뜻한 밥과 깨끗한 옷을 받을 수 있었다. 배가 터질 정도로 양껏 먹은 후 씻고 새 옷으로 갈아입으니 몸 안팎으로 깨끗하고 편안했다. 객방 침상에 누워 뒹굴거리니 온몸의 뼈마디에서 우두둑 소리가 났다. 그제야 산을 내려가면 고생길이라는 말이 실감 났다. 하나도 재미없었다.

주비는 한참을 뒹굴거리다가 다시 그 이상한 도사가 선물한 책을 꺼내 보았다. 잠깐 보면서 뭐라도 머리에 집어넣어 볼까 했는데, 몇 구절 보지도 않아서 마치 몽환약이라도 먹은 것처럼 곯아떨어지고 말았다.

해가 서산에 뉘엿뉘엿 넘어갈 때가 돼서야 주비는 문 두드리는 소리에 잠에서 깼다.

수염을 말끔하게 깎은 사윤은 새 옷으로 갈아입고 어디서 구해 왔는지 부채까지 멋들어지게 손에 들고 있었다. 당장이라도 밖에 나가 부잣집 공자 행세를 해도 될 것 같았다. 방문이 열리고, 이제 막 잠에서 깬 듯한 주비가 나타났다. 평소 창백했던 뺨에 웬일로 홍조가 돌아 사람 자체가 부드럽게 보였다.

사윤은 반짝이는 눈빛으로 순식간에 주비를 훑었다. 잠시나마 목소리도 살짝 가라앉았다.

"장 형님이 사람을 시켜 서신을 보내는 걸 봤는데, 곧 산채로 돌아가는 거야?"

주비가 눈을 비비며 대답했다.

"우리는 신비 사형이랑 오 부인 일행을 찾으려고 산을 내려온 거예요. 사람을 찾았으니 이젠 돌아가야 하는데, 이성 이 재수 없는 개자식이 어디로 굴러갔는지 모르겠네요."

"……."

방금까지만 해도 부드럽고 귀여웠는데, 금방 이렇게 거칠고 불손하게 변하다니!

세상에는 참으로 아쉬움이 많도다. 해당화에는 향기가 없고, 장미에는 가시가 많고, 미인은 비적이라니! 이 아가씨가 차라리 벙어리였다면 얼마나 좋았을까!

사윤은 부드러운 목소리를 집어넣고 멋없게 입구에 기대어 껄렁껄렁하게 물었다.

"그럼 난 너희와 같이 갈 순 없겠다. 다음에 내가 직접 사십팔채로 장도를 전해 주러 가면, 네 어머니한테 또 얻어터지지는 않을까?"

주비가 말했다.

"그렇진 않을걸요. 형님이 빼내 갈 만한 두 번째 아버지도 없으니까요."

사윤은 그 말에 사레가 들려 캑캑거리며 이러지도 저러지도 못했다.

주비는 또 뭔가 떠올랐는지 질문을 던졌다.

"참, 사 오라버니. 경공은 그렇게 뛰어나면서 왜 다른 건 아무것도 못해요?"

사윤이 눈썹을 치켜세웠다.

"내가 왜 아무것도 못해? 난 검을 주조할 줄도 알고, 그리고……."

"노래를 부를 줄도 알죠."

"에휴, 넌 너무 몰라."

사윤이 고개를 저었다.

"태평성세 때는 금은보화가 귀하고, 난세에는 노래가 귀하다는 말도 못 들어 봤어? 세상 살기가 어려울수록 희곡과 화본대본이 돈이 된다고. 검 만드는 것보다 훨씬 나아. 고생해서 좋은 무기를 만들어 줬는데 주인이 죽어 버렸으니 누구한테 받으러 가겠어? 그리고 무공은, 어차피 천하를 제패할 생각도 없으니 대강 써먹을 수만 있으면 돼."

주비는 그제야 사윤이 자신에게 무슨 일만 닥치면 도망가는 어설픈 무공을 '써먹을 수 있다'고 여긴다는 것을 깨닫고 그의 낮은 향상심에 혀를 내두르고 말았다.

"됐어, 너한테 길게 말할 필요는 없지. 오다가 저쪽에 전당포가 있는 걸 봤는데 너한테 맞는 무기가 있을지 찾아볼게. 일단 네가 산골짜기에서 부러뜨린 것 대신 써. 가는 길에 그럭저럭 사용하기 괜찮을 거야."

말을 마친 사윤은 부채를 흔들고 휘파람을 불며 유유자적하게 어슬렁어슬렁 걸어갔다.

주비는 이 사람과 오래 같이 지내다 보면 마음이 바다처럼 넓어질 것만 같았다. 주비는 문 앞에 그대로 서서 눈을 비비며 한편으론 사윤을 따라 휘파람을 불어 보았다. 아무리 불어 봐도 양 볼만 당기고 '쉭쉭' 하는 바람 소리만 날 뿐이었다.

그때, 옆방의 문이 끼익 하고 열리더니 오초초가 고통스러운 표정으로 문틀을 부여잡고 비틀비틀 걸어 나왔다. 얼굴에 식은땀을 뻘뻘 흘리고 있었다.

"주…… 주 낭자."

주비가 깜짝 놀랐다.

"왜 그래요?"

오초초는 한나절을 꾹 참고 있었는지 얼굴까지 파랗게 질려서는, 귓가를 살짝 붉히며 조그맣게 말했다.

"그거요……."

"뭐요?"

주비는 오초초가 똑바로 서지도 못하고 한 손으로 아랫배를 부여잡은 채 어쩔 줄 모르는 모습을 보고 그제야 문득 깨달았다.

"아…… 그, 그거요……. 그러니까…… 배가 아파요?"

소녀의 달거리는 주기가 변하는 일이 흔했다. 춥고 습한 동굴 감옥에 오래 갇혀 있다 나온 오초초였다. 건장한 젊은이라면 모를까, 원래부터 매사에 근심걱정이 많고 체력이 허한 오초초에게 이상이 생기는 것이 당연했다. 주비도 이런 상황에서는 용맹하게 나서지 못해 어찌할 바 모르고 두리번거리며 조그맣게 말했다.

"어떡하죠? 그…… 낭자의 어머니께 여쭤 볼까요?"

오초초가 들릴락 말락 하게 말했다.

"어머니는 감기에 걸리셔서 약 드시고 벌써 잠드셨어요."

'그래, 역시 약골 모녀였어.'

주비는 그런 일에 대해서는 전혀 알지 못했지만, 객잔 전체를 둘러봐도 여자는 자신뿐이었으니 오 낭자가 도움을 요청할 만한 사람도 자신뿐이었다. 주비는 하는 수 없이 오초초를 자리에 앉히고 자신의 손바닥을 오초초의 허리에 댄 채 운공을 실시하며 살살 진기를 흘려보냈다. 내공 수련을 해 보지 않은 오초초는 경맥이 약했으므로 주비는 한꺼번에 많은 진기를 흘려보내지 않도록 주의했다.

손바닥이 따끈따끈해지자 오초초의 안색도 아까보다 좋아졌다. 하지만 잠시 지나자 다시 통증이 나타났다.

두세 번 반복해 본 결과, 주비는 열기가 가실 때마다 통증이 나타난다는 것을 발견했다.

"이런 식으로는 안 되겠어요. 나랑 같이 의원을 찾아가 봐요."

오초초는 얌전히 고개를 끄덕였다. 마침 상태가 좀 나아져서 주비를 따라 밖으로 나갔다.

그런 일이라면 으레 감추고 숨기려는 게 소녀들의 심리였다. 둘은 혹시라도 누가 물어볼까 봐 도둑고양이처럼 살금살금 객잔을 나가던 중, 귀찮은 신비 사형과 딱 마주치고 말았다.

장신비가 물었다.

"어디 가니?"

오초초는 민망해서 고개를 들지도 못했고, 주비는 굳은 얼굴로 아무렇게나 둘러댔다.

"나가서 구경 좀 하려고요."

장신비가 미간을 찌푸렸다.

"구경하고 싶으면 너 혼자 가면 되지, 왜 오 낭자까지 끌고 가는 건데?"

"……."

오초초가 얼른 대답했다.

"저…… 저도 가고 싶어서요."

오 낭자에게 뭐라고 하기 난처해진 장신비는 그저 신신당부했다.

"그래. 다만 너무 멀리 가진 마. 어두워지기 전에는 돌아와야 한다."

두 여자아이는 어떻게든 빨리 장신비의 눈에서 벗어나고 싶어 건성으로 대답하곤 서둘러 밖으로 나갔다. 그런데 몇 걸음 떼기도 전에 장신비가 또다시 둘을 불러 세웠다.

"잠깐, 비야!"

주비가 자포자기하며 중얼거렸다.

"사형이 아니라 엄마네."

오초초가 푸흡 웃음을 터뜨렸다.

장신비가 끝없이 잔소리를 늘어놓았다.

"가진 돈은 있어? 야! 내가 말하고 있는데 어딜 도망가!"

주비는 한 손으로 오초초를 붙잡고 나는 듯이 객잔을 빠져나갔다. 장신비의 잔소리는 더 이상 듣고 싶지 않았다.

하지만 훗날 주비는 그때 그렇게 서두르지 않았으면 좋았을걸 하는 생각을 지울 수가 없었다.

제 6 장

북두녹존

북두녹존

사윤은 전당포의 물건들을 뒤지고 있었다. 규모가 크지 않은 전당포라 값나가는 물건이 별로 없었다. 대부분 옷이나 생활용품이었고 간혹 품질이 떨어지는 장신구나 보석이 나오기도 했다. 무기는 몇 가지 없었는데 그마저도 보기에만 화려하지 쓰기에는 형편없었다. 어느 쇠락한 부잣집에서 소장하던 장식품인가 싶었다. 한참을 뒤적거려도 만족스러운 물건이 없자 사윤은 직접 손짓하며 주인에게 설명했다.

"혹시 여기에 길이가 이 정도 되고 날이 아주 날카로우면서 가느다란 칼이 있나요?"

"칼?"

주인은 사윤을 훑어보더니 말했다.

"그런 건 대장장이한테나 물어보슈. 그런 건 여기 없지. 패검이라면 모를까……. 그런데 칼은 왜 사려는 거요?"

사윤이 솔직하게 대답했다.

"여자아이한테 선물하려고요."

"……."

그는 눈앞의 이 공자가 어쩌면 평생 총각으로 늙어 죽을지도 모르겠다고 생각했다.

이때, 느닷없이 관병들이 나타나더니 거침없이 내달리기 시작했다. 전당포는 시끌벅적한 번화가에 위치해 양쪽으로 상점과 노점상들이 쭉 늘어서 있었고 길가에는 아이들이 놀고 있었다. 관병들이 말을 타고 달려가며 소리를 질러 대자 일대는 순식간에 아수라장이 되었다. 어른들의 고함 소리와 아이들의 울음소리가 뒤엉켜 혼란스럽기 짝이 없었다.

전당포 주인은 사윤을 챙길 틈도 없이, 어린 점원에게 얼른 나가 다친 사람이 없는지 살펴보라고 시키면서 중얼중얼 욕을 퍼부었다.

"나쁜 놈들. 이게 다 무슨 짓이람."

사윤은 천천히 미간을 찌푸렸다. 불현듯 불길한 예감이 들어 칼 사는 일도 제쳐 두고 몸을 돌려 객잔으로 뛰어갔다.

별안간 하늘에서 날카로운 울음소리가 들렸다. 흡사 맹금류의 울음소리 같았다. 사윤이 숨을 죽이고 고개를 들어 보니, 사냥매 몇 마리가 울부짖으며 주변을 빙글빙글 돌고 있었다.

북두의 '녹존' 구천기는 매 훈련을 좋아해서 그가 가는 곳마다 반드시 사나운 맹금이 따라다녔다.

'곽가보로 간다던 놈들이잖아? 어째서 화용에 온 걸까? 누굴 만나러 온 거지?'

사윤이 깊이 생각해 보기도 전에 북두의 검은 옷 입은 사람들이 회오리바람처럼 어디선가 훌쩍 날아왔다. 그들이 한곳에 모여 있으니 마치 까마귀 떼가 모여 회의라도 하는 것처럼 온통 새까맸다.

그때, 누군가 울음 섞인 목소리로 목이 터져라 외쳐 댔다.

"불이야! 불이야!"

사윤이 고개를 돌려 보니 저쪽에서 짙은 연기가 올라오고 있었고 울음소리와 비명이 들려왔다. 얼떨떨한 것도 잠시, 정신이 번쩍 들었다. 저긴 객잔이 있는 쪽이잖아!

사윤이 미친 듯이 달렸지만 사방으로 흩어져 도망치는 인파가 거리를 가득 메우고 있어 나아가기가 쉽지 않았다.

객잔은 이미 활활 타오르고 있었고 검은 옷의 사람들이 객잔 안팎을 겹겹이 둘러싸고 있었다. 그들은 각자 손에 쇠뇌를 들고 있었는데 거기에는 일반적인 화살이 아니라 나무 대롱이 장전되어 있었다.

아무것도 모르는 말 한 마리가 객잔 뒤뜰에서 뛰어나왔다. 나무 대롱 예닐곱 개가 말을 겨누더니 동시에 독사 같은 검은 액체가 발사되었다. 검은 액체가 튄 진흙땅은 치지직 소리와 함께 시커먼 얼룩이 생겼고, 날뛰던 말은 '히히힝' 고통스러운 울음을 토해 냈다. 말의 피부는 곳곳이 갈라지고 살이 터져 있었다. 말은 그 자리에서 세 걸음도 못 가 땅에 꿇어앉아 두어 번 움찔거리더니 그대로 뻗어 버렸다.

사윤은 서로 밀고 밀치는 사람들 사이에 껴서 땀만 삘삘 흘렸다. 사냥매 몇 마리가 하늘을 선회하며 내려왔다. 검정색 대창의를 입은 남자가 길모퉁이에 내려서더니, 팔을 뻗어 자신이 사랑하는 매의 머리를 가볍게 쓰다듬었다. 그는 매부리코에 보기만 해도 오금

이 저릴 만큼 무시무시한 얼굴이었다. 그는 사람들을 쓱 훑어보고는 낮게 중얼거렸다.

"쓸데없는 놈들이 방해가 되어서는 안 되지."

말을 마치기도 전에 그가 소매를 휘두르자 산을 넘어뜨리고 바다를 뒤집을 것 같은 거대한 힘이 사람들을 덮쳤다. 북적이던 사람들이 우르르 뒤로 밀려났다. 그 와중에 벽에 부딪쳐 머리가 깨진 사람들도 부지기수였다. 살았는지 죽었는지는 알 수 없었다.

모두가 밖을 향해 도망치는 와중에 오직 사윤만 안쪽을 향해 들어가고 있어서 매부리코가 쏜 장풍을 가슴에 정면으로 맞고 말았다. 주변이 온통 사람들이라 피할 수도 없었다. 사윤은 순간 눈앞이 캄캄해지더니 아무 생각도 나지 않았다.

그때, 주비는 오 낭자와 함께 의원에 있었다. 외진 곳에 있어서 찾아가기도 쉽지 않았다. 거기에는 늙은 의원 한 사람만 있었는데 노안으로 앞이 잘 보이지 않았고 말 한 마디 하는 데도 향이 절반은 타들어 갈 시간이 필요했다. 그런데도 늙은 의원은 두 여자아이를 앉혀 놓고 '통하면 아프지 않다'는 잔소리를 한참 늘어놓았다. 처방을 쓸 때는 마치 남은 목숨까지 쥐어짜 내려는 듯 종이에 거의 코를 박다시피 했다.

주비는 옆에서 기다리느라 다리까지 저릴 지경이었다. 의원이 처방을 다 쓴 것을 확인하고 나서야 비로소 안도의 한숨을 내쉬었다.

"그럼 이제 가서……."

'약을 받아 올게요'라는 말을 입 밖에 내기도 전에 주비는 귀를 쫑긋했다. 날카로운 매 울음소리가 들렸다. 주비는 바깥을 내다보며 의심스럽다는 듯 물었다.

"어르신, 이 마을에 평소 큰 매가 날아다니나요?"

늙은 의원이 덜덜거리는 목소리로 대답했다.

"아니."

주비는 처방전을 잘 접어 소매 안에 집어넣고 창문을 활짝 열어젖혔다. 멀지 않은 곳에서 어수선한 소리가 들려오더니 기름 냄새가 확 끼쳤다.

"나가서 살펴볼게요."

오초초는 이미 화살에 놀란 새가 되어 혼자 기다리기 무섭다며 다짜고짜 주비의 뒤를 따라나섰다. 두 사람은 앞뒤로 나란히 거리를 내달렸다. 그러다 갑자기, 주비가 오초초의 손목을 잡고 옆에 있던 좁은 샛길로 끌어당겼다.

"무슨……."

주비가 손가락 하나를 펴서 조용히 하라는 신호를 보냈다. 주비의 표정이 너무도 심각해서 오초초는 온몸의 털이 곤두선 채, 주비 곁에 꼼짝 않고 붙어 있었다. 잠시 후, 두 사람이 느릿느릿 걸어오는 것이 보였다. 한 사람은 귀밑머리가 희끗희끗한 중년 남자로, 폐병 환자처럼 낯빛이 누렇게 떠 있었고 한 손을 가슴에 짚은 채 수시로 걸음을 멈추고 기침을 토해 냈다.

바로 북두의 심천추였다!

심천추 옆을 따라가는 사람은 그 폐병 환자보다 허리를 깊이 숙인 채 만면에 웃음을 띠고 두려움과 아부가 섞인 표정으로 뭐라고 말을 건네고 있었다. 주비는 그를 뚫어지게 바라보았다. 저 왜소한 중년 남자는 아까 봤던 사십팔채의 염탐꾼이잖아!

오 부인 일가를 방문해 인사까지 한 사람이었기에 오초초도 그를 한눈에 알아보았다. 원래부터 손발이 얼어붙어 있었는데 이제는 얼음 굴에 들어간 것처럼 온몸을 덜덜 떨기 시작했다.

주비도 사실 오초초 못지않게 깜짝 놀랐지만 옆에 보살펴야 할 사람이 있어서 어쩔 수 없이 침착해야 했다.

그 왜소한 남자는 뭔가 이상한 낌새를 눈치챘는지 사방을 두리번거렸다. 주비는 한 손으로 오초초의 입을 막고 다른 한 손으로 오초초를 꽉 붙든 채 샛길 안쪽으로 몇 걸음 더 끌고 갔다.

사십팔채에 삼채주의 반란이 일어났을 때 주비는 너무 어려서 그 인상 깊었던 외삼촌의 등 말고 다른 것들은 전혀 기억하지 못했다. 지금 주비는 머릿속이 온통 뒤죽박죽이었다. 갑자기 떠오른 옛 생각이 목에 걸려 삼킬 수도 뱉을 수도 없었다.

두 사람이 멀리 지나가자 오초초는 무기력하게 주비의 손을 잡았다.

"주 낭자……."

얼음처럼 차가운 손이 주비의 들끓는 머릿속을 진정시켜 주었다. 주비는 필사적으로 정신을 차리고 조그맣게 속삭였다.

"괜찮아요, 무서워할 것 없어요. 날 따라와요. 신…… 신비 사형도 있고…… 사윤도 있으니까……."

주비는 자신도 모르게 횡설수설하기 시작하자 아예 입을 닫고 혀를 살짝 깨물었다. 그리고 오초초를 끌고 큰길을 피해 골목으로만 파고들어 갔다.

사윤이 큰 재난을 겪고도 살아남으면 훗날 반드시 복이 따른다고 하지 않았던가? 목소교 같은 악명 높은 대마두를 한 번 보면 삼 년 동안 운수 대통한다고 했는데?

그런데 아직까지 전혀 그럴 기미도 안 보이잖아!

객잔에서 의원까지 오는 데는 일각 정도 걸렸으나 돌아가는 데는 순식간이었다. 주비는 오초초를 데리고 거의 날듯이 이동했다.

객잔에 짙은 연기가 뭉게뭉게 피어오르는 것이 보이자 주비의 마음은 무한히 높은 곳에서 하염없이 수직낙하하기 시작했다.

불바다가 된 광경을 직접 목격한 후에는 아무리 스스로를 속일지라도 '괜찮다'는 말은 나오지 않았다.

오초초의 찢어질 듯한 비명 소리를 주비가 억지로 막았다. 그런데 너무 다급한 나머지 손의 힘을 조절하지 못해 오초초는 그대로 기절하고 말았다. 창백하고 차가운 몸을 어깨로 받친 채 주비는 죽지뼈를 등 뒤의 이끼 낀 벽에 기댔다. 벽 틈새로 닭들이 울부짖고 사냥매가 날뛰는 것이 보였다. 시야가 닿는 곳마다 온통 시뻘겠고 뜨거운 열기가 얼굴을 덮쳤다.

불길이 얼마나 오래 타올랐는지, 사람들이 왕래하던 거리는 이미 텅 비어 있고 타다 남은 재와 핏자국만이 낭자했다.

사냥매를 받치고 있던 남자가 턱을 치켜세우자 그 즉시 흑의인들이 두 무리로 나뉘었다. 한 무리가 독약을 발사하며 경계하는 동안, 다른 한 무리는 무기를 들고 이미 불에 타 폐허가 된 객잔으로 뛰어들어 수색을 시작했다. 시신이 하나둘 객잔 안쪽에서 들려 나와 텅 빈 거리에 차곡차곡 놓였다. 개중에는 완전한 시신도 있었고 몸뚱이와 머리가 분리된 것도 있었다. 필시 객잔에 있던 사람이 갑작스런 습격을 받고 필사적으로 적을 해치우다가, 결국엔 포위를 뚫지 못하고 객잔으로 후퇴해 문을 봉쇄했을 것이다.

오초초는 어느새 깨어났는지 눈물로 주비의 한쪽 소매를 적셨다.

대창의를 입은 남자가 사냥매를 날려 보낸 후 뒷짐을 지고 서서 큰 소리로 외쳤다.

"여러분, 잘 들으시오. 최근 세상이 어지러운 틈을 타 비적들이 상단으로 위장하고 성에 잠입해 반란을 일으키려 하고 있소. 다행히 어느 눈치 빠른 선량한 백성이 수상한 점을 발견하고 제때에 관부에 신고해 지금은 비적들을 모두 제거하였소! 그 일당들이 한 놈도 빠져나가지 못하도록 여러분은 대문을 꼭 잠그고 낯선 이에게는 문을 열어 주지 마시오!"

주비는 자신의 성격이라면 곧장 뛰어나가 무작정 죽기 살기로 달려들었을 것이라 생각했다. 목숨을 잃을지언정 속이라도 후련해야 하지 않겠는가.

하지만 주비는 그렇게 하지 않았다.

주비는 또 자신이 펑펑 울 거라고 생각했다. 어렸을 때부터 기쁨과 노여움을 겉으로 내색하면 안 된다는 이치를 가르쳐 준 사람이 없었기에 이제껏 울고 싶으면 울고, 웃고 싶으면 웃었다.

하지만 주비는 울지 않았다.

하늘에서 무슨 신통한 능력이라도 하사했는지, 많은 일에 있어서 주비는 가르쳐 주는 사람이 없어도 갑자기 스스로 터득하곤 했다.

이때, 한 흑의인이 땅에 놓인 시신의 수를 다 세고는 앞으로 다가와 대창의를 입은 사람에게 뭐라고 보고했다.

남자가 차갑게 웃었다.

"오, 내 말이 맞았군. 역시 빠져나간 물고기가 있었어?"

주비가 오초초를 잡아끌며 낮게 속삭였다.

"얼른 가요!"

오초초는 우느라 일어서지도 못했다. 주비는 오초초의 허리띠를 잡고 땅에서 강제로 들어 올렸다. 그리고 오초초의 귓가에 대고 나지막하게 말했다.

"어머니와 동생의 복수를 하고 싶어요?"

오초초는 입을 틀어막으며 주체할 수 없는 흐느낌을 필사적으로 억누르고 있었다. 금방이라도 숨이 끊어질 것처럼 얼굴까지 새빨갛게 달아올랐다.

"그럼 울지 마요."

주비가 차갑게 대꾸했다.

"죽은 사람은 복수할 수 없으니까."

오초초는 눈을 감고 손톱으로 자신의 손바닥을 꼬집었다. 온몸이 찬 바람에 흔들리는 나뭇잎처럼 덜덜 떨렸다. 증오는 마치 화염처럼 사람의 오장육부를 태우며 비정상적인 정신력을 만들어 냈다. 잠시 후 오초초는 정말로 울음을 그쳤고 호흡도 훨씬 안정되었다.

주비는 냉정하게 상황을 판단해 보았다.

'이렇게 큰 난리가 났으니 성문은 이미 닫혔을 거야. 게다가 우리에겐 마차도 없어. 성 밖으로 나간다 해도 금방 눈에 띌 거야. 저들이 몇 명이나 왔는지는 모르겠지만 어쩌면 이미 성 밖에서 누가 걸려드나 기다리고 있을지도 몰라.'

성안 사람들은 두려움에 벌벌 떨며 대문을 걸어 잠그고 집 밖으로 한 발자국도 나가지 않았다. 아무 집이나 들어가서 숨기도 힘든 상황인 데다, 방금 막 아는 사람에게서 배신을 당한 터라 감히 다른 사람을 믿을 수도 없었다.

주비는 잠시 생각하곤 오초초의 손목을 잡았다.

"따라와요."

북두의 명령에 따라 검은 옷의 사람들은 성안 곳곳을 수색하기 시작했다. 강호를 오래 구른 노련한 사람이라면 그들의 추적을 피할 수도 있겠지만, 주비는 자신에게 그런 능력이 없다는 걸 잘 알았다. 아무 곳이나 막 숨어들었다가는 적을 맞닥뜨릴 가능성이 더 컸다. 무모하게 돌아다니는 대신, 주비는 작은 골목으로 들어가 어느 집 문 앞에 놓인 잡동사니를 넣어 두는 등나무 광주리 뚜껑을 열었다.

아마도 형편이 어려운 집이었는지 광주리 안에는 물건이 많지 않았다. 체구가 작은 여자애 둘이 들어가도 충분해 보였다. 주비는 안으로 들어가 광주리 뚜껑을 닫아 대강 가렸다. 두 손가락으로 뚜껑을 꽉 잡은 채, 눈을 감고 조용히 심호흡을 하면서 자신의 생각을 처음부터 끝까지 검토했다. 아무 문제 없다는 것을 확인한 후 오초초에게 속삭였다.

"이따가 어떤 일이 발생해도 놀라지 말아요."

오초초는 힘껏 고개를 끄덕였다. 주비는 숨을 깊이 들이쉬고 잠시 생각하다가 말을 이었다.

"나 혼자만 남더라도 아가씨를 안전하게 사십팔채까지 보낼 수 있으니까, 날 믿어요."

그 말은 오초초에게 하는 말이자 자신에게 하는 말이었다. 이렇게 입 밖으로 약속을 내뱉으니 없는 힘도 솟아나는 것 같았다. 누군가 그녀에게 기대를 걸고 있었다. 누군가의 생명이 그녀에게 달려 있었다. 어떻게든 평소에 생각해 보지 못했던 것을 생각하고, 해 보지 못했던 것을 해야 했다. 슬픔과 분노를 챙길 겨를도 없었다.

오초초가 뭐라고 말하려는데 주비가 손을 들어 그녀에게 흔들어 보였다. 오초초는 숨을 죽였다. 한참 후, 아주 미세한 발자국 소리가 들렸다. 광주리 틈새로 흑의인이 방향을 돌려 이쪽 골목으로 들어오는 것이 보였다.

막다른 골목이었기 때문에 한눈에 훤히 보여서 굳이 들어올 필요는 없었다. 그런데 아무래도 두 사람의 운이 나빴는지, 흑의인은 잠시 주저하다가 자기 일에 최선을 다하려는 듯 골목으로 들어와 신중하게 사방을 살피기 시작했다. 등나무 광주리는 허술했다. 뚜껑의 틈새로 내려다보면 안에 무가 들었는지 배추가 들었는지 훤히 보였다. 사람 둘이 숨어 있으면 말할 것도 없었다. 상대방이 고개만 숙여도 대번에 수상한 점을 알 수 있었다.

검은 옷의 사람이 서서히 다가오자 오초초는 심장이 죄어들어 저도 모르게 주비를 바라보았다. 그런데 주비는 그 소녀다운 가늘고 긴 속눈썹을 내리깔고 있었다. 마치 눈을 감은 듯, 표정도 평온해 보였다.

오초초는 생각했다.

'운명을 하늘에 맡기려는 걸까?'

속이 바작바작 타들어 갔다. 그녀는 생각나는 신령과 부처에게 모두 기도를 올리며 입술을 힘껏 깨물었다. 곧 입 안에 비릿한 피 맛이 느껴졌다.

하지만 평소에 향도 돌리지 않다가 급할 때 부처님 다리에 매달리는 건 역시나 소용이 없었다. 발소리가 점점 느려지다가 갑자기 멈췄다.

오초초는 심장이 덜컹 내려앉았다. 그 남자는 낮게 웃는가 싶더니 그녀들이 몸을 숨긴 곳으로 걸어왔다. 오초초의 등이 팽팽하게 긴장되었다. 그녀는 절망으로 눈을 꼭 감고 속으로 미친 듯이 부르짖었다.

'우릴 봤어! 우릴 본 거야!'

흑의인은 등나무 바구니의 얇은 뚜껑을 잡고 위로 들어 올리려 했지만 열리지 않았다. 안쪽에서 뭔가 걸린 것 같았다.

"버텨 보겠다는 건가?"

흑의인이 차갑게 웃으며 손에 힘을 주어 뚜껑을 확 잡아당겼다. 그런데 방금 전까지 안쪽에서 버티던 힘이 갑자기 사라지더니 안에 숨어 있던 사람이 손을 뻗어 뚜껑을 확 밀어냈다. 두 힘이 합쳐지면서 광주리 뚜껑이 곧장 흑의인의 얼굴을 덮쳤다.

갑작스럽게 시야가 가려지자 흑의인은 본능적으로 손을 뻗어 밀어냈다. 그 찰나, 가느다란 손이 귀신처럼 아래에서 위로 튀어나오더니 그의 목을 대뜸 꽉 죄었다. 흑의인은 소리도 지르지 못하고 '끅' 하는 소리와 함께 순간 정신을 잃었다.

주비는 재빨리 발을 뻗어 땅에 떨어지려는 바구니 뚜껑을 가볍게 낚아챘다. 그리고 두 손으로 깔끔하게 당기며 비틀자 흑의인의 머리가 기이한 각도로 꺾이더니 힘없이 축 늘어져 다시는 살아날 수 없게 되었다.

오초초는 놀라서 온몸이 딱딱하게 굳고 목덜미가 얼어붙었다. 주비는 무표정하게 두 손을 자신의 옷에 쓱쓱 닦았다. 짐작이 맞았다. 객잔이 모조리 불타 버렸으니 개중엔 무고하게 연루된 사람들도 적지 않았을 것이다. 객잔이란 하루 종일 사람들이 드나드는 곳이고 주비 일행만 머무는 것도 아니었다. 주비 일행의 사정을 잘 아는 사람이 밀고하여 북두가 일행이 총 몇 명인지 안다 한들, 시체 수를 세는 것으로는 누가 도망쳤는지 판단할 수 없었다.

그렇다면 남은 가능성은 딱 두 가지였다. 첫째, 그들이 찾는 것이 사람이 아니라 어떤 물건인데, 그 물건이 객잔에 남아 있지 않았다면 오초초가 지닌 채 나왔을 것이다. 둘째, 오초초의 신체에 무슨 비밀스런 특징이 있고, 그들이 찾는 사람은 그런 특징을 가진 오초초일 것이다.

주비는 사실 아까 오초초를 등나무 바구니 안에 밀어 넣을 때 일부러 바깥쪽에 숨도록 했다. 산을 내려가 산채의 임무를 수행하는 이들은 행동하기 편한 간편한 복장 차림이어야 하지만, 신비 사형은 주비를 너무나 아낀 나머지 어디선가 주비에게 오 낭자가 입은 것 같은 긴 치마를 새로 구해 왔다. 아마 길을 떠날 때 오 부인과 오 낭자를 수행한다는 핑계로 함께 마차에 태워 고생을 덜 시키려는 의도였을 것이다. 주비와 오 낭자는 비슷한 옷을 입고 각각 안쪽과 바깥쪽에 숨었다. 사방에 구멍이 숭숭 뚫린 등나무 바구니 안이라도 주비는 상대적으로 발견되기 어려웠다.

오초초는 그야말로 사람을 방심하게 만드는 여자아이였다. 흑의인은 무엇을 찾는지 몰라도 오초초를 발견하자 일단 놀라면서도 기뻐했고, 그래서 주비가 일격에 처리하기 쉬웠다.

주비가 물었다.

"혹시 뭐 특별한 물건을 지니고 있나요?"

오초초는 전혀 모르겠다는 표정이었다. 주비는 속으로 한숨을 내쉬었다. 아무래도 그들 둘의 상황은 별 차이가 없는 것 같았다. 신비 사형은 오씨 집안 식구들을 데려오는 진짜 목적을 말해 주지 않았고, 오씨 부인도 가냘픈 어린 딸에게 비밀을 말해 주지 않은 것이 분명했다.

"그럼 됐어요."

주비는 주변에 아무도 없는 틈을 타 흑의인이 꽁꽁 싸매고 있던 옷을 재빨리 벗겨 냈다. 주비는 체형이 호리호리하긴 해도 사윤이 놀렸던 것처럼 '오 척도 되지 않는' 건 아니었다. 흑의인의 옷을 입으니 약간 크긴 해도 묶을 수 있는 곳을 모두 묶으니 그렇게 이상하진 않았다.

주비는 또 죽은 사람의 몸에서 패도 하나와 비수 하나, 영패, 그리고 잡다한 물건들을 찾아냈다. 패도는 무게가 딱 적절했다. 칼등이 살짝 넓긴 해도 손에 착 감겼다. 영패는 정면에 북두칠성도가, 뒷면에는 '녹존3'이라고 새겨져 있었다.

"녹존."

주비는 그 두 글자를 잘게 쪼개어 머릿속에 새겨 넣었다. 그리고 시체를 모퉁이에 밀어 넣고 낡은 광주리와 돌멩이로 덮어 놓았다. 주비가 오초초를 향해 말했다.

"날 믿어요?"

오초초는 믿지 않아도 믿어야 할 판이어서 얼른 고개를 끄덕였다.

"그럼 여기서 일부터 백까지 세고 있어요. 아니다, 이백까지지요. 내가 올 때까지 기다려요."

오초초의 얼굴에 즉시 당황스러운 빛이 떠올랐다. 당황하지 않는 것이 불가능했다. 닭조차 못 잡을 정도로 힘이 약한 데다 들개 한 마리에게도 충분히 생명의 위협을 느낄 만했으니 말이다. 주변에 자신들을 호시탐탐 노리는 냉혈한 살인마들이 득시글거려 언제 잡혀가도 이상한 일이 아니었다. 게다가 이 음산한 좁은 골목에 숨어 있자니 곁에는 아직 체온이 가시지 않은 시체만 있을 뿐이었다.

주비는 자기가 말하고선 오초초에겐 너무 무리한 부탁이 아닌가 하고 다시 뭐라고 덧붙이려는 순간, 오초초가 당황한 것이 역력한 표정으로 진지하게 고개를 끄덕이며 떨리면서도 확고한 목소리로 대답했다.

"알았어요, 다녀와요."

주비는 오초초를 찬찬히 살펴보았다. 문득 이 아가씨가 대단하게 느껴졌다. 만약 입장이 바뀌었다면, 자신에게 십여 년간 쌓은 무공이 없었더라면 감히 그렇게 대답하지 못했을 것이다.

주비는 오초초에게 비수를 건넸다. 그리고 황토 진흙을 한 줌 손에 쥐고 비벼 고운 가루로 만든 다음 옷 바깥으로 나온 손과 얼굴, 목 부분에 발랐다.

"걱정 말아요. 내가 아가씨를 데려다준다고 말했으니 꼭 데려다줄 거예요. 설령 죽는다 해도 영혼으로라도 날아올게요."

주비는 말을 마치고 몸을 돌려 골목을 벗어났다.

오초초는 한결 넓어진 등나무 바구니 안에 몸을 웅크린 채 아까 주비가 한 것처럼 바구니 위에 살짝 덮인 뚜껑을 두 손가락으로 걸어 고정한 후 머리를 쪼그린 무릎 사이에 파묻었다. 아랫배가 살살 아파 오기 시작하며 이따금씩 저도 모르게 몸서리를 쳤다.

일평생 가장 길고 더딘 이백이었다.

오초초는 일부터 숫자를 세기 시작했다. 부모 형제가 모두 세상을 떠나고 이제는 의지할 곳 없이 홀로 남았다는 생각이 들자 불현듯 슬픔이 몰려왔다. 하지만 소리 내어 울 수도 없어 그저 조용히 눈물만 흘렸다. 울면서도 숫자는 빠지는 것 없이 이어졌다.

"백구십삼, 백구십사……."

갑자기 가벼운 발소리가 들려왔다.

누구지?

오초초의 오관五官과 육감은 무예를 하는 사람들만큼 예민하지 않아서, 발소리를 들었을 때는 이미 발소리의 주인이 근처까지 와 있었다. 오초초는 숨을 턱 밑까지 들이마시고 뚜껑에 걸어 놓은 손가락에 있는 힘을 다했다. 하도 세게 쥐어서 손가락 끝이 얼얼하니 감각이 없을 정도였다. 다른 손으로는 주비가 건네준 비수를 꽉 쥐었다.

"나예요."

발소리의 주인이 조그맣게 속삭였다. 오초초는 순간 긴장이 탁 풀리며 얼굴에 미소가 잠깐 스치더니 저도 모르게 눈물이 왈칵 쏟아졌다.

주비는 바구니 뚜껑을 열고 오초초에게 쭈글쭈글한 검은 옷을 건넸다.

"죽은 사람에게서 벗겨 낸 거예요. 아쉬운 대로 일단 입어요. 다른 곳으로 이동할 거니까."

오초초가 물었다.

"어디로요?"

"저놈들의 소굴로 들어가는 거예요."

"전…… 누가 봐도 가짜 같아요."

오초초가 어색한 듯 검은 옷을 추켜올리며 가슴을 감쌌다. 미인의 조건은 첫째가 분위기요, 둘째가 골격이며, 셋째가 피부이고, 넷째가 옷차림이었다. 오초초는 한눈에 봐도 교양이 넘치는 소녀로, 뼛속까지 현숙하고 온화하고 선량했다. 진흙탕에 굴러 거지꼴을 하더라도 여전히 미모가 빼어난 거지일 것이다.

"상관없어요. 괜찮아요."

주비는 대수롭지 않게 말하며 또 다른 영패를 손에 들고 무게를 가늠해 보았다. 거기에는 '탐랑1'이라고 새겨져 있었다. 주비가 말했다.

"얼굴에 황토를 좀 문질러요. 너무 하얗게 눈에 띄지만 않도록요."

오초초는 주비의 말대로 손과 얼굴에 황토를 문질렀지만 여전히 주비가 뭘 하려는 건지는 알 수 없었다.

"이렇게 해도 가까운 거리에서는 들킬 것이 뻔한데, 어떻게 그들 사이에 섞여 들어간다는 거예요?"

"섞여 들어가는 거 아녜요."

주비가 뒤에서 오초초의 허리를 받치자 오초초는 엉겁결에 공중으로 들어 올려졌다. 다행히 여기까지 오는 동안 주비에 이끌려 날 듯이 달리는 것에 익숙해져서 얼른 비명을 꿀꺽 삼켰다. 주비가 들릴락 말락 속삭였다.

"죽이면서 들어갈 거니까."

하늘은 이미 어두워져 있었다. 두 사람은 성안을 수색하는 흑의인처럼 검은 옷으로 갈아입어서 멀리서 보면 그다지 눈에 띄지 않았지만 오초초는 여전히 불안했다. 고개를 돌리니 주비의 차분한 표정이 보였다. 믿기 어려울 지경이었다. 이 꼬마 아가씨의 배 속에는 두려움이라는 게 손톱만큼도 없는 것 같았다. 놀라울 만큼 대범했다.

두 사람은 살금살금 담을 넘고 좁은 골목길로만 다녔지만 금세

'동료'를 마주치고 말았다. 오초초는 자신도 모르게 숨을 죽였다.

그 흑의인은 멀리서 두 '동료'를 보고는 이 골목을 이미 수색한 것이라 여겨 몸을 돌려 다른 곳으로 향했다. 하지만 두어 발자국 가다가 문득 뭔가 이상하다는 느낌에 고개를 획 돌린 순간, 칼 한 자루가 소리 소문 없이 그의 목을 스쳤다. 목구멍에서부터 귀밑까지 갈라진 사이로 피가 용솟음쳤다. 흑의인은 놀라서 입을 벌렸으나 아무 소리도 나오지 않았고 헐떡이다가 숨을 거뒀다.

주비는 피가 묻지 않도록 몸을 피하며 흑의인의 머리카락을 잡고 골목 깊숙한 곳으로 끌고 갔다.

오초초는 처음엔 옆에서 안절부절못하며 보고만 있다가, 갑자기 무슨 생각이 났는지 길가에서 고운 흙을 퍼다가 땅에 튄 핏자국을 덮었다.

한 사람은 얼마 전까지만 해도 다른 사람을 다치게 한다는 것을 꿈도 못 꿨고, 나머지 한 사람은 낯선 남자 앞에서는 말까지 더듬거렸다. 그런데 지금, 한 사람은 어떻게 하면 아무 기척도 없이 단칼에 사람을 죽일 수 있는지를, 다른 한 사람은 기지를 발휘해 핏자국을 숨기는 법을 터득했다.

주비는 아까처럼 흑의인 몇 명을 해치웠다. 여섯 번째 사람까지 해치웠을 때, 하늘에서 갑자기 매 울음소리가 들렸다.

그 무렵 하늘은 이미 어두컴컴해져 있었다. 주변의 건물과 처마가 어둠 속에서 모호해지며 도깨비 그림자처럼 보였다. 주비는 순간 방향이 헷갈려 오초초에게 물었다.

"저 매들은 어느 쪽으로 날아가는 거죠?"

오초초는 속으로 짐작해 보곤 말했다.

"우리가 맨 처음 몸을 숨겼던 곳 같아요. 혹시 우리가 숨겨 둔 시체가 발각된 게 아닐까요? 큰일이네요. 우리가 그들의 옷을 벗겨 갔으니, 그들이 더 경계할 거예요!"

하루 종일 긴장으로 굳어졌던 주비의 입가에 비로소 약간의 웃음기가 걸렸다.

"맞아요. 여기서 관아까지는 얼마나 멀죠? 방향이 맞나요?"

오초초가 고개를 끄덕였다.

"멀지 않아요. 이 거리만 건너면 바로예요."

"지저분한 겉옷을 벗어요."

오초초는 주비의 말대로 죽은 자의 몸에서 벗겨 낸 검은 옷을 벗었다. 주비는 재빨리 자신들이 벗어 놓은 검은 옷을 조각조각 자른 다음 잠시 사방을 둘러보고는 어느 집 뒤뜰의 분뇨 구덩이에 버렸다. 그리고 오초초가 가리킨 방향을 따라 관아로 달려갔다.

좁은 골목, 녹존 구천기는 무겁게 가라앉은 얼굴로 땅에 놓인 시체를 살피며 발끝으로 시체의 꺾어진 목을 바로잡았다.

"아직도 보호해 주는 사람이 있을 줄이야……. 게다가 간도 크군."

그의 어깨에 매가 앉아 있었다. 사람과 매는 마치 같은 알에서 태어난 것처럼 공통점이 많아 보였다.

"내가 있는 곳에서 한몫 잡는 건 그리 쉽지 않을 게야."

구천기가 차갑게 내뱉었다.

"모두 잘 들어라. 일각 안에 여섯 명씩 한 대오를 짜서 각 오의 우두머리가 영패를 검사하라. 명단에 없는 사람은 죽여도 좋다."

옆에 있던 사람이 나지막하게 말했다.

"대인, 탐랑조의 사람도 있습니다. 보십시오……."

구천기는 무표정한 얼굴로 그를 쏘아보았다. 옆에서 참견한 흑의인이 얼른 고개를 숙이고 입을 꾹 다문 채 조용히 물러났다.

주비와 오초초는 인내심 있게 벽 모퉁이 부근에서 잠시 기다리고 있었다. 무슨 지시를 받았는지, 곳곳에 흩어져 있던 흑의인들이 갑자기 관아로 속속 모여들었다. 이들은 마치 온 천지를 뒤덮은 거대한 그물처럼 가지런히 줄을 지어 섰다. 주비가 원한 건 바로 이런 효과였다. 이 기회를 놓칠 수 없었다. 주비는 잘 훈련받은 것처럼 척척 대오를 이루는 흑의인들을 피해 오초초를 이끌고 민첩하게 관아의 담을 넘어 안으로 들어갔다.

그리고 곧장 뒤뜰로 달려갔다. 바로 본관 나리의 뒤채가 있는 곳이었다.

사윤은 대부분의 시간을 잘 먹고 잘 자서 꿈을 꾸는 일이 극히 드물었다.

그런데 오늘, 그는 잠결에 자신이 불바다 속에 있는 것이 느껴졌다. 그는 누군가의 손을 붙잡고 다급하게 출구를 찾았다. 위아래 3층으로 된 객잔은 어느새 출구를 찾을 수 없는 거대한 미궁이 되어 아무리 돌아다녀 봐도 막다른 길뿐이었다.

불길은 점점 거세졌고 연기도 짙어져만 갔다. 사윤은 뒷사람의 숨이 갈수록 약해지는 것을 느낄 수 있었다. 너무나도 다급한 상황에 어디서 그런 초인적인 힘이 솟았는지, 그는 손바닥으로 길을 가로막은 벽을 내리쳤다. 돌벽은 굉음을 내며 부서졌다. 그 사이로 햇살이 눈부시게 쏟아졌다. 사윤은 그제야 마음을 놓고 뒷사람을 힘껏 잡아당겼다.

"이래 봬도 제가 절세무공입죠……."

그런데 손에 잡힌 무게가 아무래도 한 사람 같지 않았다. 놀라 고개를 돌려보니, 사람 그림자가 어른거리더니 순식간에 불길에 집어삼켜졌다. 자신의 손에 들린 것은 잘린 팔뚝이었다. 사윤은 누군가 자신의 심장을 꽉 쥐어짜는 것을 느끼며 잠에서 번쩍 깨었다. 온몸에 식은땀이 흥건했다.

그는 천장이 낮은 민가에 누워 있었다. 창문은 창호지가 낡아 너덜너덜했고 대들보와 기둥 모두 오래되어 보였다. 하지만 방 안에 놓인 탁자와 침상의 요는 새것이었다.

살짝 몸을 움직여 보니 가슴이 욱신거렸다. 녹존 구천기의 일격에 부상을 입은 것 같았다. 그는 마른기침을 하며 힘들게 일어나 앉았다. 침상 가장자리에서 잠깐 쉬다가 문득 무슨 생각이 났는지 얼른 일어나 밖으로 나가려 했다.

순간, 누군가 문을 똑똑 두드리는 소리가 나더니 끼익 하고 문이 열리며 한 소년이 방 안으로 들어왔다. 소년은 사윤과 눈이 마주치자마자 기쁜 듯이 외쳤다.

"셋째 형님! 드디어 깨어나셨군요!"

소년은 열대여섯 살쯤 되어 보였다. 호리호리하고 준수한 외모에, 말투를 들으니 사윤과 오래전부터 알고 지낸 사이 같았다. 사윤도 소년을 보고 화들짝 놀랐다.

"명침?"

두 사람은 잠시 서로를 바라보다가 동시에 외쳤다.

"어쩌다 이곳에?"

사윤은 미간을 힘껏 누르며 밖을 향해 나갔다.

"됐다, 말해 줄 필요 없어. 난 해야 할 일이 있으니 돌아와서 말해 주마."

"셋째 형님."

그 소년이 가만히 문을 닫고 낮게 속삭였다.

"북두의 탐랑과 녹존이 화용성에 와 있습니다. 성안의 경계가 삼엄해요. 지금은 아무도 나가지 못합니다. 잠깐만 참으십시오."

사윤이 고개를 저으며 말했다.

"난 꼭 가야 해."

이상했다. 사 공자는 늘 서글서글한 표정으로 낯선 여자아이와도 허물없이 친해지는 사람이었다. 그런데 그를 '셋째 형님'이라고 부르는 명침 앞에서는 태도가 엄숙하기 이를 데 없었고 과묵하게 말을 아꼈다.

"객잔에 있는 친구 때문입니까?"

명침이 손으로 문을 막으며 사윤에게 말했다.

"일단 제 말을 들으십시오. 제가 백 사부님께 조사해 달라고 부탁드렸습니다. 소식이 오면 바로 알려 드릴게요. 그 객잔은 이미 다 타서 형체도 알아보기 힘듭니다. 부상도 입으셨는데, 백 사부님마저도 아무런 성과 없이 돌아오신다면 형님이 가 봤자 무슨 소용이겠습니까?"

생각해 보니 일리가 있었다. 평소 입에 허풍을 달고 사는 그라도 자신의 분수를 모르진 않았다. 명침이 언급한 '백 사부님'은 자신보다 훨씬 뛰어난 사람이었으니, 그는 굳이 밖에 나가 폐를 끼치겠다고 고집부리지 않았다.

명침은 그제야 안도의 한숨을 내쉬고 문을 막고 있던 손을 내렸다. 그는 방 안으로 들어와 앉으며 사윤에게 물었다.

"누구랑 함께 계셨던 겁니까? 청매가 형님을 알아보고 바로 데려오지 않았다면 아주 위험할 뻔했습니다. 정말 깜짝 놀랐다고요."

"말하자면 길다. 나 대신 청매 낭자에게 고맙다고 전해 줘."

사윤은 조그만 탁자에 놓은 찻주전자를 집어 들었다. 따뜻한 물이 담겨 있는 걸 보니, 시중드는 사람이 얼마나 세심한지 알 수 있었다. 그는 탄식하며 차를 따라서 옆에 있는 소년에게 건넸다. 이윽고 무슨 말을 하려다가 삼키기를 여러 번, 그러다 결국 미적지근하게 물었다.

"작은 숙부는 건강하시고?"

"아버지는 아주 좋으세요. 감사합니다."

명침은 찻잔을 받고 잠시 머뭇거리다 말을 이었다.

"다만 형님께서 걸핏하면 소식을 끊으시니 저희 모두 늘 걱정을 놓지 못했지요. 명절 때면 아버지께서 셋째 형님 얘기를 하며 어찌나 보고 싶어 하셨는지."

"음."

사윤의 말에 조심스러움이 담겼다.

"내 잘못이다. 올해 설 때는 돌아가서 인사드리마."

명침은 얼른 조그맣게 말했다.

"셋째 형님, 그냥 집으로 돌아가시죠. 바깥이 이렇게 혼란스러운

데 형님 곁에는 돌봐 줄 사람도 없지 않습니까…….”

사윤은 눈을 내리깔고 담담하게 말했다.

“사부님께 단단히 맹세했다. 기예를 제대로 배우기 전까진 돌아가지 않겠다고. 너도 모르진 않을 텐데, 어째서 그런 식언을 해?”

명침이 어쩔 수 없다는 듯 말했다.

“그렇다면 배우지 그러세요. 일 년에 십 개월은 바깥세상을 유랑하다가 겨우 한 번 고향에 돌아간다면서요. 듣자 하니 형님은 공부도 안 하고 무예도 익히지 않으면서 그 뭐냐…… 검을 주조하고 쇠를 두들기는 기술을 배웠다면서요?”

사윤은 대수롭지 않다는 듯 그저 웃을 뿐 대꾸하지 않았다. 두 눈은 계속 입구만 뚫어지게 쳐다보았다. 그때, 밖에서 누군가 문을 두드렸다.

“소주님.”

사윤은 명침이 반응하기도 전에 펄쩍 뛰어올라 방문을 열었다. 문 앞에는 풍채 좋은 중년 사내가 서 있었다. 그는 사윤을 보고 먼저 정중하게 인사를 올렸다.

“삼 공자님.”

“백 선생님, 얼른 일어나십시오.”

사윤이 얼른 중년 사내를 부축해 일으켰다.

“바깥은 어떻습니까?”

백 선생은 고개를 숙였다.

“삼 공자님, 일단 진정하시죠.”

백 선생은 쓸데없는 말을 하지 않고 사건의 자초지종을 상세하게 설명했다.

"북두의 탐랑과 녹존은 원래 악양의 곽가보를 향해 가던 중이었습니다. 그런데 도중에 무슨 소식을 들었는지, 갑자기 화용으로 길을 돌려 그 객잔으로 쳐들어가서는 다짜고짜 사람을 죽이기 시작했습니다. 객잔에도 무예가 뛰어난 사람들이 적지 않았으나, 결국엔 북두의 그 많은 무리들을 당해 낼 수 없었지요. 만약 그때 어떻게든 포위를 돌파했으면 그나마 괜찮았을 텐데, 객잔에 묵고 있던 일행 중 연약한 부녀자와 어린애가 있어서 그들을 보호하기 위해 잠시 객잔으로 후퇴한 후 사람을 보내 도움을 요청하려고 했나 봅니다. 하지만 구천기는 그들이 객잔으로 후퇴하자 얼른 수하들을 시켜 객잔을 겹겹이 포위하고 독액 대롱 수백 개를 설치해 막다른 길을 만들었지요. 거기에 불까지 질렀으니…… 객잔 뒤에 술 저장고가 있어서 불이 빨리 퍼졌습니다. 누구 하나 빠져나오지 못했지요."

사윤의 안색이 순식간에 창백해지더니 휘청거리기까지 했다.

"셋째 형님, 혹시……."

"아닙니다."

사윤은 별안간 고개를 들더니 후다닥 말을 쏟아 냈다.

"북두의 무리들이 아직도 수색 중이지 않습니까? 탐랑은 그렇게 한가한 사람이 아닙니다. 그들이 아직까지 떠나지 않고 있는 건 이곳에서 몇 끼 더 얻어먹기 위해서가 아니라 누군가 도망쳤기 때문일 겁니다. 아닌가요?"

온 성안에 잡으려는 자와 숨으려는 자 사이의 긴장과 초조함이 팽배했다. 화용의 백성들은 두려움에 떨었고 거리에는 적막만 감돌았다. 이런 상황에서 관아의 뒤뜰만이 그나마 평화로웠다.

본관 나리의 고결한 뒤채에는 특별해 보이는 안뜰이 있었다. 한쪽 구석을 외롭게 차지하고 있어 홀로 동떨어져 있다는 느낌이 들었다. 뜰에는 나무 한 그루가 심겨 있었다. 어떤 품종인지는 알 수 없었지만 나이가 꽤 되어 보였다. 녹음이 바닥과 벽에까지 닿아 있었고 푸른 이끼가 마치 붓으로 뿌려진 것처럼 주변을 그윽하게 덮고 있었다. 인적이 드문 곳이라 그런지 이끼는 무성하게 자라며 주변 일대를 자신만의 왕국으로 만들었다.

뜰 안에는 오색 비단과 꽃무늬 천이 잔뜩 걸려 있었다. 하나같이 낡은 옷감이었다. 폭이 약 반 자 정도인 옷감이 나무 위와 지붕 위 곳곳에 걸려 있었는데, 만약 오래되어 색이 바래지 않았다면 비단을 오려 만든 꽃잎을 나무에 가득 뿌렸다는 수양제의 솜씨와 견줄 만해 보였다.

시동처럼 보이는 소년이 묵직한 찬합을 들고 와 문 앞에 내려놓았다. 그리고 힘껏 문을 두들기고는 예의라곤 찾아볼 수 없는 태도로 소리쳤다.

"밥 왔어요, 밥! 먹을 거요, 말 거요?"

찬합 뚜껑이 스르륵 미끄러져 열리더니 안에서 만두 반 조각이 굴러 나왔다. 누가 남겨 놓은 작품인지, 마치 살아 있는 것처럼 땅 위를 데굴데굴 굴러갔다. 반찬들은 생기라곤 전혀 없이 접시 안에 차갑게 굳어 있었다. 시동의 얼굴에 짜증이 묻어 나왔다. 그는 다시 한번 손으로 힘껏 문을 두들기고는 막말을 퍼부어 댔다.

"직접 가서 식사를 받아 오라고 하면 안 가고, 뒤에서는 큰 도련님께 이러쿵저러쿵 불평을 늘어놓지. 이렇게 직접 대령하면 또 안 받고 말이야. 천한 것이 아직도 자기가 정경부인인 줄 알아?"

이때, 안에서 우락부락한 하녀가 빗자루를 손에 들고 살기등등하게 뛰쳐나왔다. 시동은 전혀 기죽지 않고 "마귀할멈!"이라 외치며 재빨리 도망쳤다. 하녀는 허리에 손을 짚고 고개를 빳빳하게 세운 채 든든한 탑처럼 문 앞에 버티고 서서는 시동의 조상 8대까지 싸잡아 신랄하게 욕을 퍼부었다. 시동의 모습이 시야에서 사라진 후에야 그녀는 땅에 놓인 낡은 찬합을 흘끗 보고 "흥!" 하며 콧방귀를 뀌었다. 그리고 어쩔 수 없다는 듯 찬합을 들고 안으로 들어갔다.

그녀는 몸을 돌리자마자 깜짝 놀랐다. 바싹 마른 체구의 여인이 어느새 그녀의 뒤에 서서 콩알처럼 새까만 눈으로 빤히 쳐다보고 있었다. 하녀는 가슴을 쓸어내렸다. 그녀는 방금까지 으르렁거리던 흉포한 기색을 누그러뜨리며 나긋나긋 말했다.

"깜짝이야, 마님은 분명 고양이 띠일 거예요. 어쩜 그렇게 발소리 하나도 안 나세요. 자, 들어가서 식사합시다."

여인은 멍하니 아무런 반응도 보이지 않았지만 얌전히 하녀를 따라 안으로 들어갔다. 뜰에 낮게 늘어뜨려진 비단 사이를 지나가면서 여인은 말라비틀어진 손을 뻗어 그것들을 부드럽게 어루만졌다. 흐리멍덩한 눈빛이 갑자기 번뜩이더니 목석같은 얼굴에 혈색이 돌기 시작했다. 마치 춤을 추듯 발끝으로 가볍게 무보를 밟으며 두어 걸음 걷다가 핑그르르 한 바퀴 돌았다. 제정신이 아닌 것처럼 알 수 없는 곡조를 흥얼거리다가, 별안간 우뚝 멈춰 서서는 손으로 얼굴을 반쯤 가리곤 한쪽을 향해 눈웃음을 쳤다.

이 안뜰에는 미친 여자가 살고 있었던 것이다.

하녀는 여인의 병증이 나타난 걸 보고 어미 닭처럼 재빨리 다가와 손을 이끌었다.

"아이고, 얼른 갑시다. 그러다 또 넘어지겠어요! 그만 봐요. 작은 창고에 뭐 볼 것이 있겠어요? 그 천 번을 죽여도 시원치 않을 개새끼들이 진작 다 뒤져 보았는걸요. 안에는 쥐들만 득시글거리지 아무것도 없어요."

미친 여인은 알아들었는지 못 알아들었는지, 여전히 잡동사니를 두는 창고를 멍하니 바라보며 웃다가 하녀에 의해 이끌리다시피 안으로 들어갔다.

뜰 안은 다시 조용해졌다. 쥐들만 득시글거린다는 작은 창고에서 정말로 무슨 인기척이 났다. 주비는 창문을 통해 창고 안으로 들어와 손에 든 종이봉투를 문 쪽에 서 있는 오초초에게 건넸다. 오초초는 잔뜩 긴장한 모습으로 문틈을 통해 밖을 내다보고 있었다.

"뭘 보는 거예요?"

오초초는 자신도 모르게 낮게 외쳤다.

"깜짝이야. 방금 주인한테 발각된 줄 알았어요."

그 말에 주비는 얼른 바깥을 내다보며 경계하듯 허리춤에 찬 칼을 쥐었다.

"이 안뜰의 주인은 대체 누구죠?"

어젯밤 그들이 뒤채에 몰래 숨어들었을 때 관아는 마침 텅 비어 있었다. 하지만 관아 같은 중요한 곳을 오래 비워 놓을 리 없으니 흑의인들은 아마 곧 이곳을 철통처럼 포위할 것이었다. 주비는 정통 양갓집 규수인 오초초가 알려 주는 대로 본관 나리의 처첩들의 처소를 찾아냈다. 어쨌거나 사대부는 강호에서도 함부로 대할 수 없으니 탐랑과 녹존이 감히 대인의 뒤채까지 수색하지는 않을 것이다.

그런데 주비는 이 조그마한 화용현의 현관이라는 자가 이렇게까지 부유할 줄은 상상도 못 했다. 집 안팎은 경계가 삼엄했고 하인들도 굉장히 많았다. 그 부유한 모습이 어찌나 눈이 부신지 주비의 궁색한 두 눈이 하마터면 멀어 버릴 뻔했다. 어렸을 때부터 어른들에게 '부귀에 미혹되지 말고 빈천해도 뜻을 바꾸지 말라' 같은 말을 한 귀로 듣고 한 귀로 흘리며 그저 그런가 보다 했었는데, 이제야 '부귀'가 어떤 건지 제대로 안 것 같은 느낌이었다.

뒤채에는 사람이 많이 드나들어 조심해야 할 것도 많았다. 두 사람은 조심스럽게 하루 동안 관찰한 후에야 이 외딴 안뜰을 발견하고 빈 건물로 잠시 몸을 피했다.

"아무래도 내가 너무 놀라서 예민해졌나 봐요."

오초초가 말하며 종이봉투를 열어 보니 거기에는 아직 김이 모락모락 나는 고기 전병이 몇 조각 들어 있었다. 이 안뜰 주인이 먹는 차갑게 식은 음식보다 훨씬 좋아 보였다. 오초초는 한숨을 내쉬었다.

"이 뜰의 주인은 총애받지 못하는 처첩인가 봐요. 게다가 정신을 놓아 버렸으니. 그나마 자식이라도 낳아서 관아에서 계속 보살펴 줬을 거예요. 죽지만 않으면 된 거니까."

주비는 어디선가 작은 먼지가 잔뜩 낀 나무토막 두 개를 끌고 와 오초초에게 하나를 밀어 주었다. 두 사람은 함께 나무토막 위에 앉아 마파람에 게 눈 감추듯 전병을 먹어 치웠다. 급하게 먹다 보니 부스러기가 떨어졌는지, 창고에 있던 쥐들이 몰려나왔다. 이곳의 쥐들은 하루 종일 뭘 훔쳐 먹고 다니는지 하나같이 기름기가 좔좔

흘렀고 사람을 무서워하지도 않았다. 쥐들이 찍찍거리며 가까이 다가오자 오초초는 깜짝 놀라 벌벌 떨었다.

주비는 우두머리처럼 보이는 커다란 쥐를 발끝으로 들어 올려 공중으로 날렸다. 커다란 쥐는 퍽 하고 벽에 부딪치더니 정신을 잃었다. 새끼 쥐들은 그 모습을 보고 대책 없이 당하겠다 싶었는지 앞다투어 쥐구멍으로 철수했다.

주비가 의아하다는 듯 물었다.

"죽은 사람은 안 무서운데 쥐는 무서워요?"

오초초는 쑥스러운 듯 고개를 숙이고 웃다가, 자신의 처지가 떠오르자 공연히 코끝이 찡해지면서 눈시울이 붉어졌다. 하지만 이렇게 툭하면 훌쩍거리다간 보는 사람도 마음이 불편할 것 같아 필사적으로 눈물을 삼켰다. 그녀는 쓸데없는 생각을 하지 않기 위해 일부러 주비에게 말을 걸었다.

주비는 사실 주동적으로 다가가는 편이 아니었다. 활발한 사람을 만나면 그에 맞춰서 살짝 활발해지고, 과묵한 사람을 만나면 그에 맞춰서 과묵해졌다. 지금 주비는 고민이 많아서 미간에 옅은 그림자가 드리워져 있었다. 오초초는 자신이 먼저 말을 걸지 않으면 주비가 밤새 찡그린 채 벽만 바라보고 있을 것 같다는 생각이 들었다.

"저기…… 비야."

주비가 퍼뜩 정신이 들어 오초초를 돌아보았다. 오초초는 긴장한 얼굴이었다. 혹시라도 자신이 너무 당돌하게 불러서 대답하지 않는 거라고 생각할까 봐 주비는 얼른 "응." 하고 대답했다.

오초초는 한참을 궁리해도 주비에게 무슨 말을 해야 할지 떠오르지 않아 그냥 눈앞의 일에 대해 물었다.

"이제 우린 어떻게 하지?"

"일단 며칠 숨어 있자."

주비가 말했다.

"북두는 오늘은 이쪽 집안, 내일은 저쪽 집안을 멸하느라 아주 바쁠 테니 여기 계속 머물진 않을 거야. 우린 여기서 잠시 숨어 있다가 저들이 떠나면 곧장 남쪽으로 가자. 걱정 마. 남쪽으로 갈수록 안전하니까."

오초초가 고개를 끄덕이곤 다시 물었다.

"사십팔채는 대체 어떤 곳이야?"

주비는 오초초가 어떻게든 자신에게서 말을 이끌어 내려는 줄은 모르고, 오초초가 어머니와 동생을 잃어 마음이 허전한가 보다 생각하며 대답했다.

"사십팔채는 마흔여덟 개 문파로 이루어져 있어. 낯선 곳에 적응하기 힘들 것 같으면 우리 산채로 와도 돼. 내가 없을 땐 내 사촌 여동생과 지내도 되고."

오초초는 비로소 화젯거리를 찾아낸 것 같아 얼른 물었다.

"사촌 여동생이 있어? 주비를 닮아서 아주 예쁘고 실력도 대단하겠다!"

이연의 모습이 주비의 머릿속에 번뜩 스치고 사라졌다.

"평범하게 생겼어. 대단하지도 않고, 그냥 멍청이지 뭐."

"……."

더 이상 이야기를 이어 가기가 불가능했다.

오초초는 한참 난감해하다가 주비의 영문을 모르겠다는 표정을 보고 슬쩍 웃음이 나왔다. 그녀의 웃음에 주비는 그제야 자신이 대화의 맥을 끊어 버렸다는 걸 깨달았다. 하지만 다시 대화를 시작하려 해도 어디서부터 말해야 할지 몰라 서먹서먹하게 아무 말이나 던졌다.

"목에 걸고 있는 건 고두쇠?"

아이들의 명이 길어지라고 목에 걸어 주는 고두쇠는 어른이 될 때까지 착용해도 상관없었다. 하지만 보통 열한 살, 열두 살 정도 되면 자기들이 다 컸다고 생각하여 고두쇠를 유치하다고 여겼기 때문에 오초초 나이 때의 여자아이가 착용하는 경우는 드물었다. 오초초는 그 말을 듣고 고개를 숙여 목걸이를 쓰다듬었다. 안색이 돌연 어두워졌다.

"아버지가 걸어 주신 거야. 어렸을 때 아버지가 내 운세를 점쳐 봤는데, 점쟁이가 내 명이 짧다고 보호해 줄 것이 필요하다고 했대. 이 목걸이는 출가한 후에야 풀 수 있어."

"우리 두령님이 그러는데 너희 아버지는 영웅이시래."

오초초가 살짝 웃음 지었다.

"우리 아버지가 누군지 몰라?"

주비가 고개를 끄덕였다.

"난 이번에 처음으로 산을 내려왔거든."

"음."

오초초는 이해한다는 듯 고개를 끄덕였다.

"만약 몇 년만 일찍 산을 내려왔더라면 우리 아버지가 영웅이라는 생각은 안 들었을 거야. 그때 사람들은 아버지를 '반역도당'이라고 불렀으니까. 당시 북조의 가짜 황제가 황위를 찬탈한 후로 열두 신하가 옛 황족을 남쪽으로 모셔 갔어. 조정을 떠나지 않은 대신들

중에서도 두 주인을 섬기지 않겠다고 절개를 지킨 사람들도 있는데 그들은 죽임을 당하거나 유배를 당했고, 다른 곳으로 도망쳤거나 하는 수 없이 변절한 사람도 있었지. 우리 아버지는 변절한 사람이었어. 북조의 황제는 아버지를 '충무 장군'으로 봉했고, '충무'라는 두 글자는 한동안 조롱거리가 되었지."

주비는 이근용이 '충무 장군'에 대해 말하는 걸 들어봤지만 그것이 이 두령의 오랜 적, 북조의 황제가 내린 칭호라는 말에 어안이 벙벙했다.

"우습지만, 나도 몇 년 전까지만 해도 아버지가 그런 사람인 줄로만 알고 있었어."

오초초가 말을 이었다.

"그런데 어느 날, 아버지가 다급하게 집으로 오셔서 우리 식구 셋을 종남의 은신처로 피신시키셨어. 그곳은 산간벽지라서 바깥에서 무슨 일이 벌어지는 줄도 몰랐지. 어머니는 그저 매일 눈물만 흘리셨고. 아주 오랜 시간이 지나, 다른 사람에게서 진실을 들을 수 있었어. 옛날 어린 황제를 남쪽으로 모셔 갈 때 한 사람은 조정에 내통자로서 남아 있어야 한다고 모의했다지. 그런 악명을 얻더라도 말야."

그들은 그렇게 안팎으로 내통하며 언제든 다시 돌아갈 수 있는 여지를 남겨 두고 남조를 세웠다. 하지만 그 후로 여러 번, 아무리 계획이 완벽해도 조중곤은 늘 의심을 거두지 않았다. 삼 년 전 꾀병을 부린 것도 강호의 여러 세력을 없애고 그를 떠보기 위해서였다.

"그때 아버지는 이번에 가까스로 넘어간다 해도 이미 황제의 의심을 산 데다 주변의 시기를 이겨 낼 수 없다고 생각하셨어. 북조 황제에게 거짓 충성을 한 건 사실이니까. 아버지는 어머니께 '수치를 견뎌 온 이십 년 세월이 여기서 끝나는구려'라고 짧은 서신을 남기고 전장에서 감당 선생과 안팎으로 호응하며 성 세 곳을 함락하고 북두의 염정을 해치우셨어. 그리고 아버지는…… 나라를 위해 목숨을 잃으셨고."

주비는 잠시 아무 말도 할 수가 없었다. 이상하게도, 영웅호걸에 대한 감탄보다는 오비 장군이 부인에게 썼다는 서간 글에서 하늘만큼 큰 원통함을 느낄 수 있었다. 어린 사람들은 고통과 고난은 참을 수 있어도 치욕은 참지 못했다. 오초초의 이야기에 자신을 대입해서 생각해 보니 분이 풀리지 않았다. 적이든 아군이든 모조리 싹 쓸어버리고 누명을 벗지 못한 것이 한스러웠다.

"이십 년이라."

주비가 나지막이 되뇌었다.

"응."

아직 스무 살도 되지 않은 소녀들에게 이십 년은 거의 일생과도 같은 시간이었다.

오초초가 말했다.

"아버지께서 말씀하셨어. 옛날 정영은 아들을 잃었고 공손저구는 목숨을 잃었는데, 세상 사람들은 정영을 가리켜 자신의 영예를 위해 친구를 팔고 구차하게 살아간다고 손가락질했대. 그에 비해 아버지는 사람들의 손가락질을 받을지언정 처자식은 연루시키지 않았으니 얼마나 다행이냐고. 그러니 울분을 토할 것 없다고, 이것만으로도 만족스럽다고 하셨어."

주비가 고개를 저었다.

"난 이해할 수가 없네."

얼마나 큰 치욕과 책임을 견딜 수 있어야 남이 자기 얼굴에 침을 뱉어도 침이 저절로 마르기를 기다리며 자조할 수 있단 말인가?

주비는 이해할 수 없다고 했지만 불과 이틀 후에 어쩔 수 없이 이해하게 될 줄은 꿈에도 상상하지 못했다. 심천추와 구천기는 주비의 예상대로 화용에 오래 머물 수 없었다. 북두는 며칠 내내 화용현을 이 잡듯 뒤졌지만 쥐새끼 하나도 잡아내지 못했다. 주비는 북두의 두 사람이 수하들을 데리고 떠날 때까지만 버티면 자신의 승리라는 걸 알고 있었다. 물론, 심천추와 구천기도 그걸 알았기에 악수를 두고 말았지만.

제7장

거세지는 압박

거세지는 압박

화용이 계엄 상태에 놓인 지 사흘째.

백 선생이 예의 바르게 한 발 물러나 말했다.

"됐습니다."

놀랍게도 그는 변장의 고수였다. 민첩하고 재빠른 손길로 사윤의 얼굴을 명침의 옆에 선 '갑진'이라는 이름의 호위 무사와 똑같이 분장해 놓은 것이다. 두 얼굴을 나란히 놓고 자세히 비교하지 않는 이상 다른 점을 찾기 힘들었다.

명침이 호위에게 상냥하게 말했다.

"고생했네, 갑진. 먼저 가서 일 보게. 오늘은 밖에 나오지 말고."

갑진은 말없이 예를 표하고 소리 없이 물러났다.

사윤은 속으로 한숨을 내쉬었다. 호위 무사들은 개개인의 기예가 매우 뛰어나 주인의 안전을 도모해 주는 것 외에 대역까지 했다. 그들 각자의 얼굴은 백 선생에게 많은 쓸모가 있었다. 해결하기 어려운 위기가 닥치면 언제든 주인과 신분을 바꾸어 주인을 대신해 목숨을 걸었다.

사윤은 그들의 직책을 떠올리니 마음이 무거워졌다. 하지만 그가 관여할 일이 아니라 뭐라고 참견할 수도 없어 그저 이렇게 말할 수밖에 없었다.

"감사합니다. 얼른 갑시다."

얼마 후, 백 선생이 하인 '갑진'으로 분장한 사윤을 데리고 대문을 나와 흔적 없이 인파 속으로 섞여 들어갔다.

음으로 양으로 뭔가를 찾아다니던 흑의인들은 거의 철수한 상태였다. 구천기는 평소와는 다르게 수하들을 관아 문 앞에 집결하고 전투 대형을 펼쳤다. 뭘 하려는지는 알 수 없었다.

백 선생이 사윤에게 속삭였다.

"초반에 북두의 흑의인 몇 명이 죽는 바람에 진영이 흐트러졌습니다. 탐랑과 녹존도 그것 때문에 서로 의견이 틀어졌다는군요."

"심천추가 사십팔채 사람을 그렇게까지 신경 쓸 리 없지요."

사윤이 천천히 말을 이었다.

"그러니 그들이 찾는 것은 필시 오씨 집안사람일 것입니다. 그리고 그들이 찾는 건 오 낭자나 오 낭자의 남동생이 지니고 있겠지요. 둘 중 한 사람은 분명 살아 있을 겁니다. 그리고 북두가 예상하지 못한 고수가 그 곁을 보호하고 있겠지요."

거기까지 말하고 나자 사윤은 문득 형용할 수 없는 기대감이 들었다. 장신비 등의 사람됨을 봤을 때, 만약 당시에 진짜로 어떤 방법을 써서 그들 중 한 사람과 오씨 집안 자녀를 탈출시킬 수 있었다면 분명 가장 어린 그 아이를 탈출시켰을 것이다.

그렇다면…… 주비가 아직 살아 있을 수도 있다는 걸까?

그들은 어느새 관아 입구에 다다라 백성들 사이에 끼어 들어갔다. 마침 심천추의 무미건조한 목소리가 들려왔다.

"……죄를 뉘우치고 바른길로 돌아오는 자, 나라에 공을 세우는 자에게는 특별히 금자 삼백 냥을 상금으로 내리겠소."

심천추는 말을 마치자마자 마치 사람들 앞에서 방귀라도 뀐 듯한 표정으로 귀찮은 듯 주변 사람들을 내버려 둔 채 혼자 한쪽으로 걸어가 앉았다. 어쨌거나 누구도 감히 그의 말에 이의를 제기할 수 없었다.

이어서 흑의인 한 사람이 커다란 쟁반을 받쳐 들고 걸어왔다. 금자 삼백 냥은 결코 가벼운 무게가 아니었지만 그 흑의인은 손바닥 힘을 쓰지도 않고 고작 손가락 몇 개로 가볍게 들어 옮겼다. 마치 들고 있는 것이 묵직한 금자가 아니라 종이 한 장 같았다. 평소 은자 부스러기도 구경하기 힘든 백성들이 어디서 그렇게 가지런히 놓인 금원보를 보겠는가? 금자에서 눈을 떼지 못하는 사람, 흥분해서 시끌벅적 떠드는 사람 등 다양한 반응이었다.

구천기는 사람들의 얼굴을 쓱 훑어보더니 차갑게 씩 웃으며 뒤에 있던 사람을 향해 손을 뻗었다.

"올라오게!"

그는 크게 외치지도, 일부러 큰 소리로 말하지도 않았지만 그의 목소리는 아주 멀리까지 퍼져 나가 가장 바깥쪽에 선 사람에게까지 또렷하게 들렸다. 그 목소리는 마치 장침으로 찌르는 것처럼 귓구멍을 파고들며 형용할 수 없는 괴로움을 안겨 주었다. 사윤의 귓가가 '윙' 하고 울렸다. 주변의 많은 사람들도 그와 마찬가지로 무의식적으로 귀를 감싸 쥐었다. 몸이 약한 사람들은 심지어 비틀거리기까지 했다.

사윤은 구천기의 뒤를 따르는 왜소한 남자의 얼굴을 보고 자신도 모르게 눈을 가느다랗게 떴다. 그 남자가 누군지 알고 있었다. 며칠 전, 그 남자는 자신과 인사를 나누었고 그들에게 푸짐한 한 끼 식사를 대접하기까지 했다. 바로 사십팔채 비밀 기지의 연락책이었던 것이다!

사윤의 머릿속에 한 가지 생각이 떠나지 않았다. 주비도 알고 있을까?

구천기는 뒷짐을 지고 서서 그 특수한 목소리로 설명하기 시작했다.

"아마 여러분 모두 기억할 거요. 며칠 전, 역적 무리가 이곳을 지나갔고, 이미 모두 제거되었소."

녹존의 목소리가 화용성 전체를 뒤덮었다. 상인들과 장사꾼들이 뭔 일인가 싶어 몰려들었고, 부근에 사는 사람들은 창문을 열어 밖을 내다보았다. 현령부에서는 하인들이 삼삼오오 모여 속닥거렸다. 그리고 그 홀로 동떨어져 있는 뒤채의 안뜰에서 주비는 장도를 꽉 움켜쥐었다.

"그들은 촉 땅에서 흘러들어 와 이 지역에서 오래전부터 소란을 일으켜 왔소. 길을 막고 지나가는 행인들의 재산과 말을 강탈하며 사람들을 마구 죽이는 등 온갖 악행을 저질렀소! 우리가 오는 길에도 한 가난한 마을이 그들에 의해 깡그리 약탈당한 것을 보았소. 마을 사람들은 낮에도 대문을 꽁꽁 잠그고 바람 소리에도 깜짝 놀라며 벌벌 떨고 있었소. 그 강도들이 다시 찾아올까 봐서 말이오! 이 얼마나 흉악하고 가증스런 자들이오! 그런 나쁜 놈들은 살려 두어 봤자 세상에 후환만 남길 것이오. 모조리 찢어 죽여 무고한 백성들의 원한을 풀어 줍시다!"

북두의 흑의인들이 입을 모아 외쳤다.

"찢어 죽이자! 찢어 죽이자!"

그 목소리는 관아의 담장과 정원을 넘어 주비의 귀에까지 똑똑히 들렸다.

미친 여인이 살고 있는 안뜰은 외진 구석에 있어서 평소에는 마차와 수레 다니는 소리도 들리지 않았다. 그런데 사람들 목소리가 들린다는 것은 함께 외치는 사람들이 아주 많다는 것을 의미했다. 아마 길가에서 직접 들었다면 귀청이 찢어질 만큼 큰 소리였을 것이다.

보지 않아도 뻔했다. 목소교가 동정 일대에서 그런 악랄한 짓을 저질러 화용성으로 도망쳐 온 백성들이 분명 적지 않을 텐데, 저런 말을 들으면 자신들에게 그런 참혹한 짓을 저지른 놈들이 그날 객잔에서 들려 나온 시체들이라고 오해할 수밖에 없었다.

어찌 흥분하며 쾌재를 부르지 않을 수 있겠는가?

주비는 칼끝으로 땅을 짚었다. 칼을 쥔 손에 핏줄이 불끈거렸다.

"두 번이나 주인을 배반한 오비의 잔당들은 도망친 후에도 죄를 뉘우치지 않고 오히려 나쁜 짓을 더욱 일삼았소! 더욱이 죄인 오가의 부인은 사건이 발생한 후에도 죄를 인정하지 않고 공공연히 비적들에게 의탁하며 밤낮으로 도적 떼들과 어울렸소. 허허, 참으로 방탕한 여자 아니오……."

주비의 칼집이 땅에 끌리며 날카로운 마찰음이 났다.

오초초는 울음도 웃음도 나오지 않는지 그저 멍하니 있었다. 그녀의 어머니는 고귀한 신분으로 어려서부터 교양을 갖추었고 사리에 밝았다. 평생 남편을 돕고 자녀를 가르치며 바르게만 살아왔는데, 지금은 죽어서도 몸을 누일 곳이 없는 건 물론이요, 저 악취가 진동하는 입에서 쏟아 내는 부정하고 불결하며 방탕한 오명까지 들어야 했다.

오비 장군은 생전에 처자식을 연루시키지 않은 것을 다행스러워했지만, 죽은 후에는 결국 연루되고 말았다.

별안간 뜰 안에 여자의 노랫소리가 울려 퍼지며 녹존의 말소리를 끊었다. 사방의 소리를 덮을 만큼 커다란 목청이었다. 가사는 '이이야아'뿐이라 알아들을 수는 없었지만 그 속에 담긴 처절함은 느낄 수 있었다.

난데없는 노랫소리에 깜짝 놀란 주비는 문틈으로 바깥을 내다보았다. 그 미친 여인이 언제 밖으로 나왔는지 맨발로 뜰 한가운데에 서 있었다. 그녀는 자신의 몸을 꿩처럼 알록달록하게 천으로 두르고 오색 비단을 드리운 큰 나무 밑을 무대로 삼아 자기만의 공연을 하기 시작했다.

밥을 가져다주는 시동은 이곳 하녀에게 맞아 쫓겨난 후로 감히 와서 싸움을 걸진 못하고 매일 먹다 남은 찬밥을 문 앞에 놓아두고만 갔다.

주비는 자신들이 집주인의 허락도 받지 않고 이렇게 숨어 있는 것에 대한 감사 인사라도 해야 할 것 같아서, 매일 주방에 숨어 들어가 양상군자 노릇을 할 때마다 가져오기 쉬운 간식거리나 만두 같은 걸 더 챙겨 몰래 그들의 찬합에 넣어두곤 했다.

며칠 동안 관찰해 보니 미친 여인은 방 안에 있거나 뜰에 나와 멍하니 앉아 있곤 했다. 주비는 몰래 먹을 것을 전해 줄 뿐 그녀를 그다지 신경 쓰지 않았다.

하지만 지금, 주비는 문틈으로 그 미친 여인이 노래하고 춤추는 것을 보며 살짝 당혹스러웠다. 보통 사람의 목청이 북두의 목소리를 덮어 버리다니? 진짜로 미친 걸까, 미친 척하는 걸까? 대체 정체가 뭐지?

주비는 녹존 구천기의 말에 화가 치밀어 올랐지만 그의 말에서 아주 중요한 정보를 얻을 수 있었다. 그들이 언제 떠나는지, 사십팔채의 염탐꾼이 변절했다는 등. 그 변절자가 혹시 신비 사형의 이름으로 거짓 정보를 흘려서 주비 일행을 찾고 있는 왕 부인을 유인하는 건 아닐까? 혹시 사십팔채에 불리한 짓을 벌이진 않을까?

그런데 저 미친 여인의 노래가 끝날 기미가 보이지 않았다. 주비는 뛰쳐나가 낡은 천으로 그녀의 입을 막아 버리고 싶은 생각이 간절했다. 속이 부글부글 끓고 있는데 하녀가 뛰어나와 나무 대야를 문 앞에 두고 발을 동동 구르며 소리쳤다.

"아이고, 조상님. 왜 또 나오셨어요!"

미친 여인이 난화지를 해 보였다.

"꽃잎이 떨어져 진흙이 되는구나……."

"진흙이, 진흙이."

하녀는 손에 묻은 물기를 옷에 슥슥 닦은 후 달려와 주인의 손을 잡아끌었다. 입으로는 중얼중얼 잔소리를 내뱉었다.

"진흙탕이라는 걸 알면서도 신발도 안 신고 어쩌시려고요. 휴!"

"꽃잎이 떨어져 진흙이 되고, 진흙이 밟혀 먼지가 되면 아무 향기도 남지 않지."

두 사람이 시야에서 사라지자 오초초가 조그맣게 말했다. 주비가 어리둥절한 얼굴로 오초초를 바라보았다.

"어머니께서 예전에 이렇게 말씀하셨어. 백성들은 진흙 속에서 벗어나지도 못하고 매일 고통 속에 살아간다고. 그들이 가장 좋아하는 이야기는 깨끗한 자가 깨끗하지 않고, 열녀가 사통하고, 성인이 부정을 행하고, 현자가 비난을 받는 것들이래. 여러 번 들어도 질리지 않고 곱씹을수록 재미있으니까. 그러니 어떻게 고결한 것을 받아들일 수 있겠어?"

주비는 요 며칠 쌓인 울분을 분출할 길이 없었는데 그 말을 듣고 순간 화가 버럭 치밀었다.

"그렇게 제멋대로 지껄이는 놈들은 죄다 죽여 버리면 그만이야."

오초초는 천성이 유약해서 다른 사람의 부탁이라면 다 들어주었고, 속마음을 입 밖으로 내는 일이 드물었다. 요 며칠 주비와 함께 다니며 고생도 하긴 했지만, 속으로는 어느새 주비를 가족처럼 여겨 말에도 거리낌이 줄어들었다. 그녀는 부드럽게 말했다.

"아냐, 비야. 우리 어머니는 옆 사람이 이유도 없이 자신을 못살게 굴 때는 자신에게도 그들과 같은 비열한 생각이 자라는 법이라고 하셨어. 만약 네 말대로 그런 사람들을 죄다 죽여 버린다면, 나중에는 다른 사람의 조그만 잘못도 이해하지 못하고 성격도 극단적이고 과격해질 거야. 그렇다면 결국 그들의 의도에 들어맞게 되는 것 아닐까?"

주비는 코웃음을 치며 속으로 생각했다. 무슨 이런 바보 같은 말이 다 있담. 공부를 너무 많이 해서 멍청해졌나? 극단적이고 과격하면 좀 어때, 누군가에게 이유도 없이 불타 죽는 개미보다는 낫겠지.

그러나 이 말을 그대로 입 밖으로 내면 오초초가 울음을 터뜨릴 것이 분명했으므로 주비는 간신히 그 말을 목구멍으로 삼켰다. 주비는 손가락으로 장도의 칼집을 만지작거렸다. 하도 문질러서 칼집에 자국까지 남았다. 사실 지금 당장이라도 칼을 쥐고 뛰쳐나가 그 말도 안 되는 소리를 늘어놓는 놈의 혀를 잘라 버리고 싶었다.

하지만 동시에, 자신의 실력으로는 그저 이 어둡고 좁은 창고에 틀어박혀 오초초와 함께 푸념을 늘어놓는 것이 고작이었다. 주비가 한 사람 더 있다 해도 북두의 털끝 하나도 건드리지 못할 것이 뻔했다.

구천기가 그렇게 불난 데 부채질할 필요도 없이, 실제 실력 차이 하나만으로도 어린 소녀의 오장육부를 뒤틀리게 하기 충분했다.

노랫소리의 방해가 사라지자 구천기의 목소리가 멀리서 계속 들려왔다. 그는 조정이 얼마나 뛰어난지, 어떻게 비적을 소탕할 계획을 세웠는지, 백성을 유린한 그들을 어떻게 분열시켰는지, 그들의 비밀 기지를 어떻게 소탕했는지, 장물을 똑같이 나누지 않는 것을 이용해 정과 이치에 호소하며 그들을 회유하려고 노력했는지 등 구구절절하게 설명했다.

"자자, 여러분! 이 도적놈들의 손에 얼마나 많은 사람들이 목숨을 잃고 피눈물을 흘렸소? 놈들이 죽은 걸로 끝내기엔 너무 봐준 것이오!"

이때, 인파 속에서 누군가 크게 소리쳤다.

"시체에 매질을 합시다!"

사윤이 깜짝 놀라 고개를 돌려 소리 나는 쪽을 바라보았지만 누가 외쳤는지는 알 수 없었다.

구천기는 그 소리를 듣고 새처럼 생긴 오관을 활짝 폈다. 그는 만족스러운 웃음을 지으며 손을 저었다.

"이미 죽은 사람에게 그렇게까지 하는 건 너무 심하오, 심해."

하지만 사실을 왜곡하고 무고한 사람에게 죄를 덮어씌우는 구천기의 말에 선동당한 백성들은 이미 폭력성을 보이고 있었고, '심하다'는 말을 들을수록 더 난리를 쳤다. 구천기가 크게 웃었다.

"좋소! 그럼 여러분의 의견을 따르겠소! 그 도적 떼의 시체를 여기서 채찍질합시다!"

사윤이 순간 앞으로 나서려 했으나 백 선생이 그를 붙잡았다. 사윤이 힘껏 몸부림쳤다. 백 선생이 그의 귓가에 대고 말했다.

"삼 공자님, 성급하게 나서지 말고 기다리십시오. 저 혼자 힘으로는 탐랑과 녹존 두 고수를 상대할 수 없습니다. 저들은 이미 죽은 사람들 아닙니까. 우리가 가짜 왕조를 몰아내면 이 억울한 누명도 꼭 벗겨질 겁니다. 지금 서두를 것 없지요!"

사윤의 얼굴이 딱딱하게 굳어졌다. 얇은 인피 가면 밑으로 이마에 곤두선 핏줄이 보이는 듯했다. 한참 후, 그가 들릴락 말락 한 소리로 질문했다.

"백 선생님, 곽가보는 강호의 문파 아닙니까. 아무리 작은 문파 네 개를 하나로 합쳤다 해도 원래는 그저 행패 부리며 힘자랑만 하던 무리였는데 어째서 갑자기 말을 기르고 군대를 양성하며 멋대로 재물을 수탈하는 겁니까? 곽연도는 대체 자신이 누구 편이라고 생각하는 겁니까?"

백 선생은 흠칫했다. 사윤이 무표정한 얼굴로 그의 속내를 꿰뚫어 보려는 듯 두 눈을 반짝였다. 백 선생이 다급하게 대꾸했다.

"삼 공자님, 저희 공자님도 여기 온 지 얼마 되지 않았습니다. 곽가보 보주와 연락하긴 했으나, 그건 단지 공공의 적인 조가 놈에게 함께 대항하기 위함이었습니다. 게다가 곽가보에는 각양각색의 사람들이 섞여 있지 않습니까. 휘하에 누가 있는지, 어떤 일을 하는지 저희 공자님도 모릅니다. 그래서……."

사윤이 조소하며 그의 말을 잘랐다.

"제게 설명하실 필요 없습니다. 누군들 '떳떳하지 못한' 강호의 친구들이 없겠습니까? 다만 똑똑히 알아두셔야 합니다. 지금 저기서 매질을 당하는 시신이 누구의 죄를 뒤집어썼는가를 말입니다."

백 선생은 대꾸할 말을 찾지 못해 잠자코 입을 다물었다. 구천기의 명령에 따라 흑의인들은 객잔에서 횡사해 까맣게 탄 수십 구의 시체를 들고나와 거리에 가지런히 내려놓았다. 그런데 옆에 있던 심천추가 갑자기 벌떡 일어나더니 아무 말 없이 훌쩍 나가 버렸다. 탐랑조의 흑의인들은 뭔가 상황이 잘못되었음을 직감하고 얼른 그 뒤를 따라 나갔다. 양쪽에 시립해 있던 북두 흑의인들이 순식간에 절반으로 줄어들었다.

구천기가 음침한 눈빛으로 그의 뒷모습을 바라보다가 험악한 표정으로 한 손을 들어 올렸다. 구천기 수하의 흑의인들이 재빨리 질서 있게 양옆으로 늘어서며 공간을 마련했다.

처음엔 아무도 감히 움직이려 하지 않았다. 그러다 유민처럼 보이는 한 노인이 휘청거리며 다가와 시체를 발로 툭 차더니, 그러고는 증오 어린 표정으로 미친 듯이 밟아 대기 시작했다.

구천기가 두 손을 높이 들자 사냥매가 날카로운 울음소리를 내며 그의 팔에 내려앉았다. 푸드덕거리는 날갯짓에 매서운 살기가 실려 있었다. 그가 큰 소리로 외쳤다.

"역적의 패거리가 아직 소탕되지 않았소. 공을 세운 자에게도 금자 삼백 냥을 상금으로 내리리다!"

시작하는 사람이 나오자 금세 따라 하는 사람들도 나타났다. 가족이나 친구, 또는 자신이 목소교 수하들에게 괴롭힘을 당한 사람, 단순히 남들이 당했다는 것에 비분강개한 사람, 그저 남들 따라 덤비는 사람, 흑의인이 들고 온 금자 삼백 냥에 눈이 먼 사람…… 갖가지 이유로 모인 이들은 속이 후련해질 때까지 시체들을 때리고 밟았다.

백 선생이 손을 뻗어 사윤을 잡아당겼다.

"삼 공자님, 갑시다."

사윤은 그 자리에서 꼼짝하지 않았다.

"삼……."

"잠깐만요."

사윤이 힘겹게 입을 열었다.

"제…… 제 친구가 지금 성안에 있을지도 모르겠습니다. 그 애가 충동적으로 일을 벌이지 않을까 걱정됩니다."

그는 눈을 똑바로 뜨고 눈앞에서 벌어지는 소동을 처음부터 끝까지 지켜보았다. 해가 서산으로 기울기 시작하자 거리에서 미친 듯이 날뛰던 사람들도 그제야 속이 풀렸는지 하나둘 집으로 돌아갔다. 현장에는 욕지기가 나올 정도로 처참한 잔재만 남았다. 하늘은 어느새 어둑어둑해졌다. 양쪽에 서서 하루 종일 경계를 늦추지 않던 흑의인들은 여전히 그 자리를 지키며 구천기의 명령을 기다렸다.

구천기가 사냥매의 목을 천천히 쓰다듬었다. 자신이 잡으려던

'물고기'가 걸려들지 않아서 예민해진 모습이었다. 녹존조의 흑의인 하나가 다가와 조용히 그를 불렀다.

"대인?"

구천기는 사실 심천추나 동개양과는 다른 노선이었다. 그는 특별히 오씨 가문 사람들을 쫓고 있었는데, 처음에 그들이 암암리에 사십팔채에 연락했다는 소식을 듣고 강적을 맞닥뜨렸다고 고심하기까지 했다. 겹겹이 산으로 둘러싸인 사십팔채에는 구름처럼 많은 고수들이 있었고, 일단 사십팔채의 보호 아래로 들어가면 다시 빼내 오기가 여간 힘든 것이 아니었다.

그래서 갖은 노력을 기울여 객잔에 '대어'를 묶어 놓았는데, 막상 싸워 보니 그들 중에는 고수라고 할 만한 사람이 없었다. 선두에 섰던 그 청년은 채 서른 살도 되어 보이지 않았고 함께 있던 사람들은 아직 젖비린내도 가시지 않은 애송이들이었다.

화용은 안팎으로 경비가 삼엄해 파리 한 마리도 나갈 수 없었으니 그가 찾는 사람은 여전히 화용에 숨어 있는 것이 분명했다. 구천기는 그녀가 억지로라도 모습을 드러내도록 이런 잔혹한 현장을 구상했다. 나이가 어린 사람은 원한과 오명과 모욕을 못 참는 법이기 때문이었다. 그런데 예상과 달리, 하루 종일 이런 소동을 벌였는데도 숨어 버린 사람은 그림자조차 나타나지 않았다. 괜한 짓을 벌였다는 생각에 난처하기 짝이 없었다.

"이근용에게 '그것'이 있을지 몰라서 애들을 몇 명 보내긴 했는데, 아무래도 내가 과소평가했군. 내 눈 밑에서 쥐도 새도 모르게 도망치다니."

구천기는 혼자 중얼거렸다. 숨어 있는 사람은 분명 노련하고 지략이 뛰어난 고수일 것이라 판단하고는 냉소를 지으며 천천히 말했다.

"과부와 그 자식들 몇 명이 고작일 줄 알았는데 사십팔채를 뒷배로 삼을 줄이야. 이근용 그 여편네도 참 쓸데없는 짓을 했군……. 상관없어. 그자가 성에 있다면 우리에겐 아직 기회가 있으니까. 일단 철수해."

그의 명령이 떨어지자 거리를 순찰하고 보초를 서는 사람들을 제외한 녹존조의 흑의인들은 구천기를 따라 철수했다. 인파 속에 숨어 있던 백 선생은 비로소 안도의 한숨을 내쉬었다. 그는 내심 걱정하고 있었다. 만약 어디서 사귀었는지 모르는 그 바보 같은 사윤의 친구가 갑자기 달려들어 북두에게 칼을 휘두른다면, 사윤도 옆에서 보고만 있을 수는 없었을 테니 말이다.

삼 공자가 내세울 수 있는 기술이라곤 '빠른 발'뿐이었으니, 함께 어울리는 친구도 절대 고수는 아닐 듯했다. 북두의 포위망 속에서 덤벼드는 것만으로도 쉽지 않을 테니 삼 공자와 그 친구까지 신경 쓰는 건 불가능했다. 그러자면 십중팔구 이곳에서 늙은 목숨을 내놓아야 할 판이었다. 다행히 삼 공자가 말한 친구는 그렇게까지 멍청하지 않았다.

그러나 사윤의 마음은 오히려 점점 무거워지기 시작했다. 백 선생이 그를 살짝 잡아끌며 눈짓을 했다. 사윤은 잠시 침묵하다가 고개를 끄덕였다. 두 사람은 올 때처럼 앞뒤로 떨어져서 길을 갔다.

주비일 리 없어. 사윤은 냉정하게 판단했다. 주비는 그 성격에 절대로 참고 있을 사람이 아니었다.

그는 또다시 생각에 잠긴 채 몇 걸음 걸었다가 문득 멈춰 섰다.

맞아, 북두가 온 성을 뒤지며 찾아다닌 사람이 주비가 아니라면…… 방금 내 눈앞에 있었을 거야.

몸을 웅크린 채 까맣게 타 버린 시체들처럼, 수많은 사람들에게 밟히고 찢겨졌겠지.

그 순간, 황혼 속에서 무시무시하게 긴 장침이 모습을 드러내더니 단숨에 그의 가슴으로 파고들어 왔다. 사윤은 기침을 토해 냈다. 잠시 숨도 제대로 쉬어지지 않았다. 자주 웃지는 않아도 한 번 웃으면 가느다랗고 긴 눈꼬리가 곡선을 그리며 위로 올라가 개구쟁이처럼 보이는 꼬마 아가씨였다.

그에게 정색하며 '보고가 중요하죠.'라고 말했던, 어두운 동굴 감옥에서 온갖 약병을 들고 와 한꺼번에 건네줬던 꼬마 아가씨가 어떻게 팔다리도 구분할 수 없게 문드러진 살덩이로 변할 수 있단 말인가! 어떻게 검시관들에 의해 대충 거적에 싸여 교외 아무 곳에나 던져질 수 있단 말인가!

사윤은 반응이 느렸다. 방금까지만 해도 머릿속에 북두가 저지른 소행에 무슨 의미가 담겨 있는지에 대한 생각으로 가득했는데, 이제야 실감이 났다. 그와 함께 고난을 겪고 함께 수다를 떨던 형제가 한 사람도 남지 않았다는 것을. 그리고 그 가냘픈 꼬마 아가씨. 얼룩 고양이처럼 꾀죄죄한 얼굴로 나른하게 그의 옆에 앉아 씻을 줄도 몰랐고, 몰래 창기의 노래를 듣던 사형을 확신에 차서 일러바쳤던…….

백 선생은 사윤이 갑자기 멈춰 선 것을 보고 영문을 몰라 그를 바라보았다. 삼 공자는 갑진의 무뚝뚝한 얼굴을 하고 발밑 저 먼 곳을 응시하고 있었다. 귀신이 들린 건지 정신이 나간 건지 알 수 없었다.

그러다 별안간 뭣에라도 홀린 듯 방향을 돌려 걸어가기 시작했다.

백 선생이 깜짝 놀라 사윤의 어깨를 잡았다.

"삼…… 어딜 가시는 겁니까?"

당대 고수에게 어깨를 잡힌 사윤은 한 걸음도 뗄 수 없었다. 사윤은 백 선생의 외침에 다시 정신이 돌아왔는지 풀렸던 동공이 다시 수축되었다.

그래, 가서 뭐 하려고? 시신 수습?

그것이 함정이든 아니든, 공동묘지에 아무렇게나 던져 놓은 시체들 부근에는 분명 구천기의 눈이 있을 것이었다. 죽은 자들의 패거리가 걸려들기만을 기다리면서 말이다. 그의 목젖이 살짝 움찔했으나 결국엔 자신이 뭘 해도 이미 벌어진 일을 되돌릴 수 없음을 인정할 수밖에 없었다. 사윤은 잠시 침묵하다가 고개를 돌려 백 선생에게 말했다.

"아닙니다. 가죠."

백 선생이 낮게 속삭였다.

"이번 사건이 끝나고 저놈들이 모두 떠나면 사람을 시켜 교외에서 친구들 시신을 수습하면 될 것입니다."

사윤은 고개도 돌리지 않고 담담하게 말했다.

"이미 들짐승들에게 물어뜯겼을 테니 그럴 필요는 없습니다. 감사합니다."

여러 해 동안 숱한 죽음과 이별을 봐 온 백 선생이었다. 의리를 다한 사람이 있다면 그저 몇 마디 탄식할 뿐, 닷새 정도 지나 누구도 그 일을 언급하지 않으면 더 이상 마음에 두지 않았다.

누구나 언젠간 죽는다. 그날은 오늘일 수도, 내일일 수도 있다.

오늘은 내가 다른 사람의 무덤 앞에서 통곡해도, 내일 나는 무덤도 없이 죽는 신세가 될 수도 있다. 흔한 일이다.

하지만 사윤의 말을 듣자 저도 모르게 고개를 돌려 사람들이 흩어지고 있는 곳을 바라보았다. 관병과 검관檢官들이 잔해를 수습하는 모습에서 뭐라 형용할 수 없는 처참함이 느껴졌다.

좁쌀보다, 천 쪼가리보다, 수레보다 천한 것이 사람 목숨이었다. 그나마 정보다는 조금 더 귀하다는 것에 기뻐해야겠지.

제 8 장

바람잡가

바람 잡기

주비는 적군과 아군의 눈에 자신이 아주 치밀하고 교활한 인물이 되어 있다는 걸 알 턱이 없었다.

하룻밤 새 억지로 그런 마음이 생겨날 수는 있어도 하룻밤 푹 잤다고 해서 사람이 바뀔 수 있는 건 아니었다. 구천기가 무슨 짓을 하려는지 깨닫자마자 주비의 머릿속에 팽팽하던 현이 툭 끊어지면서 아무 생각도 나지 않았다. 그녀에게 다른 것은 아무래도 상관없었다. 그저 구천기를 잘근잘근 씹어 버리겠다는 일념으로 당장 뛰쳐나가 끝장을 볼 작정이었다.

커다란 밥그릇을 드는 것도 힘이 없어 벌벌 떠는 오초초가 주비를 붙잡기에는 역부족이었다. 그녀는 주비가 훌쩍 뛰어올라 창문으로 나가는 것을 빤히 바라볼 수밖에 없었다.

다급해진 오초초가 주비를 쫓아가려고 양손으로 창틀을 붙잡고 젖 먹던 힘을 다해 몸을 솟구쳐 보았지만 넘어가기는커녕, 자기 몸도 지탱하기 힘들었다. 그렇다고 여기서 크게 소리칠 수도 없어 절망적인 목소리로 작게 불렀다.

"비야! 비야!"

주비가 자신을 부르는 소리를 무시하고 발걸음을 떼려는 순간, 갑자기 알록달록한 천이 하늘에서 떨어졌다.

오초초는 깜짝 놀라 "앗!" 하고 비명을 질렀다. 자세히 보니 이 안뜰의 주인인 미친 여인이었다. 지붕 위에 있던 그녀는 훨훨 날아 먼지 하나 일으키지 않고 주비 앞에 착지하더니 주비를 뚫어져라 바라보았다. 주비는 눈 밑이 빨개진 채 그 여인을 향해 공수했다.

"선배님, 요 며칠간 머물도록 해 주셔서 감사합니다. 실례가 많았는데, 다음에 제 목숨으로 꼭 보답하겠습니다."

주비는 말을 마치고 곧장 미친 여인의 곁을 지나가려고 했다. 그런데 그 미친 여인은 마치 놀이라도 하는 것처럼 주비가 왼쪽으로 가면 자기도 왼쪽으로 가고, 주비가 오른쪽으로 가면 자기도 오른쪽으로 갔다. 양손에는 오색 비단이 잔뜩 걸려 있어 마치 거대한 나방이 퍼덕거리듯 주비의 앞을 막아섰다. 미친 여인은 그렇게 노는 것이 재미있는지 키득키득 웃기 시작했다.

주비의 이마에 핏줄이 곤두섰다. 미친 여인과 쓸데없는 논쟁을 하고 싶지 않아 "실례합니다."라고 하면서 칼집째 미친 여인의 어깨를 향해 내리쳤다. 그녀가 피하는 순간 얼른 내뺄 생각이었다. 그런데 누가 알았으랴, 미친 여인이 손목을 흠칫하더니 한 손으로 장도를 칼집째 잡아 버렸다.

"헤헤헤……."

주비는 칼집에서 장도를 뽑아 손목을 돌려 칼등 부분으로 상대방의 가슴과 배를 향해 휘둘렀다. 미친 여인은 "아이쿠!" 하더니 뒤쪽으로 몸을 움츠렸다. 주비는 그녀가 피한 틈을 타 기둥 위로 올라가 뒤채 바깥으로 달려가려는데, 그녀가 움직이기도 전에 발목이 어떤 손에 잡히고 말았다.

무예를 익히는 사람이 가장 처음 배우는 기본기는 하체가 흔들리지 않게 중심을 잡는 것으로, 주비는 아주 어렸을 때부터 이를 수련해 왔다.

그런데 장작처럼 바싹 마른 손이 발을 잡아당길 때마다 엄청난 힘이 덮쳐 왔다. 주비는 깜짝 놀라 바로 '천근추千斤墜'를 시전했으나 전혀 먹히지 않았다. 그녀는 미친 여인이 잡아당기는 대로 내동댕이쳐졌다.

오초초가 비명을 질렀다.

"비야!"

안뜰의 사나운 하녀가 그 목소리를 듣고는 커다란 빗자루를 지고 달려왔다.

"누구냐!"

장도는 두 자 멀리 떨어진 곳으로 날아갔다. 주비는 한쪽 발이 여주인의 손에 잡힌 채 질질 끌려갔다. 등이 쓸리면서 화끈거렸고 하마터면 정신을 잃을 뻔했다.

늙은 하녀가 달려와 상황을 보고는 깜짝 놀라 눈을 동그랗게 떴다.

"아이고, 너흰 누구냐?"

주비는 눈앞이 깜깜했다. 말도 나오지 않았다.

미친 여인은 웃음을 그치고 무표정하게 주비를 땅에 끌며 안뜰로 들어갔다. 늙은 하녀는 사방을 둘러보고는 재빨리 한쪽에 떨어진 장도를 주워 들고 안뜰로 들어가 조심스럽게 빗장을 걸었다.

미친 여인은 안뜰에 이르러서야 비로소 주비를 잡은 손을 풀었다. 주비는 저도 모르게 다리를 움츠렸다. 그리고 이를 악물고 빠진 발목을 다시 맞췄다. 오초초가 몸을 숨기고 있던 창고에서 달려나와 조심스럽게 주비 앞을 막아섰다. 그녀는 놀라서 벌벌 떨면서도 예의를 갖추어 허리를 굽혀 절했다.

"부인, 저희가 멋대로 들어와서 정말 죄송합니다. 악의는 없었습니다. 뭘 훔친 것도 없구요……. 그러니까…… 그게……."

미친 여인은 아무 말도 하지 않고 있으면 정상인과 똑같았다. 다만 그 칠흑같이 까만 눈동자는 보는 사람을 두렵게 만드는 힘이 있었다. 미친 여인은 오초초는 거들떠보지도 않고 손으로 귀밑머리를 꼬며 주비를 향해 물었다.

"꼬맹이, 파설도는 누가 가르쳐 준 거지?"

주비는 황망하게 땅에 주저앉아 있다가 그 소리에 번뜩 정신이 들어 조심스럽게 대답했다.

"집안 대대로 전해지는 겁니다."

"오?"

미친 여인이 다시 물었다.

"그럼 너와 이징은 무슨 관계지?"

이징은 이근용의 아버지로, 사십팔채의 선대 채주였다.

"제 외조부 되십니다."

빗자루를 메고 있던 하녀가 "이야아." 하며 주비를 위아래로 훑어보았다. 주비는 눈앞의, 보기에는 전혀 미치지 않은 것 같은 여인을 의아하게 바라보았다. 말투도 누그러졌다.

"실례지만 선배님께서는……."

미친 여인이 미소를 지었다.

"난 네 외할미야."

"……."

어이가 없는 것도 잠시, 바로 화가 치솟았다. 외조모는 그의 어머니와 외삼촌을 낳을 때 난산으로 돌아가셨다. 그런데 이 미친 여인은 이근용보다 고작 몇 살 정도 많아 보였으니 허튼소리인 것이 분명했다. 자신을 놀리는 건 상관없어도 윗분들을 욕보이는 말 아닌가!

주비는 발목의 통증을 참고 훌쩍 뛰어오르며 차갑게 말했다.

"선배님, 그런 헛소리를 한 번만 더 하시면 설령 제가 이기지 못할지라도 따끔하게 가르쳐 드리겠습니다!"

미친 여인은 그 말에 놀란 듯 뒷걸음질 치더니, 어린 소녀처럼 가슴을 탕탕 치며 입을 삐죽거렸다.

"무서워라, 둘째 외할머니도 어쨌든 외할머니야. 왜, 내가 네 친외할미보다 외모가 딸리니?"

더 이상 참을 수가 없었던 주비는 손바닥을 날리는 것으로 횡설수설하는 '외할머니'의 말을 끊었다.

미친 여인은 낄낄 웃으며 뜰 안을 뛰어다녔다. 주비와 장난치며 놀려는 것 같았다. 주비는 손에 칼을 들고 있지 않았어도 도법과 일맥상통한 장법을 구사하며 빠르고 맹렬한 공격을 퍼부었다. 그런데 어찌 된 일인지 미친 여인에게 손을 휘두를 때마다 마치 물 위에 떠 있는 얼음을 때리는 것처럼 자꾸 빗나가고 미끄러져 한 대도 제대로 명중시키지 못했다.

주비는 화가 머리끝까지 올라 미친 여인이 몸에 걸친 비단 끈을 낚아채 꽉 잡았다. 그리고 다른 손으로는 칼을 휘두르듯 대각선으로 매섭게 내리쳤다. 손바닥에 맞은 곳이 '웅' 하고 울렸다.

미친 여인이 웃으며 외쳤다.

"좋은 칼이야!"

그녀가 물고기처럼 옆으로 비켜나는 바람에 주비의 손은 그녀의 가슴 앞에 묶인 또 다른 비단 끈 위로 떨어졌다. 비단 끈은 마치 살아 있는 것처럼 흐물흐물 가라앉으며 주비의 손을 휘감았다. 미친 여인이 대체 어떤 기괴한 보법을 썼는지, 주비는 갑자기 눈앞이 깜깜해지는가 싶더니 순식간에 알록달록한 비단 끈에 꽁꽁 감긴 커다란 누에고치가 되고 말았다.

"……."

오초초는 이미 놀라 제정신이 아니었다.

미친 여인은 무척이나 아련한 표정으로 주비의 얼굴을 쓰다듬었다.

"불쌍한 우리 아가."

주비는 발버둥 쳐 보았지만 비단 끈의 매듭 하나도 풀지 못했다. 구천기 때문에 이미 울화통이 터질 지경인데, 이 이상한 미친 여인의 몇 마디 말에 그야말로 폭발할 지경이었다. 슬픔과 분노가 교차되었다.

'북두를 죽여 사형의 복수를 하는 건 불가능하다고 치자. 그런데 지금은 이 헛소리하는 미친 자 하나도 처치할 수 없어서 조상님들도 편히 못 쉬시는구나…….'

태양혈의 핏대가 세차게 뛰면서 머리 한쪽이 바늘로 찌르는 것처럼 아파 왔다. 문득 이런 생각이 들었다. 그때 운이 좋아서 도망쳐 나온 사람이 신비 사형이었다면, 아니 다른 사형이었더라도 나처럼 이렇게까지 쓸모없지는 않았겠지?

생각할수록 답답했다. 주비는 주화입마라도 한 것처럼 그 자리에 멍해 있다가 갑자기 울컥하며 피를 토했다. 오초초의 비명 속에서 주비는 눈앞이 까매지며 곧 의식을 잃었다.

시간이 얼마나 흘렀을까. 몽롱한 와중에도 주비는 눈앞을 스치는 가느다란 빛줄기가 느껴졌다. 이어 뭔가 따뜻한 것이 얼굴에 다가왔다. 누군가의 목소리가 들렸다.

"이 애는 실력도 그럭저럭, 생긴 것도 그럭저럭이야. 내가 볼 땐 이징 오라버니도, 나도 안 닮았는데…… 설마 그 친외할머니를 닮은 건가?"

주비가 속으로 코웃음을 쳤다. 퉷!

하지만 그 사람의 얼굴에 침을 뱉고 싶어도 그럴 만한 힘이 없었다.

주비가 열 살쯤 되었을 무렵, 이근용은 주비의 다리에 힘이 없다며 일부러 내동댕이치고 넘어뜨리기를 삼 개월 넘게 반복했다. 그 과정이 지나자 산채의 다른 선배들이 아무리 다리를 걸어도 주비는 넘어지지 않았다.

그런데 이 미친 여인이 닭발 같은 손으로 들보에서부터 바닥까지 잡아끌고 내려온 것을 보면, 그녀의 힘이 얼마나 강력한지 짐작할 수 있었다. 그때는 오장육부가 뒤틀린 것처럼 아파서 말도 나오지 않았다. 이렇게 내상을 입은 상태에서 또다시 상대방의 말 때문에 흥분했고, 극도의 노기가 침습해 피까지 토하고 말았다. 부상을 입은 차에 또다시 부상을 입은 것이다.

하지만 다행히 주비는 말대답을 할 힘도 없었다.

어두운 방 안에서, 오초초는 미친 여인이 손에 든 허술한 기름등을 주비의 눈앞에서 흔들어 대며 '친외할머니를 닮은 건가'라고 말할 때 그 눈에 드러난 흉악한 빛을 보고 말았다. 금방이라도 기름불을 주비의 얼굴에 쏟고 주물럭거려 새로운 얼굴을 만들어 줄 것 같았다.

미친 여인은 미친 것도 일정치가 않았다. 정상일 때와 광증이 나타날 때가 전혀 구분되지 않았다. 오초초는 혹시라도 그녀가 갑자기 미친 짓을 할까 봐 얼른 끼어들었다.

"딸은 아버지를 닮는다고 합니다. 그러니 저 아이도 자기 아버지를 닮았겠지요."

미친 여인의 표정이 아까보다 부드러워졌다. 그녀는 손에 든 '흉기'를 한쪽에 두고 그럴싸하게 고개를 끄덕였다.

"하긴, 내가 사위 얼굴을 본 적이 없네. 나중에 데려와서 보여 줘."

오초초는 대답도 못 하고 전전긍긍했다. 등은 어느새 땀으로 흠뻑 젖어 있었다. 지난번 주비와 함께 골목에서 흑의인을 피해 숨어 있을 때보다 훨씬 무서웠다. 그때는 주비가 있었지만, 지금은 자기 혼자서 이 대단한 미친 자를 상대해야 하니 말이다. 오초초는 아무도 모르게 침을 꿀꺽 삼킨 후 용기를 내서 물었다.

"부인께서는 존함이 어찌 되십니까?"

미친 여인은 단정하게 앉아 손으로 귀밑머리를 다듬으며 온화하게 대답했다.

"단구낭이라고 한다. 넌 누구지? 네 부모는?"

"제 부모님은 모두……."

오초초는 놀라기도 하고 두렵기도 해서 '부모님은 모두 돌아가셨습니다'라고 무덤덤하게 말할 수 있을 거라 생각했는데, 막상 입 밖으로 내려니 그동안 억눌러 왔던 감정이 주체할 수 없이 터져 나왔다. '모두'를 두 번이나 되풀이하는 동안 거적으로 대충 덮어 두었던 이별의 기억이 맹렬하게 머리를 강타했다. 문득 볼이 차가워져서 보니 자신이 눈물을 줄줄 흘리고 있었다.

"다 죽은 거야?"

단구낭은 몸을 앞으로 기울여 팔꿈치를 무릎에 받친 채 소녀처럼 턱을 괴었다. 하지만 손으로 받친 얼굴은 다 늘어진 피부에 시뻘건 입술을 하고 있어 사랑스럽기보다는 약간 공포스러웠다. 오초초는 눈물범벅이 되어 그 시뻘건 입을 보면서 저도 모르게 뒷걸음질을 쳤다.

단구낭은 아무렇지도 않게 말했다.

"부모가 모두 죽은 게 뭐 울 일이야. 하늘 아래 부모가 다 살아 있는 사람이 몇이나 된다고? 우리 부모님은 벌써 두 번이나 환생했을 거야. 형제자매도 하나 없고. 간신히 만든 정인도, 아이고, 역시 황천으로 갔다네……."

'아이고'의 뒷말은 목청을 쥐어짜 내듯이 부르는 노래였다. 지금 유행하는 노래는 아니었다. 아마도 어느 마을에서 전해지는 곡조인 듯했다. 단구낭이 잘 얘기하다가 갑자기 노래를 부르자 오초초는 놀라 눈을 휘둥그렇게 떴다. 단구낭은 가늘고 잘록한 허리를 비틀며 일어나더니 뾰족한 손톱으로 아직 의식불명인 주비의 이마를 살짝 찔렀다.

"이 웬수."

화를 내는 건지 웃는 건지 알 수 없었다. 단구낭은 머리카락이 쭈뼛 설 것 같은 기괴한 웃음소리를 내더니 웬수가 어쩌고저쩌고 중얼거리며 뜰로 무예 연습을 하러 나갔다.

"……."

미친 여인의 병증은 정말 아무런 예고도 없었다.

주비는 그 귀신 같은 웃음소리에 정신이 들었다. 온몸이 당겼다. 벌떡 일어나 앉아 눈을 부릅떴다가 오초초와 시선이 마주쳤다. 오초초는 그 살기 어린 눈빛에 깜짝 놀랐다가 다시 기쁨에 겨워 외쳤다.

"깨어났구나!"

주비는 고개를 숙여 곁에 놓인 장도를 흘끗 보고는 오초초를 향해 손을 휘둘렀다. 시선은 문 쪽에 고정되어 있었다.

이윽고, 부스럭부스럭하는 소리가 나더니 안뜰의 늙은 하녀가 그릇 두 개를 받쳐 들고 주비에게 다가왔다. 그녀는 양손을 옷에 슥슥 닦고 멋쩍은 듯 웃었다.

"쌀죽이에요. 화로에 따뜻하게 데웠습니다. 드세요. 그럭저럭 먹을 만해요."

주비는 경계하는 눈초리로 그녀를 바라보며 꼼짝도 하지 않았다.

우락부락한 늙은 하녀는 미친 주인과 오랫동안 지내서인지 인내심이 많았다. 그녀는 작은 의자를 끌어와 주비 앞에 마주 앉았다.

"요 며칠 그 대가 끊겨도 시원치 않을 놈이 웬일로 사람이 먹을 만한 걸 보내 준다 했는데, 알고 보니 이 낭자 덕분이었군요……."

주비가 차갑게 그녀의 말을 끊었다.

"전 이씨가 아닌데요."

하녀가 흠칫했지만 다시 웃으며 말을 이었다.

"아, 그렇죠. 내 정신 좀 봐…… 그, 우리 집 마님은 정신이 이상해진 지도 벌써 십 년이 넘었어요. 말이든 행동이든 생각도 없고 뒤죽박죽이니 낭자도 너무 고깝게 생각하지 마세요."

"제가 눈이 삐었나 봐요. 전혀 미친 사람처럼 안 보이던데요."

늙은 하녀가 탄식했다.

"완전히 정신을 놓으신 건 아녜요. 좋았다가 나빴다가 하는데, 멀쩡해 보이다가도 갑자기 뭐가 생각나면 다시 증상이 나타나니까요."

오초초가 옆에서 조용히 물었다.

"구낭께선 원래부터 저러셨나요?"

주비가 눈썹을 실룩거렸다.

"구낭이요?"

오초초가 대답했다.

"그 부인이 자기가 단구낭이라고 했어요."

주비는 그 이름이 왠지 귀에 익어 '단구낭' 세 글자를 속으로 여러 번 되뇌어 보았다. 아직 보고 들은 것이 적은 주비도 귀에 익은 이름이라면, 단구낭이라는 이름은 분명 아주 유명할 것이었다.

한창 곰곰이 생각하던 중 뭔가가 퍼뜩 머릿속을 스쳤다. 주비는 자세를 바로 고치고 정색하며 물었다.

"저 사람이 단구낭이라고요? 어떻게 단구낭일 수 있죠?"

'단구낭', 아주 옛날 이근용이 가끔 언급하던 이름이었다. 이근용은 바깥 강호 이야기를 하는 경우가 드물었기 때문에 이름 없는 무사는 아예 언급조차 하지 않았다. 그 유명한 '북두'조차 북조의 앞잡이라는 이유로 이근용의 입에 담길 자격이 없었다. 그중 이 두령이 인물이라고 여긴 사람들을 나열하자면 '남북의 쌍도, 산천을 평정한 일검, 관서의 고영수枯榮手, 봉래의 산선散仙'이었다.

'쌍도'는 두 사람이었다. 한 사람은 남쪽에, 한 사람은 북쪽에 있었는데 남쪽의 '남도南刀'는 바로 선대 채주 이징의 칭호로서 이씨 집안의 '파설도'를 가리켰다. 이근용은 자신도 파설도를 배우긴 했지만 '남도'의 칭호를 얻기에는 역부족이며, 사람들도 단지 사십팔채의 체면상 그녀를 치켜세워 주는 거라고 했다.

'쌍도, 일검, 산선'과 이름을 나란히 한 '고영수'는 사실 사형과 사매 두 사람을 가리켰다. 메마르다는 뜻의 '고'와 무성하다는 뜻의 '영', 그중 '고'가 바로 단구낭이었다. 그녀의 사형이 은퇴하여 모습을 감추자 그녀도 종적을 감추었기 때문에 어린 사람들은 그 이름을 모르는 이가 많았다.

단구낭이 십여 년 전에 실종된 후로 그녀가 죽었다는 둥, 무슨 중요한 인물을 죽여서 강호에서 은퇴했다는 둥, 심지어 사십팔채에 숨어 들어갔다는 둥 여러 소문이 돌았다. 물론, 주비는 사십팔채에 그런 사람이 없다는 걸 알고 있었다.

그렇지만 전설 속의 단구낭이 현관의 뒤채에서 첩 노릇을 하고 있을 줄은 상상도 못 했다! 게다가 이렇게 냉대받는 미친 첩이라니!

"그럴 리 없어요."

주비의 얼굴이 다시 차갑게 굳었다.

"저 여자가 고영수라뇨? 차라리 황태후라고 그러지 그래요?"

늙은 하녀가 대답하기도 전에 방금까지도 뜰에 있던 단구낭의 그림자가 휙 나타났다 사라지더니 순식간에 문 앞까지 도달했다. 어찌나 빠른지 주비가 견기를 꿰뚫어 보며 예민해졌던 관찰력으로도 그녀의 몸놀림이 잘 보이지 않을 정도였다. 주비가 무심코 손을 뻗었는데 옆에 놓여 있던 장도가 보이지 않았다. 눈 깜짝할 사이에 단구낭은 이미 그녀의 눈앞에 서서 싱글벙글 웃으며 주비의 장도를 손으로 뱅글뱅글 돌렸다.

"다 먹었으면 또 놀자. 착하지."

주비는 온몸에 소름이 돋았다. 절반은 혐오스러워서였고 절반은 너무 놀라서였다. 지금껏 저런 몸놀림과 저렇게 빠른 손은 본 적이 없었다. 문득 의심이 들었다. 설마 저 미친 여자가 진짜로?

정말로 단구낭이 맞는다면 반격도 불가능했다. 그런 고수가 자신을 밟아 죽이는 건 개미를 밟는 것과 별반 다를 것 없을 테니 쓸데없이 음식에다 장난질을 치지는 않으리라. 주비는 잠시 망설이다 죽 그릇을 들고 단숨에 꿀꺽 마셨다. 따뜻한 쌀죽이 배 속으로 들어가자 바로 몸이 훈훈해지기 시작했다. 다 마신 죽 그릇을 놓고 감사 인사를 하려는데, 단구낭이 칼끝으로 주비의 몸 몇 군데를 재빠르게 찍었다. 주비는 즉시 온몸이 굳어 꼼짝도 할 수 없었다.

단구낭이 실실거리며 그녀의 귓가에 대고 말했다.

"맘대로 돌아다니지 마. 봐, 하늘도 어두워졌잖아. 밖에 늑대가 널 잡아갈 수도 있다고. 아우!"

"……."

주비는 '속에 열불이 나서 얼굴 일곱 구멍에서 연기가 나올 정도'라는 말이 무슨 뜻인지 이번에 실감할 수 있었다.

단구낭은 다시 오초초를 보러 갔다. 오초초는 뻔히 보이는 눈앞의 손해는 피해야 한다는 이치를 잘 알고 있었다. 그녀는 주비처럼 한 번에 죽을 들이켜지 않는 대신 양손으로 죽 그릇을 받쳐 들고 한 입 한 입 조금씩 마시며 중간중간 아주 귀엽게 단구낭을 향해 웃어 보였다. 어쨌든 그 덕에 주비처럼 몸이 굳어 버리지는 않았다.

단구낭은 그제야 만족했는지 맹수처럼 그 둘을 위협하며 "아오! 아오!" 하고 늑대 울음소리를 냈다. 그리고 눈에서 불을 뿜는 주비를 향해 우스꽝스러운 표정을 지어 보이고는, 구석으로 달려가 거울에 자신의 모습을 비춰 보았다.

오초초는 주비를 흘끗 바라보곤 조심스럽게 물었다.

"단 부인, 어떻게 하면 늑대가 두렵지 않을까요?"

"간단해. 나랑 겨뤄서 십 초를 버티면 돼."

단구낭은 고개도 돌리지 않고 말을 이었다.

"하지만 너넨 안 돼. 내 무공은 파설도를 전문으로 격파하거든……. 이징 오라버니, 나랑 한번 겨뤄 볼래요?"

마지막 한마디를 할 때, 단구낭은 살짝 고개를 들고 목소리도 여리여리하게 냈다. 마치 허공에 정말로 '이징 오라버니'가 있는 것 같았다. 오초초는 저도 모르게 몸서리를 치며 주비와 의심스럽다는 눈빛을 교환했다.

늙은 하녀는 그 모습을 보고 옆에서 한숨을 내쉬었다.

"마님은 이 대협과 인연이 깊었지요. 두 분께 자세히 말씀드리겠습니다."

"남조가 세워지기 전, 옛 황족들은 황급히 도망쳤고 옛 도읍지에는 북두가 횡행해 백성들은 불안에 떨었습니다. 저는 본디 권세 높은 집의 하녀였습니다. 저희 집 어르신은 원래 한림원 학사셨는데, 가짜 왕조를 위해 일할 수 없다며 사직하고 집에만 틀어박혀 계셨지요. 그런데 어려서 철이 없던 큰 도련님이 태학생 무리들과 시비가 붙었다가 밧줄로 꽁꽁 묶여 압송되고 말았습니다. 조정에서는 도련님의 목숨을 담보로 어르신께 봉작을 받으라고 강요했고요. 어르신은 외아들을 구하기 위해 봉작을 받겠다고 거짓 보고하고 몰래 친구들에게 연락해 가족들과 함께 도망갈 계획을 세우셨습니다. 그러나 사람을 잘못 믿는 바람에 배신을 당하고 가족은 몰살당했습니다. 유일하게 저만 기회와 인연이 닿아 강보에 싸인 작은 도련님을 안고 도망쳐 나왔지요. 가는 길에 추격자들에게 죽임을 당할 뻔했는데 마침 길을 지나가던 마님께서 한 손으로 놈들의 대장을 죽이고 저희 둘을 살려 주셨습니다."

늙은 하녀는 단구낭을 흘끗 바라보았다. 미친 여인은 노래를 흥얼거리며 머리를 빗고 있었다. 아무 말도 못 들은 표정이었다.

"그런데 마님이 쳐 죽인 놈이 글쎄 북두 '문곡'의 친동생이었지 뭡니까. 마님은 천부적인 실력으로 어려서부터 이름을 날리셔서 남을 깔보는 면이 없지 않아 있었습니다. 때려 죽였으면 때려 죽인 거지, 조금도 감출 생각을 하지 않았지요. 그게 화근이었습니다. 그들은 마님이 새로운 황실을 도발했다고 생각했고 당연히 마님을 제거하려고 했죠. 우리는 평양에서 북두의 '염정', '문곡', '무곡', '거문' 네 사람의 포위 공격을 받았고 가는 길 내내 공포에 떨어야 했습니다. 마님은 몸에 중상을 입으셔서 저는 그대로 끝장인 줄 알았습니다. 다만 아직 작은 도련님을 다른 곳에 맡기지 못한 것이 한스러울 따름이었죠. 그런데 그때, 이 대협이 오셨습니다. 원래는 마님의 사형이 사매가 문제를 일으켰다는 소식에 직접 오려고 했으나 사정상 빠져나올 수 없어 이 대협에게 도움을 청한 것이었죠. 이 대협은 정말 의리 있는 분이셨어요. 친구의 요청에 촉 땅에서부터 밤낮을 쉬지 않고 달려와 저희를 구해 주셨죠."

주비는 단구낭에게 혈도를 눌려 말을 할 수 없었지만 이야기를 듣고 나자 저절로 눈이 휘둥그레졌다.

주비에게 '북두'는 결코 넘을 수 없는 거대한 적과도 같았다. 그런데 얼굴도 보지 못한 자신의 외조부가 그 옛날에 혼자서 넷을 상대하면서 노약자들을 성공적으로 피신시키기까지 했다. '남도'는 대체 얼마나 대단한 걸까? 상상조차 되지 않았다. 주비의 피가 서서히 뜨거워지기 시작했다.

"저는 도련님을 나리의 옛 친구분께 맡기고 마님을 따르기로 결심했습니다. 차를 올리고 물을 긷는 자질구레한 일을 하면서 은혜를 갚고 싶었죠. 이 대협은 저희를 남쪽까지 데려다주셨어요. 마님의 말로는 이 대협은 오래전부터 강호에서 유명하셨다고 합니다. 마님도 그분을 선배님이라고 불러야 한다고 하셨습니다. 그런데 그분은 무림 명숙으로서의 오만함이라곤 전혀 없었어요. 오히려 굉장히 세심하고 사람들을 잘 챙기셨죠. 본처가 일찍 세상을 떠난 후로 혼자 아들딸을 돌보면서 잔소리하던 습관이 고쳐지지 않는다고 자조하시기도 하고요."

늙은 하녀가 한숨을 내쉬었다.

"이런 남자를, 나이가 좀 많긴 했지만…… 누가 사랑하지 않을 수 있겠어요?"

단구낭은 빗질을 멈추고 바보처럼 멍하니 벽 귀퉁이에 앉아 있었다. 허공에 무슨 옛날에 있었던 일이 펼쳐지기라도 한 것 같았다.

오초초가 궁금증을 참지 못하고 물었다.

"그럼 단 부인은 어쩌다가 화용에 남게 된 거예요?"

늙은 하녀가 대답하기도 전에, 옆에 있던 단구낭이 가볍게 이야기를 시작했다.

"우리 언니 때문이었지……. 전란으로 세상이 어수선할 때 난 혼자 북쪽으로 떠났어. 이유가 없었던 건 아냐. 나한테는 쌍둥이 언니가 있었는데 너무 똑같이 생겨서 부모님 말고는 분간을 못 했어. 그런데 내가 대여섯 살 때 고향에 재난이 닥치자 부모님은 더 이상 살아갈 수 없겠다는 생각에 우리 자매를 팔아 버렸지. 팔려 가는 길에 난 거간꾼이 한눈 파는 틈을 타 몸에 묶인 밧줄을 풀고 가축 수레에서 뛰어내렸어. 그리고 언니를 수레에서 끌어 내리려고 하는데, 언니가 한사코 버티는 거야. 내 손가락을 밟으면서 나한테 꺼지라고 했어. 평생 날 만나지 않겠다고……. 언니는 부모님이 우릴 팔아 버린 게 다 나 때문이라고 했어. 내가 하도 못된 짓만 하고 다니니까 언니까지 연루된 거라고, 그래서 내가 너무 밉다고 하더라고."

그녀의 말은 계속 이어졌다.

"난 어렸을 때부터 성격이 괴팍해서 어른들에게 자주 혼났지만 언니는 영리하고 호감형이었어. 그땐 어려서 철이 없을 때라 언니 말을 철석같이 믿었지. 난 그런 언니가 미워서 울면서 도망쳤지. 나중에 커서야 깨달았어. 언닌 그때 거간꾼이 돌아오면 나까지 도망치지 못하게 될까 봐 나보고 빨리 가라고 한 거였어. 하지만 많고 많은 사람들 중에서 그 조그만 여자아이를 어떻게 찾을 수 있겠니? 난 언니가 죽었는지 살았는지조차 모르고 지냈어. 그러다 어느 날 지인들과 술을 마시고 있는데 멀리서 온 친구가 그러는 거야. 북쪽에서 어떤 여자를 나인 줄 알고 인사했다가 무안을 당했다고 말이야. 그 여자의 생김새가 나랑 무척이나 닮았더래. 다만 표정이

나 분위기가 달랐다더라."

단구낭은 방금까지만 해도 심하게 미쳐 있어서 오초초와 주비는 그녀와 대화하는 것도 이미 포기한 상태였는데, 지금은 또 멀쩡해져서는 쌍둥이 언니와의 사연을 또박또박하고 조리 있게, 사뭇 진지한 표정으로 이야기하고 있었다. 주비는 몸 안의 혈맥이 아까보다 뚫린 것을 느끼곤 아까 단구낭이 혈도를 세게 짚은 것이 아니었음을 깨달았다. 그녀는 단구낭의 말에 귀를 기울이며 한편으로는 살살 운공을 시작했다.

"그 말에 난 그가 이십 년 동안 연락이 끊긴 내 언니를 만났다는 걸 알 수 있었지. 난 그 사람을 언제 어디서 봤냐고 다그쳤어. 시간이 이미 많이 흘러서 그도 대략적인 것만 기억하고 있었지. 난 할 수 없이 북쪽으로 길을 따라 올라가며 사방을 수소문했어. 그런데 가는 길에 조가 놈이 부리는 개새끼가 사람을 괴롭히는 걸 보고 만 거야. 그놈도 속으로 켕기는 게 있는지 모든 사람을 적대적으로 보더라고. 난 하늘 높은 줄 모르고 날뛰다가 그 사나운 개떼들한테 낭패스럽게 쫓기게 되었지……. 그런데 거기서 그를 만날 줄이야."

이 대목에서, 방금까지만 해도 아주 정상적이던 표정이 다시 흐리멍덩하게 바뀌었다.

오초초는 본능적으로 다시 죽 그릇을 집어 들어 방패처럼 얼굴을 가렸다. 주비는 한 손의 느낌이 돌아와 살그머니 한쪽으로 늘어뜨렸다. 어두운 방 안에 잠시 적막이 흘렀다. 늙은 하녀는 주전자의 물을 끓였고 두 여자아이는 언제 병증이 나타날지 모를 미친 사람을 잠자코 주시했다.

단구낭은 젊었을 때 예뻤을 것이다. 젊은 여자는 정신만 멀쩡하다면 깔끔하고 예뻐 보이니 말이다. 단구낭은 눈이 부시지도 않는지 기름등의 불꽃을 하염없이 바라보고 있었다. 눈가의 가느다란 주름이 빛 무리에 흐릿하게 뭉개지며 빛바랜 색처럼 보였다.

그녀는 세상에 다른 사람이 존재한다는 사실을 잊어버린 듯 옛 추억 속 광경에 푹 빠져 있었다.

별안간 단구낭이 아무 예고도 없이 대성통곡하기 시작했다. 그 엄청난 목청에 방 안에 있던 모든 사람들이 깜짝 놀라 흠칫 몸을 떨었다.

미친 사람은 절제할 줄을 몰랐다. 귀신 울음소리만큼 섬뜩하고 늑대 울음소리처럼 처절했다. 게다가 그냥 울기만 한 것이 아니라 분을 풀려는 듯 화장대 위에 놓인 구리거울을 향해 손을 뻗었다. 구리거울은 그녀의 손안에서 흐물흐물한 반죽처럼 비틀어지며 끼기긱 소리와 함께 운명을 다했다. 단구낭은 여전히 분이 풀리지 않는지 손바닥으로 벽을 쳤다. 집 전체가 흔들거리면서 지붕의 모래자갈이 와르르 쏟아졌다. 이렇게 몇 번 더 벽을 치다간 집 전체가 무너져 내릴 것만 같았다.

오초초와 주비는 눈앞의 상황에 입이 떡 벌어졌다. 이렇게 갑자기 미쳐 날뛰는 경우가 어디 있냔 말이다!

집이 금방이라도 무너질 것 같자 경험 많은 하녀는 큰 소리로 외쳤다.

“마님, 작은 도련님이 아직 방 안에 계십니다!”

그 말에 무슨 주술이라도 담겼는지, 시뻘게진 눈으로 난동을 피우던 단구낭은 동작을 멈추고 그 자리에서 굳어 버렸다. 잠시 후, 그녀는 포효하며 뜰로 달려 나갔다.

칠흑같이 어두운 뜰에 둔탁한 소리가 연이어 울려 퍼졌다. 바위인지 나무인지 그녀의 매서운 손에 당하고 있었다. 오초초는 손에 든 빈 그릇을 놓쳐 하마터면 땅에 떨어뜨릴 뻔했다. 얼굴이 붉어졌다가 하얘졌다.

"죄…… 죄송합니다."

하녀는 문제의 '대마두'를 밖으로 몰아내고 태연하게 그릇을 치우며 손을 내저었다.

"걱정 마요. 그 말을 들었으니, 소란을 다 피우기 전까진 안으로 들어오지 않을 거예요."

오초초가 물었다.

"말씀하신 그 작은 도련님은……."

늙은 하녀가 대답했다.

"마님의 언니의 아들이요. 그러니까, 이 현령부의 큰 도련님이시죠."

"그건 또 어떻게 된 일이죠? 단 부인이 나중에 언니를 찾은 건가요? 그런데 어쩌다 여기로 온 거예요?"

늙은 하녀가 한숨을 내쉬며 담담하게 말을 이었다.

"마님은 이 대협을 마음에 두게 되었습니다. 직설적인 성격이라 자신의 감정을 솔직하게 털어놓았죠. 하지만 이 대협은 그저 웃으며 '난 나이가 마흔도 넘은 늙다리인 데다가 낭자만 한 딸도 있소. 낭자의 사형과 비교해도 내 나이가 훨씬 많지. 삼촌뻘 되는 사람에게 막무가내로 굴지 마시오'라고 대답했지요. 마님은 이 대협이 칠팔십 넘은 노인이라 해도 상관없다고 하자 이 대협은 다시 진심으로 거절하셨습니다. 자신은 본처를 잊지 못하고 있고, 마님을 그저 후배로만 대할 뿐 남녀 간의 감정은 없다고 말입니다. 성격이 불같은 마님이 어찌 거절의 충격을 견딜 수 있었겠어요. 마님은 화가 나서 각자 갈 길을 가자고 해 버렸죠. 저희 둘은 딱히 갈 곳도 없어서 마님의 언니분 행적을 계속해서 쫓았습니다. 하지만 그야말로 바다에서 바늘 찾기와 마찬가지였습니다. 그런데 삼 개월 후, 참으로 우연이었죠. 길가의 한 거지에게 길을 물어보는데, 그 거지가 길을 알려 주고는 이런 말을 덧붙이는 게 아니겠어요. '화용 현성에 술 파는 아낙이 있는데 아가씨와 생긴 게 똑같아. 난 처음에 그 아낙인 줄 알았지 뭐야.' 마님은 그 말에 처음엔 크게 기뻐하다가 나중엔 의심병이 도져서 거지를 잡아다 추궁했습니다. 거지는 자신이 개방의 제자인데 누군가의 부탁을 받고 도와준 거라고 하더군요. 그제야 알았죠. 이 대협은 우리가 걱정되어서 한동안 우리 뒤를 따라왔었고, 우리가 사람을 찾는다는 걸 알고는 소식통 친구 여럿에게 도와 달라고 부탁까지 했다는 걸요."

주비가 선대 채주에 관한 일을 이렇게 세세하게 듣는 건 이번이 처음이었다. 외조부는 자신의 상상과 완전히 달랐다. 무시무시하게 칼을 휘두르는 사람이 어쩜 성격이 그렇게도 온화하고 다정했을까. 주비는 이근용이 가르쳐 준 파설도의 구결을 떠올리며 속으로 생각했다. 온화한 사람도 무견불최가 가능한 걸까?

"이렇게 해서 마님은 오랫동안 헤어졌던 친언니를 만나게 되었죠. 혈육이 다시 만났을 때의 기쁨은 말할 것도 없었습니다. 마님은 언니가 어떤 부잣집 공자의 첩이 되어 있는 것을 알았습니다. 하지만 평소 규범 같은 것은 따지지 않고 자기 좋을 대로 행동하던 마님이었으니 부끄럽다고 여기기는커녕, 오히려 언니 부부의 모습을 보면서 이 대협에 대한 감정이 되살아나 그리움과 번민의 나날을 보냈지요. 그렇게 언니를 찾고 싶다는 소원을 이룬 후 마님은 이 대협의 도법을 연구하는 데 온 힘을 집중했습니다. 이 대협을 쓰러뜨릴 수 있는 무공을 만들어 이 대협을 억지로라도 끌고 오려고 한 거였죠."

주비는 외간 여자가 자신의 외조부를 억지로 빼앗아 오려고 했다는 얘기를 들은 사람이 몇이나 될까 궁금해졌다. 주비는 이런 뜻밖의 말에 난처해져서 안절부절못했다. 늙은 하녀가 주비의 난처함을 눈치챘는지 웃으며 말했다.

"마님은 몇 달에 한 번씩 촉 땅으로 가서 도발을 했습니다. 갔다가 패하고, 패하면 또 가고. 평생 동안 계속할 것 같았죠."

"……."

단구낭의 밉살스러운 성격은 미쳤을 때든 미치지 않았을 때든 차이가 없는 것 같았다.

"그러다 어느 날, 평소처럼 이 대협을 만나러 가는 길에 어쩌다 사람들과 시비가 붙게 되었습니다. 자신들이 북두 염정의 수하라고 하는 말을 듣고 마님은 옛날 북두에게 크게 당한 일이 떠올라 충동적으로 공격한 것이었죠. 그런데 염정 무리들은 다른 사람과 달리 비열하고 수치를 모르는 소인배들이었습니다. 자신들이 밀리니 독을 썼어요. 마님은 그렇게 그들의 계략에 빠져 또다시 열세에 몰렸는데, 이번에도 이 대협이 등장했습니다. 알고 보니 마님이 사십팔채에 하도 자주 가다 보니까 산 밑 비밀 기지 사람들도 다 마님을 알게 되어서, 누구와 싸움이 벌어졌다는 소식을 이 대협에게 바로 알린 것이었죠. 이 대협은 마님의 독을 빼내 주고 처음으로 크게 화를 내셨습니다. 마님은 이 대협이 구해 주러 온 것을 보고 속으로 굉장히 기뻤지만, 그 기쁨을 표현하기도 전에 찬물을 뒤집어쓰는 바람에 화가 나서 그냥 가 버렸습니다. 속상한 일이 생기면 가족을 찾아가는 법이죠. 그런데 마님이 돌아오시기도 전에 쌍둥이 언니분이 출산이 임박해 양수가 터졌습니다."

"어머."

오초초가 조그맣게 말했다.

"축가네 그 개자식은 ―아, 그러니까 마님의 언니와 살던 그 나쁜 자식이 바로 지금의 그 망할 현관입니다― 진작 애정이 식어서 다른 나비 품에 안겨 버렸지요. 친아들이 태어나고 애 엄마가 숨이 끊어질 지경인데도 들여다보지도 않았다니까요. 마님은 화가 머리끝까지 나서 축씨 일가를 전부 죽여 버리려고 했지만 언니분이 허락하지 않으셨죠. 게다가 죽기 직전 마님에게 맹세를 하게 했어요. 첫째, 아이가 어른이 될 때까지 보호한다. 둘째, 축 공자에게 폐를 끼치지 않고 다치게 하지 않는다. 만약 이를 어긴다면 자신은 구천에서도 갈가리 찢겨 죽는 형벌을 받아 다시는 환생하지 못할 거라고 했지요."

주비가 불쑥 참견했다.

"그 언니분도 미친 거 아니에요? 정신이 이상해지는 것도 유전인가요?"

주비는 말을 뱉고 난 후에야 목구멍의 어혈이 이미 풀린 것을 깨닫고 연신 기침을 했다. 하녀가 주비를 흘끔 바라보았다.

"아이고, 이 쥐방울만한 아가씨가 남녀의 일을 어찌 알겠습니까?"

오초초가 물었다.

"너무 굴욕적인데요. 단 부인이 그렇게 하겠다고 맹세했나요?"

"그럼 어떻게 안 하겠어요?"

하녀가 말을 이었다.

"열흘 정도 지나서 장례까지 다 치르고 나니 축씨 집안에서 사람이 왔습니다. 자기 집 혈통을 떠돌이 신세로 만들 수 없다며 데려가겠다고요. 대를 이을 아들이니 그 어미도 지위가 있다며, 그 어미도 현령부로 데려가겠다고 가마까지 보낸다 하더군요. 아이 생모가 죽은 것도 모르는 눈치였어요. 마님은 속으로 천불이 났지만 문득 좋은 생각이 났습니다. 어차피 언니와 생김새가 똑같으니 아예 언니의 죽음을 숨기고 대신 축씨 집안으로 들어가기로 한 겁니다. 문제없었죠. 아무도 마님을 무시하지도 않았고요. 축씨 집안 사람을 해할 수 없다면 차라리 집안을 쑥대밭으로 만들자는 계획이었죠."

주비는 그 절묘하고 어리석은 계략을 듣고 '미쳤다'라는 말 외에 다른 감탄은 나오지 않았다.

늙은 하녀가 고개를 흔들었다.

"그 어리석은 계략의 절반은 장난기 때문이었고 절반은 이 대협을 자극하기 위해서였어요. 마님은 언니가 몇 년 전부터 바느질해왔던 혼례복을 꺼내어 인편으로 이 대협에게 보냈습니다. 자초지종 설명도 없이 대뜸 혼인을 하게 되었는데 혼례복에 구슬이 몇 개 떨어졌으니 구해 달라고 말이죠. 촉 땅에서는 그 후로 별다른 소식이 없었습니다. 이 대협은 예의 바른 분이시니 친구의 혼인 소식을 듣고 모른 척할 리 없었죠. 우리는 그분이 질투가 나서 화를 내는 거라 생각했습니다. 마님은 득의양양해서 얼른 축씨 집안의 일을 마무리 짓고 촉 땅으로 달려가 사실을 밝히려고 했습니다. 그런데 한참 후, 그러니까 축씨 집안에서 마님을 모셔 가기 전날 밤, 한 아가씨가 찾아왔어요. 이 대협의 딸이라고 하면서요."

주비가 물었다.

"제 어머니가요?"

"그럴 겁니다."

늙은 하녀가 대답했다.

"그 아가씨는 구슬 한 자루를 들고 왔어요. 아버지가 죽기 전 축하 선물로 보내라고 당부했다더군요."

주비는 자신도 모르게 바로 앉았다.

"집안 어른들께서 제게 그런 일이 있었다는 걸 말씀해 주시지 않았어요. 할멈, 자세히 알려 주세요."

"그 아가씨는 이 대협이 누군가의 흉계에 걸려들어 '전사纏絲'라는 독에 중독되었다고 했습니다. 그 후 탐랑, 거문, 파군 등이 군사들을 이끌고 와 포위 공격을 펼쳤고, 이 대협은 그들과 대치하면서 남쪽으로 수십 리를 이동하며 많은 적들을 해치웠습니다. 그 북쪽의 개들은 이 대협을 막을 수 없었지요. 하지만 그 와중에 독이 온몸으로 퍼지게 되었습니다. 이 대협은 가까스로 산채로 돌아갔지만 독은 제거할 수 없었죠."

늙은 하녀는 탄식했다. 그녀는 한참 후 다시 입을 열었다.

"당시 마님은 안색이 좋지 않으셨는데, 그 아가씨가 떠나고 나자 뭔가에 홀린 것처럼 계속해서 자신이 이 대협을 죽게 만들었다고 중얼거리셨어요."

주비는 무표정이었다. 무슨 생각을 하는지 짐작할 수 없었다.

오초초가 물었다.

"어째서죠?"

늙은 하녀가 대답했다.

"저도 나중에야 마님이 횡설수설하는 말을 통해 알게 되었습니다. 마님이 처음 이 대협을 만났을 때 걸렸던 독이 바로 '전사'였어요. 당시 북두는 많은 군사들을 이끌고 왔는데, 마님이 염정과 대치하고는 숨어서 나오지 않자 마님을 통해 이 대협을 유인하려는 계략을 세웠지요. '전사'는 평범한 독이 아니어서 이 대협이 마님의 독을 빨아낼 때 이 대협도 중독되고 말았습니다. 이 대협은 그때 이미 알고 있었을 거예요. 그래서 평소와 달리 크게 호통을 치고 마님을 쫓아냈던 거죠. 그러고는 힘겹게 적들을 남쪽으로 유인해 갔습니다."

오초초가 "아!" 하고 탄식하며 눈시울을 붉혔다.

주비는 이 모든 사건의 장본인인 '염정'이라는 이름을 속으로 되뇌다가 문득 사윤의 말이 떠올랐다. 감당 선생이 종남산에서 가짜 황제의 대장군을 포위하고 북두의 '염정'의 목을 베고 그 수급을 사흘간 성벽에 매달아 두었다고. 갑자기 아버지의 행동이 우연이 아닌 것처럼 느껴졌다.

오초초가 눈을 살짝 문지르며 물었다.

"그럼 단 부인은 어떻게 되셨어요?"

"마님은 아가씨가 복수를 하기 위해 북도로 간다는 말을 듣고 도련님을 제게 맡기고 함께 따라가셨습니다. 이가 사람들은 모두 감격했죠. 이 대협은 다른 사람들에게 자신이 어쩌다가 독에 중독되었는지 말하지 않았거든요. 그들은 마님이 인정 많고 정의로운 사람인 줄로만 여겼습니다. 하지만 가짜 황제가 그리 호락호락했다면 진작 갈기갈기 찢겨 죽었겠죠. 그들의 북도 공격은 아무 성과 없이 끝나고 말았습니다. 마님은 북도에서 돌아온 이후로 그저 멍하니 있으셨어요. 축씨 집안일도 더 이상 신경 쓰지 않았죠. 다행히 축가 놈도 이 귀찮은 애 엄마를 거들떠보지 않아 뒤채는 줄곧 고요하기만 했습니다. 그러다 어느 날부터인가 갑자기 맹렬하게 무공을 수련하시더니, 자신을 극한으로 몰아가 점점 주화입마에 빠지게 되었습니다. 처음에는 가끔씩 병증이 나타나던 것이, 하루하루 상태가 나빠져서 지금은 축가네 사람들 모두 이 뒤채에 미친 여인이 산다는 걸 알게 되었습니다. 그래서 지금 이런 모습이 되었고요."

기름등의 불꽃이 툭툭 튀었다. 주비는 이 길고 굴곡진 이야기를 들으며 십여 년 전의 앞뒤 관계를 연결해 보니 복잡한 감정이 들었다. 분노와 원한이 어느새 살짝 잠잠해졌다.

며칠 전만 해도 자신은 오초초를 산채로 데려다주겠다고 굳게 맹세했는데, 순간의 분노 때문에 오초초를 내버려 둔 채 무작정 뛰쳐나가려고 했었다. 자신의 이익을 위해 약속을 저버리고 경솔하게 굴다니, 이게 말이야 방귀야! 선대 채주의 이야기를 들으니 주비는 자신이 실력도 없을뿐더러 인품 면에서도 선대 어른의 체면을 깎아내리는 것 같았다.

이야기를 마친 늙은 하녀는 밤이 이미 깊은 것을 보고 주비와 오초초에게 얼른 쉬라고 하며 자신은 곁채로 가 잠을 청했다. 미친 단구낭은 어느새 다시 조용해져서는 뜰에 있는 큰 나뭇가지에 박쥐처럼 거꾸로 매달려 꼼짝도 하지 않았다.

주비는 온몸의 혈도가 풀려서 몸을 자유롭게 움직일 수 있게 되었다. 오초초는 혹시라도 주비가 달려 나가 미친 여인과 또 실랑이를 벌일까 봐 걱정되었지만 감히 뭐라고 하지도, 타이르지도 못한 채 그저 멀거니 바라보기만 했다.

하지만 오초초의 걱정과 달리 주비는 아주 미안하다는 듯 턱을 문지르며 말했다.

"얼른 쉬어. 난…… 그러니까…… 얌전히 있을게."

오초초는 고개를 끄덕였다. 하지만 여전히 믿을 수가 없어 누워서 잠든 척했다가 얼마 후 몰래 눈을 살짝 떠서 주비를 바라보았다. 혹시라도 한밤중에 작별 인사도 없이 떠나 버릴까 봐 두려웠다.

주비는 오초초가 잠든 척하고 있다는 걸 알아챘다. 마음이 차분해지니 부끄러움이 몰려왔다. 요 며칠 계속 경망스럽게 굴고 주제넘게 허튼 생각만 했는데 그러지 말았어야 했다. 잠도 오지 않아서 주비는 아예 일어나 앉아 어노인이 가르쳐 준 방법으로 묵묵히 파설도를 연습하기 시작했다.

마치 입정에 든 것처럼 모든 소란스러움이 한쪽으로 사라졌다. 주비는 온 마음을 집중해 파설도 아홉 식을 한번 쭉 펼치고 나서야 눈을 떴다. 하늘 가장자리가 어느새 하얗게 밝아 오고 있었다.

주비는 천천히 숨을 토해 냈다. 명치께가 뭐라 설명할 수 없이 전보다 가벼워졌고 몇 가지 새롭게 깨달은 부분도 있었다. 일어서서 걸어 보려는데 얼핏 단구낭이 인기척도 없이 들어와 있는 것을 보았다. 단구낭은 마치 귀신처럼 어두운 그림자 속에 서서 그녀를 엿보고 있었다.

주비가 깜짝 놀라 인사했다.

"선배님……."

단구낭이 불쑥 주비 앞으로 돌진하더니 나지막한 목소리로 신들린 듯 물었다.

"방금 도법을 연습했지?"

주비는 깜짝 놀랐다. 어떻게 알았지?

단구낭은 주비의 대답을 기다리지도 않고 부드럽게 물었다.

"누구에게서 무공을 배웠니?"

주비는 솔직하게 대답했다.

"어머니요."

"휴, 친어머니한테 무공을 배워서 무슨 발전이 있겠어? 널 제대로 단련이나 시켰겠니?"

단구낭은 다시 제정신이 아닌 것처럼 웃어 댔다.

"이 외할미한테 배워 볼래?"

주비는 애써 '외할미'라는 단어를 무시하며 거절하려고 했다.

"저는……."

이때, 단구낭이 번개처럼 손을 움직여 또다시 주비의 혈도를 눌렀다.

주비가 아연실색하여 외쳤다.

"선배님, 지금 뭐 하시는 거예요!"

단구낭이 천진난만한 눈을 깜빡거렸다.

"널 가르쳐 주는 거야!"

무공을 배우려면 나무토막처럼 되어야 한다는 말은 들어 본 적이 없었다. 주비는 순간 불길한 예감이 들었다. 이 미친 여인과 다투고 싶진 않았지만 미친 여인이 자신을 가지고 놀다 죽이는 걸 그냥 보고만 있을 수 없어 얼른 화제를 돌렸다.

"선배님은 파설도를 전문으로 격파할 수 있는 기술이 있다고 하셨는데, 제게 보여 주실 수 있으신지요? 식견을 넓히는 데 많은 도움이 될 것 같습니다."

단구낭은 그럴듯하게 대꾸했다.

"그건 다 초식일 뿐이야. 나 고영수의 내공과 체력을 기본적으로 갖추어야 해. 초식을 익히는 건 그다음 일이지. 이제 막 입문했으면 기초부터 다져야 해."

주비는 그 말에 온몸의 털이 쭈뼛 곤두서는 것 같았다. 먹는 건 쉬워도 뱉는 건 어렵다고, 경맥이 어긋나면 다시 제대로 이어지기 힘들었다. 이 미친 여인이 자신의 혈도를 아무렇게나 짚었다가는 나중에 이 안뜰에서 날뛰는 사람이 한 명 더 늘어날 수도 있었다. 차라리 이 미친 여인의 '집 무너뜨리기 대업'을 중단시킬지언정, 그녀에게 제대로 배우는 건 정말 싫었다.

다급해진 주비는 최대한의 임기응변을 발휘해 알랑방귀를 뀌어 댔다.

"에이, 그건 급하지 않습니다. 전 이제까지 저희 집의 파설도가 세상에서 가장 뛰어난 도법인 줄 알았고, 파설도와 상극인 기술이 있다는 건 들어 본 적도 없었어요. 하마터면 우물 안 개구리가 될 뻔했지 뭐예요……. 선배님, 부디 제게 한번 그 위력을 보여 주세요."

단구낭의 정신연령은 높을 때도 있고 낮을 때도 있었다. 지금은 어린애와 같은 상태였는지, 주비가 자신의 자랑스러운 기술을 보고 싶다며 칭찬 몇 마디를 늘어놓자 기분이 좋아져 활짝 웃었다. 그녀는 소매를 휘둘러 주비의 막힌 혈도를 풀어 주었다.

"그래, 그럼 날 따라와."

단구낭은 말도 행동도 거칠었다. 주비는 기침이 나오려는 것을 겨우 참았다. 아직 숨도 제대로 고르지 않았는데, 그 미친 여인은 주비가 꾸물거린다며 한 손으로 주비의 손목을 잡아끌었다. 장도를 주비의 손에 쥐여 주고 자기는 어디서 나뭇가지를 하나 주워 들고는 히죽히죽 웃으며 말했다.

"덤벼, 덤벼."

주비는 장도를 손에 쥐고 가늠해 보았다. 단구낭에게 원한이 있는 건 아니었지만 자꾸 행동에 제약을 받으니 달갑진 않았다.

"선배님, 파설도 아홉 식을 제가 절반 정도는 대강 따라 할 수 있습니다. 망신을 당한다면 제가 제대로 배우지 못해서이지, 도법이 훌륭하지 못해서가 아닙니다."

단구낭이 짜증을 냈다.

"쪼그만 여자애가 어린 나이에 어찌 그렇게 이징처럼 잔소리가 많아!"

주비는 이제까지 커 오면서 성격 나쁘고 입이 거칠고 수단이 고약하다는 말만 들어 왔지, 잔소리가 많다는 말은 처음이라 어이가 없었다. 외할아버지가 생전에 이런 추문을 일으켰을 줄은 꿈에도 몰랐다. 오랫동안 서로 다른 세상에서 살다가 기회와 인연이 닿아 이렇게 만나게 되다니…… 이것도 아마 운명이리라.

"선배님, 한 수 가르쳐 주세요."

주비는 손에 쥔 장도를 털며 머릿속 잡념을 떨쳤다. 장도가 손안에서 회오리바람을 일으켰다.

파설도의 처음 세 식은 대범하고 시원시원한 '벽산劈山, 산 가르기', '분해分海, 바다 가르기', '불주풍不周風, 서북풍'이었다.

주비는 '분해'의 두 부분을 아예 생략하고 목소교의 산골짜기에서 깨우친 '불주풍' 초식을 사용했다. 그것은 파설도 아홉 식 중에서 가장 빠르고 가장 변화무쌍해서 도광이 빛나는 곳에서는 소리가 끊기고 그림자가 갈라졌다. 그러다 문득 산골짜기 전투에서 충소자가 일러 준 부유진이 생각났다. 주비는 재빨리 기지를 발휘해 방향을 바꾸어 몸을 날리는 동작에 접목해 보았다.

이런 천부적인 능력은 누가 가르쳐 준 것이 아니었다. 그녀는 무슨 일이든 요령을 따지지 않고 큰 줄기를 잡아낼 수 있었다. 다른 사람의 기술 중에 번뜩일 만한 것을 보면 때로 이상한 영감을 받아 다른 곳에 접목하곤 했다. '부유진'은 홀로 만 명을 당해 낼 수 있다는 전설이 전해지는 기술이었다. 게다가 '불주풍'은 집단 공격에 대항하기 가장 적합한 기술이었으니, 가히 호랑이에 날개를 달아 주는 격이었다. 주비는 이렇게 '불주풍'을 날것 그대로 '동남서북풍東南西北風'으로 바꿔 버렸다.

단구낭은 난데없이 일고여덟 명이 자신을 포위하는 느낌이 들어 '어라' 하고 짐짓 놀랐다. 보기엔 정해진 규칙대로만 할 것 같은 주비가 이렇게까지 규칙을 무시할 줄이야.

고영수 같은 내가內家 고수는 후배들에게 진짜 무기를 휘두를 필요 없이, 허술한 나뭇가지 하나도 훌륭한 무기로 사용할 수 있었다. 두 사람은 순식간에 일고여덟 초를 겨루었고 단구낭은 반격하지 않고 주비의 공격을 그저 받고만 있었다. 단구낭은 주비의 그 기발한 공격 방법을 꿰뚫어 보고 가볍게 웃으며 말했다.

"내가 하는 걸 봐."

말이 떨어지기가 무섭게 주비는 손에 든 장도가 뭔가에 달라붙어 꼼짝 못 하는 느낌이 들었다. 상대방의 작은 나뭇가지가 장도 위를 몇 번 툭툭 치자, 맹렬하게 휘몰아치던 칼바람이 삽시간에 멈추더니 방금까지의 통쾌함이 사라져 버렸다.

주비는 얼른 손을 거두려 했지만 칼날의 속도가 느려지며 행적이 노출되어 버렸고, 단구낭의 한 손에 칼이 잡히고 말았다. 단구낭은 손가락 세 개로 주비의 칼날을 꽉 쥐었다. 벌어진 범아귀는 차가운 칼날과 손가락 하나 길이 정도 떨어져 있었고, 단구낭은 손가락 끝으로 아주 능숙하게, 살갗도 벗겨지지 않은 채로 칼날을 잡아 냈다.

깜짝 놀란 주비는 단구낭과 눈이 마주쳤다. 단구낭이 장난스럽게 웃으며 조그맣게 말했다.

"이건 말이지, '포풍捕風, 바람 잡기'이라고 하는 거다."

주비는 원래부터 다른 사람들보다 반응이 늦은 편이어서 사람들 사이의 미묘한 애증을 느끼지 못하곤 했다. 상대적으로 사람의 말보다는 도검의 말을 더 또렷하게 이해하는 편이었다. 사실 늙은 하녀가 열심히 침을 튀기며 옛날이야기를 했을 때도 별다른 감흥이 없었다. 이야기의 주인공이 엄청난 고생을 했다는 걸 들으면서도 조금도 이입이 되지 않았었다.

그런데 그 기술을 이렇게 실제로 보고 '포풍'라는 이름까지 듣고 보니, 갑자기 마음이 괴로워지면서 '가는 사람은 잡을 수 없고 지난 세월은 뒤쫓을 수 없다'는 말을 절절하게 깨달을 수 있었다.

별안간 예고도 없이 눈시울이 붉어졌다. 단구낭이 깜짝 놀라 득의양양한 웃음을 거두고 잠시 생각하더니, 손에 든 나뭇가지를 티 나게 등 뒤로 감추며 말했다.

"휴……. 왜 그러니. 졌다고 우는 거야?"

주비는 한숨을 깊게 내쉬며 눈물을 억지로 삼켰다. 그리고 인상을 쓰며 고개를 숙였다.

"누가 울어요?"

단구낭이 아이처럼 허리를 굽혀 주비의 표정을 살피더니 조심스럽게 말했다.

"난 예전에 사나운 개 네 마리에게 쫓겨서 수십 리를 도망치고 온몸이 맞아서 만신창이가 되었을 때도 안 울었어."

주비는 이러지도 저러지도 못하고 눈을 비비며 장도를 다시 칼집에 집어넣고 방으로 향했다. 창문을 통해 오초초를 보니, 요 며칠 계속 고생만 하다가 처음으로 베개를 베서 그런지 깊이 잠들어 있었다. 주비는 오초초가 인기척도 느끼지 못하는 걸 보고는 문을 닫고 그 옆에 주저앉았다. 단구낭이 다가와 그 옆에 앉았다.

"골격이 그저 그런 걸 보니 파설도를 익히기엔 너무 힘들겠어."

주비는 속으로 생각했다.

'그래도 이성보다는 낫거든요? 이성은 아예 두령님한테서 도법도 전수받지 못했으니까요.'

주비는 아무렇지도 않게 대꾸했다.

"힘들면 또 어때요. 천천히 익히면 되죠."

단구낭이 아주 엄숙하고 진지하게 고개를 끄덕였다.

"바로 그거야. 앞으로 열심히 노력해야 해."

주비는 자신이 이미 아주 노력해 왔다고 생각하곤 자신이 사십팔채 세묵강에서 수련했던 일을 단구낭에게 들려주었다.

단구낭은 '사십팔채'라는 말에 아주 집중해서 들었다. 주비가 말을 하다 침이 튀긴 자국까지 탁본으로 남겨 소중하게 간직할 기세였다. 하지만 이야기가 끝나자 단구낭은 웃음을 터뜨렸다.

"그게 뭐 열심히 한 거라고 그래? 네 아버지는 노파심 많은 사람이니 너희들 다루는 법을 가장 잘 알 거야."

단구낭의 뒤죽박죽인 기억이 이번에는 아무래도 연배를 뒤섞어 주비를 이징의 자식으로 여기는 것 같았다. 주비는 하는 수 없이 사실을 바로잡아 주었다.

그에 단구낭은 '아' 하고 대답했을 뿐, 진짜로 알아들었는지는 알 수 없었다.

"내가 어려서 처음 내공을 수련하기 시작했을 때는 사형과 사제 수십 명이 있었는데 첫해에 절반이 죽고, 이듬해에 나머지의 절반이 죽었어. 입문한 후 삼 년이 지나자 날 포함해서 남은 사람은 다섯 명뿐이었지. 왜 그런 건지 알아?"

주비는 그렇게 많은 제자들을 죽음으로 내몬 문파가 있다는 것에 놀라 고개를 저었다.

단구낭이 담담하게 말했다.

"우리 사부님은 한 달에 한 번 우리에게 공력을 넣어 주었어. 진기가 몸 안으로 들어오는 그 느낌을 넌 모를 거야. 온몸의 살과 가죽이 뼈와 함께 터져 버릴 것만 같았지. 하지만 절대로 정신을 놓아서는 안 되었어. 정신을 놓는 순간 정말 몸이 터져서 죽고 마니까. 온몸을 마구잡이로 들쑤시는 진기를, 뼈를 깎는 듯한 고통을 참으면서 조금씩 조금씩 억지로 흡수해야 했지. 흡수가 제대로 되지 않으면 주화입마해서 얼굴의 일곱 구멍에서 피를 흘리며 죽을 테니까. 삼 년간 이렇게 내공 기초를 다진 후에는 몸을 단련했어. 그건 더더욱 죽기 쉬웠지. 사부님은 뼈는 부러진 후에 더 단단해진다고 하셨어. 그렇게 또 이 년이 지나자 남은 사람은 나와 사형 두 명뿐이었지!"

주비는 온몸에 소름이 돋았다. 저 문파는 아무래도 제자를 양성하는 게 아니라 무슨 독충을 배양하는 것 같았다. 단구낭은 주비를 한심하다는 눈길로 바라보며 탄식했다.

"네 아버지는……."

"외조부요."

주비가 다시 말을 바로잡았다. 단구낭은 한참을 낑낑대며 자신이 언제 태어났는지 꼽아 보다가 놀라 외쳤다.

"뭐? 이근용 그 꼬맹이가 언제 너 같은 큰 딸을 두었어?"

주비는 이렇게까지 정신이 없는 단구낭을 보니 방금 전에 한 이야기도 그다지 신뢰가 가지 않았다. 주비는 인내심을 발휘해 자신의 족보를 차근차근 일러 주었다. 하지만 아무 소용없었다. 잠시 후 주비는 이징의 증손녀가 되어 버렸으니까.

두 사람은 때로는 맞장구치고 때로는 서로 딴 얘기를 했다. 이상한 일이었다. 낮에만 해도 주비는 이 미친 여자를 갈가리 찢어 버리고 싶었는데, 이 깊은 밤 단구낭과 나란히 앉아 그녀의 횡설수설하는 옛날이야기를 듣고 있자니 새롭기도 하고 친근하기도 했다. 십 년 넘게 묵은 이야기도 마다하지 않고 이야기를 주거니 받거니 하다 보니 어느새 날이 밝아 오기 시작했다.

주비는 하늘이 밝아진 걸 보고 단구낭에게 말했다.

"선배님, 이 이상한 곳에서 더 이상 수모당하지 말고 저희와 함께 사십팔채로 가요."

단구낭은 앞 구절을 제대로 이해하지 못했다. 아마 여전히 과거에서 헤어 나오지 못한 채 자신이 무슨 수모를 당하고 있는지도 모르는 것 같았다. 하지만 뒤 구절은 똑똑히 알아들었다. 단구낭의 얼굴에 기쁨이 떠올랐다가 다시 멍한 표정이 되었다. 그리고 아주 오랫동안 그렇게 있었다. 주비는 한참을 기다렸다. 자신이 무슨 말을 잘못했나 싶어 손으로 살짝 단구낭의 무릎을 토닥이며 물었다.

"선배님?"

단구낭이 느닷없이 벌떡 일어나 차갑게 말했다.

"사십팔채에 가서 뭘 하겠어? 과부 수절이라도 할까?"

단구낭은 드디어 자신이 어느 시간을 살고 있는지 파악하고 산 사람과 죽은 사람을 구분해 냈다.

그녀는 말라비틀어진 손으로 주비의 어깨를 잡았다. 주비는 순간 온몸이 마비되는 느낌이었다. 이윽고, 뭐라 형용할 수 없는 이상한 기운이 위에서부터 아래로, 그녀의 기문경맥으로 흘러들어 왔다. 일반적인 내식은 물이 흐르는 것처럼 고요하거나 세차거나 했다.

그런데 지금 흘러들어 오는 내식은 마치 뼈를 찌르는 무쇠 칼처럼 다짜고짜 뼈 사이를 파고들어 활개 치면서 닿는 곳마다 살가죽이 벗겨지고 힘줄이 뽑히는 것 같은 고통을 선사했다. 눈앞이 깜깜해지며 비명조차 목구멍에 걸려 나오지 않았다.

단구낭은 귀신이라도 쓰인 듯 방금 전까지의 천진난만한 모습이 싹 사라져 있었다. 그녀는 팔짱을 낀 채 주비가 아파서 소리도 내지 못하는 모습을 내려다보며 무표정하게 말했다.

"'고영진기'는 '고'와 '영' 두 가지로 이루어져 있다. 하지만 사부님은 우리를 경계하느라 한 사람에게 두 가지 다 전수하지는 않았지. 내가 가진 건 그중에서도 '고'야. 겉으로는 그저 낙엽을 쓸어 가는 세찬 바람처럼 보일 테지만, 네 몸 안에서는 바다로 세차게 흘러가는 거친 강물일 테지. 네 경맥이 견디는지 보자꾸나."

주비는 귓가가 윙윙 울려서 단구낭이 뭐라고 하는지 들리지 않았다. 늙은 하녀가 기척을 듣고 곁채에서 달려 나왔다가, 주비의 얼굴에 핏기가 사라진 것을 보고 놀라 외쳤다.

"마님! 뭐 하시는 거예요!"

주비의 혈도는 단구낭에게 순간적으로 막혔다가 밀려들어 오는 고영진기에 뚫리고 말았다. 더 이상 앉아 있기가 힘들었다. 주비는 문턱에서 굴러 내려와 손발을 벌벌 떨었다. 미약한 몸부림인지 억누를 수 없는 떨림인지 알 수 없었다.

간만에 잘 잔 오초초는 이제 막 달콤한 꿈에서 깨어났다가, 또다시 이런 변고가 발생한 것을 보고 까무러칠 뻔했다. 평소 웃을 때 이도 드러내지도 않는 이 참한 아가씨는 옷매무새도 신경 쓰지 못하고 뜰로 달려 나가 얼른 주비를 부축해 일으켰다. 그러나 주비의 뼈와 살은 마치 돌이 된 것처럼 딱딱하고 차갑고 무거웠다. 오초초는 두 번이나 손을 뻗어 보았지만 어딜 어떻게 손을 써야 할지 몰라 발만 동동 굴렀다.

단구낭은 여전히 차가운 표정으로 나무 아래에 가부좌를 하고 앉아 있었다. 어떨 땐 늙은 요괴 같고, 어떨 땐 어린아이 같더니 지금은 또 어느 일파의 종사 같은 심오한 기운이 감돌았다. 다만 온화하고 올바른 종사 같지 않을 뿐.

단구낭이 정색하며 말했다.

"예부터 참으로 많은 문파들이 세상에 나왔었다. 일부는 걸출한 인물을 배출해 명성과 위세를 자랑했지만 결국에는 모두 쇠퇴했고, 마치 족제비 밑의 쥐새끼들처럼 제자들은 갈수록 수준이 떨어졌지. 왜 그런지 아니?"

현장에 있던 세 사람 중 한 명은 땅에 쓰러져 죽었는지 살았는지 알 수 없었고, 한 명은 수를 놓고 시를 읊는 것밖에 몰랐고, 나머지 한 명은 평생 비질과 요리에만 전념해 세상일을 알지 못했다. 그러니 단구낭 '종사'의 고금의 영웅을 논하는 수준 높은 질문에 대답할 수 있는 사람은 아무도 없었다.

단구낭은 잠시 기다렸으나 아무도 대답하지 않자 외로이 혼자 중얼거렸다.

"넌 왜 무예를 배우지? 어떤 무기를 배웠지? 어떤 도를 추구하지? 고지식한 명문 정파들은 제자들에게 '무예를 익히면 신체가 건강해진다'고, 앞으로 '횡포한 자를 제거하고 약한 자를 도와줘야 한다' 같은 쓸데없는 말만 가르치니까 하나같이 쓸데없는 제자들만 배출하는 거야! 무예의 정신은 바로 네 작은 명줄을 지키는 것이고, 사지에 몰린 상황에서라도 죽지 않겠다고 버티는 거라고! 이런 정신이 없다면 무술 공연을 하고 기예를 파는 것과 뭐가 다르겠니? 원숭이보다 공중제비를 더 잘 도는 것도 아니고."

주비는 원래 손톱을 짧게 다듬는 편이었는데 요 며칠 계속 도망치는 생활만 하다 보니 손톱에 신경을 못 써서 길게 자라나 있었다. 주비는 고통을 견디지 못해 석회암이 깔린 뜰 바닥을 손톱으로 미친 듯이 파내기 시작했다. 얼마 지나지 않아 손끝은 피범벅이 되었다. 오초초가 울며 애원했다.

"단 부인, 주비는 이 대협의 외손녀이고 마님보다 한참 후배 아닙니까? 저러다가 죽기라도 하면 저 아이의 부모 형제가 얼마나 슬퍼하겠습니까? 부인께서는 정말 아무렇지도 않으십니까? 이 대협께서 지하에서 이 소식을 들으시면, 얼마나 속상하시겠어요?"

단구낭은 그 말에 한참을 멍하니 있었다. 오초초는 그녀의 표정이 누그러진 것을 보고 얼른 재촉했다.

“제발 얼른 주비를 구해 주세요!”

단구낭은 고개를 저었다.

“난 구할 수 없어. 고영진기가 이미 몸에 들어갔으니 뽑아낼 수도 없어. 이제는 저 아이의 운명에 달린 거야.”

오초초는 하마터면 그녀 앞에 무릎을 꿇을 뻔했다. 죽든 살든 상관 안 하겠다는 건가?

단구낭의 말이 다시금 몰인정해지기 시작했다.

“정말로 이가네 혈통이라면 이 정도 고통쯤이야 이겨 낼 수 있을 거야. 만약 이런 것도 못 이겨 내는 쓸모없는 녀석이라면, 차라리 내 손에 죽는 것이 밖에서 다른 사람에게 죽는 것보단 나아!”

오초초는 어찌해 볼 도리가 없어 묵묵히 한쪽에서 기다렸다. 그런데 그 기다림은 밤부터 새벽까지 이어졌고, 다시 아침부터 해가 질 때까지 계속되었다. 그사이에 현령부 하인이 식사를 두 번 가져왔다. 그가 찬합을 두고 갈 때마다 안뜰 대문을 쾅쾅 두들겨서 오초초는 그때마다 심장이 떨렸다. 일각이 지날 때마다 오초초는 손을 뻗어 주비가 숨을 쉬는지 확인해 보았다. 혹시라도 주비가 소리도 없이 죽어 버릴까 봐 무서웠다.

고영진기는 마치 불청객처럼 주비의 온몸을 멋대로 쑤시고 다녔다. 그것이 지나간 자리는 겉으로 보기엔 멀쩡해도 안으로는 피와 살이 마구 뒤엉켜 터질 것처럼 고통스러웠다. 그 진기는 맹렬한 기세로 기해氣海, 하단전로 들어가 기존의 내식과 대립했다. 두 기운은 계속해서 충돌하며 조금도 서로 협력하려고 하지 않았다.

단구낭은 사람을 사지에 몰아넣고도 눈 하나 깜짝하지 않았다. 이렇게 복잡한 일련의 과정을, 그녀는 그저 '흡수'라는 두 글자로 간략하게 요약했을 뿐이었다. 진기를 흡수하는 공법이나 심지어 구결조차 말해 주지 않았다. 설령 말해 줬더라도 주비는 아마 믿지 않았을 것이다. 단구낭의 이랬다저랬다 하는 머리에서는 한 글자도 틀리지 않는 완벽한 구결이 나올 리 없었으니 말이다.

서서히 외부의 감각이 사라지기 시작했다. 추운지 따뜻한지, 낮인지 밤인지 주비는 전혀 알 수가 없었다. 미약하게 남은 의식은 여러 번 끊길 뻔한 고비를 넘기며 위태롭게 벼랑 끝에 매달려 있었다.

주비는 죽음이 두렵지는 않았지만, 구천기가 아직 격분하여 자신을 사방으로 찾아다니는 와중에 이렇게 작은 뜰에서 소리 없이 죽고 싶지는 않았다. 주비는 생각했다. 자신은 오초초를 촉 땅까지 데려다주어야 했고 왕 부인을 찾아 직접 비보를 전해야 했으며, 다시 돌아와 북두에 복수를 해야 했다. 게다가 힘들게 산을 내려왔는데 아직 아버지 얼굴도 보지 못했다.

주비는 자신이 죽을 수 없는 이유들을 계속해서 되뇌었다. 모래알처럼 조그마한 외침이었지만 이 모래알들은 하나의 궤적을 따라 수백 수천 번 굴러가며 목숨을 이어 줄 만한 집념이 되었다.

밤이 될 무렵, 늙은 하녀는 물 한 주전자를 끓이고 돌처럼 딱딱해진 만두를 기다란 꼬챙이에 꿰어 따뜻하게 데운 다음 오초초에게 건넸다.

"아가씨, 뭐라도 좀 먹어요."

맞은편에는 죽었는지 살았는지 모를 주비를 두고 옆에는 입정에 든 늙은 비구니처럼 보이는 단구낭을 두고 하루를 꼬박 지새웠다.

딱히 할 수 있는 일도 없다 보니 잡생각만 들었다. 도처를 떠돌던 지난날과 막막하고 묘연한 앞날을 생각하니 속이 참담하기 이를 데 없었다. 그나마 당장 나무에 목매달러 가지 않은 것만 해도 가상한 마당에, 만두를 삼킬 정신이 어디 있겠는가? 오초초는 씁쓸하게 웃으며 손을 내저었다. 그리고 한참을 망설이다가 더는 참지 못하고 웬일로 하루 종일 조용했던 단구낭에게 말을 건넸다.

"단 부인, 주비는 언제쯤 좋아질까요?"

단구낭이 눈을 뜨고 흐리멍덩한 눈길로 오초초와 주비를 번갈아 바라보았다. 오초초가 조마조마하게 대답을 기다리는데 단구낭의 첫마디가 가관이었다.

"너흰 누구지? 무슨 일이야."

다행히 얼마 후 단구낭은 어렵사리 기억을 떠올렸는지, 주비의 안색을 자세히 살피고는 뭔가 이상하다는 듯 미간을 찌푸렸다가 주비의 손목을 잡고 잠시 정신을 집중했다.

"이상하네."

단구낭은 몸을 일으켜 주비의 주변을 몇 바퀴 돌았다. 그러면서 고영수의 내력을 횡설수설하며 재잘재잘 오초초에게 들려주었다.

하지만 무공에 문외한이었던 오초초는 '이 공법은 아주 요사스러워서 자칫하면 죽는다'라는 말 빼고 전혀 알아듣지 못했다.

단구낭이 고개를 들었다.

"얼마나 됐지?"

오초초가 대답했다.

"하루요."

단구낭이 미간을 찌푸리며 중얼거렸다.

"이상해…… 너무 이상해. 이치대로라면 고영진기를 처음 접하는 사람은 길어 봐야 세 시진을 버틸 뿐이야. 버티지 못하면 죽는 거고, 버텨 내는 사람은 조금씩 고영진기를 자기 것으로 흡수하게 되지. 그런데 얘는 왜 하루 종일 이 모양이야?"

오초초는 금방이라도 눈물범벅이 될 것 같은 표정으로 말했다.

"제가 어떻게 알겠어요?"

단구낭은 정신이 오락가락하게 된 이후로 뭐든 깊이 생각해 본 적이 없었는데, 이제 와서 오랫동안 묵혀 두었던 머리를 쓰려니 도통 돌아가지 않자 마치 당나귀가 맷돌을 끄는 것처럼 주비 주변만 뱅뱅 돌았다.

오초초는 그런 단구낭을 보면서 덩달아 어지러워져 방금 단구낭에게 들었던 알 수 없는 말들을 애써 떠올려 보았다. 그러다 문득, 뭔가 이상한 점이 느껴졌다.

"저, 부인의 사부님께서는 고영수를 전부 전수하지 않으셨다고 하셨죠?"

단구낭이 인상을 찡그리며 대답했다.

"그 늙은이는 심보가 나빴어. 우릴 그저 공력 수련용으로 삼을 생각이었으니까. 당연히 우리를 전심으로 가르쳐 주지도 않았고."

오초초는 '공력 수련용'이라는 게 뭔지 몰라 일단 넘어갔다.

"그럼 사부님은 '고'를 부인께 전수하고, '영'은 부인의 사형에게 전수하셨다고 했는데, 그럼 부인과 사형이 서로 상대방에게 전수해 줘도 되는 것 아닌가요?"

단구낭이 당연하다는 듯 대답했다.

"그건 불가능해. 고영수는 세상에서 가장 강횡한 내공심법이라 언제나 유아독존 격이고 절대로 다른 무공과 섞이지 않아. 애초부터 고영 두 가지를 모두 수련했으면 모를까, 삼 년 후 내공이 어느 정도 갖춰진 후에 완전히 반대인 고영진기를 새로 받는 건 죽으려고 환장한 짓이지."

오초초는 불길한 예감이 사실이 되자 삽시간에 얼굴이 창백해졌다.

단구낭이 귀찮다는 듯 물었다.

"또 왜?"

오초초가 천천히 또박또박 말했다.

"단 부인, 주비는 '다른 집 무공'을 배운 지 벌써 십 년이 넘었는걸요."

"……."

무공을 조금이라도 아는 사람이라면 이 말을 듣자마자 이해했을 텐데, 여기에 있는 사람들은 미친 사람과 문외한 두 명뿐이었다. 주비는 알아들었어도 말할 기회가 없었다. 단구낭은 잠시 얼빠진 채 있다가 아무렇지도 않다는 듯 말했다.

"그건 내 실수였어. 하지만 상관없어. 내가 보니 원래 내공도 형편없어서 아무짝에도 쓸모없던걸. 서로 상충되면 원래 있던 공법을 없애 버리면 그만이야. 옛것이 없어져야 새것이 생길 테니까."

오초초는 그 말에 더욱 참담해졌다. 그 말대로라면, 죽어서 다시 새로 태어나는 것도 옛것이 없어지고 새것이 생기는 것 아닌가.

주비가 깨어났을 땐 누군가에 의해 이미 침상으로 옮겨진 후였다. 그녀는 평생 잠을 못 잔 사람처럼 침상에 파고들어 하염없이 뒹굴고만 싶었다. 그러나 곧, 뭔가 이상한 느낌이 들었다. 몸은 부드러운데 손발이 묵직한 것이 아무래도 자신의 것 같지가 않았다!

잠시 어리둥절해 있던 주비는 갑자기 머릿속이 쾅 하고 폭발하면서 순간 잠이 확 달아났다. 그녀는 침상을 짚고 일어나려고 애를 썼지만, 그 바람에 겨우 지혈해 놓은 손끝의 터진 상처와 부러진 손톱이 다시 벌어지고 말았다. 열 손가락 중 안 아픈 손가락이 없었다. 주비는 끄응 하며 다시 침상 위로 넘어졌다.

오초초는 옆에 있는 의자에 앉아 꾸벅꾸벅 졸고 있다가, 주비의 인기척에 놀라 얼른 다가왔다.

"비야, 괜찮아?"

주비는 입술을 살짝 달싹였지만 말이 나오지 않았다. 그녀는 오초초는 거들떠보지도 않고 차가운 눈빛으로 문가를 노려보았다. 단구낭, 그 재앙의 원흉이 문틀에 기대어 서 있었다.

주비는 아무 말 없이 억지로 일어나 앉아 침상 머리맡에 있는 장도를 쥐었다. 사람을 보자마자 칼을 든다는 건 찻잔을 들어 손님을 배웅하는 것고대 중국의 예법으로, 찻잔을 들어 차를 권하는 것으로 만남의 마무리를 지었다과 마찬가지로 의미가 담겨 있었다.

단구낭은 주비의 적의를 눈치채고 석 자 멀리 떨어진 곳에 발걸음을 멈추고 뒷짐을 진 채 말했다.

"내가 화공대법으로 잠시 네 몸 안의 두 가지 내력을 막아 놓았는데…… 느낌이 어떠니?"

주비가 이를 악물고 반문했다.

"잠시요?"

단구낭이 고개를 끄덕였다.

"그래, 잠시뿐이야. 이틀 정도만 더 쉬고 나면 내가 네 몸의 내력을 없애 버릴 거야. 걱정할 건 없어. 네 경맥에는 전혀 해가 되지 않을 테니까. 그리고 넌 순조롭게 내 문하가 될 수 있겠지."

주비는 흡사 강매와도 같은 그 말을 듣고 속이 부글부글 끓었다. 화가 나서 숨을 헐떡이다 보니, 가죽을 벗기고 뼈를 긁어내는 듯한 통증이 다시금 몰려왔다. 주비는 이제껏 살면서 뭔가를 두려워해 본 적이 없었지만, 이번만큼은 자신도 모르게 움츠러들었다. 뼛속에 새겨지는 것 같은 고통이 다시 오는 것은 너무 두려웠다.

다행히도 이번 발작은 무언가에 가로막힌 것처럼 금방 끝났고 답답한 통증만 계속되었다.

주비는 첫째 날 밤 이 미친 여인이 가련하면서도 귀엽다고 생각했었는데, 지금은 이 망할 놈의 단구낭을 갈가리 찢어 놓아도 시원치 않았다. 그러나 안타깝게도 지금은 사과 깎을 힘 정도만 남아 있을 뿐이었다. 주비는 차갑게 대꾸했다.

"제가 언제 당신 문하로 들어간다고 했죠?"

그 말은 단구낭의 생각과 너무나 달랐는지, 그 미친 여인은 당황스러워하며 말했다.

"나 고영수가 세상에서 가장 뛰어난데, 내 문하에 들어오는 것이 뭐가 나빠? 게다가 네 지금 상태로는, 원래 있던 내력을 없애야만 살 수 있다고."

그러나 주비는 단단하기만 하고 굽힐 줄 몰랐다. 게다가 한창 성질부릴 나이였으니 어찌 고분고분 따르겠는가. 사십팔채에서는 문파의 구분을 중요하게 따지지 않았기 때문에 누군가 좋은 말로 구슬리기만 했다면 다른 문파로 들어가 다른 무공을 배우는 일을 그다지 심각한 일로 받아들이지 않았을 것이다.

그런데 단구낭은 살짝 미친 것도 아니고 종잡을 수 없을 정도로 미쳐 있었다. 자기가 잘못했다고는 전혀 생각하지 못하면서 입으로는 계속 주비를 위협했다.

주비는 망설임 없이 말했다.

"고영수가 뭐 얼마나 대단하다고요? 발에 신겨 줘도 안 맞을 판에, 죽어도 안 배울 거예요!"

'고영수'는 단구낭이 평생 자랑스러워하며 뽐내던 호칭이었다. 단구낭은 화를 버럭 내며 주비의 어깨를 꽉 잡았다.

"다시 말해 봐!"

주비는 한 치도 물러서지 않고 쏘아 댔다.

"열 번 더 말하면 어쩔 건데요? 단구낭, 이제까지 살면서 옳은 일을 해 본 적 있어요?"

미친 여인은 그 말에 갑자기 멍해지더니, 누군가에게 칼이라도 맞은 표정을 지었다.

오초초가 조그맣게 말했다.

"비야……."

단구낭은 별안간 주비를 놓아주고는 혼자 중얼거렸다.

"맞아. 난 일평생 옳은 일은 한 번도 하지 않았어."

단구낭은 제정신이었을 때 세상 곳곳을 맘대로 쏘다녔고 함부로 행동하며 같은 실수를 반복하곤 했다.

이제야 당시 자신의 행동이 잘못되었다는 것을 깨달았지만, 지금의 그녀는 늙고 미쳐 버린 데다 기억도 온전치 않아 사고만 치는

폐물이 되고 말았다.

단구낭은 넋이 나간 듯 휘적휘적 걸어 나갔다. 오초초가 얼른 그녀를 불러 세웠다.

"부인, 잠깐……."

"내버려 둬!"

주비가 이를 악물고 일어나 앉았다. 막 발걸음을 떼려는데 두 다리가 천 쪼가리처럼 힘이 들어가지 않아 얼른 장도로 땅을 짚었다.

오초초가 물었다.

"이제 어떻게 할 거야?"

주비는 산을 내려온 후로 좋은 일 하나 없이 줄곧 순조롭지 못했다. 이번에는 마음까지도 혼란스러웠다. 하지만 옆에 이미 당황하여 어쩔 줄 모르는 사람이 있었으니 덩달아 안절부절못할 수도 없는 노릇이었다. 주비는 하는 수 없이 '하늘이 무너지면 이불로 덮으면 된다'고 상관없는 척하면서 오초초에게 말했다.

"신경 쓸 것 없어. 큰 문제는 아니니까."

주비는 오초초를 잡고 절뚝거리며 방 안을 몇 바퀴 걸었다. 하지만 몇 걸음 걷자 가슴이 두근거리고 숨이 가빠 왔다. 겉으로는 아무 내색하지 않았지만 속으로는 당황스럽고 불안하기 짝이 없었다.

'난 이제 등딱지 없는 거북이가 되고 말았어.'

주비는 자신의 실력을 알고 있었다. 그나마 믿을 만한 건 손에 쥔 장도인데, 장도를 들 힘도 없으니 어떡하지? 어떻게 해야 할지 막막하기만 했다.

무공이야 못 쓰게 되면 다시 연습하면 되지만 내력은 정말로 회복될 수 있을까?

어느 정도나 회복될 수 있을까?

또 얼마나 오랜 시간을 투자해야 할까?

주비는 자신이 없었다. 어디서부터 뭘 어떻게 해야 할지 막막했다. 사실 온몸이 상처투성이라 너무나 피곤했다. 일단 누워서 쉬며 체력과 정신을 회복해야 한다는 걸 알면서도 이런저런 사건이 마음을 짓누르고 있어 그마저도 쉽지 않았다. 어디 해소할 만한 곳도 없고, 그렇다고 오초초에게 털어놓을 수도 없었다.

한참을 뒤척거리던 주비는 무심코 품 안에서 뭔가가 만져지는 걸 깨달았다. 방 안의 어두운 등불에 비춰 보니 그것은 얇디얇은 〈도덕경〉이었다. 품에 쏙 들어가는 얇고 가벼운 책이라 그나마 아직까지 주비의 곁에 남아 있을 수 있었던 것이다.

주비는 그 책을 뚫어져라 바라보았다. 가진 것 하나 없었는데 결국엔 이 책이 곁에 남았네. 주비는 자조하며 손이 가는 대로 책장을 넘겼다. 이 책을 빌려 곤히 잠들어 잡생각을 떨칠 생각이었다.

"대인!"

북두 흑의인이 말을 타고 달려오더니 심천추의 눈앞에서 아슬아슬하게 멈춰 섰다. 그는 말에서 뛰어내려 한쪽 무릎을 땅에 꿇으며 외쳤다.

"동 대인이 그 산골짜기를 샅샅이 뒤졌지만 목소교의 종적을 찾지 못했습니다. 저보고 다음에는 어디를 뒤져야 하는지 여쭤 보라고 하셨습니다."

심천추가 눈을 치켜떴다.

"지금 바로 길을 떠나 무곡조와 악양에서 회합한다!"

옆에 있던 탐랑조의 흑의인이 그 말을 듣고 조심스럽게 끼어들었다.

"그럼 구 대인 쪽은……."

심천추가 그를 째려보았다. 그 흑의인은 등골이 오싹해 순간 아무 말도 할 수 없었다.

"구 대인?"

심천추가 차갑게 웃었다.

"나 심천추를 그런 놈과 똑같이 칭하다니, 과연 천하에 유명한 개돼지만도 못한가 보군."

그는 한마디 말로 녹존을 폄하하면서 자신까지 낮춰 버렸다. 옆에 있던 수하들은 그 말에 '대인은 영명하십니다'라고 대꾸하는 것도 이상한 것 같아 목석같이 굳어 서로 얼굴만 마주 보았다.

심천추는 이들이 그저 '예예' 하면서 잔뜩 얼어 있는 모습을 보고 하나같이 멍청이 같다고 느꼈다. 수하라는 것들은 쓸모없는 놈들뿐이고, 자신은 왜 그 사이에 끼어 사람들의 욕을 먹고 있어야 하는지 답답할 따름이었다. 그는 가슴을 쓸며 콜록거리면서 성큼성큼 자리를 떴다.

화용성의 한 골목에 있는 눈에 잘 띄지 않는 작은 집에서는 등불이 계속해서 깜빡거리고 있었다. 등불 아래에서는 명침이 책을 보고 있었다. 다만 책장은 한참이 지나도록 한 쪽도 넘어가지 않았다. 그는 밖을 내다보거나 고개를 기울여 사윤을 보며 안절부절못하고 있었다.

사윤은 한 손으로 이마를 받치고 옆에 앉아 꿈쩍도 하지 않고 졸고 있었다.

별안간 문이 끼익 하면서 열렸다. 물처럼 차디찬 밤바람이 그림자를 따라 들어왔다. 그림자의 주인공은 바로 명침의 호위 무사 갑진이었다.

명침이 용수철 튕기듯 벌떡 일어났다.

"어떻게 됐나?"

갑진이 소리를 낮춰 대답했다.

"심천추가 사람들을 데리고 성을 나갔습니다."

명침의 입꼬리가 팽팽해지더니 이내 탄식을 내뱉었다.

"셋째 형님의 예측이 맞았군."

"예측까지야. 그냥 막연한 추측이었지."

사윤은 언제 눈을 떴는지 착 가라앉은 목소리로 대꾸했다. 방금까지 무슨 유쾌하지 않은 꿈을 꾼 듯 미간에 주름이 잡혀 있었다. 그 주름은 잘생겨서 약간 경박하게까지 보이는 그의 얼굴에 묵직하고도 진중한 느낌을 더해 주었다. 사윤이 잠시 생각하다가 입을 열었다.

"성을 나가는 주요 길목에 사람을 남겨 두었나?"

갑진이 솔직하게 대답했다.

"제가 무능해서 감히 그들 곁에 가까이 접근할 수 없었습니다. 하지만 심천추가 일부 사람들을 남겨 둔 건 확실합니다."

사윤이 고개를 끄덕였다. 그는 일어나서 창문을 열었다. 기지개를 펴며 본래의 게으른 모습을 드러내려다가, 곁에 아직 명침이 있다는 사실을 깨닫고는 평범하게 기지개만 켜는 것에 그쳤다. 그는 내키지 않는 듯 다시 점잖은 척을 하며 물었다.

"명침, 서신은 언제쯤 곽가보에 도착하지?"

"지금쯤이면 아마 악양에 도착했을 겁니다. 을사는 발이 빠르거든요."

명침이 대답했다.

"다행히 셋째 형님이 진작 서신을 전하라 하셨기에 망정이지, 지금 상황에서는 아마 성을 나가지도 못했을 겁니다. 형님은 심천추가 떠날 것을 어찌 아셨습니까? 게다가 사람을 남겨 둔다는 것까지요?"

"심천추와 동개양은 야밤에 목소교를 습격했어. 원래는 곽가보의 기둥 하나를 부러뜨리고 후방을 끊은 다음 곧장 악양을 점령하고 곽연도를 죽일 생각이었겠지."

사윤은 손가락으로 창살을 만지작거리며 천천히 말을 이었다.

"그런데 예상치 못하게 목소교가 노래로 반격하면서 순순히 잡히지 않았던 거지. 그날 밤, 도저히 이길 수 없을 것 같자 아예 산골짜기를 모조리 태워 버린 거야. 불길이 어찌나 거셌던지 삼십 리 바깥의 여우와 토끼들도 이사를 떠났지. 천리안과 소식통을 갖춘 곽연도는 말할 것도 없겠고. 곽가보는 몇 대를 꿋꿋이 버텨 왔어. 난공불락의 요새라서 곽연도가 약간의 대비만 해 놓았더라도 심천추는 쉽게 손을 쓰지 못했을 테지. 곽연도의 배후에 누군가 있다는 생각을 나만 한 건 아니었지."

사윤은 명침을 바라보았다. 눈빛에 침착한 위엄이 서려 있었다. 명침은 자신도 모르게 고개를 숙이고 사윤의 말을 기다렸다.

"목소교는 아마 죽지 않았을 거야. 내 생각에, 그날 밤 이후 심천추와 동개양은 병사들을 둘로 나누어 동개양은 활인사인산의 나머지 잔당들을 수색하고 심천추는 직접 탐랑조 사람들을 이끌고 널 따라서 온 것 같다."

명침은 오싹 소름이 끼쳤다.

사윤은 아직 어린 티를 못 벗은 명침을 보며 자신이 이렇게 분별력 없는 소년을 마주하고 있다는 것이 걱정스러워 머리가 하얗게 셀 것만 같았다. 안타깝게도…… 그의 한숨을 불러일으키던 꼬마 아가씨는 이제 존재하지 않았다.

명침이 얼굴을 찌푸렸다.

"제가 데리고 다니는 사람들은 소수 정예인걸요. 덩치가 커도 얼마나 잘 숨는데요. 여기서 머문 지도 꽤 되었는데 아직……."

사윤이 한숨을 내쉬며 명침의 말을 잘랐다.

"밖에 나가서 한번 봐라. 화용성으로 도망친 유민이 다른 곳보다 훨씬 많은 걸 모르겠느냐? 백성들도 어디가 위험하고 어디가 안전한 줄 알기 때문에 다 이쪽으로 몰려든 거야. 이곳은 다른 곳보다 훨씬 평화로웠으니까. 그 이유가 뭘 것 같아? 설마 그 밥만 축내는 본관 나리 때문일까? 아니, 바로 네가 여기 있기 때문이다. 곽연도는 분명 수하들에게 화용성에서 소란을 피우지 말라고 특별히 당부했을 거야. 넌 그렇게 커다란 표적을 달고 다니면서도 자신을 완벽하게 감췄다고 여기는구나."

명침은 사윤의 꾸짖음에 마치 사고를 저지른 어린아이처럼 고개를 숙인 채 아무 말도 하지 못했다.

"다행히도 구천기가 널 우연히 구해 준 셈이었다."

사윤은 잠시 뜸을 들이다 말을 이었다.

"녹존이 오씨 집안 사람들을 쫓아 이곳까지 오면서 화용성 전체에 폭풍을 몰고 왔고 그 바람에 심천추의 계획은 어그러지고 만 거야. 안 그랬으면 탐랑이 네 눈앞에 서 있어도 알아보지 못하고 당했겠지. 백 선생이 두 명 더 있어도 널 보호하지 못했을 거야!"

명침이 중얼거렸다.

"하지만 아직은……."

사윤이 웃었다.

"아직 널 잡지 못했다고? 그래. 하지만 그는 널 여기에 가둬 버렸지. 지금은 성문을 드나들 때 이중 검문을 거쳐야 해. 포위를 돌파할 방법이 있어도 백 선생과 호위들이 너에게 그런 위험을 무릅쓰게 하진 않을 거다. 안 그래?"

명침은 뒷짐을 지고 방 안을 몇 발자국 거닐다 입맛을 다시며 당당하게 말했다.

"절 여기 가둬 봤자 무슨 소용이 있겠어요? 곽연도와 저는 목숨을 걸 만큼 친분을 나눈 것도 아닙니다. 절 가두거나, 산 채로 생포해도 곽연도는 별다른 반응을 보이지 않을 거예요. 형님께서도 방금 말씀하셨다시피, 곽가보는 이번에 분명 경계를 강화했을 겁니다. 곽가보는 요 몇 년간 남북 동정의 크고 작은 문파와 무공이 뛰어난 자들을 끌어모았고, 활인사인산까지 그들 편으로 끌어들였어요. 그들이 미리 준비가 다 되어 있다면 심천추가 앞잡이들을 이끌고 와 친히 출정해도 소용없지 않을까요? 제가 보기에 북두도 괜한 헛수고를 한 거예요. 두려울 게 뭐 있다고……. 그리고 곽연도에게 전하라고 했던 그 서신도 너무 겁주려는 내용 같은데, 곽가는 거들떠보지도 않을 거예요."

"아니."

사윤이 천천히 말했다.

"북두는 널 잡아 두고 소식을 조금씩 흘릴 거야. 네가 그들의 손에 있다고 하면 곽연도는 딱히 반응하지 않겠지……. 하지만 감당 선생은 종남에서 철군한 후 문욱을 그곳에 남겨 두었어. 지금 그 비경 장군은 남북 경계선 부근에 주둔하고 있는데, 거기까지 빨리 달리면 칠팔일이면 도착하지. 그 사람이 너와 가장 가까운 구원병이야. 네 소식을 들으면 문욱은 심천추가 계략을 꾸미고 있다는 걸 알면서도 네 아버지를 생각해 뭐라도 하려고 할 거다. 지금 남북은 잠시 휴전 상태이지만, 일촉즉발의 상태이기도 해. 심천추는 비경 장군이 무슨 움직임을 보인다는 소식을 들으면 병사를 움직일 구실을 얻게 되지. 적과 내통해 나라를 배신한다는 죄목으로 곽가보를 평정하고, 동정 일대에 제2의 사십팔채를 세우겠다고 꿈틀거리는 강호인들을 일거에 소탕할 거야. 곽연도에게 고수 몇 명은 아무렇지도 않겠지만, 대규모 군사가 몰려온다면 어떨까?"

명침은 한참을 침묵했다.

"셋째 형님, 설마 그렇게까지 되지는 않겠죠……."

사윤이 잠자코 있다가 갑자기 웃음을 터뜨렸다.

"그래, 그 지경까지 가지 않을 수도 있겠지. 다 내 추측일 뿐이니 틀릴 수도 있어. 하지만 유비무환이라고, 우리도 최악의 상황을 대비하는 게 좋아."

그의 말이 끝나기가 무섭게, 갑자기 누군가 문을 통해 들어왔다. 안색이 누렇고 삐쩍 마른 체구에 구부정하게 고개를 수그린, 심천추였다!

명침은 깜짝 놀랐다. 갑진도 생각할 겨를 없이 곧장 칼을 빼어 명침과 사윤 앞을 막아섰다.

이때, 심천추가 입을 열었다. 놀랍게도 백 선생의 목소리였다.

"공자님, 삼 공자님, 제 분장이 어떻습니까?"

사윤이 웃으며 말했다.

"아주 감쪽같군요."

명침이 경악하여 외쳤다.

"백 사부님?"

그 가짜 심천추의 몸에서 삐거덕거리는 소리가 나더니 몸 전체의 골격이 순식간에 확대되어 폐병 환자가 눈 깜짝할 사이에 호리호리한 사내로 변했다. 얼굴에 쓴 인피 가면을 벗자 백 선생의 반듯한 이목구비가 나타났다.

백 선생이 물었다.

"삼 공자님, 언제 시작할 거죠?"

사윤이 느릿느릿 소매를 매만졌다.

"오늘 밤 나가서 한 바퀴 돌아보아도 될 것 같습니다. 하지만 아주 조심하셔야 합니다."

백 선생이 크게 웃으며 "명을 받습니다!" 하고 나갔다. 갑진은 얼른 예를 표하고 백 선생을 따라 나갔다.

사윤은 말을 많이 해서 입이 건조해지자 찻잔에 담긴 찻물을 단숨에 들이켠 후 명침에게 말했다.

"일찍 쉬어라. 너무 걱정 말고. 나도 여기 있으니 별일 없을 거야."

그는 말하면서 밖으로 향했다. 명침이 갑자기 뒤에서 그를 불러

세웠다.

“셋째 형님!”

사윤이 입구에 서서 고개를 돌아보았다.

“형님이 그렇게 고심하여 계획을 짜신 건 절 돕기 위해서입니까…… 아니면 어디 숨어 있는지 모를 강호의 친구 때문입니까?”

사윤이 얼굴빛 하나 변하지 않고 대답했다.

“오비 장군의 가족들은 충성과 절개를 다하였고 내 동행들과 함께 있었다. 어떻게든 구하려는 것이 당연하지 않니. 그리고 넌 내 가족이다. 네가 아무리 큰 사고를 쳤어도 난 네 대신 상황을 수습해야 해. 이 두 가지를 모두 이룰 수 있는 방법이 있는데 어찌 사용하지 않겠어? 네가 무슨 어여쁜 낭자도 아니고, 다시는 나한테 그런 쓸데없는 거 묻지 마라.”

명침은 사윤의 직설적인 말에 울상이 되었다.

“죄송해요, 셋째 형님께 말썽만 부렸네요.”

사윤이 명침을 찬찬히 바라보며 탄식했다.

“명침, 네가 어릴 때 내가 널 업어 키우기도 했지만, 세월이 흐른 지금은 널 잘 안다고는 할 수 없겠구나. 너에 대해 내가 아는 건 극히 일부일 뿐이니……. 그러니까 내 앞에서 약한 척 어리광 부리지 마. 난 너랑 돌아가지 않을 거니까.”

명침은 흠칫했으나 바로 자조 섞인 웃음을 지었다. 그는 고개를 들고 말썽을 부린 아이 같은 표정을 싹 지웠다.

“형님, 강호에서는 맨날 제대로 먹지도 못하고 떠돌아다녀야 하는데, 뭐가 좋습니까? 집안 상황이 요 몇 년 아주 복잡합니다. 다른 형제들은 저와 생각이 다르고, 아버지는 점점……. 형님만 절

도와줄 수 있어요. 형님만 동의하신다면 나중에 저보고 양보하라 해도……."

사윤이 손을 들어 그를 저지했다.

"명침 공자, 말조심해."

명침은 달갑지 않은 듯 꼬치꼬치 캐물었다.

"셋째 형님, 강산의 절반이 적에게 넘어갔는데도 아무렇지도 않으신 겁니까? 원래는 우리의 땅이었어요. 지금은 우리 형제 둘이 출입할 때도 변장을 해야 하고, 말도 조심스럽게 해야 하는데 정녕 괜찮으시다는 말씀입니까?"

사윤은 뭔가 할 말이 있는 듯했으나 목 뒤로 삼키고 의미심장하게 명침을 흘끗 바라보곤 몸을 돌려 나갔다.

심천추가 떠난 뒤 화용성의 분위기는 풀어지기는커녕, 오히려 점점 긴장이 더해졌다. 야간 통금 이후로 관병들과 흑의인들이 사방을 순찰하기 시작했다. 구름 사이로 언뜻언뜻 비치는 달빛이 이들이 지닌 차가운 철기를 음산하게 비추어 얼핏 보면 〈산해경山海經, 기이한 괴수와 신화, 고사를 수록한 지리서〉이나 〈회남자淮南子, 중국 전한의 회남왕인 유안이 편찬한 일종의 백과사전〉에 나오는 괴물처럼 보였다.

평소 백성들이 아무렇지도 않게 드나들던 성문도 굳게 닫혔다. 이렇게 며칠이 지나자 물자가 점점 부족해지면서 민심이 불안해지기 시작했다.

그러나 어지러운 세상에서 사람들은 대부분 강자에 순종하기 마련이었다. 숨만 붙어 있을 수 있다면, 설령 초주검 상태라 해도 황량한 벌판에 널브러진 시체보다는 나았으니 감히 난동을 부리지도 않았다. 그리하여 성안에는 부자연스러운 평화가 찾아왔다.

그러나 주비는 여전히 미친 여인의 안뜰에 숨어 있을 수밖에 없었다.

단구낭은 그날 주비의 말에 큰 자극을 받았는지, 전보다 더 제정신이 아닌 것처럼 보였다. 안뜰은 크진 않았어도 세 사람 반이 머물기에는 넉넉해서 텅 빈 것처럼 보였다. 주비는 부상을 입은 데다 설상가상으로 단구낭에게 진기를 주입당한 바람에 거의 모든 시간을 누운 채로 필사적으로 정기를 회복하고 있었다. 그러므로 한 사람이 아닌 반 사람인 셈이었다.

텅 빈 뜰 안에서 단구낭은 그야말로 신출귀몰했고 밤낮으로 대체 어느 쥐구멍에 숨어 있는지 알 수 없었다. 나무에 걸려 있는 오색 비단이 큰 바람에 날려 뜰 바닥에 지저분하게 떨어져 있는데도 신경 쓰는 사람이 없었다. 이 안뜰은 점점 귀신의 집처럼 되어 갔다.

주비는 짐짓 아무렇지도 않은 체했지만, 속으로는 사실 아무 대책도 없었다. 혹시라도 오초초가 그녀의 속내를 캐물을까 봐 매일 늙은 도사가 준 〈도덕경〉을 넘기며 '물길의 끝에 다다라 앉아서 구름이 이는 것을 보노라' 식의 침착하고 여유로운 모습을 꾸며 냈다.

하지만 안타깝게도 늙은 도사는 그녀를 한참 잘못 본 듯했다. 돌대가리는 책을 백 번 읽어도 절대 깨우치지 못하고, 머리에 남은 것은 하나도 없으니 말이다. 책에 쓰인 글자는 주비의 눈꺼풀 밑에서 구름이 지나가듯 그저 스쳐 지나갈 뿐이었다. 주비는 글자를 하나하나 보며 따분하다는 듯 품평했고, 그래서 얻은 결론은 '대체 뭐라고 갈겨 놓은 거야. 차라리 내가 쓰는 게 더 예쁘겠다'였다.

글자를 연결하면 무슨 뜻이 되는지는 전혀 몰랐다.

〈도덕경〉은 몇천 자 정도 분량이었다. 자세히 연구한다면 몇 년은 연구할 수 있는 분량이었으나 그저 보는 것에 목적을 두고 주마간산 식으로 넘기다 보니 반 시진이면 다 읽을 수 있었다. 심지어 해석도 생략한다는 주비의 방식으로는 두세 번 책장을 넘기는 것으로 끝나 버렸다.

주비는 책을 보는 척하면서 속으로는 안절부절못하며 온갖 잡생각을 해 댔다.

'무공을 폐한다면 어쩔 수 없지. 돈 한 푼도 없는 처지에 우리 둘을 산채로 데려가 달라고 사람을 쓸 수도 없고. 가장 문제인 건, 오초초가 길을 모른다는 거야.'

주비는 딱지가 앉은 손가락으로 책장을 넘기며 하염없이 상상의 나래를 펼치다 별안간 오초초에게 질문을 던졌다.

"옛날 글씨나 그림은 아주 값나간다던데, 정말 그래?"

오초초는 늙은 하녀에게 실과 바늘을 빌려 찢어진 치마 귀퉁이를 꿰매는 중이었다.

"어떤 건 돈으로도 구할 수 없지."

주비는 몸을 일으켜 쓸모없는 낡은 책을 들어 보였다.

"이 종이 좀 봐. 그 폐병쟁이 탐랑의 이처럼 누렇게 변색된 걸 보니 굉장히 오래된 것 같은데, 돈이 좀 될 것 같기도 하고……. 음, 이렇게 지렁이 기어가는 것 같은 글씨도 사는 사람이 있을까?"

그 필사본 〈도덕경〉은 글씨가 그렇게 보기 흉한 건 아니었지만 줄이 삐뚤빼뚤 가지런하지 않았다. 앞의 몇 장은 모든 쉼표와 세로

줄이 다 이상하게 비틀려 다른 글자와 겹칠 정도였고, 드문드문 이가 빠진 것처럼 공간이 비어 있었다.

오초초가 푸흡 웃음을 터뜨렸다. 어릴 적에는 진귀한 골동품과 명사들의 글, 그림을 흔히 접하곤 했었으니 말이다. 지금의 난처한 상황이 떠오르자 다시 웃음이 쏙 들어갔다.

주비는 마음이 답답한 와중에 억지로 재미라도 찾자는 생각에 그 낡은 책의 첫 장을 펼쳤다. 책자의 다른 부분은 무시하고, 오직 쉼표와 세로줄만 찾아내 선으로 쭉 이어 보니 괴상한 무늬가 만들어졌다.

오초초는 다시 주비가 책을 펼쳐서는 똑바로 들었다가 반대로 들었다가 하는 모습을 보고 대체 뭘 깨달은 건가 궁금해졌다.

"도가의 경전은 나도 어렸을 때 읽어 봤어. 다만 겉핥기식으로 본 거라 모르는 부분이 많은데, 요 며칠 계속 읽어 본 소감은 어때? 뭔가 깨달은 내용이 있으면 나한테도 알려 줄래?"

주비는 눈을 가늘게 뜨고 진지한 표정으로 책장을 주시했다.

"큰 염소처럼 생겼네……."

"……."

너무나도 깊고 오묘한 깨달음이었다!

주비는 힘겹게 일어나 손으로 그 뒤죽박죽인 글씨의 획들을 조금씩 가리면서 세로줄과 쉼표만 연결해 나가기 시작했다.

"이거 좀 봐. 이렇게 이어 놓으니까 뭔가를 씹고 있는 염소 같지 않아?"

오초초는 주비의 불학무식에 경악했다.

주비는 오초초의 근심 어린 표정을 보고 웃겨 줘야겠다고 작정하곤 두 번째 장을 넘기며 계속 선을 이어 나갔다.

"이쪽은 잎사귀 같고, 이쪽은 주름진 얼굴 같네. 그리고 여긴……."

주비가 갑자기 말을 뚝 끊었다. 넷째 장의 도형에서 이상하리만치 친근함이 느껴졌다.

오초초가 손으로 입을 막고 물었다.

"그건 뭔데?"

"한쪽 다리로 서 있는 닭."

오초초는 결국 웃음을 터뜨렸다.

주비는 목적을 달성하곤 따라서 미소를 지어 보였다. 하지만 속으로는 뭔가 찜찜함을 지울 수 없었다. 자신이 닭의 그림자만 봐도 흥분하는 족제비도 아닌데, 어째서 방금 순간적으로 친근감이 느껴진 걸까?

깊이 생각해 보기도 전에, 별안간 뜰 안에서 땡그랑 하고 날카로운 소리가 울렸다. 늙은 하녀가 손에 들고 있던 구리 대야를 떨어뜨린 것이다. 주비가 '앗' 하고 소리쳤다.

오초초가 깜짝 놀라 입을 다물고 얼른 창가로 다가가 밖을 내다보았다. 뜰 안에 그림자 하나가 휙 지나갔다!

축보산은 축 나리의 장자로, 그의 아버지와 똑같이 눈이 부리부리했다. 하지만 성격은 아버지와 판이하게 달라서 능글능글하게 여색을 밝히기는커녕 오히려 궁상맞고 주눅 들어 보였다. 왜냐하면 그는 밖에서 낳아 온 첩의 자식이었고, 그 첩은 총애는커녕 집 안에서 냉대받는 미친 여인이었기 때문이다.

축보산은 어머니 배 속으로 다시 기어들어 가지 못하는 것을 평생의 한으로 여겼다. 만약 그렇게 할 수만 있다면, 그는 어떤 대가를 치르고서라도 제대로 된 배를 골라서 태어나고 싶었다. 차라리 개가 될지언정, 축 부인의 배 속에서 태어나는 게 나았다.

축보산은 축가의 장자로서 어렸을 때부터 성실하게 축 부인의 아들 노릇을 해 왔다. 친어머니라는 사람이 이 세상에 있다는 걸 잊고 싶은 생각이 간절했지만, 평소 염불에 정진하며 살아 있는 보살로 유명한 축 부인이 서자가 그런 천륜을 어기는 짓을 하도록 가만둘 리 없었다.

그녀는 자주 서자에게 친어머니께 문안 인사를 드리라 시키곤 했다. 그래서 축보산은 매달 초하루면 치욕을 참으며 그의 미쳐 버린 친어머니를 보러 왔다. 그렇게라도 하지 않으면 배은망덕하고 불효한 자식이라고 손가락질을 받았기 때문이다. 그는 어쩔 수 없이 밤낮으로 그 미친 어머니가 얼른 세상을 떠나길 바랐다.

이달의 초하루가 다가오자, 사흘 전부터 축 부인은 보산에게 사람을 보내 친어머니에게 문안 인사를 드리라고 재촉했다. 축보산은 가끔 축 부인이 무슨 생각을 하는지 이해할 수 없었다. 그 미친 여인이 걱정된다면서 왜 하인들이 매일 그쪽에 찬밥을 가져다주는 걸 모른 척하는 걸까?

설마 배가 부른 줄도 모르고 계속 먹다가 체할까 봐 일부러?

축보산은 코를 문지르며 어두운 얼굴로 안뜰에 들어섰다. 문득 이상한 느낌이 들었다. 평소 같으면 매달 초하루에 그가 온다는 걸 미리 알고 늙은 하녀가 일찍부터 문을 열어 맞이했었다. 그러면 그는 굳이 안뜰로 들어가지 않고도 문밖에서 목청 높여 '어머니께 인사 올립니다'라고 외치면 그만이었다.

그런데 오늘, 안뜰의 문은 닫혀 있었다.

축보산은 문 앞에서 잠시 망설였다.

'이상하네. 영험하신 부처님이 드디어 그 미친 여자의 목숨을 거둬 가신 건가?'

안뜰은 오랫동안 수리를 하지 않아 종종 비가 샜고, 문도 진작 벌레들에게 갉아 먹혀 빗장을 닫아도 꽉 닫히지 않았다. 기대에 부푼 축보산은 문을 살짝 밀어 틈새로 안뜰을 들여다보았다. 미친 여인은 보이지 않고, 뜰 안에 엉망으로 널려 있던 천 쪼가리는 깨끗하게 치워져 있었다. 반쯤 열린 처소의 문틈으로 여자아이들의 웃음소리가 조그맣게 새어 나왔다.

일 년 내내 스산하고 인적이 드문 안뜰에 웬 낯선 여자아이지?

설마 나무에서 열린 건 아닐 테고?

궁금증에 휩싸인 축보산이 자세히 보려고 문을 미는 순간, 마침 구리 대야를 들고 느릿느릿 걸어 나오던 늙은 하녀가 그를 보자마자 깜짝 놀라 대야를 떨어뜨리고 말았다. '쨍그랑' 하는 소리와 함께 안뜰에 흐르던 웃음소리가 뚝 하고 멈췄다. 축보산은 다급한 마음에 쏜살같이 내뺐다. 얼마나 멀리 도망쳤을까. 그러다 숨 고를 틈도 없이 갑자기 눈앞이 깜깜해지더니, 정신을 잃고 말았다.

축보산이라는 의외의 복병 등장에 단구낭의 안뜰에는 긴장감이 감돌았다.

"큰 도련님이세요."

늙은 하녀는 초조하게 뜰 안을 서성거렸다.

"휴, 제가 노망이 났나 봐요. 오늘이 초하룻날이라는 걸 깜빡했지

뭐예요. 큰 도련님이 문안 인사 오시는 날인데, 이를 어쩌면 좋죠?"

오초초는 당황하여 어찌할 바를 모르고 주비를 바라보았다. 주비는 미간을 찌푸린 채 뭔가에 홀린 것처럼 '기괴한 동물 그림책'이 되어 버린 그 낡은 책을 뚫어져라 보고 있었다. 밖에 무슨 일이 벌어졌는지 전혀 신경도 쓰지 않았다.

이때, 두 사람의 그림자가 뜰 안에 나타났다. 요 며칠 좀처럼 모습을 드러내지 않던 단구낭이 나무에서 훌쩍 뛰어내렸다. 그녀의 손에는 정신을 잃고 쓰러진 큰 도련님이 들려 있었다.

늙은 하녀가 "아이고." 하며 얼른 다가갔다.

단구낭이 손에 든 사람을 땅에 내려놓고 고개를 갸웃하며 그의 얼굴을 찬찬히 뜯어보았다. 그녀가 늙은 하녀에게 물었다.

"보산인가?"

늙은 하녀는 하마터면 눈물이 나올 뻔했다. 예전에는 그나마 상태가 좋았다가 나빴다가 했는데, 최근에는 무슨 변고인지 갈수록 나빠지기만 했다. 친조카조차 몰라보다니 심각했다.

"그럼요, 마님. 어찌 큰 도련님도 몰라보십니까?"

단구낭이 망연자실한 표정으로 물었다.

"보산이 몇 살이지?"

늙은 하녀가 대답했다.

"열아홉 살입니다. 곧 장가갈 나이니, 축 나리께서 한창 상대를 알아보고 계실 거예요."

"음."

단구낭은 한참 후 손을 들어 자신의 얼굴을 어루만져 보았다. 몇 년 동안 혼돈 속에서 살아온 그녀였다. 배고프면 먹고 졸리면 잤다. 피부를 관리할 정신도 없었다. 두 뺨은 세월의 풍파를 정통으로 맞아 늙은 나무껍질처럼 거칠기 짝이 없었다.

그녀는 그제야 이십 년에 가까운 세월이 이미 조용히 흘러가 버렸음을 깨달은 듯했다. 청춘 시절은 마치 따뜻한 물속에 둔 눈처럼 흔적도 없이 사라져 버렸다. 그녀는 깊은 잠에서 깨어났지만 여전히 제정신이 아니었다. 눈앞에 기절해 있는 사람이 누군지 상관하지 않고 넋이 나간 것처럼 커다란 나무 주위를 빙글빙글 돌기만 했다.

늙은 하녀는 그녀가 다시 맷돌질하듯 빙글빙글 돌기 시작하자 어쩔 수 없이 혼자 낑낑대며 청년을 끌고 처음에 주비 일행이 몸을 숨겼던 창고로 들어갔다. 그리고 어디선가 작은 침상을 메고 와서는 청년을 그 위에 묶고 베개를 괴어 주었다. 마지막으로 문과 창문을 꽉 닫은 후 오초초에게 말했다.

"아가씨, 여기서 오래 머무르면 안 될 것 같네요."

오초초는 바보가 아니었다. 이 모든 광경을 본 이상 얼른 떠나야 한다는 걸 잘 알았다. 하지만 주비가 제대로 움직이지도 못하는데, 어떻게 떠난단 말인가?

주비는 뭔가를 깨달았는지 갑자기 그 낡은 책에 온 정신을 집중해 밖에서 큰 소란이 벌어지는 와중에도 고개 한 번 들지 않았다. 오초초가 들어가 주비에게 말을 건네려던 순간, 어디선가 뻗어 온 손이 그녀를 막았다. 고개를 들어 보니 단구낭이었다. 오초초는 그녀가 또 무슨 일을 벌이려나 싶어 얼른 경계하기 시작했다.

"쉿!"

단구낭이 문을 닫아 오초초를 들어가지 못하게 막았다.

"방해하지 마."

"네?"

단구낭은 그녀의 반응에 아랑곳하지 않고 조그맣게 속삭였다.

"옛날에 이징 오라버니도 그랬어. 황량한 들판이든 어디든 눈을 감고 입정에 들곤 했지. 뭘 하는 거냐고 물어봤더니 내공에 심법이 있듯이 도공에도 심법이 있다고 하더군. 하루라도 수련하지 않으면 칼이 무뎌져서 수련하는 중이라고 말이야. 나는 그 말을 못 믿고 나도 해 보겠다고 떠들어 댔지. 그런데 매번 자리를 잡고 앉으면 나도 모르게 내공을 수련하게 되거나, 처음부터 잡생각에 빠져 버렸어. 한번은 아예 잠이 들고 말았지 뭐야."

오초초는 발을 동동 구르며 창문 쪽을 바라보았다. 주비의 며칠 동안 손질하지 못한 긴 머리카락이 가녀린 어깨 위로 늘어뜨려져 있었고, 상처투성이의 손가락은 낡은 책의 책장 사이를 짚은 채 한참을 그대로 있었다. 창백한 옆얼굴이든 힘없이 앉아 있는 자세든, 하나도 심오해 보이지 않았다.

단구낭의 흐리멍덩한 얼굴에 미약한 웃음기가 떠올랐다. 그녀가 조용히 속삭였다.

"저 이가李家 사람들은 아무것에도 관심 없는 것처럼 보여도, 실은 무공에 미쳐 있어. 그러면서 자기가 미쳐 있는 줄도 모르지. 하하!"

오초초는 덩달아 웃고 싶지도, 미쳤냐 아니냐 따지고 싶지도 않았다. 그녀는 초초하게 옆의 창고 방을 힐끔 보고 말했다.

"선배님, 저희는 떠나야 할 것 같습니다. 축 공자가 부인의 처소에 들른 걸 모두 아는데, 나중에 사라진 걸 알면 의심할 거예요. 축 공자를 여기에 계속 가둬 두는 건 좋은 방법이 아닌 것 같아요. 저희가 여기 머무는 것만으로도 이미 선배님께 큰 골칫거리인걸요……."

단구낭이 차갑게 대꾸했다.

"뭐가 골칫거리인데?"

오초초는 그녀가 또 기억을 잃은 것이라 생각하고 한숨을 쉬며 처음부터 설명하기 시작했다.

"북두 사람들이 밖에서 저희를 수색하고 있어요……."

단구낭이 비웃었다.

"북두의 그 일곱 사냥개가 모두 온 거니?"

"모두는 아니에요."

"그럼 여기 있어."

단구낭이 소매를 휘둘렀다.

"골칫거리가 무슨 대수야. 내가 바로 골칫거리인데, 누가 날 찾아오겠어? 나 단구낭은 언제든 환영이야."

"……."

단구낭은 말을 마치고 나무 밑에 앉아 노래를 흥얼거리며 손가락으로 머리카락을 빗기 시작했다. 오초초는 문가에 잠시 멍하니 서 있다가 다른 방도가 없어 근심스러운 표정으로 낡고 더러운 문턱에 앉았다. 그녀는 생각했다. 강호 사람들은 정파든 사파든 어쩜 이렇게 하나같이 제멋대로에다 말썽쟁이일까. 술 마시고 사람 죽이는 건 일상이고, 무법천지가 따로 없잖아. 협객은 힘으로 나라 금령을 어긴다더니 그 말이 하나도 틀리지 않는 것 같았다. 정말 골칫거리야.

하지만 한편으로는 자신이 가난한 집안 출신으로 세상을 떠돌다가 어느 문파에 들어갔으면 얼마나 좋았을까 생각했다. 깊은 산속에서 십 년 동안 검술을 연마하고 번쩍이는 칼과 무쌍의 절기를 가지고 세상에 뛰어드는 것이다. 만약 세상이 평화롭다면 혼자 세상을 두루 유람하면 되고, 세상이 어지럽다면 피로 물든 길을 만들어 '군주께서 오시기를 기다리고 있었습니다'라는 말을 남기면 되겠지……. 이 얼마나 멋지고 통쾌한가!

주비는 늙은 하녀의 구리 대야가 떨어지던 순간, 퍼뜩 낡은 책 네 번째 장에서 익숙하게 느껴지던 것이 무엇이었는지 떠올랐다. 그것은 산골짜기에서 늙은 도사 충소자가 일러 준 부유진의 보법이었다!

책에 표시된 쉼표와 세로줄은 각각 앞쪽과 뒤쪽을 의미했다. 자세히 보니 칼끝처럼 날카로운 획과 눈송이처럼 뭉뚝한 획이 다양한 변화를 나타내고 있었다. 그날 전투는 주비에게 강렬한 인상으로 남아 있었다. 어떻게 포위되었는지, 어떻게 포위를 뚫었는지, 어떻게 바위를 돌면서 혼자 여러 명을 상대했는지, 눈 깜짝할 사이에 머릿속에 쫙 펼쳐졌다.

주비는 바깥에 무슨 일이 벌어졌는지 누가 왔는지 신경 쓸 겨를도 없이 얼른 뒷장을 폈다. 몸으로 직접 해 본 경험이 있어서인지 뒷장의 진법은 이해하기 쉬웠다. 그녀는 단숨에 책 절반을 훑어보며 저도 모르게 그 내용에 푹 빠졌다. 머릿속으로는 자동적으로 그날 산골짜기에서 만난 적수를 떠올리며 모의 훈련을 시작했다.

부유진은 총 여덟 장이어서 태극 팔괘와 딱 들어맞았다. 제8장 뒤쪽의 글자는 알아보기도 힘들었다. 쉼표와 세로줄 외에 가로줄도 여기저기 등장하고 있었다.

부유진은 여덟 단락으로 이루어져 있으니, 뒤쪽 내용은 분명 다른 내용일 것이다. 그렇다면 이건 도법일까, 검법일까, 아니면 권법일까?

부유진은 진법일 뿐이다. 아무리 변해도 본질은 그대로라는 말이 있긴 하지만, 파설도를 쓰는 사람과 고영수를 쓰는 사람이 부유진을 활용하는 방법과 효과는 다르기 마련이었다. 그런 건 일일이 종이에 기록할 필요 없이 수련자 스스로 깨닫는 대로 맡겨 두고 그저 점과 획으로 간략히 표시만 해 두면 충분했다. 하지만 진법은 이렇게 기록해 둘 수 있다 쳐도, 초식은 줄 몇 개로 간단히 기록할 수 있는 것이 아니었다.

그렇다면…….

혹시 이건 내공을 표시한 걸까?

만약 내공이라면, 길고 짧은 가로줄과 세로줄은 아마도 경맥의 방향을 표시하고 쉼표는 혈 자리를 의미하는 것일 가능성이 높았다. 기경팔맥과 대혈의 위치는 입문할 때 능숙하게 외워야 하는 것이다. 그 생각이 떠오르자마자 알 수 없는 내용 사이로 풍부風府에서 영대靈臺를 거쳐 명관命關으로 들어가는 것처럼 보이는 선이 눈에 띄었다. 하지만 뒷내용이 궁금하여 넘겨 보니 벌레에게 갉아 먹혔는지 일부가 찢겨 있었다.

주비가 살짝 당황하는 순간 입정 상태에서 깨어나며 온몸에 식은땀이 났다. 통쾌한 부유진 속에 빠져 있다가 너무 집중한 나머지 무의식적으로 방금 도식대로 함부로 움직이지 말아야 할 진기를 움직여 버린 것이다.

그런데 단구낭이 그녀의 몸에 걸어 놓은 제약이 풀렸는지 어쨌는지 주비는 미약한 내식을 느낄 수 있었다. 이상하게도 진기는 밑도 끝도 없이 흘러가면서 통증을 일으키기는커녕, 오히려 내상을 완화하는 작용을 하는 것 같았다.

만약 여기에 믿을 만한 선배님이 있었다면 주비는 당장 멈추고 지금 상황에 대해 확실히 물어보았을 것이다. 그러나 안타깝게도 지금 가장 믿을 만한 사람은 그녀 자신이었다. 주비는 천천히 숨을 내뱉고 이리저리 궁리해 보았지만 대체 어떻게 된 일인지 영문을 알 수 없었다. 주비는 속으로 자신에게 경고했다.

조심하자. 자칫 잘못하면 심각한 결과가 벌어질 거야. 충동적으로 행동해선 절대로 안 돼. 일단 조금씩 시도해 볼까? 어쨌거나 이런 식으로 가다가는 화용성에 갇혀서 죽거나, 목숨을 살리자고 무공을 폐하게 될 테니 그보다 상황이 더 나빠질 것 같진 않았다.

주비가 자신에게 했던 경고는 금세 무용지물이 되었다. 견기 덩줄 속에서 자라난 주비는 '산에 호랑이가 사는 것을 알면서도 기어코 산으로 가는' 사고뭉치 자질이 뼛속까지 박혀 있었다. 다만 대부분 상황에서는 다른 사람에게 피해를 주지 않도록 억지로라도 이성을 발휘해 균형을 잡곤 했다. 그러나 지금은 이미 만회할 수 없는 국면이었다. 주비는 차라리 될 대로 되라는 식으로 나가기로 했다.

손에 쥐고 있는 이 신비로운 책은 당나귀 앞에 매단 당근과도 같았다. 일단 담이 커지면 하늘을 삼킬 정도로 커지는 주비는 결심이 서자 거침없어졌다. 주비는 정신을 집중해 〈도덕경〉의 후반부에 숨겨진 도식을 자세히 훑어보기 시작했다.

이상한 건, 각 장의 마지막 부분마다 벌레가 갉아먹어서 유실되었거나 책을 쓴 사람이 글자를 틀리게 써서 먹으로 지운 흔적이 있다는 것이다. 진기는 경맥에서 순환하면서 운행하기 때문에 도중에 중단되거나 방향이 어긋나면 매우 위험했다. 그런데 이 책의 괴이한 공법대로 하다가 그런 부분에 이르러 멈추면, 미약한 진기는 마치 시냇물 흐르듯 소리 없이 부드럽게 온몸으로 퍼져 나가며 내상을 또 한 번 씻어 냈다.

책장 사이에 중단된 부분이 바로 전체 심법의 일부분이었던 것이다!

그 생각이 번뜩하고 스치자 주비는 더 깊숙하게 몰입하기 시작했다. 마치 누에고치에서 실을 뽑아내듯, 단구낭에 의해 막혔던 기해에서 미약한 진기를 바깥으로 뽑아낸 다음, 하나로 뭉쳐 있던 두 가지 진기를 은연중에 따뜻한 액체로 녹여내 너 나 할 것 없이 한꺼번에 천천히 삼켰다.

그 과정은 참으로 더뎌서 기다리던 오초초는 하마터면 창문을 뜯어 버릴 뻔했다. 주비는 관절에 녹이라도 슨 것처럼 여전히 원래 자세 그대로 꼼짝도 않고 있었다. 그렇게 하루 낮밤이 꼬박 지나갔다. 평소 아무도 들르지 않던 안뜰에 두 번이나 사람이 와서 큰 도련님이 들렀다 갔냐고 물었지만 모두 늙은 하녀에 의해 내쫓겼다.

제 9 장

단구낭

단구낭

다행히 바깥이 하도 소란스러웠기 때문에 축보산이 사라진 일은 당분간 그리 큰 파장을 불러일으키지 않았다. 심천추가 떠난 후, 구천기는 심사가 뒤틀려 집집마다 다니며 수색할 계획을 세웠다. 모든 유민을 한곳에 가둔 다음, 최근 삼 개월 동안 외부인과 접촉한 백성들을 모두 기록하는 것이다. 만약 사실을 속인 것이 발각되면 그의 이웃까지도 모두 연좌 처벌을 받게 함으로써 서로 고발하도록 강요할 작정이었다.

구천기는 그렇게 하면 독 안에 든 쥐처럼 쉽게 잡을 수 있을 거라 생각했는데, 웬걸 그 거창한 계획이 실행되기도 전에 야간 순찰을 하던 수하가 알 수 없이 실종되어 시체조차 찾지 못했다.

구천기는 사십팔채의 '늙은 여우'가 감히 이 문제의 지역에 직접 모습을 드러냈다고는 믿지 않았다. 이에 밤에 친히 순찰을 도는 도중, 그 신비로운 인물이 다시금 모습을 드러냈다. 구천기가 얼른 휘파람을 불어 사냥매와 함께 쫓아갔지만, 상대방은 생각지도 못한 고수여서 그의 눈앞에서 도망치고 말았다. 하지만 녹존이 누구인가?

그는 한눈에 알아볼 수 있었다. 신비로운 인물은 바로 공식적으로는 화용성을 떠난 심천추라는 것을.

구천기는 깜짝 놀라 사람을 보내 성안을 조사했다. 과연, 탐랑조 사람들이 남겨 놓은 밀정과 비밀 기지를 발견했다. 화가 머리끝까지 난 구천기는 탁자를 뒤집고 발을 구르며 한바탕 욕을 퍼부었다.

"망할 폐병쟁이 같으니. 순순히 떠난다 했을 때부터 내가 알아봤어! 처음엔 곽가보를 신경 쓰지도 않더니 어느샌가 나타나 나와 공을 다퉜지. 그래, 도와준다니까 나도 막지는 않았어. 어쨌든 그놈이 형님이니까 반으로 나누자면 나눠야지, 내가 손해 봐도 그러려니 했어! 그런데 그 망할 놈팡이가 와서는 비꼬기나 하고, 상대방이 덤비려니까 잔뜩 움츠리고는 나보고 앞에서 돌격하라 하고, 자기는 뒤에 앉아 어부지리만 보려고 했지!"

녹존의 사냥매 몇 마리가 놀라 날아와서는 메추라기처럼 고개를 날개 밑에 숨겼다. 녹존 수하의 흑의인들도 모두 숨을 죽이고 구천기가 심천추의 조상 8대까지 싸잡아 두들겨 패는 것을 가만히 듣고만 있었다. 그가 충분히 욕을 퍼붓고 나자 그중 한 명이 비로소 나와 물었다.

"대인, 어떻게 할까요?"

구천기는 눈을 반짝이며 조그맣게 대답했다.

"사십팔채의 그 쥐새끼는 수단이 악랄한 데다 아직까지 숨어서 모습을 드러내지 않고 있다. 아무래도 강적일 것이야. 발등에 불이 떨어진 마당에 바깥에 강적을 둘 수는 없어. ……이리 오너라."

이튿날 아침, 호위 무사 갑진이 유령처럼 뜰 안으로 들어와 마침 분장을 지우고 있던 백 선생과 인사하고 사윤의 방문 앞에서 고했다.

"삼 공자, 일어나셨습니까? 녹존이 성 밖으로 사람을 보냈습니다."

명침이 창문을 열고 재빨리 물었다.

"자세히 본 거야? 정말로 탐랑의 밀정을 제거하려고 성 밖으로 사람을 보냈어? 과연 구천기가 심천추와 사이가 좋지 않다는 소문이 진짜였군!"

사윤이 그 말을 듣고 방 안에서 걸어 나왔다. 옷매무새가 단정해서 금방 자다 일어난 사람 같지 않았다. 그는 고개를 끄덕이며 말했다.

"다행이군. 가장 우려했던 일은 일어나지 않았어."

그가 가장 우려했던 일은 구천기가 성을 수색하는 것을 보고 그 숨어 있는 친구가 참지 못하고 모습을 드러내는 것이었는데, 상대방은 그가 상상했던 것보다 훨씬 침착했다.

사윤은 살짝 마음이 답답해졌다. 그 사람은 대체 누구일까?

처음에 사윤은 그 숨어 있는 사람이 장신비라고 생각했다. 그런데 지금 보니 그런 것 같지도 않았다. 그는 자신이 아는 사람을 모두 떠올려 보았지만 누구 하나 딱 맞는 사람이 없었다. 애초에 장신비 무리 중에 이처럼 과감할 땐 과감하고 참을 땐 참는 인물이 존재했다면 아마 이렇게 몇 개월 동안 이웃하며 숨어 지낼 지경에까지는 이르지 못했을 것이다.

그렇다면…… 어쩌면 당시 객잔에 있던 사람들은 모두 죽었으니, 지금 어딘가에 숨어 있는 그는 단지 우연히 사건에 휘말린 신비로운 고수인 걸까?

사윤은 그 사람이 주비가 아닐 것이라고 처음 확신했던 순간 심장이 밑으로 한 치 가라앉았는데, 지금 또 그런 생각이 떠오르자 심장이 밑으로 또 한 치 가라앉았다. 다만 그의 감정은 얼굴로 드러나지 않았다. 심장이 창자에 닿을 지경이었어도 표정에는 아무런 변화가 없었다.

명침이 옆에서 웃으며 말했다.

"잘되었네요. 이렇게 조그마한 틈새가 벌어졌으니 그들이 알아서 싸우게 되겠죠. 참, 심천추가 이번에 곽가보에 손을 댄 건 곽가의 퇴법 때문이라던데, 북두가 드디어 천하의 군사들을 모으려는 걸까요? 조중곤은 어째서 수하의 개들을 관리하지 않는 거죠?"

백 선생이 말했다.

"조정의 눈에 강호 세력이 뭐 대단하겠습니까? 뭉쳐 봐야 오합지졸이니 큰 풍랑도 일으키지 못하는걸요. 그들을 소탕하면 어리석은 촌놈들이나 박수 치면서 앞으로는 천하가 태평하겠다고 하겠죠. 조중곤의 눈에는 곽가보와 제문은 단지 상한 고기 뼈와 신선한 고깃국의 차이일 것입니다. 개들을 먹이기에는 그나마 상한 고기 뼈가 더 알맞지 않을까요?"

사윤은 그들의 대화에 흥미가 없어 찻물이나 따르러 가려다가 그 대목을 듣고 순간 멈칫했다.

"제문이요? 제문은 또 무슨 일입니까?"

백 선생의 태도는 며칠 전보다 공손해져서, 그를 보자 얼른 대답했다.

"말하자면 긴 사연이 있습니다. 삼 공자께서 기억하실지 모르겠군요. 제게 변변찮은 형제 하나가 있는데, 글공부든 무예든 제대로 하는 게 없어 하루 종일 귀를 쫑긋하고 골목 소식을 염탐하는 것이 일이었죠."

사윤이 말했다.

"기억합니다. 현 선생님이시죠."

백 선생의 얼굴에 진지한 미소가 어렸다.

"제문은 팔괘오행진에 능하고 기문둔법에 정통합니다. 그게 무슨 뜻인지, 삼 공자께서도 아마 훤히 아실 테지요."

사윤은 천천히 고개를 끄덕였다. 주먹이 아무리 단단하고 무공이 아무리 뛰어나다 해도 사람은 사람일 뿐이었다. 강호의 고수들은 저마다 사납고 고집스러워 다른 이들과 교류하지 않고 홀로 행동하는 사람이 많았다. 이에 무공이 아무리 뛰어나도 질 수 있었지만 진법은 달랐다.

진법은 두 군대의 진영 앞에 쓸 수 있었다.

"제문은 원래부터 조용한 문파였는데, 자신들의 재능으로 화를 입을 수 있다는 걸 알고는 최근 몇 년간 아예 종적을 감춰 버렸습니다. 어느 구석에 숨어 있는지 좀처럼 나오지 않았지요. 제가 알기론 우리와 조중곤 무리 모두 그들을 찾고 있습니다."

백 선생이 말을 이었다.

"제 동생은 이 년 전 촉음곡 부근에 갑자기 도사들의 활동이 많아졌다는 단서를 포착했습니다. 생각해 보십시오. 제문을 비롯한 사대관은 사람 수가 얼마나 되는지 셀 수 있을 정도입니다. 그런데 다른 문파 사람들이 자기네 근거지에 얌전히 머물러 있는데 깊은 산속에 갑자기 도사들이 등장했다면 십중팔구 제문 사람들이겠지요. 이 소식이 전해지자 각지의 사람들이 그들을 만나러 촉음곡으로 향했습니다. 우리 현 선생 무리도 예외는 아니었죠. 그들은 정말로 제문의 옛터를 찾아내기도 했습니다. 다만 그때는 이미 그곳이 텅 비어 있었습니다. 그들이 잘 숨어 있다가 어째서 갑자기 사방으로 흩어졌는지, 문파는 어째서 분열되었는지, 그들이 다 어디로 갔는지 아직까지도 추측이 분분합니다. 왜요, 삼 공자님도 갑자기 제문에 흥미가 드십니까?"

사윤은 미간을 찌푸렸다. 자신이 충소자를 보았다는 일을 굳이 말하고 싶지 않았고, 꽤 오랫동안 헛소리를 지껄이지 않아서 입이 근질근질해 온 터라 아무 말이나 뱉었다.

"어느 문파의 출가 환경이 괜찮은지 알아보는 중이라서요."

명침과 백 선생이 그 말을 듣고 얼굴이 사색이 되었다. 명침이 버럭 소리쳤다.

"형님, 뭘 하시려고요!"

백 선생도 얼른 말리고 나섰다.

"부디 다시 생각해 주십시오!"

"……."

사윤은 딱히 대꾸할 말이 없어 그저 알 수 없는 웃음을 지어 보이고는 방으로 들어갔다. 이들의 머릿속에는 대의를 이루겠다는 생각으로 가득했고 가슴에는 저마다 천하를 평가하는 저울이 들어 있었다. 말의 무게를 잰 후에는 그 말에 담긴 속뜻까지도 저울에 올렸다. 농담 한마디도 혼란을 야기하는 추가 될 수 있어서 이들과의 대화는 무미건조하기 짝이 없었다.

사윤이 생각하기에 자신은 아무래도 그들과 말이 통하지 않았다. 차라리 거지들을 따라 밥을 구걸하러 다니는 편이 훨씬 자유로웠다.

그 시각, 화용성은 민심이 뒤숭숭했고 거리에도 인적이 끊어졌다.

심천추는 결국 동개양과 회합했다. 최단 시간에 동원한 군사 팔천 명과 함께였다. 그들은 잠시 머물지도 않고 곧장 '비적 소탕'의 깃발을 내걸고 악양을 향해 회오리바람처럼 몰려갔다.

옛날 사십팔채도 '비적 소탕'이라는 깃발을 쳐든 수만 군사들의 침입을 받았었다. 하지만 '비적 소탕'의 깃발은 부러졌고, 남북으로부터 분리된 비적의 깃발은 이십여 년 동안 걸려 있었다. 지금 곽연도는 '제2의 이징'이 되어 장렬하고 치열한 전투를 벌일 작정이었다.

그런데 전투가 장렬해지기도 전에 그들은 이미 뿔뿔이 흩어졌다. 곽연도는 심천추가 상상했던 것보다 훨씬 패기가 없었던 것이다.

심천추는 곽가보가 최근 몇 년간 발을 구르며 지역을 뒤흔들 만한 세력을 키워 왔으니 최소한 이삼일은 완강하게 저항할 것이라 생각했다. 모든 계획은 이미 세워져 있었다. 막강한 군대로 곽가보를 단단히 포위한 다음, 곳곳에 무공이 뛰어난 수하들을 보내 포위를 뚫고 나오지 못하게 막으며 시간을 끌면 그들을 쉽게 처리할 수 있으리라.

그런데 비적 소탕군이 악양에서 이십 리 떨어진 곳까지 접근했을 때, 마땅히 철통 수비를 해야 하는 곽연도가 곽가보에 불을 지르고 내빼 버린 것이 아닌가! '제2의 사십팔채'는 순식간에 무너졌고 사람들은 뿔뿔이 흩어져 버렸다.

곽가보에 의탁하던 크고 작은 문파들은 갑작스런 홍수에 집이 떠내려간 쥐 꼴이 되어 여기저기 도망치기에 급급했다.

큰 손으로는 흩어지는 모래를 잡을 수 없고, 대나무 바구니로는 우물물을 풀 수 없는 법이었다. 이들이 뿔뿔이 흩어지자 심천추의 팔천 대군은 이러지도 저러지도 못한 채 그 자리에 머물러 있을 수밖에 없었다. 심천추는 약이 바짝 올라 곽가보의 불을 끄라 명령한 다음, 미처 멀리까지 도망가지 못한 곽가의 가노들을 잡아 묶어 놓고 곽가보를 이 잡듯이 뒤졌다. 하지만 쓸모 있을 만한 물건은 나오지 않았다.

곽연도의 과감하고 신속한 행동을 미루어 보건대 미리 준비를 해 둔 것이 분명했다. 값나가는 것이든 아니든 전부 가져갔고, 남겨 둔 것이라고는 깨진 기왓장과 벽돌, 그리고 하인들뿐이었다. 곽가에게 이들의 생명은 금은보화보다 중요치 않았다. 이들을 심문하는 건 어렵지 않았다. 주인에게 버림받은 가노들은 고문을 가할 필요도 없이 앞다투어 자신이 아는 것을 전부 고했다.

"떠날 준비는 진작부터 해 놓았습니다. 얼마 전 화용에서 심부름꾼이 왔는데, 무슨 서신을 전해 주었는지 보주님은 곧장 심부름꾼을 따라 화용으로 가셨습니다."

"맞아요. 저흰 아무것도 몰랐습니다요. 그저 보주님이 무슨 처리해야 할 일이 있나 보다고 생각했습죠. 그런데 보주님 일행은 돌아오지 않으셨어요. 며칠 지나자 곽가보의 물건을 정리할 건 정리하고 모을 건 모으더라고요. 어떤 눈치 빠른 사람은 상황이 좋지 않다고도 했죠. 하지만 보주님께서는 심복 총관님을 통해 유언비어를 믿지 말라고, 물건들은 친구에게 줄 거라고 말씀하셨죠. 총관님은 물건을 직접 호송하고 돌아올 거라면서 저희보고 각자 할 일 하고 있으라고 하셨고요."

"바로 그 앞잡이 총관이 불을 질렀어요! 하마터면 우리 다 타 죽을 뻔했다고요!"

"대인, 생각해 보십시오. 보주님이 우릴 속여서 곽가보에 남겨 두었다는 걸 누가 믿겠습니까? 게다가 보주 어르신도 떠나지 않았는걸요! 맞다, 보주 어르신은 어떻게 되셨지?"

사람들이 서로 물끄러미 바라만 보고 있을 때 별안간 누군가의 외침이 들려왔다.

"보주 어르신은 불에 타 죽으셨어요! 마침 제가 어르신의 뜰에서 꽃에 물을 주고 있었거든요. 밖에 불이 난 걸 보고 어르신을 끌어내려고 했는데, 어르신은 정신을 놓으셔서 한사코 안 가시겠다는 거예요. 제 손을 뿌리치곤 방으로 들어가셔서는 문을 잠그셨어요……. 정신이 나가서 입만 벌려도 침을 줄줄 흘리시는 분이, 문 잠그는 법은 어찌 안 잊어버리셨을까요……."

옛날부터 곽가에서 일해 온 늙은 하인들은 그 말을 듣고 주저앉아 엉엉 울며 옛 주인을 애도하기 시작했다.

심천추는 그들이 왁자지껄 떠드는 얘기를 들으며 깜짝 놀랐다. 곽연도는 곽가보의 모든 것이 정상인 것처럼 보이게 하려고 자신을 오랫동안 보좌하던 하인들과 제자는 물론, 친형까지도 주저 없이 남겨 두고 떠난 것이다. 탐랑 심천추는 스스로가 이름만 들어도 간담이 서늘해지는 대마두라고 자만해 왔는데, 이 '호걸'과 비교하니 후안무치한 면에서 자신이 한참 못 미치는 것 같았다. 어찌 화가 나지 않겠는가?

"대인."

흑의인 한 명이 한 발 나서며 말했다.

"우리가 떠나자마자 곽연도가 서신을 받은 것 같습니다."

심천추가 노기 어린 목소리로 말했다.

"조명침은 내가 그를 따라간 걸 뻔히 알면서도 감히 내 눈앞에서 겁도 없이 까부는군. 그리고 구천기…… 곽가가 정말로 화용으로 간 것이 확실해?"

"대인, 침착하십시오."

흑의인이 말을 이었다.

"이런 일이 발생할 것을 대비해 일부러 화용에 비밀 기지와 밀정을 두지 않으셨습니까? 조그마한 움직임이라도 포착되면 형제들이 가장 먼저 알려 올 것입니다. 아직 아무 소식 없는 것을 보면, 필히……."

그의 말이 끝나기도 전에, 바깥에서 날카로운 말 울음소리가 들리더니 흑의인 한 명이 잔걸음으로 달려와 심천추에게 뭐라고 속삭였다. 심천추는 얼굴이 순간 흙빛이 되어 성큼성큼 밖으로 나갔다.

사람들이 둥그렇게 에워싸고 있는 가운데에 말이 반쯤 꿇어앉아 하얀 거품을 토해 냈고, 말 등에 탄 사람은 땅으로 굴러떨어져 인사불성 상태였다. 한쪽 소매는 언제 팔이 잘렸는지 텅 비어 있었다.

"대인, 보십시오."

흑의인 하나가 탐랑의 영패를 전달했다. 쇠로 만든 영패는 불에 녹은 밀랍처럼 한쪽이 눌어붙어 있었다.

"녹존의 독액입니다!"

심천추는 땅에 쓰러진 사람에게 다가가 얼굴을 돌려 보았다. 말을 타고 전력으로 달려온 그는 한마디 할 겨를도 없이 이미 숨이 끊어져 있었다. 안쪽에서 바깥쪽으로 잘린 팔의 방향은 그가 스스로 팔을 잘라 냈다는 것을 알려 주었다. 녹존의 독액이 묻었을 때 목숨을 건질 수 있는 유일한 방법은 독이 묻은 곳을 한시라도 빨리 잘라 내는 것이다. 손에 묻으면 손을 잘라 내고, 발에 묻으면 발을 잘라 내고, 머리에 묻으면 아예 목을 자르는 것이 그나마 깔끔했다.

심천추가 조명침의 움직임을 감시하기 위해 남겨 놓은 밀정은 이렇게 공을 다투는 데 혈안이 된 구천기에 의해 제거되고 말았다.

심천추는 지금이라도 당장 구가 놈을 고기완자로 다져서 개에게 던져 주고 싶었다. 누가 부녀자를 약탈하는 망나니와 공훈을 겨루고 싶어 한다고!

탐랑의 눈꼬리가 실룩거렸다. 동개양이 얼른 다가가 그를 진정시켰다.

"형님, 침착하시지요. 곽연도가 진짜로 화용성으로 가지는 않았을 겁니다. 설령 갔다 해도 이렇게 하인들에게 떠벌리지는 않았겠죠. 어쩌면 성동격서를 노린 것일 수도 있습니다."

심천추가 음험하게 대꾸했다.

"그런 쓸데없는 말을 할 필요 있나?"

동개양은 호의가 악의로 받아들여지자 조용히 입을 다물었다.

"병사들을 여러 무리로 나누어 곽가보의 비적 일당을 추적해서 잡아 와."

심천추는 몸을 돌려 걸어 나갔다.

"난 화용으로 가 보겠다."

마지막의 '가 보겠다'는 말은 이를 악물고 내뱉었다. 동개양은 그가 '가서 보는' 것이 아니라 가서 구천기의 눈알을 뽑아내는 것이 아닐까 의심스러웠다.

화용성.

백 선생은 이미 암암리에 최고의 마차를 준비해 두었다.

사윤의 말수는 점점 줄어들어 필요한 말만 하고, 할 일이 없을 때는 부채를 접었다 폈다 하며 생각에 빠져 있었다. 조명침은 사윤의 기분이 좋지 않은 것을 눈치채고 얌전하게 다가가 말을 건넸다.

"셋째 형님, 곽연도가 이쪽으로 올까요?"

사윤이 고개도 들지 않고 대답했다.

"아니."

"왜요?"

"죽는 걸 두려워하니까."

"그럼 심천추는 어째서 반드시 온다는 거죠?"

사윤은 계속되는 질문이 귀찮았는지 부채를 탁 하고 접고는 차갑게 대꾸했다.

"의심이 많고 원한은 꼭 갚는 사람이니까. 할 일 없으면 들어가 쉬어. 치열한 전투가 벌어질 거야."

명침은 그의 표정을 살폈다.

'형님, 혹시 제가 싫으세요?'라고 묻고 싶었지만, 그것도 쓸데없는 소리라는 걸 깨닫곤 그저 속으로 삼켰다.

그들과 멀지 않은 곳에 주비가 있었다. 주비는 조금도 깨어날 조짐이 보이지 않았다. 오초초는 주비가 돌이 된 건 아닌가 의심스러웠다. 한편, 창고에 갇힌 축보산은 이미 깨어나 울며불며 난리를 치기 시작했다. 늙은 하녀는 어렸을 때부터 지켜봐 온 큰 도련님이 고생하는 것을 차마 지켜볼 수 없었다. 그녀는 그나마 부드러운 음식을 정성껏 데운 다음, 따뜻한 물에 끓여 축보산에게 가져갔다.

축보산은 놀라서 미칠 지경이었는데, 늙은 하녀를 보고는 말보다 먼저 눈물 콧물을 쏟아 냈다.

"할멈, 나 머리도 아프고 배도 아파. 나 이제 죽는 거야?"

단구낭은 아무리 정신이 나가 있을 때라도 '도련님이 방 안에 계십니다.'라는 한마디에 얌전히 밖으로 나가는 사람이었으니 축보산을 심하게 대했을 리 없었다. 손을 쓴 것도 사실 뒷목을 살짝 쥐었을 뿐, 손자국 하나도 남겨 놓지 않았다.

늙은 하녀는 생각했다. 그 가녀린 꼬마 아가씨는 손톱이 빠지고 온몸이 식은땀으로 푹 젖을 정도로 아파하면서도 눈물 한 방울 안 흘렸는데……. 휴, 도련님은 대체 누굴 닮았는지.

그러나 도련님 앞에서 차마 그런 말을 할 수는 없어 그녀는 축보산을 살살 달랬다.

"도련님, 조금만 참으세요. 제가 주물러 드릴게요."

축보산은 늙은 하녀에게 목을 주무르게 하고 끙끙거리다가 문득 무슨 생각이 들었는지 늙은 하녀에게 물었다.

"내가 왜 참아야 해? 할멈, 혹시 안뜰에 외부인이 들어온 거 아냐?"

늙은 하녀는 안색이 바뀌며 아무 말도 하지 못했다.

축보산이 대신 말했다.

"알겠다! 아버지께서 밖에서 나쁜 놈들이 들어왔다고 하셨어. 녹존 대인이 해치우긴 했어도 도망간 놈들이 어디 숨었는지 모르겠다고 하시던데, 우리 현령부에 숨어든 거지? 할멈과 어머니는 그들에게 인질로 잡힌 거야, 그렇지?"

늙은 하녀는 속으로 생각했다. 아니요, 도련님의 어머니께서 그 '나쁜 놈들'을 인질로 잡은 거예요.

축보산은 늙은 하녀가 아무 대답도 하지 않는 걸 보고 똑똑한 척하며 낮은 소리로 속삭였다.

"할멈, 나 좀 풀어 줘. 내가 사람들을 불러와서 구해 줄게."

늙은 하녀는 아무 말 없이 축보산의 머리를 베개에 잘 뉘고 조금만 참으라며 적당히 얼버무리곤 밥그릇을 들고 창고를 나갔다.

축보산은 단단히 화가 치밀었다. 외부와 내통하는 할망구! 내 손에 잡히기만 해 봐라!

그는 귀를 쫑긋하고 필사적으로 밖의 동정에 집중했다. 낡은 건물이라 방음이 잘 되지 않았기 때문에 밖에서 무슨 말을 하면 대강 들을 수 있었다. 그런데 하루가 지나도록 축보산은 비적들이 내는 소리를 듣지 못했다. 들리는 소리라고는 어린 여자아이와 늙은 하녀의 대화뿐이었다.

여자아이는 목소리가 작고 유약한 구석이 있었다. 예의 바른 말투를 보니 평소에도 조곤조곤 말하는 대갓집 규수인 것 같았다.

축보산은 이 상황이 당황스러웠다. 어떻게 계집애일 수 있지? 설마 저 계집애가 바로 녹존 대인이 찾는 사람인 거야?

하지만 생각해 보니 일리가 있었다. 정말로 난다 긴다 하는 흉악범들은 진작에 도망쳤을 테고, 도망치지 못한 놈들만 몰래 숨어들었겠지.

축보산은 이랬다저랬다 하는 표정으로 생각에 잠겼다. 그래, 이 안뜰에 비적이 들어왔다는데 정작 비적은 그림자도 보이지 않고 연약한 소녀 하나뿐이야. 그 애가 누굴 인질로 잡을 수 있겠어? 미친 여자와 할멈은 정말 간이 부어도 너무 부었지, 감히 우리 집에 도망자를 숨겨 주다니 말이야. 혹시라도 내가 행적을 누설할까 봐 날 기절시키고 묶어 놓기까지 하다니. 분명 그 사나운 송 씨 할멈의 짓일 거야!

그가 속으로 한창 나쁜 생각을 하고 있는데 갑자기 멀리서 슉 하는 소리가 들려왔다. 이어 뭔가가 폭발했는지, 창고의 창문에까지 붉은빛이 비쳤다. 축보산은 깜짝 놀랐다. 잠시 후, 바깥이 소란스러워지기 시작했다. 구석에 있는 이 안뜰에까지 들릴 정도였다.

심천추가 살기등등하게 사람들을 이끌고 와서는 구천기를 찾아 죄를 묻겠다고 날뛰고 있었다.

구천기는 그 모습을 보고 올 것이 왔다고 생각했다. 과연, 꼬리가 잡히니 본색을 드러내는군. 자신이 그의 밀정을 죽인 걸 알고 이렇게 당장 달려오지 않았는가.

구천기와 심천추는 각자 자신의 행동이 옳고 상대방은 사적인 이익을 위해 일을 망치는 개자식이라고 여겼다. 서로의 의견이 조금도 일치하지 않자 쌍방은 아예 성 밖에서 무력 충돌을 벌이기 시작했다. 성안의 관병과 흑의인들은 이리저리 뛰어다녔고, 사윤은 이

틈을 타 거리에 나가 소리쳤다.

"역적들이 대거 쳐들어왔습니다! 성 밖에서 전투가 벌어졌어요! 모두 얼른 도망쳐요!"

한 사람이 소리치자 곧 성안의 모든 사람들이 여기저기서 외치기 시작했다.

"얼른 도망쳐!"

백성들에게는 거리에 나가도 되는지, 식량이 충분한지는 그다지 중요한 게 아니라, 전투가 벌어졌다는 사실이 가장 두려울 따름이었다.

축보산은 바깥에 무슨 일이 났는지 알 수가 없어 두렵고 불안한 마음에 또다시 울며불며 소리쳤다.

"어머니! 어머니!"

단구낭은 바깥의 소란을 듣고 무슨 일인지 살피러 나간 터라 안뜰에 없었다. 오초초는 꿈쩍도 하지 않는 주비의 곁을 초조하게 지키고 있었다. 오직 늙은 하녀만이 축보산의 울음소리를 듣고 창고로 달려왔다. 그녀는 눈물 콧물로 범벅이 된 축보산을 보자 자신도 모르게 마음이 아파 왔다.

"아이고, 큰 도련님, 이를 어째……."

축보산이 울며 애원했다.

"할멈, 나 좀 풀어 줘. 도망 안 칠게. 제발 부탁이야. 어렸을 때부터 할멈은 날 가장 예뻐해 줬잖아. 난…… 난……."

그는 수치스럽다는 듯 자신의 하반신을 내려다보았다. 늙은 하녀가 그의 시선을 따라가 보니, 이런, 이 못난 도련님이 바지에 오줌을 싸 버렸다.

축보산이 울부짖었다.

"차라리 죽어 버릴래! 죽고 싶다고!"

바깥은 시끌시끌 소란스러웠다. 늙은 하녀는 자신도 당황하여 어찌할 바 모르는 와중에 이런 불쌍한 모습의 도련님을 보자 너무 마음이 아파져서 얼른 달려가 밧줄을 풀고 달래 주었다.

"울지 말아요. 여기서 얌전히 기다리시면 이 할멈이 새 바지를 가져다드릴게요. 잠시만 계세요."

늙은 하녀는 그의 손목까지 주물러 준 후 몸을 돌려 밖으로 향했다. 그녀가 몸을 돌리자마자, 주보산의 얼굴에 불쌍한 표정이 싹 사라지더니 흉악한 표정이 떠올랐다. 그는 옆에 있던 나무 의자를 들어 무방비 상태인 늙은 하녀의 뒤통수를 세게 내리쳤다.

축보산은 자신이 얼마나 세게 내리쳤는지 감을 잡을 수 없었으나 어쨌거나 늙은 하녀는 외마디 비명도 지르지 못하고 쓰러져 버렸다. 그는 거친 숨을 몰아쉬며 조심스럽게 허리를 굽혀 늙은 하녀가 숨을 쉬는지 살펴보았으나, 아무것도 느껴지지 않았다. 팔다리가 후들후들 떨렸다. 그는 그 자리에 망연자실하게 서 있다가 이를 악물고 밖으로 달려 나갔다. 창고 뒤쪽으로 가서 사람 키보다 낮은 담을 넘어갈 생각이었다.

아이들도 넘어갈 수 있는 높이였지만 축보산은 놀라기도 하고 두렵기도 해 곰이 나무에 오르듯 한참을 낑낑대다가 겨우 옆으로 눕다시피 하여 굴러떨어졌다. 그 과정에서 손바닥이 크게 벗겨지고 말았다. 그는 젖은 바지를 손으로 가린 채 절뚝절뚝 달려가기 시작했다. 믿을 수 없을 정도로 빠른 속도였다!

축보산이 도망친 지 얼마 안 있어 단구낭이 돌아왔다. 그녀는 오자마자 창고방 입구에 쓰러져 있는 늙은 하녀를 발견했다. 그녀는 착 가라앉은 표정으로 풀려 있는 밧줄과 텅 빈 창고를 훑어본 후 늙은 하녀를 부축해 일으켰다. 손으로 목을 눌러 보니 단지 기절한 것뿐이었다.

그녀는 하녀를 한쪽에 놓아두고 수 장 떨어진 곳에서 일 장을 날려 오초초와 주비가 머물고 있는 방문을 벌컥 열었다.

오초초가 깜짝 놀라 뭐라 반응하기도 전에, 눈앞이 번쩍하더니 단구낭이 어느새 방 안으로 들어왔다.

"부인……."

단구낭은 다짜고짜 주비를 들어 올렸다. 주비는 체구가 크지 않아서 여인의 한쪽 어깨만으로도 지탱하기 충분했고 이불을 옮기는 것보다 딱히 번거롭지도 않았다. 주비는 얼굴이 작은 데다 단구낭이 몸에 걸친 자질구레한 낡은 천에 반쯤 가려져 있어 아주 연약하고 창백해 보였다.

단구낭은 그런 주비를 바라보다가 문득 아련한 느낌이 들었다. 혹시 이 아이가 내 아이인가?

하지만 그녀는 곧 정신을 차렸다. 아, 맞아. 난 아이가 없지. 내 님은 날 받아 주지 않았어.

단구낭은 정신을 가다듬고 긴 소매로 오초초를 휘감았다.

"가자."

오초초는 발밑이 허공으로 떠오르면서 별안간 꽉 죄어 오는 느낌에 하마터면 토할 뻔했다. 정신을 차릴 새도 없이 그녀는 어느새 공중을 날고 있었다. 고영수는 그 옛날 강호를 종횡무진하던 절대 고수답게 발을 딛는 곳마다 나뭇잎 하나 떨리지 않았다. 단구낭은 숨도 차지 않는 것 같았다. 겉으로는 산꿩 같은 미친 여자 차림이었어도 보는 사람에게 진심 어린 경외심을 불러일으키기 충분했다.

그 시각, 화용성 안에서는 조명침의 호위 무사 몇 명이 성문으로 돌격했다. 혼란스런 와중에 성문을 지키던 관병은 무방비 상태로 순식간에 끌려 내려왔다. 백 선생이 큰 소리로 외쳤다.

"모두 함께 성문을 부숩시다! 성 밖으로 나가자고요!"

불안에 떨던 백성들은 누가 말하는지 보지도 않고 한 사람이 호응하자 우르르 따라갔다. 사람들은 서로 밀고 밀치면서 성문으로 꾸역꾸역 몰려들었고, 인파에 밀려 성문이 열리자 한꺼번에 성 밖으로 몰려나갔다. 조명침은 성문을 빠져나와 말에 올라탄 후 일행이 흩어진 걸 발견하곤 다급하게 사윤을 찾았다.

"셋째 형님!"

사윤은 빠르지도 느리지도 않게 고개를 돌려 뭔가를 바라보고 있었다. 조명침이 크게 외쳤다.

"형님! 그만 보세요. 얼른 가자고요!"

그제야 명침의 소리를 들은 사윤은 백 선생과 시위 몇 명을 따라 조명침의 곁으로 다가갔다. 사윤이 말했다.

"이곳에서는 오래 머물 수 없어. 소란이 오래 지속되진 않을 거야. 북두가 정신을 차리기 전에 얼른 떠나자!"

그는 채찍으로 명침의 말을 때렸다. 명침의 말이 길게 울부짖더니 다짜고짜 내달리기 시작했다.

사윤이 외쳤다.

"바짝 쫓아가!"

시위들과 백 선생은 주인을 놓치지 않으려 뭐라 말할 새도 없이 미친 듯이 말을 내달렸다. 하지만 사윤은 홀로 말머리를 돌려 인파와는 반대 방향으로 향해 갔다. 이유는 모르겠지만 돌아가서 직접 눈으로 봐야 안심이 될 것 같은 느낌이 들었다. 명침을 보내고 나자 일단 절반은 안심이 되었다. 그리고 자신은…… 자신의 작은 목숨은 어차피 그다지 귀할 것도 없었다.

사윤이 예상한 대로 화용성에서 소란이 일어나자 밖에서 한창 싸우고 있던 심천추는 퍼뜩 정신이 들었다. 그는 구천기를 밀어내려 일 장을 날렸다. 그 충격에 구천기의 가슴팍 옷자락이 찢어져 가슴이 훤히 드러났다. 구천기는 연신 거친 숨을 몰아쉬었다. 역시 북두의 수장보다는 한 수 아래였다.

심천추가 욕을 퍼부었다.

"멍청한 자식! 사람이 도망쳤잖아!"

그가 가리키는 사람은 조명침이었다. 구천기는 그제야 정신이 들었다.

'아뿔싸! 오씨 집안 사람들은!'

두 사람은 머릿속으로 서로 다른 일을 걱정했지만 목표는 같았다. 그들은 잠시 내분을 멈추고 각자 수하들을 거느리고 추격과 포위에 나섰다. 방금 전까지 머리 없는 파리 떼처럼 우왕좌왕하던 흑의인들은 금세 명령을 전해 받고 일제히 움직이기 시작했다. 성안의 관병들도 그들을 따라 뛰면서 한 무리는 성 바깥을 포위하고, 한 무리는 성안으로 들어가 혼란에 빠진 백성들을 강제로 진압하기 시작했다.

사윤이 고삐를 꽉 그러쥐었다.

'그 선배님은 나오셨을까?'

이때, 그의 뒤쪽에서 누군가 외치는 소리가 들렸다.

"삼 공자, 공자께서 저보고 삼 공자를 보호하라고 명하셨습니다! 얼른 가시죠!"

사윤이 고개를 돌려보니, 뜻밖에도 백 선생이 돌아와 있었다. 백 선생은 조명침의 수하 중에서도 제일 뛰어난 고수였다. 이렇게 어수선한 상황에서 그를 자신의 곁으로 보내다니, 명침 쪽에 사람이 충분할지 알 수 없었다.

사윤은 미간을 찌푸렸다. 겁 없이 제멋대로 행동하는 사촌 동생이 걱정되기도 했고 그의 마음을 받고 싶지도 않았다. 사윤은 잠시 생각하다가 성안에 몸을 숨긴 선배님도 나름 생각이 있으리라 여기고 말머리를 돌렸다.

"명침을 쫓아갑시다."

그의 말이 떨어지기도 전에, 별안간 성안에서 비명이 들려왔다. 흑의인들은 강적이라도 맞닥뜨린 듯 휘파람을 불어 댔다.

사윤은 성 쪽으로 고개를 돌렸다가 알록달록한 커다란 '산꿩' 한 마리가 흑의인의 머리 위로 서슴없이 날아오는 것을 보았다. 그것이 지나는 곳마다 사람이 넘어지고 말이 나뒹굴었고 두세 호흡 만에 벌써 바로 앞까지 다가왔다. '산꿩'이 사윤을 스쳐 지나간다 싶더니 갑자기 누군가 소리쳤다.

"사 대협!"

사윤은 '대협'이 자신을 부르는 것인 줄도 모르고 그저 귀에 익은 목소리라고 생각했다. 그런데 그가 기억을 더듬기도 전에 흑의인

무리가 성루로 올라가 궁노를 조준하기 시작했다.

사윤은 순간 사색이 되었다. 궁노에 걸린 것은 화살촉이 아니라, 녹존의 독액이었던 것이다.

그가 조심하라고 외치기도 전에, '산꿩'이 별안간 소매를 털더니 뭔가를 사윤을 향해 떨어뜨렸다.

그 '산꿩'은 바로 단구낭이었다. 단구낭은 오초초가 소리치는 것을 듣고 아는 사람을 만났구나 싶어 적을 상대할 손을 마련할 겸 오초초를 공중에서 던져 버렸다.

아무리 오초초가 몸무게가 백 근도 되지 않는 가녀린 아가씨라 해도, 단구낭이 암살 무기를 던지듯 던지니 순간 수백 근 이상의 힘이 실렸다. 유약한 사윤이 받아 낼 수 있는 무게가 절대 아니었다.

상대방이 적인지 친구인지 분간하기도 전에 이런 재앙이 닥치자 사윤은 속으로 쓴웃음을 지었다. '대협'이라는 두 글자가 아무래도 불의의 재난을 몰고 온 것 같았다. 다행히 백 선생이 포위를 뚫고 그의 곁으로 달려와 한 손으로는 재빨리 사윤의 뒷덜미를 잡고 뒤로 끌어당기며, 한 손으로는 기합과 함께 그 사람 형태의 '암살 무기'를 받아 냈다.

그와 동시에 '산꿩' 단구낭은 길게 소리 지르며 허공을 향해 일장을 날렸다. 그러자 궁노 여러 대가 그 진동으로 부서졌고 빗물처럼 그녀를 향해 발사된 독액은 그녀에게 떨어지기는커녕 오히려 반대 방향으로 날아가 성벽 위가 일순 비명으로 뒤덮였다.

백 선생은 눈앞의 광경에 깜짝 놀랐다. 도저히 그가 따라잡을 수 없을 정도로 뛰어난 무공이었다.

'삼 공자의 친구분은 도대체 정체가 뭘까?'

사윤은 식은땀을 닦고는 얼굴이 새하얗게 질린 오초초를 향해 포권을 하며 쓴웃음을 지어 보였다.

"오 낭자가 무사한 걸 보게 되어 정말 다행입니다. 다만 다음번에는 절대로 '대협'이라고 부르지 마십시오. 정말 황송합니다."

오초초는 원래 감히 사윤에게 말을 걸지도 못했지만, 지금처럼 위급한 상황에서는 부끄러움을 따질 겨를도 없었다. 오초초는 목을 길게 빼고 단구낭을 향해 소리쳤다.

"비야!"

사윤이 깜짝 놀랐다.

"네?"

단구낭은 성벽 위에 있는 음험한 소인배들을 처치하고 순식간에 사윤 일행 앞에 다다랐다. 사윤은 그제야 그녀의 손에 들린 주비를 알아보았다. 주비는 고개를 축 늘어트린 채 꼼짝도 않고 있었다. 사윤은 얼른 주비를 받아 들려고 손을 뻗으려 말했다.

"선배님, 감사합니다. 주비…… 이 아이는……."

단구낭은 옆으로 비켜서며 그의 손을 피했다.

"……."

백 선생이 다급하게 말했다.

"삼 공자, 긴말할 것 없습니다. 얼른 가죠."

사윤은 얼른 단구낭에게 말을 양보하려고 했다. 어쨌든 그는 달리기가 빠르니 상관없었는데, 그가 말에서 내리기도 전에 단구낭은 그를 흘끔 보고는 앞서 날아가기 시작했다. 사윤과 백 선생은 오초초를 데리고 서둘러 그 뒤를 쫓아갔다.

이때, 흑의인 한 무리가 포위하며 공격해 오기 시작했다. 무리의 우두머리는 얼굴이 누렇고 뼈가 앙상했지만 누구도 범접하지 못할 기운을 발산하고 있었다. 단구낭조차도 발걸음을 멈출 정도였다. 그 사람은 바로 한발 앞서 도착한 심천추였다.

심천추가 단구낭을 노려보며 입을 열었다.

"이 늙은이는 나이가 들어서 기술이 예전만 못한데, 오신 분은 뉘신지 이름을 알려 주시겠소?"

단구낭은 그의 말을 무시하고 고개를 숙여 주비를 바라보았다. 주비의 긴 머리카락이 엉망으로 풀어 헤쳐져 있었다. 단구낭은 손목에 감은 짧은 단풍나무색 비단을 풀어 부드러운 손길로 주비의 머리카락을 하나로 묶은 다음, 어깨 근처에서 예쁘게 매듭을 지어 주었다. 그런 다음 주비의 머리를 쓰다듬더니 사윤의 말 위에 살짝 내려놓았다.

사윤은 얼른 주비를 받아 들고 살살 흔들어 보았다.

"비야?"

주비는 대답하지 않았다. 사윤은 얼른 손목의 맥을 짚어 보았다. 주비는 몸이 얼음장처럼 차가웠으나 맥문은 손이 데일 정도로 뜨거웠다. 맥박도 너무 빨라서 금방이라도 폭발할 것 같았다. 대체 무슨 상황인지 알 수가 없었다.

처음엔 희망을 가졌다. 하지만 얼마 후 주비는 공동묘지에 버려진 다 타 버린 시체가 되었을 거라는 생각에 희망이 산산조각 났었다. 그런데 이렇게 갑작스럽게 주비를 다시 보게 되었고, 미처 기뻐할 새도 없이 이렇게 기이한 혼수상태에 빠져 있는 모습을 보니 가슴이 조마조마했다. 요 며칠 사윤의 심리는 그야말로 파란만장했다.

사윤은 의심스러운 표정으로 단구낭을 올려다보았다. 그런데 그 커다란 '산꿩'이 조용히 탄식하는 것 아닌가.

"내 애가 아냐."

이게 대체 무슨 소리야!

심천추는 북두의 우두머리로, 아이들은 그 이름만 들어도 무서워서 울음을 터뜨릴 정도였다. 그런데 이 정신 나간 여인이 그를 투명인간 취급을 하자 순간 화가 치솟았다.

"그럼 나 탐랑이 한 수 가르쳐 주지!"

그의 갑작스런 일격에 단구낭은 곧장 몸을 날려 응수했다. 삽시간에 두 고수 간에 혈투가 벌어졌다. 그들의 동작 하나하나가 보는 사람의 간담을 서늘케 했다.

주비는 사실 의식이 있었다. 귓가에 돌격의 함성이 쩌렁쩌렁 울렸고, 누군가 그녀를 바꿔 들었다. 어렴풋이 사윤의 목소리가 들려 놀랍고도 기뻤으나, 그래도 다급한 마음이 가장 컸다. 하지만 아무리 다급해 한들 소용없었다. 그녀의 몸속에서 그 괴이한 내식이 움직임을 멈추지 않고 있었기 때문이다. 〈도덕경〉의 후반부 각 장에 기록된 내공심법은 모두 중간에 멈추는 부분이 있었다.

그런데 끝까지 다 읽고 나자 몸 안에 꽉 막혀 있던 진기가 난데없이 서서히 유동하더니, 마치 한 땀 한 땀 수를 놓는 것처럼 아주 조금씩 기해에서 밖으로 빠져나오기 시작했다.

주비가 통제할 수 있는 것이 아니었다. 그 과정은 하늘이 무너지든 땅이 꺼지든 상관없이 빠르지도 느리지도 않게, 차갑지도 뜨겁지도 않게 끊임없이 계속되었다. 그 늙은 도사의 평소 언행과 일맥상통했다.

백 선생은 단구낭과 심천추가 박빙의 대결을 벌이는 것을 보면서 점점 불안해졌다. 뒤쪽에는 구천기도 있었으니 속전속결로 끝내지 않으면 위험해질 것이다. 그는 오초초를 말 위에 앉히고 단구낭을 도우려 훌쩍 몸을 날렸다.

"부인, 제가 돕겠습니다!"

그런데 그가 미처 다다르기도 전에, 단구낭은 심천추와 막상막하로 공격을 주고받는 와중에 그를 향해 일 장을 날리는 것이 아닌가.

"꺼져!"

백 선생은 날카로운 장풍이 자신을 향해 덮쳐 오는 것을 느끼며 얼른 옆으로 몸을 피했다.

단구낭이 준엄하게 소리쳤다.

"탐랑 같은 개잡놈을 때리는 데 도움은 무슨 도움! 쓸데없는 참견은 그만둬!"

백 선생은 미친 여인에게 호의를 무시당하긴 했지만 평소 좋은 쪽으로만 생각하는 것이 습관이 되어서 그다지 화가 나진 않았다. 자신이 쓸데없는 참견쟁이로 몰리긴 했지만 탐랑도 함께 개잡놈이 되었고, 게다가 때려 마땅한 개가 되지 않았는가. 이렇게 생각하자 마음이 저절로 풀렸다.

그러나 그의 마음이 편안해진 지 얼마 되지 않아 녹존의 흑의인들이 속속 도착했다. 백 선생은 오초초에게 "실례하겠습니다." 하고 양해를 구한 후 말에 올라타 사윤에게 말했다.

"저 부인은 제가 평생 본 사람들 중에 무공이 가장 뛰어나니 별일 없을 겁니다. 일단 삼 공자님을 먼저 호송해 드리겠습니다."

사윤은 혼수상태의 주비를 데리고 있었고 옆에는 닭 잡을 힘도 없는 오초초가 있었다. 영웅 노릇 하기엔 참으로 힘든 상황이었지만 고개를 끄덕이곤 재빨리 말을 달렸다. 백 선생이 사윤보다 한발 더 빨랐다. 그는 말에 매달아 놓은 장극을 손에 쥐고 오초초에게 당부했다.

"낭자, 눈을 감으십시오."

말이 떨어지기가 무섭게 그는 장극을 휘둘러 흑의인 두 명을 날려 버렸다.

그들의 뒤쪽에는 활짝 열린 성문 사이로 백성들이 울고불고하는 소리가 들려왔다. 독액 궁노를 지닌 흑의인 무리가 미친 듯이 달려나가며 그들의 뒤를 향해 궁노를 쏘아 댔다. 백 선생의 무공이 아무리 뛰어나도 이렇게 앞뒤가 모두 막힌 상황에서는 대처하기 힘들었다. 그러다 잠깐 정신이 팔린 사이에 그와 사윤의 말이 서로 흩어지고 말았다.

백 선생이 다급하게 외쳤다.

"삼……."

그는 첫 글자를 뱉자마자 순간 아차 싶었다. 북두 앞에서 사윤의 신분이 노출될까 봐 '공자'라는 두 글자를 재빨리 목구멍으로 삼켰으나 귀가 밝은 심천추는 단번에 번개 같은 눈길로 사윤을 쏘아보았다. 그는 단구낭에게 붙잡혀 몸을 빼낼 도리가 없자 큰 소리로 외쳤다.

"저놈을 잡아 오는 사람에게 상금 천 냥을 내리겠다!"

흑의인들은 명령을 듣자마자 사윤에게로 우르르 달려들었다. 사윤은 원래부터 무공이 딸리는 데다 특기인 줄행랑도 칠 수 없는 상황이었다. 다급해진 그가 말을 버리고 도망치기도 전에 상금에 혈안이 된 흑의인 하나가 그의 눈앞에서 훌쩍 뛰어오르더니, 두개골을 쪼갤 기세로 그를 향해 칼을 내리쳤다. 사윤은 칼을 막아 낼 틈도 없이 재빨리 고삐를 잡고 필사적으로 말머리를 돌리며 등으로 막아 주비를 감쌌다.

백 선생은 너무 놀라 눈이 튀어나올 뻔했다.

바로 그때, 사윤은 별안간 가슴과 배 사이에 커다란 힘이 파고드는 느낌이 들었다. 그 힘은 사윤을 뒤로 젖히더니 그의 허리춤에 장식품처럼 달려 있던 장검을 '챙' 하고 뽑아냈다. 장검은 흑의인의 장도를 아래에서 위로 막아 내더니, 휘익 하고 포물선을 그리며 흑의인의 목을 베고 곧장 칼을 쥔 팔뚝을 깔끔하게 잘라 냈다.

주비는 손을 거두어 장검을 사윤의 검집에 찔러 넣고 잘린 흑의인의 팔에서 칼을 빼앗았다. 그러고 나서야 방금 기해를 억지로 뚫은 충격으로 입가에 고인 핏물을 손으로 스윽 닦아 냈다. 주비의 양 볼은 핏기 없이 창백했지만 눈은 아주 초롱초롱했다. 그녀는 사윤의 옷깃을 잡고 일으켜 앉히며 웃었다.

"검을 쓸 줄도 모르면서 왜 들고 다녀요? 사람들한테 겁이라도 주려고요?"

가벼운 농담으로 던진 말이었지만, 객잔에서 서로 헤어진 후로 여러 차례 생사의 고비를 넘어 이렇게 다시 살아서 만났다는 것에 감격한 나머지 눈시울이 저절로 촉촉해졌다.

사윤은 그제야 충격에서 정신을 차렸다. 주비의 먹먹한 표정을 보자 자신도 모르게 손을 뻗어 주비의 머리카락을 쓰다듬으려다가 멈칫했다. 주비는 어린아이처럼 머리를 묶은 것이 아니라 긴 머리카락을 가슴께까지 늘어뜨리고 있어 다 큰 처녀처럼 보였다.

두 사람은 말 하나를 같이 타고 있었다. 원래는 딱 붙어 앉아 있었는데 사윤은 문득 어색한 느낌이 들었다. 들어 올린 손도 어디에 둬야 할지 몰라 갈팡질팡했다.

하지만 주비는 그 겹겹이 쌓인 포위를 뚫고 나오면서도 사윤이 그런 복잡한 마음을 품고 있을 줄은 꿈에도 모른 채, 그저 〈도덕경〉에서 우연히 얻은 공법이 흉포한 고영진기를 잠잠하게 만든 것에 놀라워하고 있었다.

두 가지 진기는 하나로 합쳐진 것도 아니면서 기이하게도 서로 멀쩡하게 존재했다. 막아 놓은 기해를 방금 강제로 뚫었을 때도 울혈만 한 번 토해 냈을 뿐 아무렇지 않았고, 오히려 내식이 전에 없이 충만해진 느낌이었다.

아까 검으로 흑의인을 해치웠을 때 사용한 기술은 바로 파설도의 '파' 초식이었다. 이제껏 '파'가 아주 날카롭고 아무도 대적하지 못할 기세를 내뿜는다는 걸 체감하지 못했는데 이번에야 그 이유를 알 수 있었다. 그건 예전의 자신이 힘이 부족한 데다 손목이 너무 부드러웠기 때문이었다.

며칠 동안 답답하게 갇혀 있던 주비가 가만히 있을 리 없었다. 그녀는 말 등에서 훌쩍 뛰어내렸다. 사윤이 깜짝 놀라 손을 뻗었지만 허공만 휘젓고 말았다. 주비는 어느새 흑의인들 사이로 사라졌다.

여덟 식의 부유진과 파설도를 장착한 주비는 낫으로 밀을 베듯 거침없이 전진했다. 처음에는 보법과 칼을 다루는 것이 약간 서툴렀으나 주변의 적들이 많아지면서 도광은 더욱 섬뜩하게 번뜩였고 보법도 능숙해졌다. 흑의인들은 마치 숫돌이라도 된 것처럼 주비의 칼에 하염없이 쓰러졌다.

백 선생은 안도의 한숨이 채 가라앉기도 전에 주비의 칼부림에 눈이 부셔 자신도 모르게 탄성을 질렀다.

"장강의 뒷물결이 앞물결을 밀어내는구나…… 오오!"

탄성이 끝나기도 전에 주비는 기어이 흑의인들 사이로 길을 뚫더니 아무 말도 없이 곧장 심천추의 등으로 돌진하며 칼을 휘둘렀다!

심천추는 등에 눈이라도 달린 듯 한 걸음 뒤로 이동하더니 한 손으로 주비의 칼등을 쳐 냈다. 그런데 누가 알았으랴. 주비의 일격은 그저 시늉일 뿐이었다. 칼등은 그의 손에서 빠져나갔고 주비도 어느새 다른 곳으로 이동해 있었다. 심천추는 미간을 찡그렸다.

"어떻게 네가?"

원래부터 단구낭에게 약간 밀리고 있었는데 주비까지 끼어들어 잠시 한눈을 파는 사이, 단구낭의 말라비틀어진 손이 코앞까지 다가왔다. 심천추가 기합을 지르며 의수로 가슴 앞을 가로막았다. 단구낭의 손에 잡힌 의수는 빠각 하고 부러져 버렸다.

심천추는 세 걸음 뒤로 물러났다. 어느새 이마에 땀이 송골송골 맺혀 있었다. 단구낭이 부러뜨린 건 의수일 뿐이었지만 그 힘은 심천추의 몸에 고스란히 전달되어 한쪽 팔까지 저려 왔다. 그는 단구낭을 노려보며 이를 악물고 세 글자를 내뱉었다.

"고영수?"

단구낭은 그 말을 듣고 웃으면서 몸에 걸친 잡다한 헝겊과 비단 띠를 하나하나 풀었다. 그녀는 순간 아주 오래전으로 되돌아간 것 같았다. 미치지도 바보 같지도 않던 그 시절, 누군가에게 온 마음을 준 적도 없던 그 시절, 그녀는 아주 건방지고 오만하여 자신이 하늘, 땅, 산, 호수, 바람, 천둥, 물과 불의 뒤를 잇는 아홉 번째 신이라고 생각했다.

심천추의 표정이 살짝 흔들렸다. 그는 기침을 두어 번 하더니 낮은 목소리로 말했다.

"'쌍도, 일검, 고영수'는 모두 강호에서 종적을 감춘 줄 알았는데, 오늘 이런 외딴 곳에서 단구낭을 만나게 되다니 참으로 행운이군."

단구낭이 뒷짐을 진 채 말했다.

"내 손에 죽으면 더 행운이겠지?"

심천추가 음산하게 웃었다.

"살아 있는 동안 높은 산을 보는 게 어디겠소. 구름 기둥에 부딪쳐 죽는데도 불행할 건 없겠지."

단구낭은 그 말을 듣고 가만히 고개를 끄덕였다.

"맞다. 네놈이 북두만 아니었어도 나와 성격이 참 잘 맞았을 것인데."

심천추는 그녀의 표정이 누그러진 것을 보고 하나 남은 팔로 가슴 앞을 누르며 정중하게 인사했다. 표정도 매우 엄숙했다.

"그렇다면 불필요한 사람들은 모두 물립시다. 고영수에게 한 수 배워 보고 싶으니, 우리 생사에 상관없이 승부를 겨루는 게 어떻겠소?"

주비는 단구낭의 판단력이 정상이 아닌데 혹시라도 심천추의 꼬임에 넘어가는 건 아닐까 걱정되어 얼른 끼어들었다.

"한 수 배우긴 뭘 배워요? 단구낭, 그러다가 저 북쪽 개들한테 당하고 만다고요!"

심천추가 눈을 가늘게 떴다.

"후배님은 참 예의가 없군."

주비가 즉시 차갑게 쏘아붙였다.

"내가 누구 후배인데요? 당신들 모두 내 선배가 될 자격 없거든요!"

하지만 단구낭의 얼굴에는 노여운 기색 하나 없었다.

"얘야, 먼저 가서 기다리고 있어. 내가 너한테 고영수를 전수해 줄 테니까."

주비는 먼저 가라는 말을 듣고 더욱 초조해지기 시작했다. 단구낭이 정상인이었다면 주비는 여기서 이런 소란도 피우지 않고 진작 도망쳤을 것이다. 하지만 몇 마디만 하면 미쳐 날뛰는 단구낭이었다. 무공이 아무리 뛰어나다 한들 무슨 소용이겠는가? 주비는 사람을 죽이는 데는 꼭 칼을 쓰지 않아도 된다는 것을 익히 봐서 잘 알았다.

주비는 그 자리에서 바로 맞받아쳤다.

"고영수가 뭐 얼마나 대단하다고요! 차라리 나귀 울음소리를 배우면 배웠지 그 형편없는 무공은 안 배울 거예요!"

한쪽에서 그들을 살피던 백 선생은 꼬마 아가씨가 입을 열자마자 두 고수를 싸잡아 욕하는 것을 보고 눈이 튀어나올 뻔했다.

"삼 공자님, 저 작은 친구는 정말 범상치가 않군요."

도법이 뛰어난 건 둘째 치고, 죽음을 자초하는 기술이 특히나 심오해 세상에 둘도 없을 정도였다. 사윤이 고개를 절레절레 흔들며 조용히 말했다.

"백 선생님, 죄송하지만 오 낭자를 먼저 데려다주십시오."

백 선생은 속으로 그게 무슨 헛소리인가 생각했다. 그가 뭐라고 반대하기도 전에 사윤이 그를 향해 고개를 푹 숙였다.

"백 선생님, 한 번만 도와주세요. 오 낭자를 먼저 안전한 곳에 데려다주신다면 이 은혜는 나중에 꼭 갚겠습니다……."

백 선생은 말에 타고 있지 않았더라면 당장 사윤에게 무릎을 꿇고 애원했을 것이었다.

"아니…… 이러지 마십시오. 삼 공자님, 차라리 절 죽여 주세요……."

사윤은 그가 황송해하는 모습을 보고 아예 한술 더 떠서 허리를 더 깊게 굽혀 사정했다. 백 선생은 멀쩡한 수명이 사윤 때문에 이십 년은 깎이는 것 같아 하는 수 없이 이를 악물고 뻔뻔하게 나가기로 했다.

"삼 공자께서 명령하시니, 소인 감히 거역하지 못하겠습니다. 다만 기억해 주십시오. 소인은 위로는 팔십 세 노모가 계시고 아래로는 열 살짜리 어린 딸이 있습니다. 삼 공자께 무슨 일이라도 생긴다면, 저희 가족은…… 함께 무덤에 묻히게 될 것입니다."

사윤은 순간 등에 짊어진 묵직한 목숨의 무게가 느껴져 숨도 제대로 쉬어지지 않았다. 백 선생은 의미심장한 눈빛으로 사윤을 흘끔 보고는 장극을 가슴 앞에 세우고 말을 채찍질했다. 흑의인이 심천추의 명령으로 물러난 틈을 타 재빨리 포위를 뚫은 그는 눈 깜짝할 사이에 시야에서 사라졌다.

심천추가 단구낭에게 말했다.

"자, 시작하죠."

단구낭은 그 말에 앞으로 한 발 내디뎠다.

주비가 주변을 살펴보니 한 무리의 관병들이 몰려오고 있었다. 심천추가 일부러 단구낭을 붙잡아 두는 것이 분명해 보였다. 심천추가 뭘 기다리고 있는지는 모르겠지만, 어쨌거나 좋은 일이 아니라는 건 확실했다. 다급해진 주비는 뻔뻔함을 무릅쓰고 단구낭에게 소리쳤다.

"잠깐만요! 잘 생각해 봐요. 이 사람과 무공을 겨룰래요, 아니면 나랑 돌아가서 선대 채주를 만날래요?"

단구낭이 멈칫했다. 주비는 눈을 감고 화가 터져 나오려는 것을 꾹 눌러 참고 마지못해 달래며 말을 이었다.

"우리 집은 아무나 못 들어온다고요. 제가 이대로 가 버리면 앞으론 아무도 당신을 데려가지 않을걸요?"

심천추는 주비가 무슨 신분인지는 몰라도 그날 산골짜기에서는 거짓말만 늘어놓은 것이라 확신했다. 문득 수하들에게 저 여자애를 만나면 목숨은 살려 주라고 부탁한 일이 떠오르자 자신이 고작 만두 하나에 속아 넘어간 것만 같아 기분이 언짢았다.

그런데 주비가 계속해서 끼어들며 방해하는 걸 보니 언짢은 기분은 점점 커져만 갔다. 만두 하나가 뭐야, 최소한 부침개 두 개는 더 끼워 줬어야 하는 거 아냐!

그는 화가 나서 소리쳤다.

"망할 계집 같으니!"

심천추는 기보를 밟으며 순식간에 주비 앞에까지 다가와서는 두 팔을 높이 들어 올렸다. 주비는 그가 이렇게 나올 것을 미리 예상했다. 그녀는 공격을 정면으로 받아치는 대신 방금 전까지 익숙하게 연습한 부유진을 밟으며 손으로는 사십팔채 명풍 일파의 '자객도刺客刀'를 시전했다.

공격을 막아 내며 후퇴하는 모습이 마치 절벽에서 외줄 타듯 위태로워 보이면서도 보법에서 초식에 이르기까지 하나같이 음험했다. 주비는 눈 깜짝할 사이에 심천추의 일고여덟 초를 받아 냈다.

심천추는 이 꼬마 계집이 며칠 사이에 환골탈태라도 한 것처럼 까다로운 상대가 되리라곤 상상도 못 했다. 그는 기합을 지르며 자신의 모든 힘을 실은 일 장을 날렸다.

그때 단구낭이 날아와 재빨리 심천추를 저지했다. 두 사람의 일 장이 서로 맞닿자 심천추는 대여섯 걸음 뒤로 밀려난 반면, 단구낭은 몸이 살짝 뒤로 기울어질 뿐이었다. 그녀는 기세를 몰아 주비의 팔을 잡고 전투 범위 바깥으로 밀어냈다.

두 고수가 첨예하게 대결하는 가운데 옆에 있던 주비에게도 불똥이 튀었다. 죽은 흑의인에게서 빼앗은 장도가 위력을 이기지 못하고 두 동강 난 것이다. 주비는 익숙한 듯 부러진 칼을 한쪽에 던졌다. 아무래도 자신은 전생에 쇠를 먹고 살던 용광로가 아니었나 싶었다.

단구낭의 눈빛이 이리저리 움직였다. 미치지도 않고 바보 같지도 않았다. 새까맣고 또렷한 두 눈동자에 반짝이는 빛이 스쳐 지나갔다. 그녀가 몸을 회전하며 긴 소매를 휘두르자 흑의인들은 큰 바람에 휩쓸려 가는 낙엽처럼 우수수 쓰러졌다.

단구낭이 흑의인들을 쓰러뜨리고 길을 내자 주비는 그제야 안도의 한숨을 내쉬었다. 아무래도 이 미친 여인을 다루는 법을 발견해낸 것 같았다. 사실을 나열하며 이치를 말하는 건 전혀 먹히지 않았고, 위대한 외조부의 이름을 들먹여야 그나마 말썽을 막을 수 있었다.

그런데 안도의 한숨을 끝까지 내쉬기도 전에, 홀연히 매 울음소리가 들려왔다.

구천기는 무슨 일로 시간이 지연되었는지 조금 늦게 도착했다. 주비가 흘끗 바라보니, 그 매부리코는 혼자 온 것이 아니라 뒤쪽에 고관 나리 복장을 한 중년 남자와 함께였다. 그 옆에는 흑의인 두 명이 누군가에게 흠씬 얻어맞았는지 퉁퉁 부은 누군가를 부축하고 있었다. 멀리서 보니 남자인지 여자인지 분간이 되지 않았다. 그는 단구낭을 보자마자 별안간 크게 외쳤다.

"어머니!"

단구낭은 흠칫 몸을 떨더니 손을 휘둘러 주비를 사윤의 말 위로 던지고는 다시 일 장을 날렸다. 말은 갑작스런 고통에 미친 듯이 달려 나갔고, 순식간에 흑의인의 포위 밖으로 벗어나 버렸다.

주비는 불길한 예감에 단구낭의 옷깃을 잡으려다가 아무래도 옷깃을 잡는 것으로는 소용이 없을 것 같아 아예 단구낭의 긴 머리를 우악스럽게 낚아채며 외쳤다.

"올라와요!"

전설에 따르면 민간에는 세 가지 독보적인 기술이 전해지는데, 그건 바로 머리채 잡기, 얼굴 할퀴기, 옷 찢기라고 한다.

사윤은 가까이서 그중 하나를 목격하는 행운을 누렸다. 순간 자신의 두피도 함께 잡아당겨지는 것같이 아팠다. 단구낭은 아무렇지도 않게 미친 듯이 달리는 말 뒤에 매달려 손가락으로 주비의 손목을 살짝 튕겼다. 주비는 별안간 몸 절반이 마비되어 버렸다. 사윤이 잽싸게 그녀를 받쳐 주지 않았다면 말에서 떨어졌을 것이다.

단구낭이 주비를 향해 웃으며 말했다.

"넌 네 외조부랑 똑같구나."

단구낭의 목소리는 작았지만 질주하는 말이 일으키는 바람 소리에 묻히지 않았고, 오히려 귓가에 똑똑히 박혔다. 주비는 순간 이상한 생각이 들었다. 단구낭이 자신의 연배를 제대로 말한 적은 거의 없었다. 그런데 이 미친 여인의 눈빛은 아주 맑았다. 제정신이 돌아온 것 같았다!

단구낭이 말했다.

"너희 같은 명문 정파 사람들은 정말 속이는 덴 선수야. 이징이 죽은 지 이십 년도 넘었는데 또 날 속이려고."

주비는 순간 혈도가 꽉 막히는 것 같아 소리 높여 외쳤다.

"내가 속이는 건 알아챘으면서 왜 그 폐병쟁이가 속이는 건 몰랐대요? 단구낭! 사흘 기다려 줄게요. 사흘이 지나도 날 찾아오지 않는다면 평생 우리 집 문턱을 넘어올 생각 마요!"

단구낭은 그저 웃기만 할 뿐, 느닷없이 머리에 꽂은 낡은 비녀를 뽑아 말의 엉덩이를 푹 찔렀다. 말은 고통스런 비명을 지르며 나는 듯이 달려 나갔다.

언제 제정신으로 돌아온 걸까?

주비도 몰랐고 단구낭 자신도 알지 못했다. 자세히 생각해 보면, 아마도 늙은 하녀 송 할멈이 보산이 열아홉 살이라고 말했을 때인 것 같았다.

광풍이 주비의 목소리를 삼켰다. 양쪽의 흑의인들이 주비를 쫓으려 달려왔지만 단구낭이 혼자서도 만 명을 상대할 기세로 몇 번의 움직임만으로 죄다 쓰러뜨렸다. 쏜살같이 달려가는 말을 보고 심천추와 구천기는 동시에 그녀를 공격했다. 단구낭이 크게 웃었다.

"좋아! 너네 같은 쓰레기들은 진작 같이 덤볐어야 해!"

단구낭은 아까 심천추와 겨룰 때만 해도 실력이 약간 높은 것처럼 보일 뿐이어서 심천추가 머리만 조금 썼어도 한참은 붙잡아 둘 수 있었다. 그런데 지금 다시 눈앞에 나타난 단구낭은 힘을 북돋아

주는 약이라도 먹었는지 공력이 대폭 증가해 탐랑과 녹존 두 사람을 한꺼번에 상대하는데도 전혀 밀리지 않았다.

그녀는 이미 명맥이 끊긴 무공을 품고 혼돈 속에서 거의 이십 년을 살아왔다. 그러다 어느 날 꿈속에서 깨어나 보니 완전한 깨달음이 찾아왔다. 옛날의 고영수는 생사와 성패를 끊임없이 반복하면서 세상의 이치를 무너뜨릴 수 있다고 자부했었다. 얼마나 큰 패기였는지!

방금 전 꽤나 힘을 소진한 심천추는 묵직하게 압박해 오는 고영수가 그의 진기를 경맥에서 눌러 빼내는 것 같은 느낌이 들었다. 눈앞의 여자는 비쩍 마른 맨손으로 그를 일순간 쭈뼛하게 만들었다.

하지만 안타깝게도 주비에게는 진정한 '고영수'를 목격할 기회가 없었다. 만약 직접 봤더라면 '형편없는 무공'이라는 말은 죽어도 못 꺼냈을 것이다.

단구낭은 심천추의 어깨를 한 손으로 잡았다. 하마터면 그의 다리도 부러뜨릴 뻔한 상황에서 그녀는 눈길을 돌리지도 않고 뒤쪽에 있던 구천기의 가슴을 발로 뻥 찼다. 구천기는 공중으로 날아갔다.

심천추는 속으로 경악을 금치 못했다. 이제껏 온 나라를 돌아다니면서 적수라 할 만한 사람을 만나는 경우는 매우 드물었다. 주작주 목소교조차도 그의 앞에서는 비등비등할 뿐이었는데, 언제 이런 위험한 상황을 겪어 보았겠는가? 그는 악이 받쳤다.

'저 여자를 여기서 벗어나게 해서는 안 돼.'

심천추는 품에서 긴 갈고리를 꺼내 자신의 의수에 장착한 후 단구낭의 허리춤을 향해 휘둘렀다. 그 긴 갈고리는 손잡이가 아주 짧아서 손이 있는 사람이라면 들지 못했을 것이었다. 갈고리 양쪽에는 굉장히 날카로운 날이 있었고 혈조에는 뭘 발랐는지 은은한 청록빛이 감돌고 있었다. 심천추가 소매를 휘두르자 텅 빈 소매는 갈고리에 의해 펑펑하게 허공을 갈랐다.

단구낭은 옷자락을 나풀거리며 파설도를 상대할 때 썼던 기술을 시전했다. 긴 허리띠가 부드럽게 감기면서 갈고리는 순식간에 누에고치처럼 변했다.

두 사람은 한 손으로 대결을 계속하며 좁은 공간에서 주거니 받거니 하며 일고여덟 초를 겨루었다. 별안간 단구낭의 뒤쪽에서 돼지 멱따는 듯한 비명이 들려왔다. 구천기가 어느새 살금살금 다가가 축보산을 인질로 잡은 것이다.

녹존 구천기가 커다란 두 손으로 분근착골分筋錯骨 하는 건 일도 아니었다. 그가 축보산의 두 손을 등 뒤로 비틀자 뼈에서 우두둑우두둑 소리가 나면서 축보산의 비명이 화용성 전체에 울려 퍼졌다.

축 현령은 유약한 문관인지라 그 자리에서 놀라 무릎을 꿇었다. 관병 일고여덟 명이 일으켰지만 다리의 힘이 풀려 도저히 서 있지 못했다.

구천기는 단구낭이 표정 하나 변하지 않는 것을 보고 크게 웃으며 말했다.

"위풍당당한 고영수도 사내가 죽으니 조그만 현성에 숨어 현관의 첩 노릇이나 하고 있었군. 참 우스워! 남도 이징의 무덤가에서 이런 말을 한다면, 지하에서 그가 어떻게 생각할지 모르겠군?"

단구낭의 안색이 결국 변하고 말았다.

"네놈이 죽고 싶구나!"

그녀는 몸을 돌려 구천기를 잡으려 했으나 허리띠가 심천추의 갈고리에 묶여 있었다. 단구낭은 허리띠를 사이에 두고 갈고리를 누르며 외쳤다.

"내려와!"

심천추의 어깨에서 뚝 하는 소리가 나더니 갈고리가 부러졌다. 심천추는 단구낭을 쫓지 않고 훌쩍 몸을 날려 일 장 바깥으로 도망쳤다. 단구낭이 이상하다는 걸 느꼈을 때는 이미 늦어 있었다. 엄청난 굉음과 함께 갈고리는 그녀의 손에서 폭발해 버렸다. 심천추는 그 짧은 연결부에 뇌화탄 같은 비열한 무기를 숨겨 놓고 일부러 갈고리를 부러뜨리게끔 유도한 것이었다. 갈고리가 부러지면 곧장 폭발하는 구조였다.

단구낭이 아무리 무공이 뛰어나도 금강불괴의 몸은 아니었다. 허리춤에는 선혈이 낭자했고 갈고리를 감쌌던 허리띠는 조각조각 끊어졌으며 폭발로 절반이 떨어져 나간 손바닥이 드러났다. 구천기가 휘파람을 불자 흑의인들이 한꺼번에 덤비기 시작했다. 궁수들은 단구낭을 꽁꽁 포위하고 그녀를 향해 독액을 발사했다.

축보산은 땅에 아무렇게나 내팽개쳐져 기절했다가 몽롱한 가운데 문득 옛날 일이 떠올랐다.

아마 그가 정원에서 놀고 있을 때였을 것이다. 아버지의 자식 없는 첩이 그를 보고 질투와 미움을 이기지 못해 일부러 개를 풀어놨었다. 작은 발바리였지만 어린아이에게는 쩌렁쩌렁 포효하는 괴수와 마찬가지였다. 축보산은 개에게 물려 죽는 줄 알고 깜짝 놀라 울며불며 밖으로 달려 나갔다. 그러다 누군가의 다리에 부딪쳤는데, 갑자기 비명이 들리더니 그를 쫓던 발바리가 허공으로 날아가는 것이 보였다. 그 사람은 아주 가늘고 마른 손으로 그의 머리를 쓰다듬어 주었다. 손바닥이 아주 따뜻했는데…… 그 사람이 누군지는 기억나지 않았다.

단구낭이 포위당한 채로 자신을 돌아보는 모습이 어렴풋이 보였다. 축보산은 온몸을 떨며 조그맣게 소리쳤다.

"어머니……."

하지만 무기가 서로 부딪치고 화살이 날아가는 시끄러운 와중에 그 미약한 울음소리를 듣는 사람은 아무도 없었다.

단구낭은 온몸에 살집이라고는 없었다. 그녀는 얕은 물에 갇힌 용처럼 비늘만 풀럭거릴 뿐, 포위에서 빠져나오기도 힘들어 보였다. 버둥거릴 힘도 없는 것 같았다.

심천추는 비틀거리며 전투 범위에서 빠져나와 연신 거친 숨을 몰아쉬었다. 금방이라도 숨이 끊어질 것 같은 모양새였다. 구천기가 심천추의 그런 모습을 보고 하찮은 듯이 비웃었다.

"탐랑 형님, 어떠세요? 밥은 먹을 수 있겠어요?"

심천추는 관자놀이의 핏줄이 곤두선 채로 잠시 아무 말도 하지 못했다. 구천기는 더욱 득의양양해져 앞으로 한 발을 내디디며 말했다.

"그렇다면 제가 대신 복수해야겠네요. 저 고영수에게 본때를 보여 주죠!"

지금 고영수는 한눈에 봐도 바싹 마른 나뭇가지 같은 손만 남아 있을 뿐인데 이 틈을 타 영웅인 척하는 뻔뻔한 꼴을 보고 있자니 화병이 나 죽을 것 같았다.

구천기는 미친 것처럼 "비켜!" 하고 소리치며 양쪽의 수하들을 물리치고 단구낭을 향해 돌진했다. 그의 일 장이 단구낭의 피가 낭자한 등을 겨냥하고 있었다.

그런데 독 안에 든 쥐인 줄 알았던 단구낭이 갑자기 민첩하게 몸을 돌려 그의 일 장을 피하더니, 한 손을 괴이한 각도로 구부려 구천기의 목을 꽉 움켜쥐었다. 피가 말라붙은 얼굴에는 희미한 미소까지 걸려 있었다.

구천기는 그녀가 궁지에 몰린 상황에서도 이런 힘을 발휘할 줄은 상상도 못 한지라 경악하며 필사적으로 일 장을 날렸다. 단구낭은 그의 공격을 피하지 않고 그대로 맞았다. 가슴이 오목하게 들어갈 정도였지만 구천기의 목을 틀어쥔 손은 조금도 풀어지지 않았다. 그야말로 끈질긴 귀신이 따로 없었다. 그녀가 섬뜩한 목소리로 말했다.

"북두의 일곱 마리 개새끼들 중에서 한 놈이랑 같이 묻히는 것도 나쁘진 않아. 초조해할 것 없다. 네 나머지 형제들 역시 한 놈도 놓치지 않을 테니까. 내가 죽으면 악귀가 되어 너네들을 모조리 피 말려 죽일……."

그녀의 목소리가 갑자기 뚝 끊겼다. 구천기는 믿을 수 없다는 듯 눈을 크게 부릅떴다. 구천기의 등을 뚫고 들어온 무쇠 칼이 단구낭의 가슴에 박히며 두 사람을 한꺼번에 꿰뚫어 버린 것이다.

심천추의 짓이었다.

번번이 눈에 거슬리던 소인배 구천기는 결국 득의양양한 미끼가 되어 단구낭과 함께 사그라졌다.

심천추는 무쇠 칼을 거칠게 뽑아냈다. 단구낭은 땅에 쓰러져 헐떡거렸다. 반절쯤 남은 손바닥이 땅에 쓸리며 긴 핏자국을 남겼다. 그런데도 그녀는 여전히 웃고 있었다.

그녀는 땅에 누운 채로 심천추를 응시했다. '내가 말한 건 꼭 지킨다'라고 말하는 듯한 눈빛이었다. 심천추는 갑자기 간담이 서늘해져 한칼에 단구낭의 머리를 베어 버렸다.

잘려진 머리에 진흙과 핏자국으로 범벅이 된 두 눈에는 여전히 웃음기가 담겨 있었다.

보산도 이제 열아홉 살. 당시 그녀의 굳은 약속은 이것으로 끝이 났다.

그러나 세월은 그 바람에 오랫동안 엇갈리고 말았다. 이징이 환생하여 다시 태어났다면 지금은 벌써 다 큰 청년일 텐데, 단구낭이 다음 생에 그를 다시 만난다면 이미 혼인해 자식을 두었을 수도 있었다.

이렇게 어긋난 세월을 따라잡으려면 얼마나 더 많은 생을 지나야 할까?

다만 고영수가 아무에게도 전수되지 않은 채 강호에서 사라진 무공으로 남는 것이 아쉬울 따름이었다.

– 2권으로 이어집니다.

유비 1

1판 1쇄 발행 2020년 6월 15일
1판 3쇄 발행 2021년 5월 7일

지은이 Priest
옮긴이 호연
펴낸이 신현호
편집부장 예숙영
편집 박상희
편집디자인 한방울
영업 · 관리 김민원 조인희
물류 이순우 박찬수

펴낸곳 ㈜디앤씨미디어
출판등록 2002년 5월 1일 제117-90-51792호
주소 서울시 구로구 디지털로 26길 111 JnK디지털타워 503호
대표전화 (02)333-2513 팩스 (02)333-2514
전자우편 dncbooks@dncmedia.co.kr
디앤씨북스 블로그 http://blog.naver.com/dncbooks

ISBN 979-11-264-5147-0 (04810)
ISBN 979-11-264-5146-3 (세트)

정가 12,000원